Friedrich Glauser

Der Tee der drei alten Damen

18. 10. 97

Kuß

Max

Friedrich Glauser
Die Romane

Gourrama
Aus einem kleinen Posten
Romane 1

Der Tee der drei alten Damen
Romane 2

Schlumpf Erwin Mord
Wachtmeister Studer
Romane 3

Matto regiert
Romane 4

Die Fieberkurve
Romane 5

Die Speiche
Krock & Co.
Romane 6

Der Chinese
Romane 7

Friedrich Glauser

Der Tee der drei alten Damen

Herausgegeben und mit einem Nachwort
von Mario Haldemann

Limmat Verlag
Zürich

Der Verlag und die Herausgeber
danken der Jubiläums-Stiftung
der Schweizerischen Bankgesellschaft
für die Unterstützung
dieser Ausgabe.

Umschlagbild: Paul Senn. Bernische Stiftung für Fotografie,
Film und Video, Kunstmuseum Bern
Bild von Friedrich Glauser: um 1918.
Foto Schweizerisches Literaturarchiv, Bern

ISBN 3 85791 245 6 (einzeln)
ISBN 3 85791 248 0 (Romane 1–7)

Erstes Kapitel

1. Um zwei Uhr nachts ist die Place du Molard leer. Eine Bogenlampe bescheint das Tramhäuschen und einige Bäume, deren Blätter lackiert glänzen. Auch ist ein Polizist vorhanden, der diese Einsamkeit zu bewachen hat und sich dabei langweilt, denn er sehnt sich nach einem Glase Wein, er ist nämlich Waadtländer und der Wein für ihn der Inbegriff der Heimat. Dieser Polizist heißt Malan, er trägt einen kupferroten Schnurrbart und gähnt von Zeit zu Zeit.

Plötzlich steht vor dem Tramhäuschen ein junger Mensch – und es ist rätselhaft, woher er plötzlich aufgetaucht ist. Dieser junge Mann ist elegant gekleidet in einen grauen Anzug, seine Haare sind etwas wirr, und er benimmt sich etwas merkwürdig. Zuerst zieht er den Rock aus, dann löst er seinen ledernen Gürtel, taumelt ein wenig, steht dann da in kurzen Unterhosen, und seine Sockenhalter sind aus blauer Seide. Nun nestelt er an seinen Manschettenknöpfen, der eine Knopf klirrt aufs Pflaster. – Da rafft sich Polizist Malan auf, tritt näher und sagt:

«Aber mein Herr, was tun Sie da?»

Der junge Mann glotzt, und seine Pupillen sind sehr groß, so groß, daß die Farbe der Iris nicht zu erkennen ist. Außerdem sind die Gesichtszüge merkwürdig starr ... Und während sich der Polizist Malan noch überlegt, ob der Mann eigentlich besoffen ist, schwankt der Halbentkleidete stärker, greift mit den Händen in die Luft, findet keinen Halt und knallt mit dem Hinterkopf aufs Pflaster. Dann liegt er ruhig, nur die Gummiabsätze seiner braunen Halbschuhe trommeln einen leisen Marsch auf den Asphalt. Malan beugt sich über den jungen Mann und murmelt kopfschüttelnd:

«Der ist ja gar nicht betrunken; er riecht nicht nach Wein, auch nicht nach Schnaps.»

Dann schüttelt Malan den Kopf, hebt den Körper des Jungen

auf und trägt ihn auf die Bank, die den Kiosk im Halbkreis umgibt. Er sammelt die verstreuten Kleidungsstücke und faltet sie sorgfältig (‹Schöner grauer Flanell!› denkt er). Er liest die Adresse des Schneiders, murmelt: «Von London! Wohl einer von den fremden Diplomaten!», zuckt die Schultern und seufzt, denn der Völkerbund bringt nur Unannehmlichkeiten in die ruhige Stadt Genf. Und während er noch nachdenkt, was er in solch einem Fall tun soll, zuerst ans Spital telephonieren oder an seinen Vorgesetzten, den Kommissär Pillevuit, kommen Schritte näher, und im Schein der Bogenlampe taucht ein älterer Herr auf, dessen schwarzer Hut breitrandig ist, wie ein Cowboyhut; unter ihm schimmert ein kurzer weißer Bart.

«Was ist los?» frägt der alte Herr mit tiefer Stimme. «Ein Unglücksfall? Vielleicht? Kann ich Ihnen behilflich sein?»

Der alte Herr beugt sich über den Liegenden, hebt mit seinem Daumen dessen Oberlid und sagt:

«Merkwürdig!»

Dann packt er das Handgelenk, zählt laut die Pulsschläge, während er eine flache Uhr aus der Westentasche zieht. Malan steht daneben und weiß nicht recht, wie er sich benehmen soll. Der Herr ist vielleicht ein Arzt, dann ist alles gut, weil er möglicherweise von einem Krankenbesuch kommt, sonst wäre seine Anwesenheit immerhin verdächtig zu nachtschlafender Zeit. ‹Man kann ihn ja fragen›, denkt Malan und räuspert sich; aber bevor er noch ein Wort gesagt hat, meldet sich der Herr:

«Sie möchten wissen, wer ich bin? Da ...»

Er hat seine Brieftasche gezogen und ihr eine Visitenkarte entnommen; darauf steht:

Louis Dominicé
Professeur de Psychologie
à l'Université de Genève

Während Malan das Kärtlein liest, hört er: «Mein Lieber, dieses da ist eine Vergiftung. Am besten, Sie telephonieren sofort ans Spital!» Der alte Mann spricht die Worte sehr deutlich aus und macht dazu belehrende Handbewegungen. «Haben Sie die Kleider schon durchsucht? Keine Papiere gefunden?»

Malan wird verlegen. Er hat seine Pflichten, scheint es ihm, vernachlässigt. Nun besinnt er sich aber, kehrt die Taschen der Hosen, des Rockes um, doch sind sie leer.

«Von welcher Seite ist der Mann gekommen?» fragt der Professor weiter.

Auch diese Frage kann Malan nicht beantworten.

«Ich mache Ihnen einen Vorschlag», sagt Professor Dominicé freundlich. «Ich werde ans Spital telephonieren, denn ich habe dort Bekannte, und meinem Rufe wird man schneller Folge leisten als dem Ihren. Während ich telephoniere, können Sie hinuntergehen und die Toilette inspizieren, die unter diesem Kiosk liegt. Vielleicht finden Sie dort jemanden ...»

‹Dieser Herr weiß mehr als ich›, denkt der Polizist Malan, aber er wagt nicht, seine Gedanken laut zu äußern. Er ist noch nicht lange bei der Polizei, außerdem macht ein Professor einem einfachen Manne immer einen beträchtlichen Eindruck. Darum geht Malan auch gehorsam um das Tramhäuschen, steigt Treppen hinunter und erreicht den weißgekachelten Raum.

Es ist sehr still hier, nur ein paar Fliegen summen um eine einsame Glühbirne, die rötlich leuchtet. Geschlossene Türen mit der Aufschrift über der Klinke: ‹Öffnet sich nur nach Einwurf eines 20-Centimes-Stücks.› Alle Türen, an denen Malan vorbeischreitet, tragen noch ein zweites, bewegliches Täfelchen, das anzeigt, daß die Kabine ‹frei› und nicht ‹besetzt› ist. Nur die letzte Tür ist angelehnt, das zweite Schild verschoben, und ein Spalt klafft. Malan lauscht. Fliegen summen, doch kein Atemzug ist zu hören. Er will die Tür aufstoßen, da wird sie von innen aufgerissen, Malan streckt die Hände aus, da bohrt sich ein harter spitzer Schädel in seine Magengrube; der Polizist setzt sich auf die Fliesen. Seine Augen nehmen dennoch ein unverwischbares Bild auf: zwei Beine in weißen Tennishosen.

Malan steht auf, verläßt den Raum; oben sieht er sich um, doch der Platz ist leer.

Auch der Professor scheint verschwunden zu sein. Auf der Bank liegt der junge Mann, halbgeschlossen sind seine Augen, und sein Atem geht pfeifend ...

Doch da ist ja der Professor! Deutlich ist er in der Telephonkabine zu sehen, seine linke Hand, sein Arm bewegt sich, der Mann spricht aufgeregt in den Trichter. Dann hängt er den Hörer an und kommt heraus.

«Haben Sie niemanden erblickt?» erkundigt sich Malan. Der Professor schüttelt den Kopf. Er hat seinen breitrandigen Hut auf den Hinterkopf geschoben, und seine weißen Haare schimmern feucht. Die Nacht ist schwül.

«Es ist mir nämlich jemand begegnet, dort unten», sagt Malan. Dabei preßt er die Fäuste in die Magengrube.

«Sind Sie verletzt?» erkundigt sich der Professor besorgt.

Malan schüttelt den Kopf. Dann öffnet er die geballten Fäuste. Aus der Rechten fällt etwas zu Boden, das im Lichte metallisch glänzt. Malan bückt sich und erinnert sich, daß er beim Hinfallen etwas unter seiner Handfläche gespürt hat – seine Finger haben sich unbewußt um dieses unbekannte Ding geschlossen. Nun betrachtet er es und ist erstaunt, denn etwas Ähnliches hat er noch nie gesehen. Es ist ein Bündel von etwa 20 sehr feinen Drähten, die nicht länger sind als ein kleiner Finger. Hilflos streckt er das Bündel dem Professor hin. Der alte Herr nickt.

«Kenn ich», meint er trocken. Er zieht einen der feinen Drähte aus dem Bündel, hält ihn hoch und erklärt:

«Den braucht man, um jene Hohlnadeln zu reinigen, sofern sie nämlich verstopft sind, deren sich Morphinisten bedienen, um sich vermittelst einer sogenannten Injektionsspritze das aufgelöste Gift in den Körper einzuverleiben.»

Der Polizist Malan ist nicht dumm. Die geschraubte, verlegene Ausdrucksweise des Professors kommt ihm bedenklich vor. Aber was soll er machen? Er ist schwerfällig, und darum fällt es ihm schwer, seinen Verdacht zu äußern, den Verdacht nämlich, daß dieser alte Herr etwas verbergen will … Übrigens läßt Dominicé auch keine Frage aufkommen.

«Das Sanitätsauto», sagt er, «wird in kürzester Frist den Patienten abholen. Ich bin müde. Sie wissen, wo ich zu finden bin. Falls man mich braucht, werde ich immer zu erreichen sein. Gute Nacht.»

Merkwürdig, wie die Finger des Professors zittern, während er sich aus französischem Tabak eine Zigarette dreht. Er zündet sie an und geht fort. Hinter ihm bleibt der Rauch in der reglosschwülen Luft stehen.

«Und ich habe den Herrn nicht einmal gefragt, ob er den Mann da kennt», murmelt Malan verdrießlich. «Na, der Alte soll sich selber um die Sache kümmern!» Er sagt nicht ‹Sache›, sondern gebraucht ein gröberes Wort. Unter dem ‹Alten› aber versteht er den Kommissär Pillevuit, einen Mann mit blondem Bart, der mit dem Polizisten Malan immerhin eine Eigenschaft gemeinsam hat: Der Kommissär liebt auch Waadtländer Weine ...

Malan ist wieder allein, denn den Kranken auf der Bank kann man nicht als Gesellschaft betrachten. Der große Platz wirkt wegen des scharfen Lichtes der Bogenlampe unheimlich. Die leeren Fenster der Geschäftshäuser glotzen bösartig, und Malan räuspert sich, um sich dieses furchterregende Gebaren zu verbitten. Aber die Häuser glotzen weiter. Endlich kommt ein Surren näher, und ein Auto hält mit einem Ruck. Es ist ein grüner geschlossener Kasten mit spärlichen Milchglasscheiben. Ein Mann steigt aus, der Chauffeur springt von seinem Sitz; hierauf gleitet eine Bahre aus dem Kasten, der Kranke wird daraufgelegt, die Bahre verschwindet, und eine Türe knallt zu; der Chauffeur sitzt schon wieder auf seinem Platz, und böse surrt der Anlasser. Malan aber scheint es, als verhöhne ihn das rote Auge des Schlußlichts.

2. «Deliriert er viel?» fragte Dr. Thévenoz. Er zog zwei Hartgummipfropfen aus den Ohren, die durch rote zusammenlaufende Kautschukschläuche mit einem schwarzen Zylinder verbunden waren, der auf der nackten Brust des Patienten lag.

Schwester Annette schüttelte den Kopf.

«Eigentlich nicht», antwortete sie. «Er murmelt nur von Zeit zu Zeit unverständliche Worte. Ich glaube fast, es ist Englisch.»

«So, Englisch ...»

Dr. Thévenoz, ein etwa 35jähriger Mann mit spärlichem blondem Haar, blickte zum Fenster hinaus, das auf grüne Laubbäume blickte. Im Zimmer stand nur ein Bett. An der Wand war ein weißes Becken angebracht, mit zwei weißen Hähnen darüber.

Der Patient warf sich unruhig in seinem Bett herum.

«Don't sting», stöhnte er. «Go to hell ...»

«Hallo, Rosenstock, sprachenkundiger Ahasver, was heißt ‹sting›?»

Doktor Wladimir Rosenstock, Assistenzarzt, klein, leicht verfettet trotz seiner Jugend, schien sich beim Gehen immer im Schlittschuhlaufen zu üben. Denn er glitt ins Zimmer.

«Sting?» wiederholte Rosenstock fragend. «Ein ungebräuchliches Wort! ... Es heißt ‹stechen›, wenn es sich um eine Biene handelt oder um eine Wespe oder sonst um ein Insekt.»

«Hallo!» Dr. Thévenoz schnalzte mit den Fingern. «Das stimmt auffallend! Sehen Sie sich diesen Arm an. Nun? Der Flecken da am Ellbogengelenk? ... Sieht der nicht wie eine Injektion aus? Sogar wie eine intravenöse Einspritzung? Vergiftet? Aber welches Gift kommt in Frage? Was ist Ihre Meinung, blonder Engel?» Die letzten Worte galten Schwester Annette, die sich Mühe gab zu erröten.

«Rosenstock, geliebtester meiner Schüler, welche Diagnose wird Ihrem Hirn entsteigen, weisheitsgepanzert, wie seinerzeit eine griechische Göttin dem Schädel ihres Vaters (was übrigens eine merkwürdige Art vegetativer Vermehrung ist, verzeihen Sie den schlechten Witz!)? Woran krankt dieser junge Mann? Welches Gift tobt in seinen Adern, um mich jener Ausdrucksweise zu bedienen, die goldraffenden Schreibern eigen ist? Reden Sie, Rosenstock! Vergessen Sie Ihre Abstammung! Vergessen Sie das Sprichwort, welches das Schweigen mit dem Goldstandard in Verbindung bringt. Bekehren Sie sich zum Bimetallismus, lassen Sie das Silber Ihrer Rede erklingen! Ich lausche ...»

Schwester Annette kicherte ein Backfischlachen, auch Rosenstock lächelte, er liebte es, gehänselt zu werden. Doch als er antworten wollte, unterbrach ihn Doktor Thévenoz wieder.

«Wie, Rosenstock, Sie wollen ein Gutachten abgeben? Ohne den Patienten untersucht zu haben? Sie wollen sprechen und kennen nicht einmal die Anamnese des Falles? Rosenstöcklein, bedenken Sie, Sie sind noch kein Professor, der mit nachtwandlerischer Sicherheit Kohl verzapfen darf – intuitiv –, verstehen Sie? Sie sind Assistent und als solcher zu höchster, zu strengster Gewissenhaftigkeit verpflichtet. Ich will Ihnen helfen. Der junge Mann hier – ruhig, junger Mann! Ich bin damit beschäftigt, Ihren Fall zu explizieren, ich muß Sie dringendst bitten, mich nicht zu unterbrechen!» (Der Patient stöhnte nämlich leise, warf sich herum, murmelte auch.) «Was beliebten Sie zu sagen, junger Mann?»

«Er hat Durst», bemerkte Rosenstock.

«Glaub ich, wir könnten ihm vielleicht ...»

Schwester Annette hatte schon ein Glas in der Hand und stützte den Patienten, um ihm das Trinken zu erleichtern.

Doktor Thévenoz seufzte tief:

«Ich möchte auch einmal krank sein und mich von Ihnen pflegen lassen! Sie sind so sanft, mein blonder Engel, und ich muß mich die ganze Zeit mit einer energischen Frau herumschlagen, die gar kein Gefühl hat für meine Zartheit.»

Es war bekannt im Spital, daß Dr. Thévenoz mit einer Kollegin verlobt war, die in der Irrenanstalt Bel-Air als Assistentin Dienst tat. Und auch an die Klagen des Arztes war man gewöhnt; die Dame mußte sehr energisch sein; sie hieß Madge Lemoyne, war in Amerika geboren und dort aufgewachsen.

«Ja, Rosenstock, das Leben ist schwer. Denken Sie, Madge hat mir heute morgen angeläutet, sie müsse mich unbedingt sprechen. Dabei haben wir uns gestern abend noch gezankt. Was will sie nur?»

Thévenoz versank in Nachdenken, während Rosenstock den Körper des Patienten abklopfte. Es war ein sauberer Körper, braungebrannt, sehnig, die Haut roch schwach nach Lavendel. Auffallend war einzig der rote Fleck in der Ellbogenbeuge, der aussah wie ein beginnender Ausschlag.

Dr. Thévenoz war wieder ans Fenster getreten, um seinem

Assistenten Platz zu machen. Von dorther kam seine Stimme, sachlich referierend:

«Heute nacht hatte ich Dienst. Um 2.15 wurde ich angerufen. Professor Dominicé, einer meiner Lehrer, teilte mir mit, er habe an der Place du Molard einen jungen Mann gefunden, der offenbar an einer Vergiftung erkrankt sei. Er bat mich, das Sanitätsauto zu schicken, der Fall scheine schwer, es wäre gut, wenn der Patient bald in fachgemäße Behandlung käme. Auf meine Frage, ob er den Patienten kenne, hängte der Professor ab. Er sprach sonderbar unfrei am Telephon und wiederholte sich oft. Ich hatte etwas Mühe, ihn zu verstehen. Nun, hier ist der junge Mann. Was haben Sie entdeckt, Rosenstöcklein?»

«Ja», sagte Rosenstock und schwieg.

«Nun, los, los, Stöcklein! Sie werden mich doch nicht blamieren wollen?»

«Also, mir scheint», begann der Assistent, «es könnte sein, daß der Einstich in der Ellbogenbeuge in ursächlichem Zusammenhang mit der Vergiftung stünde.»

Er schwieg wieder und kratzte an seiner Nase, die dick war und knollig.

«Ein merkwürdiger Einstich!»

Er tippte mit dem Finger, der die Nase verlassen hatte, auf die entzündete rote Stelle an der Ellbogenbeuge und sprach:

«Es sieht aus, als hätte eine ungeschickte Hand eine intravenöse Injektion versucht. Und zwar scheint ein beträchtliches Quantum Gift eingespritzt worden zu sein. Dieses Gift ... – Nun, die Alkaloide des Opiums, als da sind Heroin, Codein, Morphin, schalten aus. Wegen der vergrößerten Pupillen. Es käme nur die Gruppe der Tropeïne in Betracht, und wir haben die Auswahl zwischen Atropin, Scopolamin und Hyoscyamin. Hyoscyamin!» wiederholte Rosenstock und kostete das Wort aus wie einen Leckerbissen, «es klingt wie ein Frauenname aus einem Maeterlinckschen Stück. Hyoscyamin oder Hyoscin ... Das aktive Prinzip von Hyoscyamus niger, dem Bilsenkraut, einem Nachtschattengewächs. Bilsenkraut! – Das hatte eine große Beliebtheit bei den Hexen des Mittelalters, ihre Flugträume hingen mit den Wirkungen dieser Pflanze zusammen. Sie nahmen das Zeug äußerlich, extern, die Hexen, als Salbe, soviel ich mich erinnere. Haben Sie die Frage einmal studiert, Dr. Thévenoz? Sehr interessant! Wir sind hoffnungslos phantasiearm geworden, finden Sie nicht auch? Ich empfehle Ihnen, den Hexenhammer zu lesen, unglaubliche Geschichten werden Sie darin finden. Dinge, die auch Fräulein Dr. Lemoyne interessieren dürften, da sie doch zur Seelenkunde übergegangen ist ...»

«Hören Sie auf, hören Sie auf! Sie Schwätzer! Man merkt, daß Sie von Talmudisten abstammen. Ich bin ja einverstanden mit Ihnen. Hyoscyamin natürlich. Wird schwer nachzuweisen sein. Isomer und solche Geschichten ... Wenn wir nur endlich einmal wüßten, wer ...»

Da ging die Türe auf. Eine Frau, trotz der sommerlichen Hitze in dunkles Blau gekleidet, betrat das Zimmer. Sie schritt zum Bett, sah lange auf den Kranken und legte ihm die Hand auf die Stirn.

«Armer Junge! ...» sagte sie.

«Wer sind Sie? Wie kommen Sie herein? Was fällt Ihnen ein?» Doktor Thévenoz' Fragen überstürzten sich. Die Frau sah den Arzt einen Augenblick an, dann wandte sie sich zur Tür.

«Ich habe nur gehört von dem Unglück. Und ich wollte sehen», sagte sie sanft. Und dann fiel die Tür hinter ihr zu. Thévenoz wollte ihr nachlaufen, aber in der Tür stieß er mit einer Schwester zusammen.

«Es will Sie jemand am Telephon sprechen», sagte die Schwester.

«Mann oder Frau?» fragte Thévenoz wild.

«Es war eine Männerstimme», antwortete die Schwester und lächelte dazu ein wenig impertinent.

«Gut», nickte Thévenoz. Er hatte den geheimnisvollen Besuch scheinbar vergessen, denn er lief in die Sprechzelle.

3. «Also, jetzt erzählen Sie einmal klar und deutlich, mein lieber Malan; aus Ihrem Rapport wird ja niemand klug.»

Kommissär Pillevuit ließ die Hand über seinen langen gelben Bart gleiten und lehnte sich in seinem Stuhl zurück. Polizist Malan stotterte ...

«Nein, so geht das nicht. Warten Sie!»

Kommissär Pillevuit holte eine Flasche aus einem Fach seines Schreibtisches, füllte ein Glas mit einer wasserklaren Flüssigkeit, die bedenklich nach Alkohol roch. Malan trank, räusperte sich ..., und dann konnte er plötzlich reden. «Also, ich will einmal resümieren», sagte Kommissär Pillevuit, als sein Untergebener endlich schwieg. «In der Toilette war ein Mann versteckt, der weiße Tennishosen trug. Groß? Klein? Das wissen Sie nicht? ... Außerdem haben Sie Drähte aufgelesen, von denen jener Professor behauptet, sie seien zum Putzen von Hohlnadeln bestimmt. Wo sind diese Drähte? ... Die hat der Professor mitgenommen? So, so ... Ich werde ihn später anläuten ... Und Sie finden, dieser Professor habe sich sonderbar benommen? Inwiefern sonderbar? ... So als ob er mit der Geschichte etwas zu tun habe? ... Nicht? ... Aha! So als ob er den jungen Mann kennen würde. Ich verstehe. Und Sie haben den Professor ans Spital telephonieren lassen, worauf der junge Mann abgeholt worden ist ... Warten Sie, ich will schnell das Spital anrufen ... Ja, hier Stadtpolizei. Ein junger Mann ist eingeliefert worden diese Nacht. Ich brauche einige Angaben, wer behandelt ihn? ... So? ... Wollen Sie ihn ans Telephon rufen? ... Danke ... Guten Tag, Doktor, wir kennen uns ... Ja, ja. Hören Sie, was hat der junge Mann, den Sie da behandeln? ... Eine mysteriöse Angelegenheit? ... Wieso mysteriös? Es gibt nichts Mysteriöses! Was Sie nicht sagen! ... Vergiftung? ... Was sagen Sie? ... Verteufelter Name! Werde ich mir nie merken können. Hab nie von diesem Gift gehört! ... Ah? Nicht möglich? Raffinierter Mordversuch? ... Ja, ich sag es immer, seit dieser verdammte Völkerbund unsere Stadt unsicher macht, hat man nur Scherereien ... Von einer fremden Delegation? ... Natürlich! Was hab ich gesagt? ... Sie glauben, Sie können ihn durchbringen? ... Desto besser ... Keine Anhaltspunkte? ... Ich meine, was seine Personalien betrifft. Gar nichts? ... Ja, Professor Dominicé, ich weiß, ich weiß! ... Ich werde mich bei ihm erkundigen ... Danke, Doktor, leben Sie wohl ... Morgen vielleicht? ... Gut, gut!»

Nach diesem Gespräch schwitzte Kommissär Pillevuit außerordentlich. Er bedurfte einer Erquickung. Also entließ er den Polizisten Malan und ging in eine kleine Weinstube in der Nähe des Justizpalastes, wo er die verlorene Flüssigkeit mit Hilfe von Waadtländer Wein ersetzte.

4. Seine Exzellenz Sir Avindranath Eric Bose hatte die Gesichtsfarbe jener alten Herren, die den Winter hindurch in Davos oder St. Moritz Curling spielen und die Gewohnheit haben, sich von den Anstrengungen dieses sanften Spieles durch einen Whisky Soda oder einen heißen Gin zu erholen. Übrigens war Sir Eric Baronet des Königreiches Großbritannien, bevollmächtigter Delegierter eines indischen Randstaates, eines kleinen Staates nur, der seinen eingeborenen Fürsten vertrieben und Sir Eric zum Landpfleger erkoren hatte. Eigentlich nur um seinen Untertanen zu schmeicheln, hatte Seine Exzellenz den merkwürdigen Namen ‹Avindranath› angenommen. Er stammte nämlich aus Sussex und hatte Nationalökonomie studiert. Doch waren diese Studien nichts anderes mehr als eine schöne Jugenderinnerung. Sir Eric langweilte sich oft in seinem indischen Randstaat, darum war ihm der Völkerbund ein willkommener Vorwand zu Europareisen; die Schweiz gefiel ihm ausnehmend.

Es war tiefer Nachmittag. Seine Exzellenz war spät aufgestanden, noch unrasiert, und diesen Mangel behob soeben sein Kammerdiener Charles. Während er den Pinsel sanft über die roten Wangen seines Herrn führte, erkundigte sich Sir Eric:

«Charles, noch immer keine Nachricht von Crawley?»

Charles stellte den Pinsel ab, zog das Rasiermesser aus seiner oberen, äußeren Rocktasche und begann es abzuziehen. Erst als er diese Arbeit beendigt hatte, antwortete er:

«Nein, Sir Eric.» Und er verneigte sich.

Sir Eric wollte etwas bemerken, aber da das Messer soeben über seiner Oberlippe schwebte, verschluckte er die Bemerkung.

«Schmerzt es, Sir Eric?» erkundigte sich Charles, und Seine Exzellenz verneinte mit einem Grunzen.

Klopfen an der Türe.

«Gestatten Sie, Sir Eric, daß ich mich erkundige, was das Klopfen bedeutet?» fragte Charles, klappte das Messer zu und ließ Sir Eric mit einer halb rasierten Gesichtshälfte sitzen. An der Türe führte der Diener ein leises Gespräch, kehrte zurück, um Seiner Exzellenz mitzuteilen, es seien zwei Ärzte draußen, die Seine Exzellenz zu sprechen wünschten.

«Bin nicht krank», bemerkte Sir Eric mürrisch.

«Die beiden wünschen eine private Unterredung», sagte Charles mit sanfter Stimme.

«Sie sollen warten», bestimmte Sir Eric.

«Ich habe mir erlaubt, diese Weisung zu geben.»

«Warum fragen Sie mich dann?» Seine Exzellenz war ungnädig. Sir Eric fuhr mit der Hand durch sein spärliches weißes Haar, so als leide sein Kopf an einer unerträglichen Migräne. Im Empfangssalon des Hôtel de Russie (im Empfangssalon herrscht ein hoffnungsloser Luxus, dessen Beschreibung unnötig ist, denn er hat in vielen Filmen auf der Leinwand geklebt) stritt sich Dr. Thévenoz mit seiner Braut, Fräulein Dr. Madge Lemoyne. Das Gesicht dieser Ärztin erinnerte an eine expressionistische Madonna, dazu trug diese Dame die Haare ungewöhnlich kurz, Herrenfrisur, und einen Scheitel auf der Seite. Zu bemerken wäre noch, daß sie sehr geschmackvoll gekleidet war: Ein roter ärmelloser Jumper zu einem kurzen Rock von raffiniertem Braun brachte ihre sonnverbrannte Hautfarbe gut zur Geltung. Ihr Körper wirkte sehr weich; vielleicht war dies daran schuld, daß sie es liebte, eine gewisse Härte in ihrem Verhalten hervorzukehren.

«Jonny», sagte sie (sie nannte Dr. Thévenoz, ihren Freund, stets Jonny, obwohl er Jean hieß, und schon dieser Name brachte den Arzt in Harnisch), «wird uns der alte Herr noch lange warten lassen? Ich bin sicher, daß Ronny sich unten langweilt.»

Ronny war Madges Airedalehund, und Ronny wartete unten im kleinen Amilcar-Zweisitzer, der Madge und ihren Freund (vermeiden wir lieber das Wort ‹Verlobter› oder ‹Bräutigam›, denn Madge haßte diese Worte) vom Spital zum Hôtel de Russie geführt hatte.

«Nenn mich bloß nicht Jonny», klagte Dr. Thévenoz, «ich will nichts mit England zu tun haben. Ich bin Genfer, ich bin Schweizer, du sollst mich Jean nennen, verstehst du?»

Madge grinste wie ein Schulmädel. Sie hatte breite Zähne, was nach dem Urteil eines Schriftstellers, der sich für einen Frauenkenner hält, ein Zeichen von Intelligenz sein soll. Ich kann darüber nicht urteilen.

Sir Eric erschien. Er duftete nach Kölnisch Wasser, und die Röte seines Gesichtes hatte Puder in Rosa verwandelt. Er war wirklich ein wohlgepflegter alter Herr, noch nicht verfettet, sein glattes Gesicht lag in höflichen Falten, er verneigte sich mit Würde. Sogar das Erstaunen über die Anwesenheit einer Dame (war nicht von zwei *Ärzten* die Rede gewesen?) hielt sich durchaus in den Grenzen des Anstands.

«Dr. Thévenoz», stellte sich der Arzt vor, und «eine Kollegin, Dr. Madge Lemoyne.» Madge neigte den Kopf. Sir Eric hatte eine Schwäche für moderne Frauen, die sich gut anzogen, darum schenkte er der Ärztin einen Handkuß.

Madge überschüttete Seine Exzellenz mit einer Sturzflut englischer Erklärungen. Dr. Thévenoz stand ein wenig dumm daneben. Sir Eric hörte interessiert zu, dann wandte er sich an Thévenoz:

«Ihre Kollegin erklärt mir soeben», Sir Erics Französisch war ein wenig mühsam, «daß Sie meinen Sekretär Crawley als Patient behandeln. Er wurde gestern, so sagt mir Madame, auf der Place du Molard gefunden, unter ... unter mysteriösen Umständen. Vergiftung, wie? Und nur einem Zufall haben wir es zu verdanken, daß er erkannt worden ist. Das heißt, noch nicht definitiv erkannt ...?»

«Die Sache ist die folgende, Exzellenz», sagte Dr. Thévenoz, und man sah ihm an, daß er erleichtert war, endlich sprechen zu dürfen. «Fräulein Lemoyne besucht Professor Dominicé sehr oft, er war auch mein Lehrer, aber wir sehen uns nur selten, da ich sehr beschäftigt bin. Spitaldienst ist anstrengender als Psychiatrie.»

Thévenoz war sichtlich über seine Bosheit erfreut, aber sie verpuffte wirkungslos. «Nun, Professor Dominicé hat sich heute morgen erinnert, daß er jenen jungen Mann, den er mir zur Behandlung überwiesen hat, eigentlich doch erkannt hat. Es sei der Sekretär Eurer Exzellenz, Crawley, der, wie mir Fräulein Dr. Lemoyne mitteilt, häufig als Besuch im Hause des Professors erschienen ist. Da sich nun der Professor nicht ganz wohl fühlt, hat er Fräulein Lemoyne gebeten, Eure Exzellenz aufzusuchen und Sie zu bitten, mit uns ins Spital zu kommen.»

«Ich komme, natürlich komme ich sofort.» Sir Eric tat sehr aufgeregt. Er lief im Salon hin und her und ließ ein horngefaßtes Monokel an einem breiten, schwarzen Seidenband um seinen Zeigefinger tanzen.

«Charles», rief er plötzlich. Ein zweiter Ruf war unnötig. Schon stand der Kammerdiener in der Türe, verneigte sich und fragte:

«Sir Eric?»

«Sagen Sie, Charles, hat Crawley nicht gestern abend jenen ... Vertragsentwurf mitgenommen ... zum Abschreiben, wie er sagte. Sie wissen ja, Charles, daß dieser Entwurf wichtig ist, unendlich wichtig, wenn der in ... in ... Doch das interessiert Sie nicht. Hat Crawley den Entwurf mitgenommen?»

«Herr Crawley trug eine Aktenmappe, jawohl, Sir Eric. Er sagte, er wolle noch jemandem diktieren und das könne lange dauern. Ich hatte gestern abend zu tun, sonst wäre ich ihm gefolgt. Soll ich mich erkundigen?»

«Nein, lassen Sie nur, ich werde sehen.»

Sir Eric war undiplomatisch aufgeregt. Madge und Thévenoz betrachteten ihn verwundert.

«Das Auto, Charles, ich muß ins Spital! Crawley ist, scheint es, dort eingeliefert worden. Ich muß mich um ihn kümmern, wäre mir leid, wenn dem Jungen etwas passiert wäre. Auf was warten Sie, Charles? Gehen Sie!» Charles war nicht aus der Ruhe zu bringen.

«Panama oder Filzhut, Sir? Ich würde zu Panama raten. Es ist heiß.»

«Bringen Sie, was Sie wollen, aber schnell, schnell ...»

5. Der junge Mann, der nach dem Urteil zweier Ärzte an einer Hyoscyamin-Vergiftung litt, lag noch immer in dem weißen Isolierzimmer unter der Obhut von Schwester Annette. Sir Eric betrat als erster das Zimmer, gefolgt von Dr. Thévenoz. Madge erschien ein wenig später, ihr Zweisitzer war unterwegs aufgehalten worden.

Sir Eric beugte sich über den Körper und betrachtete ihn aufmerksam.

«Hallo, Boy», sagte er, «what's the matter with you?»

Aber der ‹Boy› antwortete nicht. Er verdrehte nur die Augen.

«Ja, es ist mein Sekretär», sagte Seine Exzellenz und blickte hilflos umher.

«Name, Vorname, Geburtsort, Jahrgang?» fragte Thévenoz streng und achtete nicht auf Madges vorwurfsvolle Blicke. Fräulein Lemoyne bemühte sich, diese grobe Fragestellung zu entschuldigen. Aber Sir Eric setzte ein nachsichtiges Lächeln auf und antwortete bereitwillig:

«Der junge Mann heißt Walter Crawley, ist in Bombay am 5. März 1902 geboren, stammt von britischen Eltern, kam später nach England und studierte dort. Seine Eltern sind schon früh gestorben. Freunde von diesen haben mir Crawley empfohlen. Er war mir sehr nützlich, denn er war ein verläßlicher Bursche, bis in die letzte Zeit. Ich weiß nicht, was da plötzlich mit ihm los war. Er war zerstreut, bedrückt; ich habe immer gedacht, das würde vorübergehen. Wenn Sie meine Angaben der Polizei mitteilen wollen – bitte sehr. Übrigens stehe auch ich immer gerne zur Verfügung ...»

Thévenoz nickte und verließ das Zimmer, die Zurückgebliebenen schwiegen. Nur Crawley in seinem Bett murmelte von Zeit zu Zeit, aber man schenkte diesem Murmeln keine Beachtung. Manchmal klang es nach ‹old man›, auch ‹professeur› war zu verstehen. Dann schien sich der Kranke gegen etwas zu wehren, sprach von ‹fly›, worüber Seine Exzellenz den Kopf schüttelte.

«Der Junge war nie von Aeroplanen begeistert, ein seltener Fall bei unserer heutigen Jugend, er behauptete immer, er werde seekrank, wenn wir ausnahmsweise das Flugzeug benützen mußten.»

Seine Exzellenz schlug nun vor, die Kleider des Kranken eingehend zu untersuchen. Aber Schwester Annette wehrte sich gegen diesen Vorschlag. Man solle die Rückkunft des Arztes abwarten, meinte sie. Als Dr. Thévenoz bald darauf wieder eintrat, wurden die Kleider Crawleys gebracht. Aber die Taschen waren leer. Sir Eric endlich fand, als er durch ein Loch im Rockfutter griff, eine Visitenkarte. Sie glich der von Professor Dominicé am Morgen gegen zwei Uhr dem Polizisten Malan überreichten. Es waren darauf noch Schriftzeichen zu lesen, winzige Buchstaben. Madge Lemoyne konnte folgendes entziffern:

«Lieber Crawley, es wird mich freuen, Sie heute abend gegen acht Uhr bei mir zu sehen. Freundschaftlich Ihr D.»

«Höchst ... höchst bedenklich», äußerte sich Sir Eric. Er hielt das Monokel vors Auge, wie eine Lupe, und las die Mitteilung zum zweitenmal.

«Wieso bedenklich?» wollte Thévenoz wissen. «Die Erklärung, die der Professor wird geben können, wird sicher höchst einfach sein.»

«Wir werden sehen», sagte Sir Eric und steckte die Karte ein. «Ich werde sie selber der Polizei übergeben.»

Zuerst wollte Thévenoz gegen die Mitnahme der Karte protestieren, aber das Gebaren des vernachlässigten Patienten störte ihn. Walter Crawley benahm sich reichlich sonderbar. Er ließ röchelnde Atemzüge laut werden, seine Gesichtsfarbe wurde fahl und grau, auf der Stirn bildeten sich Schweißtropfen. Wladimir Rosenstock, der Assistenzarzt, der vor kurzem eingetreten war, beschäftigte sich mit ihm.

«Hopp, hopp, Schwester!» flüsterte er erregt. Dr. Thévenoz war auch ans Bett getreten. Flüsternd gab er der Schwester Befehle. Diese rannte aus dem Zimmer, kehrte mit einer Spritze zurück.

Aber da spannte sich Crawleys Körper so, daß er einen Bogen bildete: nur Fersen und Hinterkopf lagen auf. Dann war ein Knacken zu hören, wie von brechendem Holz, und Walter Crawley, von Bombay (Indien), Sekretär Seiner Exzellenz Sir Avindranath Eric Bose, blieb entspannt liegen und hatte das Atmen vergessen. Um seinen Mund entstand langsam ein niederträchtig-höhnisches Lächeln, so als wolle er sagen: «Gewiß, ich bin nun tot, aber damit ist meine Angelegenheit noch lange nicht erledigt. Ihr alle werdet euch über meinen Abgang noch den Kopf zerbrechen.» Dies sollte auch tatsächlich geschehen. Vorerst aber schien Thévenoz nur erstaunt, schüttelte den Kopf, jagte die Anwesenden aus dem Zimmer und blieb mit dem Toten allein.

6. Es gibt Leute, die ein Reizmittel einem Nahrungsmittel vorziehen; wenn sie hungrig sind und kein Geld haben, ziehen sie eine Zigarette einem Stück Brot vor. Dr. Thévenoz war ähnlich veranlagt. Nach dem Urteil seiner Bekannten wäre er mit einer einfachen Frau, einer jener besorgten, mütterlichen Naturen, durchaus glücklich geworden. Er zog aber dem Roggenbrot, wie gesagt, die Zigarette vor und verliebte sich in Fräulein Dr. Madge Lemoyne. Der Verkehr mit Madge war so anstrengend, daß er fünf Kilo Körpergewicht verloren hatte, und diesen Verlust hatte er bis jetzt nicht wieder zu ersetzen vermocht.

Ja, ein Zusammensein mit Madge zehrte an den Nerven. Eine schottische Dusche (heißer Wasserstrahl, gleich darauf eiskalter) kann, sparsam gebraucht, eine angenehme Entspannung erzeugen. Wird sie aber zu oft wiederholt, so kann sie zur Tortur werden. Madge konnte zärtlich sein, plötzlich, nach einem Wort, das ihr nicht paßte, wurde sie ausfallend und spielte die Gekränkte – um ebenso unbegründet wieder einzulenken. Merkwürdig war, daß sie sich nur mit Thévenoz so benahm. Andere Leute rühmten ihre Gutmütigkeit, ihr ausgeglichenes Wesen. Manchmal schien es, als sei sie noch auf der Suche nach dem passenden Partner und habe Thévenoz nur so, zum Zeitvertreib, genommen, aus Furcht vielleicht vor jener Einsamkeit, vor jenem Sich-nutzlos-Fühlen, das viele berufstätige Frauen wie eine Art schlechten Gewissens mit sich herumschleppen.

Walter Crawley war um halb fünf gestorben. Thévenoz hatte den Abend frei, und so bat er Madge, mit ihm zusammen zu Nacht zu essen. Aber Fräulein Dr. Lemoyne wünschte, nachher noch tanzen zu gehen.

Thévenoz, der über einen nicht sehr beweglichen Körper verfügte, seufzte, als vom Tanzen die Rede war, aber er ergab sich in sein Schicksal. Er versuchte gewaltsam, lustig zu sein, und vermied es, von Crawleys Ableben zu sprechen. Erst als er im Auto saß (zuerst hatte er noch einen kleinen Kampf mit Madges Airedale Ronny zu bestehen, der nur sehr widerwillig seinen Platz dem unsympathischen Eindringling – der Hund war obendrein noch eifersüchtig – einräumte), erst im Auto, nach einem langen, drückenden Schweigen, sagte Thévenoz:

«Was nur der Meister mit dieser ganzen Geschichte zu tun hat?»

Madge hakte sofort ein: «Erstens verstehe ich nicht, warum du Dominicé immer den Meister nennst. Obwohl ... Und dann: Was soll der alte Mann mit dieser Vergiftungsgeschichte zu tun haben? Ich bitte dich! Ich weiß, daß Crawley seine Kurse besucht hat. Auch sonst war er manchmal beim Professor, obwohl ich ihn dort selten getroffen habe. Aber daß der alte Herr mit der Ermordung des Sekretärs etwas zu tun haben soll, das ist doch lächerlich.»

«Und die Karte? Gestern war Crawley also doch bei dem Meister! Und ich nenne ihn Meister, wenn es mir paßt! Du hast kein Gefühl für die Bedeutung dieses Mannes. Weißt du denn überhaupt, daß er unsere einzige Genfer Berühmtheit ist? Nämlich was Okkultismus betrifft. Ich hab dir doch sein Buch zum Lesen gegeben.»

«Ja», sagte Madge versöhnlich, «sein Buch ist gut; aber es ist alt. Wann hat er es geschrieben? Vor zwanzig Jahren? Inzwischen ist doch viel Wasser durch den Genfersee geflossen und viel Blut in der Erde versickert.»

«Alt? Sein Buch? Dessoir zitiert es, Schrenck-Notzing, Österreich. Sogar Flammarion. Und da behauptest du, daß es veraltet ist?»

Madge war über diese Rede so erstaunt, daß der Wagen einen Zickzackkurs einschlug. Sie blickte kurz auf ihren Freund.

«Seit wann beschäftigst du dich mit diesen Fragen? Ich habe geglaubt, du interessierst dich überhaupt nur für Blutsenkungen und Harnanalysen? Seit wann liest du Séancenprotokolle?»

Thévenoz errötete wie ein ertappter Schulbube. Aber er zog sich geschickt aus der Situation:

«Seit ich eine Freundin habe, die sich mit Seelenkunde befaßt.»

Darauf schwieg Madge. Nach einer kleinen Pause fragte sie:

«Wer ist diese furchtbare Frau, die beim ‹Meister› (wie du sagst) als Haushälterin dient?»

«Ah, du meinst Jane Pochon? Warum furchtbar? Sie sieht nicht schön aus, die Jane, alt ist sie auch. Ja, das ist ein ehemaliges Medium. Diese Jane spielt die Hauptrolle in seinem Buch. Der Meister hat sie in einem spiritistischen Zirkel kennengelernt, hat dann mit ihr allein Sitzungen abgehalten. Später hat sie sich dann verheiratet, ihr Mann war ein Trinker, er ist gestorben und hat sie mit einem Buben allein gelassen. Da hat sie der Professor bei sich aufgenommen, zuerst wohnte sie bei ihm, jetzt hat sie sich, glaub ich, eine kleine Wohnung eingerichtet und vermietet Zimmer. Aber wie ich gehört habe, hat sie kein Glück damit. Ihr letzter Mieter war ein Bankbeamter, den mußt du kennen, der ist ja jetzt bei euch oben, in Bel-Air, plötzlich verrückt geworden, erzählte die Frau, wart einmal, hieß er nicht Crottaz, Crossat oder so ähnlich?»

«Corbaz meinst du. Ja, ich weiß. So, der hat bei dieser – wie nanntest du sie? – Jane Pochon gewohnt? Wir haben zuerst an ein Alkoholdelir geglaubt, aber dann war es nur eine simple Schizophrenie. Verfolgungsideen, Stimmen, übrigens, er sprach auch immer von ‹stechen›, wie Crawley; jetzt hat er sich beruhigt und arbeitet im Garten.»

«So, ‹stechen› hat er gesagt!» stellte Thévenoz fest. Und dann schwieg er, bis sie vor dem kleinen Dorfwirtshaus in Jussy hielten, wo sie zu Nacht essen wollten. Während der Mahlzeit war Thévenoz sonderbar aufgeregt, er streichelte von Zeit zu Zeit Madges Hand, die auf dem Tisch lag, er, der Korrekte, der es sonst peinlich vermied, in der Öffentlichkeit Zärtlichkeit zu zeigen. Madge ließ es geschehen, nur Ronny gefielen diese Demonstrationen nicht. Er bellte, ließ sich aber dann durch einen Brotbrocken, der in ausgelassene Butter getaucht worden war, beruhigen.

7. Die Latham-Bar in der Rue du Rhône ist jeden Abend gefüllt. Sie besitzt einen guten Mixer, der die Amerikaner anzieht, eine gute Kapelle, die manchmal auch Klassisches spielt, was die Engländer schätzen; die deutschen Diplomaten kommen wegen der französischen Lieder, weil sie bei diesen durch ein lautes Lachen beweisen können, daß sie die Pointen und Zweideutigkeiten verstehen und also auf französischen Esprit geeicht sind. Im ganzen verkehrt dort ein internationales Publikum, in dem selbst Russen und Italiener nicht fehlen.

Thévenoz tanzte nicht gut. Erstens war der Platz, der inmitten der vielen Stühle für die Paare frei war, viel zu klein. Man mußte sich an den andern vorbeischieben, gab man nicht acht, so stieß man sich schmerzhaft an spitzen Ellenbogen oder bekam einen Absatz auf den Fußspann, was unangenehm war, besonders wenn man Halbschuhe trug. Und dann war es entsetzlich heiß. Madge ärgerte sich, weil ihr Freund feuchte Hände hatte, und Thévenoz mußte sich nach jedem Tanz die Hände waschen. Die Stimmung an ihrem kleinen Tisch war ungemütlich, Madge desertierte und tanzte oft mit einem jungen Mann, irgendeinem Balkaner mit Haaren wie geschmolzener Teer und einer Gesichtshaut, die in der Farbe an Tilsiter Käse erinnerte.

Während Thévenoz über seine Enttäuschung grübelte – er hatte sich wirklich auf das Zusammensein mit Madge gefreut, und nun kam es ganz anders –, während er vergebens versuchte, sich mit Ronny anzufreunden, der unter dem Tisch lag und, Kopf auf den Pfoten, ungnädig schielte, legte sich eine Hand auf seine Schulter.

«Darf ich mich zu Ihnen setzen?» fragte Professor Dominicé. Er hatte viel Ähnlichkeit mit dem Apostel Petrus, wahrscheinlich war es auch der Havelock aus dünnem grauem Tuch, der an die Gewandung biblischer Figuren erinnerte.

Thévenoz sprang auf. «Meister», sagte er (wozu nur zu bemerken ist, daß das Wort ‹maître› im Französischen gebräuchlicher ist als im Deutschen und nicht den unangenehm pathetischen Beigeschmack hat, der ihm im Deutschen anhaftet), «Meister, welch guter Geist führt Sie her?»

«Kein guter Geist, der Geist der Unruhe und der Angst ist es ...» Der Professor sprach so dröhnend, daß die Leute an den andern Tischen aufmerksam wurden. Thévenoz war bedrückt – plötzlich sah er mit quälender Deutlichkeit den nackten Körper des jungen Crawley vor sich und den entzündeten Hof rings um den Stich in der Ellbogenbeuge. Aber war es ein Einstich?

«Setzen Sie sich, Meister, legen Sie den Mantel ab, es ist warm hier, ich muß Sie ein paar Sachen fragen. Was trinken Sie?»

«Mich friert», sagte der Professor, dann rief er laut durch den Lärm: «Casimir!»

Ein Kellner in weißem Jäckchen, in dessen Knopfloch eine gelbe Nummer wie ein unbekannter Orden leuchtete, arbeitete sich schwimmend durch die zähe Masse der Tanzenden. Der Professor schüttelte ihm schweigend die Hand. «Mich friert, Casimir», wiederholte er, «einen Mokka double oder triple, besser noch triple, ich brauche Anregung.»

«Mit Kirsch, Professor?» fragte Casimir, kameradschaftlich, wie zu einem Gleichgestellten. Der Professor schüttelte den Kopf.

«Nein, nur stark, sehr stark!»

Dann versank Dominicé in ein Schweigen, das etwas unheimlich wirkte, und Thévenoz störte ihn nicht. So saßen die beiden eine Weile stumm inmitten des umgebenden Lärmens, Satzfäden durchzogen die Luft, die grau war vom Tabakrauch, sie wirkten ein buntes wirres Netz, das die beiden Schweigenden einspann. Dann kam Madge und zerriß das Netz.

Professor Dominicé stand müde auf, seine Höflichkeit wirkte wehmütig, wie ein Rokokostuhl inmitten von Stahlmöbeln. «Liebes Kind», sagte er, «wie freue ich mich, Sie zu sehen. Sie sind erhitzt, aber trotzdem ist Ihre Hand kühl geblieben. Das dünkt mich angenehm.»

Casimir, der Kellner, brachte den Kaffee. Mit einem Seufzer zog der Professor seinen Havelock aus, legte ihn über einen Stuhl, reichte Casimir seinen Hut. Er trug einen langen grauen Gehrock, im Westenausschnitt war eine grauseidene Plastronkrawatte zu sehen.

«Ich habe mich einsam gefühlt, heute abend, es beschäftigt mich gar viel diese Tage», er setzte sich umständlich, hob die Schöße seines Gehrocks, um unerwünschte Faltungen zu vermeiden.

Madge hatte die Hände gefaltet auf den Tisch gelegt, es waren kleine Mädchenhände mit stumpfen Fingern, die Nägel kurzgeschnitten und nicht sehr gepflegt.

Thévenoz nahm einen Anlauf. «Was ist das für eine Geschichte mit diesem Crawley, haben Sie ihn wirklich nicht erkannt, Meister?»

Dominicé unterbrach ein Gähnen, das er sich nicht die Mühe genommen hatte, hinter der Hand zu verbergen, seine Gesichtsfarbe war von einem ungesunden Grau, er nippte an dem heißen Kaffee. Seine Augen waren müde und ausdruckslos, ohne Glanz.

«Entschuldigt mich einen Augenblick», sagte er, stand auf, tastete seine Taschen ab, so als wolle er sich vergewissern, daß er ein notwendiges Requisit bei sich habe, dann ging er mit schleppenden Schritten über den in diesem Augenblick leeren Tanzplatz. Nach einigen Minuten kam er wieder, die Schritte, die Bewegungen des Körpers schienen die niederdrückende Müdigkeit wie ein staubigschweres Kleid abgestreift zu haben.

«Ja, die Geschichte mit Crawley», sagte er, «ist merkwürdig. Merkwürdig für Laien, aber nicht für mich. Unser Perzeptionsvermögen ...», und er begann eine lange psychologische Erklärung, die mit vielen Fremdwörtern beweisen sollte, daß das Nicht-Erkennen eines sonst bekannten Menschen eine alltägliche Angelegenheit sei.

So vertieft war der Professor in seine Erklärung, daß er ein wenig erschrak, als ein Vorübergehender ihn streifte. Ein Mann mit Wulstlippen war dies, die Poren der Gesichtshaut waren auffallend groß, und dadurch wirkte die Haut irgendwie unsauber, und er entschuldigte sich wortreich. Neben ihm ging eine hochgewachsene Frau, bei deren Anblick Thévenoz erregt aufspringen wollte. Während der Mann eifrig auf den Professor einsprach und dabei Madge mit einem unangenehm starren Blick fixierte, flüsterte Thévenoz seiner Freundin zu:

«Das ist die Frau, die heut morgen Crawley besucht hat. Ich muß sie sprechen. Ich muß ihren Namen wissen; sie soll mir sagen, was sie gewollt hat.»

Aber Madge hielt ihn zurück. Sie tat eifersüchtig (ob sie es in Wirklichkeit war, konnte nicht festgestellt werden), genug, sie packte Thévenoz' Hand:

«Du wirst sitzen bleiben», und ihre Stimme klang so drohend, daß Thévenoz gehorchte, denn eine Szene in einem öffentlichen Lokal war nicht nach seinem Geschmack.

Der Mann mit der großporigen Gesichtshaut hatte sein Gespräch mit dem Professor beendet, er verbeugte sich vor den Begleitern des Professors, stellte sich vor: «Baranoff» (auf der zweiten Silbe betont), und entfernte sich mit der hochgewachsenen Frau, die Thévenoz' Interesse erregt hatte.

«Wer war das?» fragte Madge. Der Professor seufzte laut und gründlich. Sein Gesicht war noch grauer als sonst, und es war ängstlich verzogen.

«Eine dunkle Persönlichkeit», sagte er, «ein Russe, der, wie ich glaube, in irgendeiner Beziehung zu der Sowjetgesandtschaft steht, aber offiziell will die Delegation nichts mit ihm zu tun haben. Die Regierungen brauchen heutzutage, scheint es, derartige Subjekte», Dominicé ballte die Fäuste auf dem Tisch, wie in hilfloser Wut, «um ihre dreckigen Geschäfte erledigen zu lassen. Geht etwas schief, so läßt man sie fallen und wäscht seine Hände in Unschuld. Wir leben in einer schmutzigen Zeit.»

«Und die Frau, die bei ihm war?» fragte Madge. «Thévenoz interessiert sich für sie, er wollte sie ansprechen, aber das dulde ich nicht.»

«Die Frau? Seine Sekretärin. Eine schöne Frau. Ich bin ihr einmal vorgestellt worden. Sie schien Mitleid mit mir zu haben. Natalja Ivanovna Kuligina heißt sie.»

«Sie kannte Crawley», platzte Thévenoz heraus. «Sie hat ihn heute morgen besucht, sie nannte ihn ‹kleiner Junge›. Mitleidig scheint sie zu sein. Ich wollte sie fragen, was sie eigentlich im Spital wollte, aber wenn Madge ihren Rappel hat, so ist nichts mit ihr anzufangen.»

«Aber Jonny», sagte Madge gefühlvoll. «Du solltest doch stolz sein, daß ich eifersüchtig bin.» Und sie legte ihre Hand auf Thévenoz' Schulter, den die unerwartete Zärtlichkeit überraschte.

«Sie kannte Crawley», sagte der Professor und stützte den Kopf in die Hand. «Ich glaube wohl, daß sie Crawley kannte.»

Aber als Thévenoz und Madge in ihn drangen, sich klarer auszudrücken, schüttelte Dominicé nur den Kopf. So ließen sie ihn schließlich allein sitzen.

Zweites Kapitel

I. Die Morgenblätter des nächsten Tages beschäftigten sich mit dem Tode des Sekretärs Crawley. Das ernste «Journal de Genève», das seinen Ehrgeiz darein setzte, so dezent zu sein, daß auch sechsjährige Kinder seine Prosa verzehren durften, ohne Schaden an ihrer Seele zu nehmen, sprach in gefühlvollen Worten von dem Tode eines hoffnungsvollen jungen Diplomaten, der eines geheimnisvollen Todes gestorben sei. Am Schlusse des Artikels wurde andeutungsweise gefragt, ob hinter diesem Verbrechen nicht die Hand des Erzfeindes westlicher Kultur zu suchen sei. (Diese anscheinend harmlose Frage hatte einen geharnischten Protest der Sowjetdelegation zur Folge, der dann im Abendblatt in winzigen Buchstaben gerade am Schluß des redaktionellen Teils erschien – und übersehen wurde.) Die «Tribune de Genève» hatte einen Toxikologen angefordert, der ausgezeichnet und geistvoll über das ehrwürdige Alter der Gifte plaudern konnte: Dieser berichtete vom Bilsenkraut und der Tollkirsche, die auch zu Liebesfiltern gebraucht worden seien. Das sozialistische «Travail» brachte, wie gewohnt, die Vergiftung des jungen Diplomaten mit der Korruption der bürgerlichen Gesellschaft in Verbindung und fand dadurch einen neuen Weg, von den Bankskandalen der letzten Zeit zu sprechen, was wöchentlich mindestens sechsmal geschah, denn so oft erschien dieses Blatt.

Aber auch im Ausland fand der geheimnisvolle Vorfall gebührende Beachtung. Besonders in der Heimat der Kriminalromane – und das Königreich Großbritannien kann diesen Titel ruhig beanspruchen – schwelgte die Nachrichtenpresse in fingerbreiten Schlagzeilen:

‹Mysterious Death of the Secretary of Sir Eric Bose!› (dies die Überschrift im «Globe») war eine der bescheidensten. Aber, wie gesagt, es gab nicht viel mitzuteilen. Immerhin hatte die

Meldung eine nicht ganz gewöhnliche Wirkung, und zwar äußerte sich diese folgendermaßen:

Gegen zwei Uhr nachmittags (am Morgen waren die Meldungen über Crawleys Tod erschienen) trafen sich zwei Herren am Telegraphenschalter der Hauptpost in Genf. Sie waren beide ungeduldig und kämpften höflich um den Vorrang. Den einen kannte der Beamte als eifrigen Kunden (seine sportlichen Allüren, Golfhosen, buntes Hemd wollten nicht recht zu seiner ungesunden Gesichtsfarbe passen): Es war der Völkerbundskorrespondent des «Globe», der behauptete, die Referate der Abrüstungskonferenz hätten ihm ein chronisches Magenleiden eingebracht und er sei ein Märtyrer seines Berufes. Fast hätte dieser Herr im Kampf um den Vortritt am Schalter den Sieg davongetragen. Aber der andere Herr, der dunkel und unauffällig gekleidet war und trotz der Hitze einen steifen Hut trug, hatte einen so unangenehmen Blick, daß der eingeschüchterte Korrespondent schließlich doch den Platz freigab.

Der Herr mit dem unangenehmen Blick reichte einen Zettel durch den Schalter, der trotz seiner Kürze den Schalterbeamten stutzig machte. Der Beamte fühlte sich verpflichtet, eine leise Frage zu stellen, die der Herr durch das Vorzeigen einer Karte beantwortete.

«Gewiß, Monsieur», sagte der Beamte diensteifrig, «in diesem Falle kann ich das Chiffre-Telegramm natürlich ohne weiteres abschicken. Aber Sie werden begreifen, daß dies nicht jedem gestattet werden kann. Auch wir in der Schweiz haben unsere militärischen Geheimnisse ...»

Aber der Herr im steifen Hut schien sich für die Landesverteidigung der Schweiz wenig zu interessieren, er winkte barsch ab, seine Frage nach dem Preis war in ein Wort gepreßt, er zahlte und führte als Abschiedsgruß zwei Finger zum Hutrand. Der Beamte aber stand auf und verbeugte sich, was für einen Postbeamten, selbst wenn er Genfer ist, immerhin nicht ganz alltäglich ist.

«Übrigens, verzeihen Sie», fragte der Korrespondent des «Globe», «wer war der Herr vor mir? Es kommt mir vor, als hätte ich ihn schon ein paarmal gesehen ...»

«Das kann sein», erwiderte der Postbeamte, froh, die Langeweile des heißen Nachmittags mit einem Gespräch zu zersplittern. «Er war schon ein paarmal hier, aber nur um recht harmlose Telegramme aufzugeben, meistens Glückwünsche und andere unwichtige Sachen. Ich hab immer gedacht, er sei irgendein Kammerdiener.»

Der Korrespondent pfiff so laut, daß der Beamte ihn besorgt anblickte.

«Natürlich», sagte er, «das ist ja Charles gewesen, Sir Eric Boses Charles – was man nicht alles erfährt! Ich hatte keine Ahnung, daß er daneben ein ... Aber Sie dürfen das nicht verraten, verstehen Sie, Dienstgeheimnis, es könnte un-ab-seh-bare Folgen haben. – Und wieviel macht mein Telegramm? ...»

Schon zwei Stunden später übten diese beiden Telegramme ihre verheerende Wirkung aus. Ein noch jugendlich aussehender Mann, rothaarig, 1 Meter 89 groß, Cyrill Simpson O'Key mit Namen, mußte seine Ferien unterbrechen, die er in Collioure, einem kleinen Fischerdorf am Mittelmeer, hart an der französisch-spanischen Grenze, verbrachte. Das kleine Postfräulein, das sie ihm übergab, wartete vergebens auf den übertrieben schmachtenden Blick, mit dem der junge Mann sie sonst stets zum Lachen brachte. Er runzelte nur mißmutig die Nasenhaut (auch dies war komisch), nickte, und am Abend war er verschwunden. Er wurde von der Bevölkerung vermißt, denn er war beliebt, weil er allnächtlich mit einem der Fischer aufs Meer fuhr zum Sardinenfang. Man erfuhr nur, daß er nach Port-Vendres gefahren sei, um dort den Nachtschnellzug zu nehmen, der am nächsten Morgen in Genf war.

Um halb zehn Uhr morgens betrat Cyrill Simpson O'Key das Hôtel de Russie, wartete in der Halle auf das Resultat seiner Anmeldung. Endlich durfte er in den ersten Stock steigen, auf dessen Gang ihm Charles entgegenkam.

«Seine Exzellenz wird Sie sogleich empfangen», sagte Charles, führte O'Key in jenen Raum, den wir schon kennen (hoffnungsloser Luxus, Filmkulissen), schloß behutsam die Türe; dann sagte er mit völlig veränderter Stimme: «Setz dich, Simp, du kannst rauchen, der Alte schläft noch, wir sind ungestört. Schön, daß du gleich gekommen bist. Die Sache stinkt mir zum Hals heraus, ich kann's allein nicht mehr machen, und seit der Knabe hat daran glauben müssen, hab ich keine Ruhe mehr. Du mußt mir helfen. Der große Chef in London weiß Bescheid, daß ich dich angefordert habe. Also, Baranoff scheint in die Sache verwickelt zu sein, und durch Baranoff ein alter Professor. Ich hab den Jungen, den Crawley, in der letzten Zeit nicht beaufsichtigen können, aber es sind Pläne verschwunden, sagt der Alte, und ein Bündnisentwurf, außerdem ein Projekt, von dem ich nichts weiß, das aber der Landpfleger so schwer vermißt, daß er die abendliche Gin-Ration verdoppelt hat, um schlafen zu können – aber auch die nützt nichts. Also, sieh mal, was du machen kannst. Ich kann dir eine Empfehlung verschaffen an den Staatsrat, der das Departement für Polizei und Justiz unter sich hat. Als was willst du auftreten?»

«Der ‹Globe› hat mir telegraphiert, ich soll hier die Spezialreportage übernehmen. Der Fall des Sekretärs hat viel Staub aufgewirbelt. Das wird genügen, glauben Sie nicht auch, Colonel?»

Charles legte den Zeigefinger auf seine Lippen. «Keine Titel, hier, wenn ich bitten darf. Man kann nie wissen ...» Er dachte nach. «Irgend so ein alter Professor scheint mir in den Fall verwickelt zu sein, er kennt Baranoff, dieser Professor, Dominicé heißt er übrigens. Seine Haushälterin sollte man vielleicht auch im Auge behalten. Nun, du wirst dich schon zurechtfinden. Die Empfehlung schicke ich dir dann zu. Du wirst doch nicht im Hotel wohnen, sondern wie gewöhnlich eine kleine Wohnung nehmen, nicht wahr?»

O'Key verabschiedete sich. Charles begleitete ihn durch den Gang. Er hatte ein devotes Kammerdienerlächeln angelegt, als er sich von O'Key an der Treppe verabschiedete. Dann begegnete ihm ein Etagenkellner, den er anhielt.

«Diese Journalisten», sagte Charles, «in alles müssen sie ihre Nasen stecken, und immer glauben sie, daß sie aus mir altem Manne große Neuigkeiten herauspressen können. Mir hat dieser junge Tropf zwanzig Franken geschenkt, dabei besitze ich schon ein Landhaus und bin sicher reicher als er.»

«Ja, ja», seufzte der Etagenkellner, «ihr Kammerdiener habt es gut.»

2. Kommissär Pillevuit war verärgert. Er hatte den ganzen Morgen herumlaufen müssen. Zuerst hatte das ‹Parquet› (bestehend aus Staatsanwalt Philippe de Morsier, Untersuchungsrichter Despine, Gerichtsschreiber und polizeilichen Mitläufern) den Tatort an der Place du Molard besichtigen wollen. Pillevuit hatte zehn Mann aufbieten müssen, um eine neugierige Menge zu zerstreuen, er hatte sich durstig geschrien – und das Resultat dieser Besichtigung war kongruent und symmetrisch gleich Null, wie er sich auszudrücken beliebte. Man war in die Toilette hinuntergestiegen, Malan hatte die Türe bezeichnen müssen, hinter welcher der Mann in Tennishosen sich verborgen gehalten hatte, Herr de Morsier, der Staatsanwalt, hatte: «Aha, ja, ... sehr interessant ...» gelispelt und der Untersuchungsrichter ihm beigepflichtet. Gefunden hatten sie nichts. Staatsanwalt de Morsier, ein hagerer Herr mit einem weißen Schnurrbart, der an jene Seidensträhnen erinnerte, die Damen zu Handarbeiten gebrauchen (sein heimliches Laster war das Verfertigen von Sonetten, und er hatte eine gewisse Fertigkeit darin erlangt – Familienzeitschriften brachten sie unter einem Pseudonym), klopfte dem Kommissär auf die Schulter:

«Sie werden die Sache schon ganz richtig untersuchen, mein lieber Pillevuit; aber mit Vorsicht, ich bitte Sie, nicht stürmisch, zügeln Sie Ihre Jugend!» (dabei war Pillevuit über vierzig). «Ich habe Vertrauen zu Ihnen. Herr Despine, der uns begleitet, wird Ihnen gerne mit Rat und Tat beistehen, nicht wahr? Sie besitzen schon das Sektionsprotokoll, ich habe es heute morgen flüchtig durchgelesen, es ist sehr verklausuliert, finden Sie nicht auch? Das Gift, von dem der Arzt spricht und das er bald Scopolamin, bald Hyoscin nennt, läßt sich nicht feststellen, soviel ich verstanden habe, weil es sich leicht zersetzt. Von einem sicheren chemischen Nachweis wie beim Arsen kann also nicht die Rede sein. Ich erinnere mich da an einen Fall aus meiner Praxis, es ist schon zwanzig Jahre her ...» Und Herr Staatsanwalt de Morsier erzählte ausführlich eine völlig belanglose Geschichte von einer Hundevergiftung, während seine Zuhörer mit gesenkten Blicken Anwandlungen zu Veitstanz unterdrückten. Das Publikum, von Polizisten zurückgehalten, folgte von ferne mit Neid und Bewunderung den rednerischen Gesten des Staatsanwalts. «Die Frage, die mir wichtig zu lösen scheint», Herr de Morsier fand endlich zu seinem Ausgangspunkt zurück, «ist die Kenntnis der Umwelt», er machte eine wunderbar ausdrucksvolle, kreisförmige Bewegung mit seiner sehr weißen, sehr sehnigen Greisenhand, «die Umgebung, die Atmosphäre festzustellen, in der jener junge Mann sich bewegt hat. Wer Atmosphäre sagt, sagt Psychologie. Sie haben, meine Herren, einerseits», schöpfende Bewegung mit gekrümmten Fingern der linken Hand, «das diplomatische Milieu, jenen Abgesandten ferner Zonen, um den das Ränkespiel internationaler Politik kreist; andererseits», gleiche Bewegung mit der Rechten, «andererseits die Wissenschaft. Jener junge Mann scheint eine zwiespältige Natur gewesen zu sein. Die Realität politischer Kombinationen hat ihn nicht befriedigt. Ihn lockte das Reich der Seele, jenes dunkle Reich», hier zitierte der Greis eine Strophe eigener Produktion, die einer Übersetzung nicht standhalten würde, «und in diesem fand er den rechten Führer. Ich weiß, als Kriminologen sollten wir die Spur verfolgen, die uns zu Professor Dominicé führt, und ich will Ihnen, meine Herren, nicht in Ihre Kompetenzen pfuschen. Aber Vorsicht, meine Herren, Sie haben es mit einem Manne zu tun, der internationalen Ruhm genießt, mit einem Vertreter des geistigen Genfs, das an überragenden Menschen so reich war, ist und sein wird ...»

Kommissär Pillevuit stöhnte laut, aber selbst dieser Ausdruck der Verzweiflung vermochte Herrn de Morsier nicht in seiner Rede zu stören. Nur beim Untersuchungsrichter Despine fand Pillevuit Verständnis; dieser seufzte auch.

«Ich würde Ihnen also vorschlagen, meine Herren, Ihr Augenmerk auf den Aufenthaltsort jener Personen zu richten, die mit dem jungen Diplomaten in Verbindung gestanden sind. Vor allem: Wer war der Mann in weißen Tennishosen, der vor dem Polizisten Malan geflohen ist? Wo hielt sich Professor Dominicé auf vor seinem Erscheinen auf dem Platze hier? Wo war seine Haushälterin? Aber auch in dem anderen Milieu, dem diplomatischen nämlich, wäre eine Untersuchung angebracht. Kammerdiener, Bekannte ..., hatte der junge Mann Feinde? Brauchte er Geld? Ich bin sicher, daß es unserem tatkräftigen und findigen Kommissär Pillevuit gelingen wird, all diese Fragen zur allgemeinen Zufriedenheit zu lösen. Ich danke Ihnen, meine Herren.» Herr de Morsier verbeugte sich. Den Hut konnte er nicht ziehen, denn er trug eine Baskenmütze. Sein kahler Kopf war sehr empfindlich.

«Noch eines», erinnerte sich der Staatsanwalt, «es wird Sie heute noch, Kommissär, ein junger Mann besuchen, der mir warm empfohlen ist, mir und meinem Freunde, dem Staatsrat. Ein fähiger englischer Journalist. Ich bin sicher, daß Ihnen die kriminalistischen Erfahrungen dieses jungen Mannes willkommen sein werden. Nicht wahr, die Anwesenheit internationaler Politik in unserer ruhigen Stadt hat die Verhältnisse derart kompliziert, daß wir fremde Hilfe gut brauchen können.»

Hierauf empfahl sich der Staatsanwalt definitiv und hinterließ einen kleinen bärtigen Kommissär, der aussah wie ein Gnom, der vor Wut zerplatzen möchte.

3. Madge Lemoyne hatte Dienst. Nach dem Mittagessen hatte sie sich in ihr Zimmer begeben, das abseits von der Anstalt Bel-Air in einem kleinen Pavillon lag. Sie war dort ungestört, denn der Bau enthielt außer ihrem Wohn- und ihrem Schlafzimmer nur einen einzigen größeren Raum, der als Magazin diente. Im Wohnzimmer standen ein Grammophon (der wichtigste Einrichtungsgegenstand), ein lederner Klubsessel, ein Schreibtisch, einige Stühle und ein niede-

rer Schlafdiwan. Eigentlich war auch der Spiegel sehr wichtig, ein alter Spiegel mit rötlicher Goldleiste, den Madge bei einem Antiquar aufgetrieben hatte. Sie warf sich auf den Diwan, stellte das Grammophon neben sich, legte «Dinah» auf und vertiefte sich in den sechsten Band eines französischen Serienromans, genannt «Fantômas», der ungeheuer spannend und ungeheuer unwahrscheinlich war. Ronny hatte seine Herrin begeistert begrüßt, sich dann mit einer Speckschwarte beschäftigt und, als diese verzehrt war, einer Hummel seine Aufmerksamkeit zugewandt. Doch auch die Hummel war faul, sie flog zum Fenster hinaus und verschwand im grünen Laub, das wie eine zitternde Wand vor dem Fenster stand. Madge war gerade zu der Stelle gelangt, an der erzählt wird, wie Fantômas, der große Verbrecher, einen deutschen Prinzen aus kaiserlichem Geblüt unter dem Springbrunnen der Place Vendôme gefangenhält, da läutete das Telephon, und Ronny bellte. Er haßte das Telephon, vielleicht war er altmodisch gesinnt und hatte nichts für die Technik übrig.

«Ja», sagte Madge. Dann: «Ich komme. – Eine Aufnahme, Ronny», klagte sie, «kein Wunder, daß so viele Leute überschnappen. Bei dieser Hitze. Und die vielen Reden, die hier in Genf gehalten werden, müssen ja die Luft der Stadt vergiften.» Und sie seufzte noch einmal, denn sie mußte einen weißen Mantel anlegen. Dieser weiße Mantel bereitete ihr Kummer. Denn er machte sie dick und unförmlich, wie sie behauptete. Aber er gehörte nun einmal zum Beruf, den sie ausübte, und sie suchte die ungünstige Wirkung durch schönes Schuhwerk und seidene Strümpfe wieder auszugleichen.

Im Aufnahmezimmer stand eine sehr dicke Frau am Fenster, sie war schwarz gekleidet, und ihr Rock fiel bis auf die Erde. Wirklich, sie war sehr dick, besonders ihr Brustumfang war erstaunlich, und sie bewachte aus den Augenwinkeln ein unscheinbares Männchen, das verzagt und verloren auf einem Stuhl nahe beim Tisch saß. Madge erkannte die Frau, es war jene Jane Pochon, Haushälterin bei Professor Dominicé, und bei ihrem Anblick ging eine Veränderung mit Madges Gesicht vor sich. Es wurde streng, die grauen Augen wurden dunkel, und sie sagte:

«Bringen Sie uns wieder einen Patienten?»

Jane Pochon nickte schweigend und hielt Madge ein verschlossenes Couvert hin. Nach einer Pause sagte sie: «Das ärztliche Zeugnis.»

«Sie haben kein Glück mit Ihren Mietern, Frau Pochon», meinte Madge, während sie den Brief öffnete und las.

4. Auszug aus der Krankengeschichte:

Name des Patienten: Nydecker, Pierre Emile, geb. 4.III.1899 in Genf. Eltern: N. Frédéric Pierre und Maria geb. Cattin. Beruf: Bureauangestellter. – Ledig. – Konfession: Reformiert. (Folgt die Angabe der verschiedenen Reflexe, die nichts Bemerkenswertes zu vermelden haben, das Aufnahmedatum und Madges Notizen, die folgendermaßen lauten):

«25. Juni. Bei der Aufnahme steht Patient am Fenster und scheint sich um nichts zu kümmern. Auf die Frage, wo er hier sei, antwortet er mit einem seltsam unbeteiligten Lächeln: ‹Monsieur Pierre hat Angst.› Auf die Frage der Referentin, wovor er denn Angst habe, antwortet er geheimnisvoll flüsternd: ‹Sie wollen mich nicht fliegen lassen.› – Wer denn? – ‹Der alte Mann mit dem weißen Bart und die dicke Frau. Die Luft riecht gut, aber sie ist zu leicht, sie trägt Monsieur Pierre nicht.› Gebracht wurde Patient von Frau Jane Pochon, Haushälterin bei Professor Dominicé, die folgendes erzählt:

‹Nydecker wohnt seit drei Monaten bei mir, er war in einem städtischen Bureau angestellt. Vor einem Monat jedoch verließ er seine Stelle unter dem Vorwand, er habe eine einträglichere Beschäftigung gefunden. Ein junger Mann besuchte ihn seit dieser Zeit oftmals des Abends. Dieser Mann behauptete, er sei Privatsekretär bei einem fremden Diplomaten, sei mit Arbeit überhäuft und brauche eine Hilfe.› Frau Pochon behauptet, sie habe oft des Abends aus dem Zimmer ihres Mieters eine laute, eintönige Stimme gehört, die scheinbar diktiert habe. Von dieser

Zeit an sei eine merkwürdige Veränderung mit Nydecker vor sich gegangen, er habe oft nach Alkohol gerochen, sei spät in der Nacht heimgekommen und tagsüber liegen geblieben, seine Miete habe er pünktlich bezahlt. Er hatte eine Schreibmaschine gemietet. Auffallend war nach Ansicht der Berichterstatterin, daß Nydecker sehr mißtrauisch wurde. Sie hatte viel unter seinem Spionieren zu leiden, er schlich ihr manchmal durch alle Zimmer nach, einmal ertappte sie ihn dabei, wie er ihren Schreibtisch im Wohnzimmer aufzubrechen versuchte. Auf Vorhalt, was denn sein sonderbares Wesen zu bedeuten habe, behauptete Nydecker, er werde verfolgt, aber er müsse zuerst noch die Beweise finden, daß er ermordet werden solle. Vorletzte Nacht kehrte er mit beschmutzten Kleidern erst morgens gegen sechs Uhr heim, seine weißen Tennishosen vor allem waren in einem traurigen Zustand. Auf die besorgte Frage, wo er denn gewesen sei, gab er keine Antwort, zog sich aus und legte sich ins Bett, wo er bis gegen Abend schlief. Dann ging er aus, offenbar um jemanden zu besuchen, denn er hatte einen andern Anzug angezogen und ein sauberes Hemd. Gegen zwölf Uhr nachts kam er heim, er schien betrunken zu sein, denn er lärmte etwas, und seine Schritte waren unsicher. Er schlief bis spät in den Morgen. ‹Als ich ihm gegen zehn Uhr sein Frühstück brachte, schien er vollkommen verwirrt, bedrohte mich und sprach verwirrtes Zeug. Ich dachte an einen Fieberanfall›, fährt Frau Pochon fort, ‹und ließ einen Arzt holen. Der Arzt riet mir, den Kranken hierher zu bringen, er verabfolgte ihm eine Spritze, um ihn zu beruhigen. Mein Sohn konnte mir nicht helfen, denn er war schon an seine Arbeit gegangen. Nydecker folgte mir ohne weiteres in das bereitstehende Auto, und ich brachte ihn hierher.› Patient steht noch immer am Fenster. Er weigert sich, Frau Pochon die Hand zum Abschied zu reichen. Er folgt aber dem Oberwärter willig auf die Abteilung.»

Unter dem Datum des nächsten Tages steht folgendes zu lesen: «Bei der Abendvisite sitzt Patient abseits von den übrigen Kranken am Fenster. Pfleger G. berichtet, Nydecker sei bei der Ankunft auf der Abteilung auf den Patienten Corbaz zugegangen, habe ihn lange schweigend betrachtet und dann gesagt: ‹Sind wir jetzt beide im Himmel?› Corbaz habe Nydecker erkannt, ihm die Hand geschüttelt und lachend gefragt: ‹Wie geht's der Hexe?› Darauf habe Nydecker geschwiegen und sich ängstlich in eine Ecke versteckt. Seit diesem Augenblick habe er nicht mehr gesprochen. (Pat. Corbaz ist ebenfalls von Frau Pochon zu uns gebracht worden. Anmerkung der Referentin.) Auf die Frage, wie es ihm jetzt gehe, antwortet Pat. mit weinerlicher Stimme: ‹Monsieur Pierre hat Angst.› Gefragt, wovor er denn Angst habe, wiederholt er stereotyp: ‹Monsieur Pierre hat Angst.› Er horcht manchmal wie abwesend in die Luft, wenn man mit ihm spricht. Gefragt, was er denn höre, behauptet er nur, er habe Angst. Steife Mimik, Affekt inadäquat. Nach weiterem Drängen erklärt er dann stockend, ein alter Herr mit weißem Bart, ‹es ist der Apostel Petrus›, stehe hinter ihm und sage ihm, er sei schuldig, denn er habe gemordet. (Wieso gemordet?) Er habe einen Mord nicht verhütet, darum sei er schuld an dem Mord. Starker Tremor der Hände, trockenes Schluchzen. Auf Zusprechen hin, er sei ja hier in Sicherheit, wird er zusehends ruhiger.»

Bericht des Nachtpflegers: «Patient bekam auf Verordnung um neun Uhr 2 g Chloral. Schlief dann ruhig bis halb zwei. Erwachte dann plötzlich mit einem lauten Schrei. Es sei jemand hinter der Tür, der ihn greifen wolle. Man solle die Türe verschließen. Sonst komme die Polizei und hole ihn ab. Patient stürzt zur Tür und stemmt sich dagegen. Als der 2. Nachtpfleger ihn zurückhalten will, nimmt Patient Boxerstellung an. Er wird mit Gewalt ins Bett zurückgebracht.»

Fräulein Lemoyne fährt darauf fort:

«Der herbeigerufene diensttuende Arzt (Referentin) versucht zuerst, den Patienten suggestiv zu beruhigen. Es sind jetzt Männer und Frauen, die ihn verfolgen. Vor allem ist es ein Mann, der ihn verfolgt, und er nennt ihn den ‹Meister der goldenen Himmel›. Auf die Frage, ob dieser Meister mit dem Apostel Petrus identisch sei, blickt Patient lange Zeit ins Leere und antwortet nicht. Da die Erregung zurückkehrt, erhält er Mo.

Scop. 1 ccm subcutan. Beim Einstechen der Nadel schreit Patient laut, man wolle ihn umbringen, wie man seinen Freund umgebracht habe. Auf die Frage, wer denn dieser Freund sei, erfolgt keine Antwort. Patient schläft ein. Am Morgen ist er wieder aufgeregt. Kommt ins Dauerbad.»

Soweit die Eintragungen in der Krankengeschichte.

5. «Jonny, wie schön, daß du gleich gekommen bist. Hast du dich freimachen können? Ich weiß nicht, was ich anfangen soll. Du sollst mir raten. Ich bin vollkommen erledigt, habe die ganze Nacht nicht geschlafen. Weißt du, daß schon wieder ein Mieter dieser furchtbaren Jane Pochon bei uns ist?»

Madge packte Dr. Thévenoz' Hand, zog ihn zum Klubsessel, drückte ihn, immer noch aufgeregt schwatzend, hinein, machte es sich auf seinen Knien bequem und legte die Hände verschränkt auf seinen Nacken. Ihre blonden Knabenhaare standen unordentlich von ihrem Kopfe ab, was ihr das Aussehen eines verrupften Vogels gab. Die Augen blickten müde.

«Du hast eigentlich ein liebes Gesicht, Jonny», sagte sie und streichelte ihm die Haare. «So beruhigend. Eigentlich begreife ich gut, daß dich im Spital alle Leute gern haben. Und weißt du, wenn ich manchmal häßlich zu dir bin, so tu ich das nicht aus Bosheit. Aber deine ewige Milde und dein ewiges Nachgeben können mich verrückt machen. Man sollte dich aufrütteln, so ...», und sie packte ihn bei den Ohren und schüttelte seinen Kopf. Auf Thévenoz' Gesicht entstand ein wehmütiges Lächeln, sonderbar zitternde Fältchen entstanden in den Augen- und Mundwinkeln, er befreite seine Ohren, packte dann behutsam Madges Kopf und küßte sie auf die Augen. Madge seufzte tief, ihr Körper entspannte sich, sie legte den Kopf auf die Schulter des Mannes und sprach wie in einem Traum:

«Man glaubt immer, weiß Gott wie abgehärtet man sei, man hat so viel Elend gesehen und ist hilflos dabeigestanden. Aber man kann sich einfach nicht gewöhnen. Es kommt dann plötzlich so ein armes Menschlein, mit einer Seele, an der andere herumgepfuscht haben, das ganze Werk ist in Unordnung geraten, und nun soll man helfen. Da ist der kleine Mann, den diese Pochon gestern gebracht hat, sieht rührend aus, obwohl er eine rote Nase hat und ich sonst Alkoholiker nicht leiden kann. Aber dieser dauert mich so. Seine Angst, seine Tränen. Heut morgen hab ich ihn noch im Bad gesehen, wir haben ihn ins Bad tun müssen, da hat er meine Hand gepackt und sie nicht loslassen wollen. Ach», seufzte Madge, «warum bin ich nicht Uhrmacher geworden. Da könnte ich das Werk auseinandernehmen, hier eine Schraube anziehen, dort eine Achse ölen, und dann ginge die Uhr wieder. Aber bei einem Menschen ... Spritzen, Schlafmittel, Bad – und warten, warten, bis der Mann sich entschließt, von selber wieder gesund zu werden, oder bis er es vorzieht, sich ganz in jenes Reich zurückzuziehen, auf dessen Schwelle er steht. Bei diesem Nydecker – hab ich dir gesagt, daß er Nydecker heißt, der kleine Mann mit dem Mausgesicht? – hat man ganz den Eindruck, er sei verirrt. Irgend jemand hat seine Seele gepackt und hat sie dann ausgesetzt in einem Land, wo ihr alles fremd ist. Und da die Seele eine ganz einfache, bürgerliche Seele ist, eine seßhafte Seele, hat sie diesen Klimawechsel nicht vertragen und ist krank geworden. Ich weiß, ich weiß, ich drücke mich ganz unwissenschaftlich aus, alles, was ich sage, ist gerade das Gegenteil von dem, was in den großen Büchern steht. Prädisposition, latente Schizophrenie, der Mann wäre auch sonst krank geworden, sagen die Bücher, das auslösende Moment hat sekundäre Bedeutung, meinetwegen, aber das sind alles Worte. Der Mann leidet doch in dem Reich, in das er verbannt ist, und ich soll ihn nun in die Wirklichkeit zurückführen.» Madge schlug die Augen auf, und erst da bemerkte sie, daß auch Thévenoz bedrückt aussah.

«Was ist los, Jonny, hast du auch Sorgen?»

Thévenoz fuhr sich mit der Hand über die Augen. «Weißt du», sagte er, «wenn dich der kleine Mann beschäftigt, so kann ich diesen Crawley nicht vergessen. Immer muß ich denken, ich habe etwas unterlassen. Ist es dir nicht aufgefallen – ach nein, du kannst nichts gemerkt haben, du hast ihn ja nur knapp vor seinem Tode gesehen – aber ich war fest überzeugt, ihn durchzubringen. Und da kam diese plötzliche Verschlechterung. Die ist mir ein wenig rätselhaft. Auch der Tod. Der paßt gar nicht zu der Diagnose, die ich im Anfang mit Rosenstock gestellt habe. Nicht wahr, wir haben Hyoscin oder etwas Ähnliches vermutet. Aber ist es dir nicht aufgefallen, daß sein Tod eigentlich gar nicht zum Krankheitsbild paßte? Ich weiß schon, wir haben wenig Erfahrung. Aber dieser gespannte Bogen des Körpers, die verkrampften Backenmuskeln – wie Starrkrampf, findest du nicht? Man könnte fast glauben, es sei ihm im Spital noch ein anderes Gift beigebracht worden, in der Überzeugung, man werde nichts merken. Aber wer? Da ist diese Frau, die wir gestern in der Latham-Bar gesehen haben. Die war im Zimmer. Und ich erinnere mich, gleich nachdem sie fort war, hat man ihm wieder zu trinken gegeben, dem Crawley nämlich. Und ich erinnere mich genau, daß die Frau ihre Handtasche neben den Topf gelegt hat, in dem der Tee war. Ich bin dann fortgegangen und habe Crawley erst wieder gesehen, als wir zusammen mit dem indischen Diplomaten gekommen sind. Und da begann schon eigentlich der Todeskampf. Ich wage das nicht der Polizei zu erzählen, denn schließlich habe nicht ich die Sektion gemacht, sondern der Gerichtsarzt. Und ich kenne diesen Herrn gar nicht, er hat es auch nicht für nötig befunden, mich zu befragen. Und aufdrängen will ich mich nicht. Aber nun plagt es mich immer, daß ich etwas versäumt habe. Wir sind eben nicht an solch komplizierte Geschichten gewöhnt.»

«Meinst du, ich sollte der Polizei auch von diesem Nydecker erzählen?» fragte Madge. Die beiden sprachen aneinander vorbei, jeder beschäftigt mit dem, was ihn bedrückte.

«Nydecker?» Thévenoz mußte sich besinnen. «Ich glaube nicht. Die Geschichte ist ohnehin kompliziert genug, und es genügt doch, daß der Mann bei euch ist. Da ist er ja gut aufgehoben. Und wem willst du …»

Da schrillte das Telephon, Ronny bellte verärgert, er war im Schlaf gestört worden. Madge hob den Hörer ab:

«Doktor Lemoyne», sagte sie. Dann: «Ja, er ist hier ... Übrigens, guten Tag, Rosenstock, wie geht es Ihnen? Schlecht? Warum? Was ist los? Ja, ja, ich rufe Thévenoz gleich ... Einen Augenblick – Jonny, Rosenstock will dich sprechen, Alarm in Zion ...» Und sie lachte.

Thévenoz meldete sich, schwieg dann, man hörte ein fernes Krächzen im Zimmer, die Stimme am andern Ende des Drahtes überschlug sich. «Ich komme», sagte Thévenoz. Sein Gesicht war alt geworden, er wischte sich den Schweiß von der Stirn, ein heißer Wind drängte sich ins Zimmer, draußen wurde es düster.

«Fall Nummer zwei», sagte Thévenoz. «Ein Apotheker. Gleiche Symptome wie bei Crawley. Was das nur zu bedeuten hat?»

Drittes Kapitel

1. Die Rue de Carouge ist sehr lang und führt fast bis zur Peripherie der Stadt. Dort, wo die Häuser seltener werden, zweigt eine kleine Nebenstraße ab, die von hohen Mietskasernen eingesäumt wird. Im Parterre einer dieser Mietskasernen ist eine primitive Apotheke, die von Herrn Eltester geführt wird, einem alten buckligen Männchen, das über glattem Mund und Kinn einen langausgezogenen struppigen Schnurrbart trägt. Herr Eltester hat kluge, ein wenig verschlagene Augen. Er ist gutmütig und hilft gerne dort, wo das Gesetz eigentlich die Hilfe verbietet. In gewissen Kreisen ist er rühmlich bekannt, weil er verschwiegen ist. Seine Menschenkenntnis ist hervorragend, er hilft nur Leuten, die er als verläßlich erkannt hat, die nicht klatschen und ihn durch unbedachte Reden mit der Polizei in Konflikt bringen. Nie hat er einen Gehilfen einstellen wollen. Trotzdem es bekannt ist, daß er stets allein ist (auch die beiden Zimmer, die er hinter dem Laden bewohnt, bringt er selbst in Ordnung, und dort empfängt er gewöhnlich seine obskuren Kunden), trotzdem er mit dusteren Elementen zu tun hat – Rauschgiftlieferanten und Süchtigen, Kokotten und Hochstaplern –, ist ihm nie etwas zugestoßen. Nie hat jemand versucht, bei ihm einzubrechen – nur einmal ist ein Raubversuch gegen ihn unternommen worden, aber von diesem weiß die Polizei nichts, nur die Eingeweihten haben davon erfahren. Das ging damals folgendermaßen zu:

Herrn Eltesters Apotheke hatte Nachtdienst. Um elf Uhr schellt es, Eltester, klein, bucklig, unansehnlich, öffnet. Ein junges Bürschchen, etwas verlottert, steht vor der Tür, streckt Eltester ein Rezeptformular entgegen, drängt sich in den Laden, stößt die Türe wieder zu; und während Herr Eltester das Rezept liest und sogleich merkt, daß es gefälscht ist, zieht das Bürschchen einen Revolver aus der Tasche und hält ihn Herrn Eltester vor die Nase: «Hände hoch!» sagt es dazu. Herr Eltester setzt gemütlich einen Hornkneifer auf die Nase, schiebt die Unterlippe vor, daß sie an einen Eierlöffel erinnert, fixiert den jungen Mann und sagt trocken: «Kommst du gerade aus einem Kriminalfilm, he? Mach nicht solche Sachen, du bringst dich ins Unglück. Wenn du etwas brauchst, so red. Aber steck den Prügel ein, er könnte losgehen.» Das Bürschchen will nicht Vernunft annehmen, es verlangt Geld, die ganze Ladenkasse. «Des Menschen Wille ist sein Himmelreich», sagt Herr Eltester, und seine Rede klingt verärgert, denn er hätte lieber etwas Prägnanteres gesagt. Er geht zum Ladentisch, zieht eine Schublade auf (Herr Eltester liebt keine Registrierkassen). «Bedienen Sie sich», sagt er, bleibt stehen und pfeift. Es ist ein Gassenhauer, und er pfeift ihn grundfalsch. Des jungen Mannes Augen schießen hin und her, wie Quecksilberkugeln auf einem Stück Papier, aber seine ganze Aufmerksamkeit nützt ihm nichts. Plötzlich stehen neben ihm zwei elegante Herren, nehmen ihn in die Mitte und fragen ganz sachlich in die Richtung, wo Herr Eltester steht: «Prügel?» Herr Eltester pfeift weiter, er muß genickt haben, denn der eine Herr sagt mit sehr fremdländischer Aussprache: «Gib scho heer, den Pistol.» Der junge Mann gibt brav ‹den Pistol›, er ist bleich geworden. «Doch geladen», stellt der kleinere der Herren fest. Dann wird der Junge aufgehoben, ein Sack stülpt sich über seinen Kopf, dann liegt er mit dem Oberkörper auf der Ladenbank und bekommt, o Schmach, mit einem Teppichklopfer Prügel. Keine bösartigen Prügel, sie tun nicht sehr weh, es ist mehr eine beschämende Exekution. Hernach wird ihm der Sack abgenommen, da steht Herr Eltester neben ihm, steckt ihm eine Zwanzigfrankennote zu: «Wenn du wieder etwas brauchst, kannst du ja vorsprechen», meint er und grinst unverschämt. Der Junge trollt sich. «Ich danke Ihnen, Herr Baranoff», sagt darauf Herr Eltester zu dem Kleineren; und dann gehen die drei wieder an ihre Geschäfte, die im Hinterzimmer verhandelt werden.

Übrigens wußte die Polizei ziemlich viel von Herrn Eltester, aber ohne je einschreiten zu können. Ein paarmal hatte sie Haussuchungen veranstaltet, nichts gefunden. Herr Eltester grinste jedesmal, er hatte breite gelbe Roßzähne, und durch diese wirkte sein Lächeln noch viel aufreizender. Die Polizei bewachte seine obskuren Kunden, auch das nützte nichts. Schließlich ließ sie Herrn Eltester in Ruhe. Aber heute mußte sie sich mit ihm beschäftigen.

Es war halb elf Uhr morgens, Kommissär Pillevuit war soeben von seinem zweiten Frühstück zurückgekommen (‹Übrigens hat sich dieser verdammte englische Journalist bis jetzt noch nicht vorgestellt›, dachte Pillevuit gerade), da wurde ihm mitgeteilt, man habe vom Posten in der oberen Rue de Carouge schon zweimal angerufen, vor fünf Minuten und soeben. Pillevuit verlangte die Nummer, nannte träge seinen Namen. «Einen Augenblick», tönte es zurück, «Malan hat sich ablösen lassen, er stand an der Kreuzung, er will Sie persönlich sprechen.» – «Der gute Malan», brummte Pillevuit. Wir erinnern uns noch an Malan, jenen robusten Waadtländer mit dem kupfernen Schnurrbart, der den Sekretär Crawley an der Place du Molard gefunden hat. Malan meldete sich, mit einer Stimme, der man es anmerkte, daß ihr Besitzer aufgeregt war. «Das gleiche, Kommissär, das gleiche, wie damals», stotterte er. «Malan», sagte Pillevuit, und seine Stimme war väterlich, «ich kann Ihnen durch den Draht keinen Kirsch einschenken zur Beruhigung, aber sagen Sie dem Postenchef, er soll Ihnen auf meine Rechnung einen Cognac geben. Vielleicht wird Ihnen dann besser.» – «Schon gehabt, Kommissär, schon zwei», tönte es zurück. Pillevuit lachte noch, doch da blieb ihm das Lachen im Hals stecken. Malan hatte scheinbar Luft bekommen, seine Mitteilung mußte zusammenhängend sein, denn der Kommissär kam aus seiner Ruhe, er warf seinen Fahnenbart über die Schultern, daß er im Rücken hing, wie das Ende eines geschmacklosen Wollshawls, sein Finger suchte nach einem Druckknopf (Alarm!), zwei Männer sprengten fast die Tür, als sie eintraten, Pillevuit lauschte noch immer, er legte eine Hand aufs Sprachrohr und kommandierte: «Zwei Autos, vier Mann, Photograph, Experte für Fingerabdrücke, das ‹Parquet› benachrichtige ich selber!» Malan mußte fertig geworden sein, Pillevuit drückte auf die Gabel, stellte eine neue Nummer ein, verhandelte kurz, neue Nummer, neue Verhandlung. Nach zwei Minuten fuhren die bestellten Autos davon. Der bleiche Staatsanwalt Philippe de Morsier, der feinsinnige Sonettendichter, hatte rote Tupfen auf den Wangen und einige Schweißtropfen zwischen den Augenbrauen, so sehr hatte er sich beeilt.

Dann standen sie in der kleinen Apotheke. Die Rolläden vor den Auslagen waren herabgelassen, es herrschte eine Dämmerluft im Raum, die streng nach Chemikalien roch. Ein einsamer Sonnenbalken drang durch ein Loch im Wellblech und fiel gerade auf die Stirn des Herrn Eltester, die grau war. Herr Eltester lebte noch. Der Gerichtsarzt war mit ihm beschäftigt. «Vergiftung», sagte er, «muß ins Spital.» Der rechte Ärmel an Herrn Eltesters Rock war zurückgestreift, in der Ellbogenbeuge leuchtete ein roter Flecken.

Im Laden herrschte ein wüstes Durcheinander, die Ladenkasse war aufgebrochen, obwohl der Schlüssel im Schloß steckte. Dies fiel dem Kommissär zuerst auf. Zerbrochene Flaschen lagen auf dem Boden, weißes Pulver vermischte sich mit braunem, nur der Schrank, in dem die Gifte aufbewahrt wurden (‹Venena› stand darauf zu lesen), war unversehrt. Der Körper des Apothekers lag vor dem Ladentisch. Pillevuit beugte sich nieder, nachdem der Doktor zurückgetreten war, denn im dämmrigen Licht hatte er etwas glitzern sehen. Dieses glitzernde Objekt hob er mit zwei Fingern vor seine Nase. Es war ein Bündel kurzer Drähte, wie sie nach der Behauptung Professor Dominicés zum Ausputzen von Hohlnadeln verwendet werden.

«Visitenkarte Nummer zwei», sagte Pillevuit. «Bei Crawley ist doch Ähnliches gefunden worden, nicht wahr?» Seine Frage war mehr rhetorisch, denn sie war für niemanden bestimmt, und es war auch niemand da, der sie zu beantworten wünschte.

Dann schnüffelte Pillevuit im Laden herum, deutete hier auf eine Tür, dort auf eine Flasche: «Aufnahme», sagte er kurz. Der Photograph und der Fingerabdruckexperte folgten ihm wie eine Koppel Jagdhunde. In einer Ecke hatte sich Herr Staatsanwalt Philippe de Morsier aufgepflanzt, er betrachtete den Tatort wie von einem Feldherrenhügel und krakelte Zeichen in ein ledergebundenes Notizbüchlein, ließ seine Blicke bisweilen zur Decke schweifen, so als könnten sie dort Inspirationen einfangen.

Das Auto erschien, das den schwer keuchenden Herrn Eltester entführte. Und kaum war das Hummelgesurr des sich entfernenden Gefährts verstummt, da betrat ein jüngerer Herr den Laden, dessen Erscheinen bei den Anwesenden verschiedene Reaktionen auslöste. Staatsanwalt de Morsier entstieg seiner Versunkenheit, ein herzliches Lächeln zitterte durch den schneeweißen Schnurrbart, und er sagte: «Mein lieber O'Key, Sie kommen wie gerufen, wir wissen nicht weiter, und unser Kommissär Pillevuit wird erfreut sein, einen so hervorragenden Mitarbeiter begrüßen zu dürfen.»

Diese formvollendete Art der Vorstellung nötigte Kommissär Pillevuit, ein höfliches Lächeln aufzulegen, obwohl es ihm gar unerfreulich zumute war.

2. Aber O'Key hatte Fingerspitzengefühl; er merkte deutlich, daß er dem Kommissär unerwünscht kam – aber es wurde ihm nicht allzuschwer, den verärgerten Gnomen umzustimmen. Cyrill Simpson O'Key, Spezialreporter am Londoner «Globe», Angestellter des ‹Intelligence Service› (dies wußten nur wenige), verstand es, Sympathien zu kapern wie ein alter Seeräuber das Entern von Schiffen. Seine Art, sich beliebt zu machen, hatte viel Ähnlichkeit mit dieser altertümlichen Beschäftigung. Bildhaft gesprochen: er warf die Enterhaken nach dem andern aus – und so solide waren diese Haken, daß der Angegriffene sich nicht zu befreien vermochte.

O'Key also – wir haben ihn schon einmal kurz beschrieben: rote drahtige Haare über einem mit Sommersprossen übersäten Gesicht, langer, sehr langer hagerer Körper, merkwürdig schmale Gelenke, eine spitze Nase, die beweglich war, wie bei einem Kaninchen, Mund und Kinn wirkten schön –, O'Key also trat zu dem Kommissär, legte seinen langen Arm um die gepolsterten Schultern des Mannes und zog ihn in eine Ecke. Dort flüsterte er eindringlich: «Hören Sie, mein lieber Herr, ich weiß, Sie sind nicht entzückt von meiner Anwesenheit. Wahrscheinlich meinen Sie, ich sei einer dieser langweiligen Engländer, die immer etwas zu reklamieren haben. Sie täuschen sich: Erstens bin ich Ire, zweitens trinke ich nicht nur Tee, sondern auch stärkere und erfreulichere Getränke, und drittens ...», ein Blick auf den Ringfinger des Kommissärs, «sehe ich, daß auch Sie Junggeselle sind. Wir wollen die Sache nun so deichseln: Wir schauen uns hier zusammen ein wenig um – auf die Enquete in der Nachbarschaft können Sie verzichten, die habe ich schon erledigt –, dann gehen wir zusammen essen und besprechen die Sache in Ruhe und Frieden. Die Wahl des Restaurants überlasse ich Ihnen, Schweizer Weine kenne ich noch nicht, da müssen Sie mich einweihen. Ich werde mich jetzt ganz schweigsam verhalten, bis die Oberbonzen abgeschoben sind. Die verstehen ja sowieso nichts von der Sache, wie alle Bonzen. Hab ich nicht recht?» Kommissär Pillevuit war überwältigt, so überwältigt, daß er seinen Mund offenstehen ließ, was in dem blonden Vorhang seines Bartes nicht gerade sehr ästhetisch wirkte. Dann aber klatschte er seiner neuen Bekanntschaft auf die Achsel (zu diesem Behufe mußte er sich auf die Fußspitzen stellen): «Abgemacht», krähte er, «Sie gefallen mir.» Und einträchtig begannen die beiden den Rundgang durch die Räume hinter dem Laden, die bis jetzt von einer eingehenden Durchsuchung verschont geblieben waren.

Aber sie fanden sozusagen nichts. Das kahle Wohnzimmer – zwei alte Bauernlehnstühle, ein klobiger Tisch, ein niederer Diwan, in einer Ecke ein zarter Sekretär, der gar nicht in die Umgebung paßte – wirkte kalt, weil auf dem roten Fliesenboden kein Teppich lag. Sonst war das Zimmer hervorragend in Ordnung, für einen Junggesellen ohne Haushälterin. Im schwarzen Eisenofen war Papier verbrannt worden. Pillevuit, stöhnend über seine verschiedenen Fettwülste, die ihm beim Knien überall im Wege waren, räumte sorgfältig aus. – Umsonst. Das verkohlte Papier war von kundiger Hand zu Pulver zerschlagen worden. Der Sekretär (auch hier waren die Schubladen gewaltsam geöffnet worden, obwohl der Schlüsselbund offen auf der

Platte lag) enthielt alte Rechnungen. Die mittlere Schublade ließ sich nur schwer öffnen, es machte den Eindruck, als habe sich ein Gegenstand irgendwo eingeklemmt. Mit vielem Pusten gelang es dem Kommissär schließlich, die Schublade herauszuziehen – da fiel etwas mit einem leis-gedämpften Klang zu Boden. O'Key bückte sich und legte das Ding auf den Tisch. Es war ein Seidenband, vier Finger breit etwa, von grellgelber Farbe und sorgsam zusammengelegt. Beim Aufrollen fiel eine Münze auf den Tisch. Sie mußte uralt sein, diese Münze, schwärzlich angehaucht, Silber. Die beiden beugten sich tiefer. Da war ein Mann zu sehen, ein nackter Mann, dem Fliegenflügel aus den Schultern wuchsen, und sein Antlitz war bedeckt mit einer Maske. Winzige Buchstaben liefen am Rande entlang, und sie wirkten wie Ungeziefer. «Das ist Griechisch», sagte Pillevuit. «Können Sie Griechisch, Herr Irokese?» O'Key nickte.

«Kaulakau, saulasau», entzifferte Pillevuit mühsam.

«Basilidianische Gnosis, zweites bis drittes Jahrhundert, Alexandrien», sagte O'Key. – «He?» machte Pillevuit und rollte Glotzaugen. «Ein Amulett», erklärte O'Key geduldig, «die Gnosis des Basilides gehört schon zu den Degenerationserscheinungen dieser religiösen Erkenntnis, beschäftigt sich nur noch mit Magie, schwarzer oder weißer, ganz nach Wunsch. Der Mann da mit den Fliegenflügeln wird wohl Abraxas sein, der Feind des Weltenschöpfers, der Ahne unseres Luzifers. Drehen Sie die Münze um. Sehen Sie? Das Pentagramm mit der Spitze nach unten. Also schwarze Magie. Und das Band?» – O'Key nahm es auf. Es war auf drei Seiten gesäumt, außerdem waren an den beiden Schmalseiten drei Druckknöpfe angebracht. Die ungesäumte Längsseite trug etwa zwölf kleine Schlitze, die wie winzige Knopflöcher wirkten. O'Key legte sich das Band über die Stirn, ließ die Druckknöpfe am Hinterkopf einschnappen; nun sah es aus, als trage er ein breites, goldenes Diadem.

«Verstehen Sie?» fragte O'Key. Pillevuit schüttelte den Kopf.

«Bestandteil eines Ornates, wahrscheinlich. Die Knopflöcher hier dienen wohl zum Anbringen eines Tuches, einer

Maske, die das Gesicht verhüllt, vielleicht ist es auch ein leichtes Gewebe, das den ganzen Körper einzuhüllen hat. Und sehen Sie?», er zog das Band wieder ab, «auch an der andern Breitseite finden Sie Löcher, weniger als unten, aber genug, um ein Netz anzubringen, das die ganze Verkleidung hält. Noch etwas: Lassen Sie das Licht schräg auf das Gewebe fallen, sehen Sie, so; ... nun?» Mattschimmernd zeigte sich das Pentagramm, der Drudenfuß der Münze, und mit seinem Liniengewirr umgab es einen schattenhaft wirkenden Körper. Links und rechts von dem Fünfspitzen-Stern waren auf die gleiche, mattschimmernde Art Abbilder von Insekten eingewoben – Bienen und Hummeln, Wespen und Mücken, angedeutet zwar nur, in Umrissen, aber deutlich kennbar.

Pillevuit lachte laut und fett. «Entschuldigen Sie», sagte er, als er wieder zu Atem gekommen war, «aber ich kann nicht anders. Wenn ich mir diesen alten Lumpen Eltester – Gott sei seiner Seele gnädig, denn er hat viele Leute ruiniert –, wenn ich mir diesen alten Lumpen als Hohenpriester vorstelle, so lächert es mich gewaltig.»

O'Key schwieg, und schweigend machten sich die beiden an die Durchsuchung der Küche.

Aber in der Küche saß Herr Staatsanwalt de Morsier auf einem Schemel und dichtete. Er hatte einen Bleistift zwischen die Zähne geklemmt und starrte mit abwesenden Blicken auf den oberen Teil des Küchenschrankes. Ganz unwillkürlich folgte Pillevuit der Richtung des Blickes, eine ungewöhnliche Geschäftigkeit nahm von ihm Besitz, er packte einen Schemel, schleppte ihn zum Schrank, erwischte etwas Schwarzes, das nur mit einem Zipfel über die Kante ragte, und schwenkte es triumphierend in der Hand.

«Ein Wollshawl» trompetete er, «ein schwarzer Wollshawl!» Er roch daran, nieste, schüttelte sich: «Riecht nach alter Frau. Kampferspiritus. Da.» Auch O'Key mußte riechen und bestätigte die Meinung des Kommissärs.

«Sehr interessant», sagte eine Stimme hinter ihnen. Der Staatsanwalt hatte die Gefilde der Inspirationen verlassen.

Im Laden puffte es, ein heller Schein blendete in die dämmerige Küche. «Wenn ihr fertig seid, kommt dann hier herein!» rief Pillevuit. Photograph und Experte erschienen in der Tür.

«Wir haben nicht viel gefunden», klagte der Photograph. «Die Abdrücke sind alle verwischt, nur hier», er hob eine weithalsige Flasche hoch, mit eingeschliffenem Glasstöpsel (‹Folia Hyoscyamii› stand darauf), «ist ein deutlicher Abdruck zu sehen: ein Daumen. Wir müssen dann ins Spital und den Abdruck vom Apotheker haben. Vielleicht ist es seiner. Obwohl er einem kleinen Daumen gehört, einem Frauendaumen, möchte ich fast sagen. Nun, Eltester war ja auch von kleiner Statur.» Der Experte nickte, er war mehr schweigsamer Natur und zündete umständlich einen Stumpen an. Er zog ein Blatt aus der Tasche und reichte es Pillevuit. O'Key nahm es ihm sanft aus den Händen. Es schien Pergament zu sein, sehr alt, mit vielen schwarzen Runzeln bedeckt und einer verwischten Schrift. Es sah aus, als sei das Papier mit großer Gewalt zerrissen worden. Die Buchstaben, die noch erkennbar waren, gehörten zu Worten, und O'Key entzifferte:

Nomi ...
Recip ...
Datu ...
Atropa bell –
Mandrag ...
Assa fœ ...
cum oleo amygda ...
Misce sub sign ...

«Ich verstehe einiges. Offenbar handelt es sich um ein Rezept aus irgendeinem Zauberbuch. Aber der Mann, der es geschrieben hat, muß Apotheker gewesen sein. Sie haben übrigens Glück, daß ich mich einmal mit Chemie beschäftigt habe, bevor ich den einträglicheren Beruf eines Reporters ergriffen habe. Das erste Wort ist ja leicht verständlich, die Anrufung irgendeiner Gottheit, ‹Im Namen›, wohl im Namen unseres Freundes mit den Fliegenflügeln, dessen Bekanntschaft wir auf der Münze gemacht haben. Wird Behemoth oder Abraxas oder sonstwie heißen. Dann kommt ‹Recipe›, der Beginn eines Rezeptes. ‹Datu ...› ist auf ‹Datura› zu ergänzen, das Nächste ist ‹Atropa belladonna› – ‹Tollkirsche›, aber der alte Herr gibt nicht an, ob es sich um Blätter oder Wurzeln handelt, ist ja gleich; ‹Mandragora› kennen Sie sicher, die Alraunwurzel, die unter den Galgen wächst und menschliche Gestalt hat. Aber sie enthält ein Tropeïn, genau wie die beiden Vorhergehenden. Dann das Feinste vom Ganzen, ‹Assa fœtida›, faules Fleisch, kann auch eine Pflanze bedeuten, und all diese Ingredienzien sind zu mischen mit Bittermandelöl, und zu mischen sind sie unter irgendeinem astrologischen Zeichen, wahrscheinlich wenn der alte Jupiter in einem besonders wirksamen Hause steht. Übrigens hat der große Arzt Paracelsus – von dem haben Sie doch gehört, Kommissär? – ebenfalls ein derartiges Rezept gegeben. Es ist Hexensalbe, Kommissär, und daß das Rezept dieser Hexensalbe gerade in der puritanischen Stadt Genf sich erhalten hat, ist eine zarte Ironie des Schicksals. Denn ich sage Ihnen vielleicht nichts Neues, wenn ich Sie daran erinnere, daß eine Hexensalbe zugleich ein sehr wirksames Aphrodisiakum war, eine Salbe, die die Liebe weckte, und wenn ich Liebe sage, so meine ich deren fleischlichste Form und durchaus nicht etwa die platonische.»

«Hören Sie auf, O'Key, haben Sie Mitleid mit mir.» Dem Kommissär standen große Schweißtropfen auf der Stirn. Aber der Staatsanwalt war aufgestanden; die Rollen schienen vertauscht zu sein, denn nun war es Herr de Morsier, der, einem Reporter gleich, mit gezücktem Bleistift und hungrigem Notizbuch vor O'Key stand und sagte: «Mein Herr, Ihre Ausführungen sind interessant, besonders die Namen, die Sie nannten, die Namen der Arzneimittel, haben einen wohlklingenden Laut. Darf ich um deren genaue Angabe bitten, ich gedenke, sie in einem Sonett zu verwerten, das ich Ihnen widmen werde.»

O'Key verbeugte sich geschmeichelt.

3. Es war schon halb drei Uhr (vierzehn Uhr dreißig für Liebhaber moderner Zeitberechnung), als der Kommissär und der Reporter endlich zum Essen kamen. Sie hatten einen Umweg über das Spital gemacht, Dr. Thévenoz war nicht zu sprechen, aber Wladimir Rosenstock war entzückt, sein medizinisches Licht leuchten lassen zu dürfen. Die gleichen Erscheinungen, ließ er sich vernehmen, die man auch bei dem verstorbenen Sekretär Crawley habe feststellen können. Hemmung aller Sekretionen, Schweiß- und Speichelabsonderung versiegt, Trockenheit im Munde, Schlunde und in der Nase, Behinderung des Schling- und Sprechvermögens, Lähmung des Auerbachschen Plexus, scharlachgerötete, heiße trockene Haut, zeitweilige Erregungszustände. Man habe alles versucht, Magenspülung, kombinierte Kampfer- und Morphiuminjektionen. Aber der Mann sei alt, es bestehe wenig Hoffnung, ihn über den Berg zu bringen. Und wann etwa der Mordversuch anzusetzen sei, wollten die beiden Herren wissen. Rosenstock machte einige Schlittschuhläuferschritte durchs Zimmer. Das sei schwer zu sagen, meinte er, der Apotheker sei gefunden worden, wann? ... Um halb elf etwa? ... Und eingeliefert worden sei Eltester gegen zwölf Uhr. Die akuten Symptome seien da schon ziemlich zurückgegangen ... Ob die Herren keinen Anhaltspunkt hätten? Da meldete sich O'Key und teilte mit, daß ein Zeuge gegen sechs Uhr morgens aus dem Laden Schreie und Poltern gehört habe. «Das könnte stimmen», meinte Rosenstock. «Fünf bis sechs Stunden wird die Vergiftung alt sein, aber es ist weiter nichts als eine Vermutung.» Dann wollte Pillevuit noch wissen, wo sein Bekannter, Dr. Thévenoz, sei. Aber da hüllte sich Rosenstock in Verschwiegenheit. «Er mußte einen Besuch machen, einen eiligen Besuch.» – «Einen Krankenbesuch?» wollte der neugierige O'Key wissen. – «Man kann es auch einen Krankenbesuch nennen», meinte Rosenstock reserviert. «Übrigens habe ich zu tun, und Sie müssen mich entschuldigen.» Er schien eines jener Kinderspielzeuge (Trottinette nennt man sie) zu besteigen und verschwand auf diesem unsichtbaren Vehikel aus dem Zimmer.

Nun saßen also die beiden in einer kleinen Pinte, die in einem jener kleinen Gäßchen lag, die in der Umgebung des Justizpalastes ein von jeder Modernität verschontes, stillbeschauliches Leben führen. Der Wirt war ein Franzose, ehemaliger Chef de cuisine, kochte ausgezeichnet, kaufte seinen Wein selbst. Die Beiz war ziemlich unbekannt und daher gut.

«Prost!» sagte Kommissär Pillevuit und stieß mit seinem neuen Freunde an. O'Key nickte. Der Wein war wirklich gut. Dann aßen die beiden schweigend, und ich muß es mir leider versagen, das Menü wiederzugeben. Denn es waren Speisen, die nur Gastronomen bekannt sind, und da diese Rasse am Aussterben ist, ist es nutzlos, auf sie Rücksicht zu nehmen.

Gegen die niederen Fensterscheiben prasselte der Regen, ein Gewitter ging nieder, es war dunkel im kleinen Raum, der Wirt schaltete das Licht ein, brachte dann dicken türkischen Kaffee in Kupferpfännchen (wie er erzählte, war er früher einmal in der Fremdenlegion gewesen und hatte dort die Zubereitung dieses Getränkes gelernt). Dann war es sehr still im Raum, bis Pillevuit schließlich sagte: «Nun?»

«Zeugenaussagen», meinte O'Key. «Die Gemüsehändlerin Malvida Turettini, Witwe, kinderlos, hat ihren Laden am Morgen um fünf Uhr geöffnet. Da sie schräg gegenüber der Apotheke wohnt und Eltester sie von jeher interessiert hat, weil er merkwürdige Besuche erhält, wirft sie jeden Morgen beim Öffnen ihres Ladens einen Blick auf die Apotheke. Die Rolläden waren heruntergelassen, doch meinte sie, zwischen den Ritzen Licht schimmern zu sehen, was sie erstaunte, da es bekanntlich jetzt, im Sommer, schon um vier Uhr morgens ganz hell ist. Um halb sechs tritt sie zufällig vor ihre Türe, um ihre Gemüseauslage in Ordnung zu bringen, und erblickt eine Gestalt, die aus dem Hausgang neben der Apotheke hervorschleicht, die Gasse entlangläuft und in der Rue de Carouge verschwindet. Die Gasse war zu dieser Zeit fast menschenleer, nur in der Rue de Carouge war ein Trupp Arbeiter zu sehen; die Frau Turettini lief der Gestalt nach, vermochte sie aber nicht einzuholen. Sie glaubt, es sei eine Frau gewesen, hochgewachsen, in einem dunklen Mantel. Sonst kann sie nichts angeben. Ihr Geliebter, Gaston Faillettaz, Mechaniker in einer Autofabrik, hat am Abend vorher, als er gegen zehn Uhr aus der Kneipe kam, hinter den schon herabgelassenen Läden der Apotheke singen gehört. Er bezeichnete das Geräusch als Singen, und als ich ihn fragte, was er denn unter Singen verstünde, Volkslieder oder Grammophonmusik, schüttelte er den Kopf: ‹Wie wenn man an katholischen Kirchen vorbeigeht, so hat's geklungen›, behauptete er. Der Zeitungsverkäufer André Gattineau muß schon ...»

«Halt», rief Pillevuit, «ich habe eine Frage. Wie kam es, daß Sie etwas von dem Mordversuch wußten? Sie hatten doch Ihre Untersuchung schon beendigt, als wir erst die Entdeckung des kranken Eltester machten?»

O'Key spielte mit einem silbernen Kettchen, das um sein Handgelenk lag. «Ich bin eben früher aufgestanden», sagte er lächelnd. «Und ich kann Ihnen da nichts erzählen, weil Sie sonst auf falsche Gedanken kämen. Lassen Sie mich lieber fortfahren. Der Zeitungsverkäufer Gattineau, der schon um fünf Uhr bei der ‹Tribune› sein muß, um die Morgenblätter zu erwischen, die er in den Dörfern verkauft, hat um halb fünf Uhr einen älteren Herrn gesehen, der mit einer sehr dicken Frauensperson die Straße hinunterging. An der Ecke der Rue de Carouge waren diese beiden verschwunden. Gattineau glaubt, die beiden hätten ein Taxi genommen. Paßt diese Beschreibung auf irgend jemanden, den Sie kennen, Kommissär?»

«O'Key! Hervorragend!» Der Kommissär hüpfte wie ein Rugbyball bei einem Match. «Der Professor! Ich habe immer gesagt, der Professor ist in die Sache verwickelt. Wer hat Crawley ins Spital geschickt? Ich frage Sie, wer hat Crawley ...»

«Sie lieben rhetorische Fragen, Kommissär», stellte O'Key mit strenger Stimme fest. «Wir wissen, daß der Professor in der Sache, die uns beschäftigt, eine Rolle spielt. Aber welche Rolle? Wer war die Frau, die ihn heute morgen begleitete? Wissen Sie das?»

«Ich? Nein.»

«Sie sollten es aber wissen. Wozu haben Sie sonst einen Ihrer Leute vor dem Hause des Professors postiert? He? Und einen untauglichen noch dazu? Sie haben mich gefragt, wieso ich von dem Mordversuch hier Kenntnis erhalten hätte? Weil ich dem Professor gestern abend gefolgt bin. Ein Auto hat ihn um neun Uhr abgeholt. Es ist bei seinem Hause vorgefahren, hat kaum zehn Sekunden gehalten, gehornt, der Professor ist aus der Haustür und mit einem Satz in den Wagen gesprungen – fort war er. Ihr Geheimpolizist hatte gerade ein wichtiges Gespräch mit der Kellnerin in der Kneipe, die dem Hause des Professors gegenüberliegt. Ich bin ihm nachgefahren, dem guten Professor, er hat sehr geheimnisvoll getan, als er in der Apotheke verschwand. Ich habe gewartet bis Mitternacht. Um elf Uhr ist die dicke Dame, die heute morgen mit ihm fortgegangen ist, angekommen, hat geklopft, ist eingelassen worden. Wann die andere Frau angekommen ist, von der die Gemüsefrau spricht, weiß ich nicht. Ich bin dann schlafen gegangen. Aber heut morgen war ich schon zeitig wieder da. Hat übrigens der Polizist Malan von mir gesprochen?»

«Malan? Gesprochen? Von Ihnen?» Pillevuit schüttelte ratlos den Kopf. «Nein, er hat gesagt, ein kleiner Junge habe ihm aufgeregt mitgeteilt, die Apotheke sei noch immer geschlossen, und man höre Stöhnen durch die Türe. Und da sei er eben hingegangen. Die Türen seien offen gewesen, das heißt, die Türe, die vom Hausgang in die Wohnung führt, und die Tür von der Wohnung in den Laden. Und dann hat er mich gleich angerufen, als er den Körper gesehen hatte.»

«Sehen Sie, Kommissär, Sie müssen nicht böse werden, aber Ihre Leute arbeiten unexakt. Malan ist fortgelaufen, und Sie können sich vorstellen, welch eine Aufregung es in einer kleinen Gasse hervorruft, wenn ein uniformierter Polizist aus einem Hausgang herausstürzt. Die Gemüsefrau wollte gleich schauen, was los war, sie rief ihre Nachbarinnen herbei, es waren spielende Kinder auf der Straße. Diese ganze Meute wollte den Laden stürmen. Da hab ich mich vor den Eingang gestellt, habe nur ‹Polizei› gesagt und das Abzeichen meines Tennisklubs gezeigt, das ich hier unter dem Rockaufschlag trage. So habe ich Ihnen doch die Jungfernschaft dieses Falles gerettet, und dafür müssen Sie mir dankbar sein.»

«O'Key», Pillevuits Augen glänzten feucht, war es die Rührung, war es der Alkohol, oder vielleicht beides? – «O'Key, Sie sind ein Freund. Was soll ich nun tun?» Der Reporter stellte freudig fest, daß die ausgeworfenen Enterhaken nicht mehr zu entfernen waren. Doch als er antworten wollte, unterbrach ihn Pillevuit wieder: «Nein, Sie sollen mich nicht für ganz borniert halten. Ich will versuchen zusammenzufassen: Wir haben also zwei mysteriöse Vergiftungsfälle, einen fremden Sekretär und einen Genfer Apotheker. Beide werden, so scheint es, durch das gleiche Gift zu ermorden versucht. Es muß also ein Bindeglied zwischen den beiden zu finden sein. Da haben wir Professor Dominicé, er kennt Crawley, er kennt, wie Sie behaupten, auch den Apotheker. Beide Male war er in der Nähe, als das Verbrechen begangen wurde. Wir finden beidemal ein Bündel Drähte, wie sie zu jeder Pravazspritze geliefert werden. Wir stellen ferner fest, daß der junge Sekretär am Abend seines ... seines Unfalls eine Einladung des Professors erhalten hatte. Wir finden ferner bei dem Apotheker Dinge, die auf das Hineinspielen einer okkulten Sekte deuten. Wir wissen ferner, daß der Professor sich mit spiritistischen Phänomenen beschäftigt hat, daß seine Haushälterin früher Medium war – Donnerwetter», unterbrach sich Pillevuit, «die dicke Frau, die mit dem Professor aus dem Hause des Apothekers gekommen ist, ist das ...?»

«Natürlich ist sie das, nur weiter, Kommissär.»

«Ja, jetzt weiß ich nicht weiter. Denn einerseits behauptet die indische Exzellenz, ihr seien wertvolle Dokumente entwendet worden, und diese Dokumente habe Crawley gehabt. Also ein Mord mit einem klaren, politischen Hintergrund. Aber beim Apotheker scheint etwas anderes mitzuspielen. Eben dieses Hexenrezept und die Münze und die gelbe Stirnbinde. Sagen Sie, O'Key, was ist's eigentlich mit diesen Hexensalben?»

«Die Hexensalben? Ein Rauschmittel, mein Lieber. Die armen Frauen hatten Visionen, sie meinten zu fliegen. Sie rieben sich mit der Salbe ein, gewöhnlich die Körperstellen, wo die Haut dünn war, Achselhöhlen und so weiter, dann klemmten sie sich einen Besenstiel zwischen die Beine, legten sich aufs Bett, sagten: ‹Obenauß und nirgent an›, und dann flogen sie zum Kamin hinaus, auf den Blocksberg oder sonst wohin, nach Thessalien, was weiß ich, und trieben dort Unzucht mit dem Teufel, dem Abraxas, dem Behemoth, dem Herrn der Fliegen und anderen Gewürms. Ja. So ging die Sache vor sich. Und dafür wurden sie verbrannt. Wenn man nämlich ein Teufelszeichen an ihrem Körper entdeckte. Und ich habe mir sagen lassen, der Apotheker sowohl als auch der junge Mann hätten in der Ellbogenbeuge einen Einstich gehabt mit einem roten Hof darum, und das sah aus wie eine ungeschickt gemachte intravenöse Injektion. Vielleicht war es auch etwas anderes.»

Sie haben sicher schon Heu gesehen, das Pech gehabt hat. Es war halb trocken, dann regnete es drauf, dann trocknete es wieder, dann wurde es wieder naß, und dann wurde es eingeführt, noch halb feucht. Genau wie dieses Heu sah Pillevuits Bart aus. Er war unansehnlich, gar nicht mehr stolz wogend wie eine blonde Fahne.

4.

Madge Lemoyne hatte die Abendvisite in aller Eile erledigt. Sie wollte in die Stadt, sie war unruhig. Wem sollte sie von ihrem merkwürdigen Patienten erzählen? Sie beschloß, Professor Dominicé aufzusuchen und mit ihm über Jane Pochon zu sprechen. Als sie mit ihrem Zweisitzer gegen fünf Uhr vor dem Hause des Professors hielt, sprang Ronny als erster aus dem Wagen. Er ging kläffend auf einen Mann los, der an einer Straßenecke stand und in die Luft starrte. Der junge Mann (er war lang, sehr lang, trug rote drahtige Haare über einem mit Sommersprossen besäten Gesicht) schnalzte auf sonderbare Art mit der Zunge, stieß Laute aus, die wie ein zerquetschtes Gebell klangen, worauf Ronny einen kurvenreichen Freudentanz aufführte und den Mann stürmisch begrüßte. Auf die Rufe seiner Herrin hörte er nicht. Madge mußte näher kommen und den Hund am Halsband packen, auch das nützte wenig. Ronny erstickte fast an seiner Freude.

Der Fremde verbeugte sich vor Madge (den Hut konnte er nicht ziehen, denn er war barhaupt). «Entschuldigen Sie», sagte er, «Cyrill Simpson O'Key.» Aber er streckte die Hand nicht aus.

«Oh, Sie sind Engländer?» fragte Madge und wurde rot. Das ärgerte sie, denn schließlich war sie eine berufstätige Frau und kein Backfisch, der errötet, wenn er von einem Herrn angesprochen wird. Das weitere Gespräch wurde auf Englisch geführt.

«Ich bin Ire», sagte O'Key todernst und tätschelte Ronny, der vor Begeisterung über die neue Bekanntschaft fast in hysterische Krämpfe verfiel.

«Kennen Sie denn Ronny?» fragte Madge.

«Nein», O'Key wackelte ein wenig mit der Nase, was Madge zum Lachen brachte. «Ich kenne nur die Airedalesprache und weiß, wie man einem Hunde ein Kompliment zu machen hat.»

Darauf entstand ein Schweigen. Ronny bellte hinter einem Radfahrer her, der einen großen Korb auf dem Rücken trug. Ronnys Antipathie gegen die moderne Technik erstreckte sich auch auf Fahrräder.

«Ja, ich muß weiter», seufzte Madge, und sie empfand ihr Seufzen selber als unmotiviert. «Einen Besuch machen.»

«Oh», sagte O'Key, «Sie wollen in dieses Haus? Zu dem Professor? Nehmen Sie sich in acht, Miß Lemoyne, der Professor wird beobachtet.»

«Beobachtet?» Madge war erschrocken. «Von wem denn?»

«Erstens von mir. Denn auch ich muß ihn sprechen und weiß nicht recht, wie ich es anstellen soll. Ihn einfach besuchen, geht nicht, ihn auf der Straße abfangen, gefällt mir nicht. Ich weiß nicht recht, was ich tun soll. Wissen Sie mir keinen Rat?»

«Ja, warum wollen Sie ihn denn sprechen? Wer sind Sie eigentlich?» wollte Madge wissen.

Das sei immerhin schwer zu definieren, erwiderte O'Key (und ganz verschwommen kam es ihm zum Bewußtsein, daß es ihm Schwierigkeiten machte, die Frau neben ihm anzulügen; sie gingen auf und ab, und Ronny versuchte während dieser Zeit, die psychologischen Reaktionen eines Köters zu prüfen, der traurig an einer Ecke saß, indem er diesen Hund sachlich in den Schwanz biß, Ronny war nicht umsonst der Hund einer Seelenärztin), ja, wiederholte O'Key, er sei also eigentlich Reporter und von seiner Zeitung ausgesandt, um über eine dunkle Angelegenheit zu berichten. Es sei da ein junger Engländer, ein Diplomat, auf ziemlich mysteriöse Art in die Gefilde der Seligen hinübergewechselt (Madge schaute bei dieser Ausdrucksweise kurz auf, schwieg aber), und das Londoner Publikum fühle sich von geheimnisvollen Begebenheiten nur allzusehr angezogen. Als ob der Tod eines chinesischen Kulis nicht ebenso geheimnisvoll sei. Aber Kulis gebe es eben Millionen und diplomatische Sekretäre nur eine kleine Menge, und das erkläre vielleicht zum Teil das Interesse eines hungrigen Publikums. Nun ja; aber er sei nicht hier, um die Theorien Professor Einsteins auf menschliche Verhältnisse anzuwenden, kurz und gut, der Professor Dominicé scheine da etwas zu wissen, über den Tod eines gewissen Crawley, und da sei noch die Geschichte mit dem Apotheker, die sei auch duster, und auch da habe der werte Gelehrte seine Hand im Spiele, es empfehle sich daher, ein Interview zu riskieren, nicht wahr? «Lachen Sie», befahl O'Key plötzlich streng, dann stieß er selbst ein Gewieher aus, das seine Zähne zeigte, die gelb waren wie altes Elfenbein.

«Warum?» Hatte sie es mit einem Verrückten zu tun? Aber der vielleicht Verrückte ließ ihr keine Zeit, auch nur den Versuch einer Diagnose zu stellen, er hatte ihren Arm gepackt. «Lachen Sie», befahl er wieder, «es muß aussehen, als ob wir alte Bekannte wären, und Sie müssen denken, ich hätte Ihnen soeben einen fabelhaften Witz erzählt. Hahaha», und Madge lachte ängstlich mit. «Noch einmal!» Und noch einmal lachte Madge.

«Ich will Ihnen erklären, warum. Dort drüben an der Ecke steht ein reichlich unsympathischer Zweibeiner mit eingefettetem Schnurrbart, einer fettigen Krawatte, und seine Hose hat Wülste über den Knien. Das ist Herr Dériaz, dem soeben telephonisch ein Rüffel überwiesen worden ist, und zwar von meinem Freunde, dem Kommissär Pillevuit. Weil nämlich besagter Geheimpolizist Dériaz gestern abend nicht aufgepaßt hat. Und nun geht es den Herrn gar nichts an, wer Sie sind und in welchen Beziehungen Sie zu dem Professor stehen. Wir werden also zusammen den Professor besuchen, und Herr Dériaz wird dann seiner Behörde mitteilen können, daß ein Herr und eine Dame ... nun ja, das wird er schon gut machen.»

Viertes Kapitel

1. Professor Dominicé führte ein unregelmäßiges Leben. Aber dies störte niemanden, da er keine Familie und keine besorgte Gattin hatte. Wohl wurde er von seiner Haushälterin, eben jener Jane Pochon, deren Anblick auf die Seelenärztin Madge Lemoyne so niederdrückend wirkte, ausgiebig tyrannisiert, aber der Professor war über diese Tyrannei hoch erhaben. Er fühlte sie kaum.

Er führte ein unregelmäßiges Leben, sagten wir. Das heißt, er machte die Nacht zum Tag, stand spät auf, erst gegen Mittag, brauchte dann zwei, drei Stunden, bis er das Elend eines neubeginnenden Tages überwunden hatte; darum hatte er auch seine Vorlesungsstunden auf den Nachmittag gelegt. Er las an der Universität zwischen fünf und sechs Uhr, und dies nur dreimal in der Woche, es war mehr ein Ehrenamt als ein Beruf. Obwohl zu sagen ist, daß Professor Dominicé in diesen drei wöchentlichen Stunden wahrscheinlich Wichtigeres zu sagen hatte, als gewisse seiner Kollegen in langatmigen Vorlesungen.

Seine Wohnung bestand nur aus zwei Zimmern und einer Küche, aber Professor Dominicé bewohnte tatsächlich nur ein Zimmer, und zu Hause aß er selten, so daß auch die Küche als Ablage für unbrauchbar gewordene Broschüren, Manuskripte und Bücher diente. Der Gasherd stand nahe an der Türe, und dies war günstig, so konnte man auf ihm eine Eierspeise kochen, ohne die Staubschicht aufzustören, die sich auf den übrigen Dingen zur Ruhe gesetzt hatte.

Heute war Professor Dominicé erst um zwei Uhr aufgestanden. Als er um sechs Uhr morgens heimgekommen war, hatte er gar nicht sein Schlafzimmer aufgesucht, sondern sich angekleidet auf das Sofa gelegt, das in seinem Arbeitszimmer stand. Nur den grauen Gehrock hatte er sorgfältig über einen Stuhl gehängt, den steifen Kragen darauf gelegt und die breite Plastronkrawatte unter einige Wälzer auf seinem Schreibtisch zum Glätten ausgebreitet. Hernach war er durch einen zähen Schlaf geschwommen, einen unruhigen und quälenden, so wie man durch ein bewegtes Wasser schwimmt, dessen Wellen bedrohend wirken. Aber selbst diesen Schlaf, so unruhig er auch gewesen war, hatte er noch als Wohltat empfunden dem Erwachen gegenüber: Dies war nun bewußte, graue Pein, aus der es keine Fluchtmöglichkeit gab in den soeben verlassenen Schlaf.

Der Professor stand auf, ein nervöses Gähnen, das sich stets wiederholte und sich durch keinen Willensakt unterdrücken ließ, trieb ihm die Tränen in die Augen. Dazu fühlte er einen unangenehmen Krampf der Kiefermuskeln, ein heftiges Niesen zerriß ihm fast die Schädelhaut. Er ging ins Schlafzimmer, wusch sich, bürstete mit zwei Bürsten seinen Apostelbart, sah lange in den Spiegel, schüttelte den Kopf: Er fand sich abstoßend, murmelte Worte, die übersetzt etwa ‹grausige Fresse› bedeuteten, ging wieder ins Arbeitszimmer zurück, legte Kragen und Krawatte an, schloß eine Schublade auf, stutzte, hob eine Glasflasche heraus (es waren deren zwei in der Schublade), maß den Inhalt mit einem Streifen Papier, schüttelte den Kopf. Die Flasche war nicht etikettiert. «Fehlt schon wieder etwas ...», murmelte er. Dann entnahm er der Schublade die zweite Flasche, zog aus der hinteren Futtertasche seines Gehrocks ein metallenes Etui, dann war das zitternde Klirren von Metall gegen Glas zu hören; es war sehr still im Zimmer. Der Professor seufzte tief auf, er blieb noch einige Augenblicke sitzen, den Kopf in die Hand gestützt, das Gähnen hatte aufgehört, trocken wurden seine vorher tränenden Augen, und die Pupillen in ihnen verengerten sich; sie waren schließlich genau so groß wie Stecknadelköpfe.

Wir wollen nicht allzu geheimnisvoll tun. Professor Dominicé war Morphinist, und dies seit einem Jahre. Wenige Leute nur wußten von dieser Tatsache, die nach Wunsch Laster oder Krankheit genannt werden kann. Und diese Tatsache hätte in seinem Leben wohl keine allzu einschneidende Rolle gespielt, wenn durch sie nicht eine rastlose Neugierde in ihm erwacht wäre, eine Neugierde, die ihn dazu trieb, die Wirkung der verschiedenen Nervengifte am lebenden Objekt zu studieren. Doch davon später.

Zwei Stunden saß der Professor ungestört an seinem Schreibtisch, der kleine Haufen Zettel, der links neben ihm lag, wurde immer dünner, während rechts von ihm die ins reine geschriebenen Foliobogen den schon vorhandenen Stoß vermehrten. Von Zeit zu Zeit nahm er seine Zuflucht zu der einen Flasche, dann war das leise Klirren im Raume wieder zu hören. Auf dem Schreibtisch brannte die Lampe, die Läden vor den Fenstern waren geschlossen, der Professor haßte das Tageslicht. Und beim Lichte der Lampe betrachtete er manchmal die Hand, welche die Feder hielt, es war eine magere Hand, mit jugendlicher Haut, ohne die blauen hervortretenden Venen, die sonst Greisenhände verunzieren, und jedesmal, wenn der Professor diese seine Hand betrachtete, schüttelte er den Kopf, so als betrachte er einen fremden unsympathischen Gegenstand.

Schwerfällig stand er auf, als die Türglocke schrillte. Er nahm noch einen tiefen Zug aus der soeben gedrehten Zigarette, murmelte einen undeutlichen Fluch über Jane Pochon, die immer noch nicht erschienen war, und ging dann öffnen.

«Mein liebes Kind», sagte er, und es war wirklich Freude in seiner Stimme, «wie freundlich von Ihnen, mich besuchen zu kommen. Sie müssen entschuldigen, wenn ich Sie habe warten lassen, aber ich war in meine Arbeit vertieft. Aber Sie sind nicht allein? Nun, auch Ihr Begleiter ist mir willkommen.»

O'Key wurde vorgestellt. Er verbeugte sich, die drei traten ins Zimmer, der Professor befreite einige Stühle von ihrer papiernen Last, lud mit breiter Armbewegung zum Sitzen ein, ließ sich selbst vor dem Schreibtisch nieder und stellte die Lampe so, daß sie wie ein Scheinwerfer ins Zimmer blendete, während sie seinen Kopf im Schatten ließ; dann faltete er die Hände und sagte: «Nun?» Aber bevor noch seine Besucher antworten konnten, störte ein Kratzen an der Türe: Ronny begehrte Einlaß, er fand es taktlos, daß man ihn draußen hatte stehen lassen, im dunklen Vorraum, wo es nichts Interessantes zu erleben gab.

«Mein Gott», sagte Dominicé, «wir haben den Hund vergessen», und er ging zur Türe, um sie zu öffnen. So eilig tat er dies, daß Madge ihm nicht zuvorkommen konnte.

Ronny begrüßte den Professor demutsvoll und voll Freude. Er war dem Professor zugetan, auf eine sonderbar respektvolle Art, so als habe er einen guten Begriff von dessen geistiger Überlegenheit. Sein Benehmen ihm gegenüber war ohne Familiarität, er sprang nicht an ihm hoch, sondern hob nur die rechte Vorderpfote, die der Professor auch, sich niederbückend, vorsichtig schüttelte. Nach dieser Begrüßung war Ronny zufrieden, er wartete noch, bis der Professor sich gesetzt hatte, dann erst ließ er sich nieder, rieb noch ein wenig seine zottige Schnauze an den Schuhen des bärtigen Gottes und schloß mit einem tief befriedigten Seufzer die Augen.

«Professor», eröffnete Madge die Unterredung, «Sie machen mir Sorge. Wissen Sie, daß die Polizei sich für Sie interessiert?»

«So? Das wundert mich nicht. Die Polizei leidet, wie mir scheint, unter der allgemeinen Arbeitslosigkeit. Auch sie hat nicht genügend zu tun, darum beschäftigt sie sich mit meiner im kriminologischen Sinne wohl herzlich unbedeutenden Persönlichkeit.» Darauf schien es den beiden Besuchern, als lächle der Professor (seine Züge waren kaum erkennbar im Schatten), und er verschränkte friedlich seine sehr weißen Finger.

«Professor», sagte Madge, «ich würde die Sache nicht zu spaßhaft nehmen. Unten vor Ihrer Türe steht ein Geheimpolizist, der Sie beobachten soll und wohl auch Ihre Flucht verhindern.»

«Flucht? Aber mein liebes Kind, ich denke doch gar nicht an Flucht. Ich bin ein alter harmloser Mann, der ein vielleicht nicht ganz regelmäßiges Leben führt, aber das ist doch noch kein Grund zu einer Verhaftung. Oder?»

O'Key mischte sich ein.

«Wo waren Sie letzte Nacht, Professor?»

Es entstand ein Schweigen, das so schwer im Raum lag, daß Ronny plötzlich die Augen aufschlug, hellwach, den Kopf hob, ein rollendes Stöhnen hervorgurgelte – aber ein sanfter Klaps des Professors beruhigte ihn wieder.

«Mein junger Freund», sagte Dominicé, und einen Augenblick war sein Gesicht hellbeleuchtet, als er sich vorbeugte, «glauben Sie nicht, daß dies eine Privatangelegenheit ist?»

«Nein», sagte O'Key, es klang nicht unfreundlich, nur respektvoll und feststellend. «Denn dort, wo Sie diese Nacht waren, ist ein Verbrechen passiert.»

«Nun, wenn Sie wissen, wo ich gewesen bin, so ist Ihre Frage müßig, mein junger Freund, so ist sie eine Untersuchungsrichterfrage, und ich wäre sehr dafür, daß wir dieses Gespräch, falls wir es weiterführen wollen, doch mit menschlichem Anstand fortsetzen. Oder sind Sie ein Emissär der Polizei?»

«Herr O'Key», sagte Madge und wurde rot, «ist ein Reporter, den eine Londoner Zeitung zur Aufklärung von Crawleys Tode nach Genf geschickt hat.»

«So, von Crawleys Tode ...» Dominicé zerdehnte die Worte. «Und an Crawleys Tode soll ich wohl auch schuldig sein.»

«Es scheint so», sagte O'Key gereizt. Er war über sich selber ärgerlich, denn er mußte sich gestehen, daß der alte Herr da vor ihm auf eine absonderliche Art bedrückend wirkte. Nicht nur, daß es den Eindruck machte, als habe sich der Professor mit einem gläsernen Panzer umgeben, der ihn unantastbar machte, auch sein ganzes Gehabe zeugte von einer Überlegenheit, die niederdrückend wirkte, vielleicht gerade, weil sie dem alten Herrn gar nicht bewußt war. «Woher kamen Sie, als Sie in jener Nacht Crawley fanden?»

«Ich bin ein Nachtwandler, lieber Freund», sagte der Professor mit einer entwaffnenden Herzlichkeit. «Ich bin spazieren gegangen, weil die Nacht schön war, ich habe zuerst die Wellen des Sees belauscht und die Gespräche der Bäume, dann habe ich versucht, die Geschichten zu enträtseln, die auf den Fronten der Häuser eingegraben sind, in Rissen und Sprüngen, und nur wenige vermögen diese Schrift zu entziffern. Da habe ich zufällig Crawley gefunden ... und ihn nicht einmal erkannt.»

«Flüchten Sie nicht in die Lyrik, Professor. Crawley war an jenem Abend bei Ihnen, oder wollen Sie das leugnen?»

«Leugnen?» wiederholte Dominicé. «Was für sonderbare

Worte gebrauchen Sie, mein junger Freund? Ich habe nichts zu verbergen. Crawley war bei mir, das ist wahr, er interessierte sich für eine neue Arbeit von mir, die er ins Englische übertragen wollte. Über diese Arbeit sprachen wir. Und dann verließ er mich, es mochte gegen elf Uhr sein. Und als ich seinen Körper sah, später in der Nacht, so ist es gar nicht erstaunlich, daß ich ihn nicht erkannte. Das Gesicht war verkrampft, Crawley war halb entkleidet, und Sie werden wohl selbst wissen, wie sehr ein Mensch durch seine Kleidung verändert wird.»

«Aber daß er vergiftet war, das wußten Sie sofort?»

«Gifte! Gifte, lieber Freund, sind meine Spezialität, die letzten Jahre habe ich mich mit den Wirkungen der Gifte beschäftigt. Fragen Sie Thévenoz, meinen Schüler. Die Gifte verändern die Seele, nicht wahr, liebes Kind?» Dominicé wandte sich an Madge, die schweigsam dasaß und mit ängstlich verzerrtem Mund dem Redekampf der beiden Männer folgte. Aber Madge antwortete nichts.

«War Eltester, der Apotheker, ein guter Freund von Ihnen?» bohrte O'Key weiter. «Besuchten Sie ihn oft? Waren Sie so gut mit ihm bekannt, daß Sie auch nächtelang mit ihm zusammensein konnten?»

«Sie werden indiskret, junger Mann, und ich bewundere meine Geduld, die mich Ihr Fragen ertragen läßt.»

O'Key wollte auffahren, da aber legte Madge ihre Hand auf seinen Arm. «Ruhig, O'Key, so kommen wir nicht weiter. Sie müssen uns nicht für neugierig halten, Professor, wir wollen Ihnen doch helfen, verstehen Sie das nicht? Wissen Sie nicht, daß Sie in einer bösen Situation sind? Ich habe O'Key zu Ihnen gebracht, damit er Sie kennenlernt, damit er versteht, daß es unmöglich ist, Sie zu beschuldigen, aber Sie dürfen es mir nicht zu schwer machen.» Wahrhaftig, Madge hatte Tränen in den Augen, ratlos stand Ronny in der Mitte des Zimmers; er ging zu jedem, stieß ihn sanft an mit der Schnauze, und seine Blicke bettelten um Frieden; aber auch hier wurde es deutlich, von welch kleinen Zufälligkeiten beginnende Friedensaktionen manchmal abhängig sein können. Ronny fühlte nämlich den Stich eines

Flohs, er mußte abhocken und sich kratzen. So kam es, daß die folgende Verständigung ohne seine Hilfe zustande kam.

Professor Dominicé lenkte ein.

«Ich glaube Ihnen, mein Kind, auch Ihnen, junger Mann, glaube ich den guten Willen. Ihre Fragen entstammen wohl nur zu einem kleinen Teil der Neugierde, obwohl – doch wir wollen uns einmal nicht um das Unbewußte kümmern. Sie wollen mir helfen, sagen Sie, und Sie machen Ihre Hilfe abhängig von der Beantwortung einer Reihe von Fragen. Nun, diese Fragen kann ich nicht beantworten. Nehmen Sie meine Behauptung wörtlich: Ich *kann* nicht, und nicht: Ich *will* nicht. Ich bin gebunden, durch ein Versprechen, nennen Sie es ruhig ein Gelübde, also durch ein Gelübde bin ich gebunden. Sie müssen mir einfach glauben, daß ich weder über Crawleys Tod noch über Eltesters Unfall etwas weiß. Diese Dinge sind geschehen ohne mein Zutun, und es wäre vermessen von mir, an ihnen herumzudeuten. Ich muß es einfach tragen, wenn ich verdächtigt werden sollte. Ich werde mich wehren, und wenn ich Ihrer Unterstützung sicher sein kann, junger Mann, dann will ich zufrieden sein.»

«Aber, Professor», rief O'Key, «Sie werden eine Verhaftung doch gar nicht überstehen.»

«Warum nicht?» fragte Madge, während der Professor den Kopf im Schatten verbarg.

«Mein liebes Kind», sagte Dominicé, «Sie haben noch viel zu lernen. Haben Sie noch nicht bemerkt, daß ich Morphinist bin? Und in meinem Alter – eine Entwöhnungskur ... Ich weiß nicht, ob ich das aushalten werde.»

«Cyrill», sagte Madge, und sie schob ihren Arm unter den Arm des Reporters, «Cyrill, Sie müssen dem guten Mann helfen.» Dann erst merkte sie, daß sie den Mann, den sie vor knapp einer Stunde kennengelernt hatte, mit dem Vornamen angeredet hatte, nicht nur das, daß sie Arm in Arm mit ihm dasaß, aber trotzig verzog sie das Gesicht und lehnte sich noch enger an O'Key.

«Der arme Thévenoz», sagte Dominicé in die Stille.

Aber nicht einmal diese Bemerkung machte Eindruck auf Madge. Sie mußte lächeln, denn ihr fiel eine Kindheitserinnerung ein. Nahe beim Sommerhaus ihres Vaters war ein hoher Baum gestanden, der, ganz nahe am Wipfel, zwei Äste getragen hatte. Dort war sie oft gesessen, mit baumelnden Füßen über der grünen Leere, und neben ihr war der Sohn des Gärtners gesessen, ein rothaariger Bursche mit einer komisch beweglichen Nase. Wie alt war sie damals gewesen? Zehn Jahre? Aber sie hatte den Buben sehr lieb gehabt, er hatte eine lange bewegliche Nase gehabt, wie ein Kaninchen, und er war der einzige gewesen, unter all ihren Kameraden und Freundinnen, den sie nicht tyrannisiert hatte. Merkwürdig, daß O'Key sie an jenen Jungen erinnerte. Sie hatte eine Zärtlichkeit für ihn gefühlt, schon unten auf der Straße, eine merkwürdig heitere Zärtlichkeit, die nicht zu vergleichen war mit dem verkrampften Zustand, der sie ergriff, jedesmal, wenn sie mit Thévenoz zusammen war. Sie blieb an O'Key gelehnt, auch als es draußen läutete. Während Dominicé öffnen ging, beugte sich O'Key zu ihr herab und küßte sie; es schien ihr selbstverständlich, und sie wehrte sich auch nicht, sondern drückte Cyrills Hand.

2. «Es ist Thévenoz», sagte der Professor und versperrte die Türe mit seinen breiten Schultern.

«Er soll nur kommen», sagte Madge und richtete sich nur ein wenig auf. Ihre Hand ließ sie O'Key. Aber als sie Thévenoz sah, bedauerte sie ihre Haltung, stand auf, ging ihm entgegen und schüttelte ihm die Hand.

Thévenoz sah schlecht aus. Seine dünnen Haare waren glanzlos, und sein Gesicht schien bedeckt zu sein mit einem staubigen Gewebe. Er war zu müde, um sich über irgend etwas zu wundern, er starrte an Madge vorbei in das grelle Licht der Lampe, die immer noch, wie ein Scheinwerfer, gegen das Innere des Zimmers gerichtet war. Endlich schien ihn die Helle doch zu stören, er schloß die Lider und drückte Daumen und Zeigefinger auf die Augen.

«Er ist uns doch abhanden gekommen», sagte Thévenoz, und nichts hätte verzweifelter wirken können als sein schwacher Versuch zu kohlen, «und Rosenstock hat sein zugenähtes Knopfloch zerrissen, zum Zeichen der Trauer und als Symbol für das Zerreißen der Kleider. Er hat Klagetöne ausgestoßen, und ich habe ihn aus dem Zimmer werfen müssen. Aber denken Sie, Meister, die Russin ist wieder dagewesen, kurz vor dem Exitus. Sie kam ins Zimmer, beugte sich über Eltester, strich ihm mit den Fingern über die Stirn, und dann verschwand sie wieder, lautlos, schweigend. Ich hab sie aufhalten wollen, nichts zu machen. Sie hätten eher einen Schatten aufhalten können. Was glauben Sie, Meister, sollte ich der Polizei davon erzählen?»

«Das wird nicht nötig sein, Thévenoz.» Professor Dominicé saß wieder am Schreibtisch, das Gesicht in den Schatten des Lampenschirmes getaucht. «Der Herr dort steht mit zwei modernen Gewalten auf vertrautem Fuße, mit der Presse und mit der Polizei, er wird Ihre Bestellung ohne weiteres übernehmen.» Und Dominicé legte ein Bein über das andere (zwischen den Enden der Hosen und den Anfängen der Schuhe kamen grobe Socken zum Vorschein), faltete mit einer sanften Bewegung die Prälatenhände und wartete geduldig auf die Wirkung seines Ausspruches. Es sah aus, als wolle er sich auf eine kindliche Art für lästige Ausfragerei rächen, und doch wirkte diese Rache viel eher traurig als boshaft. Thévenoz blickte böse in die Ecke, in der O'Key neben Madge saß. Aber er schwieg, nur Madge sagte ruhig: «Jonny, du mußt nicht alles glauben, was dein Meister sagt. O'Key will uns helfen, das hat er mir gesagt, und ich glaub's ihm. Es ist nur schwer, mit dem Professor zu verkehren, er ist so mißtrauisch und so verschwiegen.»

Da räusperte sich O'Key, und während sein Blick an Thévenoz' Füßen haften blieb, fragte er (er ahmte den zögernden Tonfall Thévenoz' nach): «War Ihr ... Besuch, Ihr ... Krankenbesuch interessant, Dr. Thévenoz?»

Thévenoz sah hilflos aus, wie ein ertappter Schuljunge. In diesem Augenblick, und mit diesem Ausdruck, fühlte Madge mit Thévenoz ein Mitleid, das in des Wortes wahrster Bedeutung als brennend zu bezeichnen war. So brennend, daß es ihr die Tränen in die Augen trieb. Sie sah diesen Doktor Thévenoz, den sie oft gequält, oft verspottet hatte, mit einer Deutlichkeit, die an Hellsichtigkeit grenzte: diesen grundanständigen Kerl, der sich abplagte, gewissenhaft, mit andern, mit sich selbst, dem es nie gelingen würde, sich durchzusetzen, weil er eben zu anständig war, weil er sich zu große Mühe gab, die andern zu verstehen, und weil er es nicht verstand, auch gegen sich selbst rücksichtsvoll zu sein. Und sie verglich ihn mit dem Manne an ihrer Seite, jenem O'Key, den sie erst seit einer Stunde kannte (war es wirklich nur eine Stunde, und waren es nicht Jahre?): ‹Vergleichen kann man die beiden nicht›, dachte sie, ‹denn das ist der Befreier.› Ihr Leben in den letzten Jahren schien ihr plötzlich dem Zustand jener Eichhörnchen zu gleichen, die in einer Drahttrommel die Pfoten bewegen, und die Trommel dreht sich, aber die Tiere kommen doch nicht vom Platz. Thévenoz, der war eben solch ein Eichhörnchen, eingespannt in die Trommel des Berufs, und die Trommel drehte sich, man wurde müde, aber man kam doch nicht vom Platz. Sie sehnte sich danach, mit O'Key irgendwohin, weit weg zu gehen, am Meer zu liegen in der Sonne und den Sand durch die Finger rinnen zu lassen; keinen weißen Mantel mehr anziehen zu müssen, keine Kranken mehr zu sehen, keine Visite mehr zu machen, nur dazuliegen, im warmen Sand, oder über die Felsen zu klettern. Mit diesem O'Key verstand man sich ohne zu reden, er wußte sicher viel, nahm einen an der Hand, ging mit einem fort – und alles war leicht und gar nicht mehr kompliziert. Und wieder sah sie das Bild des Baumes auf dem väterlichen Landgut und den kleinen rothaarigen Jungen, mit dem sie, ganz oben in den Zweigen, tagelang geschwiegen hatte. Sie seufzte, und dann hörte sie Thévenoz antworten:

«Das sind meine Angelegenheiten, und ich habe es nicht gerne, wenn man sich in meine Angelegenheiten mischt.»

‹Wie komisch doch die Männer sind›, dachte Madge, ‹sie sind so stolz darauf, eigene Angelegenheiten zu haben. Was heißt das, eigene Angelegenheiten! Sie wollen sich ja nur interessant machen.›

O'Key schien Ähnliches zu denken, denn er grinste, und sein Grinsen war reichlich frech. Dann erhob er sich und sagte abschließend:

«Ich werde also Fräulein Lemoyne heimbringen und Sie beide Ihren Angelegenheiten überlassen. Wenn aber diese ‹Angelegenheiten› reif für die Öffentlichkeit sein werden, so möchte ich mich empfohlen halten. Ich könnte vielleicht dann noch nützlich sein.» Er machte zwei große Schritte, stand vor dem Professor, schüttelte ihm die Hand, verbeugte sich vor Thévenoz und verließ das Zimmer; doch vergaß er nicht, Madge und ihrem Hunde Ronny den Vortritt zu lassen.

3. Dr. Jean Thévenoz, Arzt am Kantonsspital Genf, hätte gar nicht weit zu suchen brauchen, um Aufklärung über die geheimnisvolle Dame zu erhalten, deren Hauptbeschäftigung es zu sein schien, vergifteten Personen eine Abschiedsvisite vor ihrem Weggang aus dieser Welt abzustatten. Er hätte sich nur an den Bruder seines Assistenzarztes Rosenstock zu wenden brauchen, einen neunzehnjährigen Jungen, der eben daran war, sich auf die Matura vorzubereiten, indem er die meisten Stunden schwänzte, Professor Dominicés Vorlesungen besuchte und außerdem an seiner ersten Liebe erkrankt war. Wladimirs Bruder hieß Jakob, und die Bekanntschaft der Russin hatte er auf folgende Weise gemacht.

Es wäre noch vorauszuschicken, daß es drei Brüder Rosenstock gab: den Assistenzarzt, der im Alter nach Isaak kam, dem Advokaten. Der Advokat, er war bekannt und nicht unbeliebt, hatte zu Beginn seiner Karriere die letzte Silbe seines Patronyms verloren. Er nannte sich Isaak Rosène, und da biblische Vornamen in puritanischen Gesellschaften nichts Seltenes sind, da außerdem der Fürsprech Rosène glattrasiert war und blond wie reife Ähren (Erbschaft der Mutter, einer de Morsier, weitläufig verwandt mit dem Sonette dichtenden Staatsanwalt, was übrigens Isaaks Fortkommen im ‹Palais› bedeutend erleichtert hatte), hielt man ihn nur ganz selten für einen Juden. Und hätte man es auch getan, so wäre es nicht schlimm gewesen. Es gab nur wenig Antisemiten in Genf, und diese hatten nicht viel zu sagen, da sie von einem jungen Manne angeführt wurden, dem es selber nur schwer gelang, seine Abstammung von Noahs Sohne Japhet glaubhaft zu machen.

Doch wir wollten von Jakob Rosenstock erzählen, dem jüngsten der Brüder, seiner Bekanntschaft mit Natalja Ivanovna Kuligina und seiner ersten Liebe. Die drei Brüder bewohnten eine einsame Villa ganz in der Nähe der Palanterie, jenes Sumpfes, der den Genfern im Winter als Schlittschuhlaufplatz dient. Die Eltern waren vor bald fünfzehn Jahren gestorben, Isaak war damals noch ins Gymnasium gegangen, aber trotz dieses Trauerfalles hatten die jüngeren Geschwister, Wladimir und Jakob, eine glückliche Jugend verbracht. Isaak, der spätere Advokat, hatte es mit bewunderungswerter Energie verstanden, sich die Einmischung von Onkeln, Tanten zu verbieten. Er wandte sich an Herrn Philippe de Morsier, den Verwandten seiner Mutter, der damals noch kleiner Richter am Polizeigericht war, und durch dessen Vermittlung gelang es ihm, schon in seinem neunzehnten Jahre mündig gesprochen zu werden. Vater Rosenstock hatte ein annehmbares Vermögen hinterlassen, außer der Villa am See. Die Erziehung der jüngeren Brüder übernahm Angèle (Angelika, wenn es Ihnen lieber ist), eine katholische Savoyerin, kinderlose Witwe, die sich mit Begeisterung der Knaben annahm. Das Erziehungsresultat war gar nicht übel. In der Villa am See herrschte ein freier Ton. Außer Mutter Angèle gehörte noch André, der Chauffeur und Gärtner, zur Familie.

Da die Villa ziemlich weit von der Stadt entfernt war, kam keiner der drei Brüder zum Mittagessen heim. Am schwierigsten war es gewesen, für Jakob, den Gymnasiasten, einen zusagenden Mittagstisch zu finden. Jakob haßte von Jugend auf öffentliche Abspeisungen, als da sind alkoholfreie Wirtschaften, Crèmerien oder wie sonst sich solch öffentliche Fütterungsstellen zu nennen belieben. Auch hier hatte der Staatsanwalt ‹hilfreich eingegriffen› und sich an eine alte Dame erinnert, die in der Rue Verdaine eine riesige Wohnung bewohnte, allein mit einem tyrannischen Mädchen für alles und dem Schatten ihres verstorbenen Freundes; dieser Freund war erst nach seinem Tode eine Berühmtheit geworden, durch ein nachgelassenes Tagebuch nämlich, das an selbstquälerischer Bespiegelung seines Innenlebens seinesgleichen suchte. Dieses ältliche Fräulein, Célestine Honorine Benoît mit Namen (als Schriftstellerin unter dem Pseudonym ‹Agnès Sorel› bekannt), war von einer so unförmlichen Häßlichkeit, daß es wieder schön wirkte, wie eine rassenreine Bulldogge. Negerlippen, kurzgeschnittene, ewig verfilzte graue Haare, so hockte sie vor ihrem Schreibtisch und verfaßte antike Tragödien in schwungvollen Alexandrinern. Außerdem schwärmte sie für Voltaire und den Spiritismus; wie sie diese beiden Begeisterungen zu vereinigen vermochte, war ihr Geheimnis.

Jakob Rosenstock war lange der einzige Pensionär Fräulein Sorels gewesen (wir wollen ihr Pseudonym beibehalten, da es die Dichterin ihrem richtigen Namen vorzieht). Erst seit zwei Monaten war ein neuer Gast aufgetaucht, eben jene Natalja Kuligina, und Fräulein Sorel tat geheimnisvoll, wenn sie über die Herkunft ihres neuen Gastes befragt wurde. Die Sache war übrigens höchst einfach. Fräulein Sorel war nicht reich, manchmal war sie auf die wohlwollende Unterstützung verschiedener Mäzene angewiesen, aber die Mäzene wurden rar, und so hatte Fräulein Sorels Mädchen einfach eine Annonce in der «Tribune» aufgegeben, auf welche Annonce hin eines Tages ein Herr erschienen war, klein und fremdländisch, mit einer großporigen Gesichtshaut, die unsauber wirkte, um für seine Schwester (so behauptete er) ein Zimmer zu mieten. Fräulein Sorel aber hatte sich in diese ‹Schwester›, die am nächsten Tage erschienen war, auf ihre sonderbar enthusiastische Art verliebt, nannte sie Natascha, betrachtete sie als die Verkörperung Rußlands und sah in ihr eine lebendig gewordene Heldin Dostojewskis, eines russischen Schriftstellers, den sie zu verabscheuen vorgab, den sie aber heimlich mit glühenden Wangen verschlang, wie ein Junge im Pubertätsalter die Memoiren des Casanova; da aber das alte

Fräulein alle näheren Bekannten idealisieren mußte, sah sie auch im jungen Jakob eine Art Cherubin. Sie war nicht prüde, denn sie liebte das galante Jahrhundert, das achtzehnte nach unseres Herrn Geburt, und leistete naive Kupplerdienste. So kam es, daß sich Jakob Rosenstock in die Agentin 83 verliebte, die in Genf unter dem Namen Kuligina auftrat, deren Mission es war, den Agenten 72 zu überwachen: Denn dieser war verdächtig, für die eigene Tasche zu arbeiten, was gegen die Prinzipien von Hammer und Sichel ist.

Es ist, glaube ich, eine alte Tatsache, daß Jünglinge mit sogenannten geistigen Interessen für schöne Frauen nicht viel übrig haben. Um Magazinschönheiten zu verehren, braucht es ein vollgerütteltes Maß Dummheit. Darum war es ein Glück für Jakob, daß Natascha nicht schön war. Ich weiß, für eine Spionin wäre der Vamptypus am Platze, aber ich kann Ihnen leider nicht helfen: Die Regierungen, die Spioninnen beschäftigen müssen, holen sich gewöhnlich weder bei Feuilletonromanciers noch bei Kinoregisseuren Rat. Natascha fiel nicht auf. Sie hatte ein gutmütiges Gesicht, schlichtes schwärzliches Haar, das manchmal silbern schimmerte, wie eine Rappenmähne. Sie glich einem schlanken Seehund, und wie ein solches Tier konnte sie auch gut schwimmen. Einmal hatte sie zum Spaß den Weltrekord für Brustschwimmen um zwei Fünftelsekunden geschlagen, aber sie durfte an keiner Konkurrenz teilnehmen, ihr Beruf verbot ihr dies. Wie sie aber zu diesem Beruf gekommen ist (denn Spionage ist schließlich ein Beruf wie Gärtner, Generaldirektor, Pfarrer oder Einbrecher), ist eine andere Geschichte, die sie vielleicht einmal ihrem jugendlichen Freunde erzählen wird. Und dann wollen wir zuhören.

Jakob kannte die Agentin 83 seit einem Monat und nannte sie Natascha. Zuerst hatte das alte Fräulein Sorel die beiden nach dem Mittagessen allein gelassen. Dann saßen sie gewöhnlich auf einem alten verschnörkelten Sofa, das grün überzogen war. Natascha hatte dem Jungen gegenüber zuerst eine etwas merkwürdige Einstellung. Es reizte sie, diesen behüteten Bürger, der nichts von Hunger und Elend wußte, zu dem Glauben zu bekehren, dem sie anhing. Aber die Predigten über die dialektische Methode verstummten nach und nach. Es war eigentlich nicht klar zu ersehen, warum. Sie verstummten. Das wäre alles, was sich sagen ließe. Statt der Predigten kamen dann Spaziergänge über Land (Jakob schwänzte gewissenhaft die Schule, und sein Bruder Isaak, der Advokat, beklagte sich, weil er allzuviele Entschuldigungsschreiben verfassen mußte, ließ dann aber in seiner Kanzlei einige Dutzend Entschuldigungsformulare herstellen, auf denen nur das Datum freigelassen war, unterzeichnete sie und überreichte ‹diese Blankochecks für Schuleschwänzen› dem jüngeren Bruder mit der Bitte, ihn von nun an mit derartigen Miseren zu verschonen). Es kamen Spaziergänge über Land, Nachmittage am See in der Sonne. Jakob lernte richtig schwimmen, was vielleicht nützlicher war als kommunistische Theorie, hier kommt es wirklich auf den Standpunkt an, den man einnehmen will, und, mein Gott, die beiden kamen gut miteinander aus. Jakob glaubte, daß seine Freundin als Sekretärin bei der offiziellen Sowjetdelegation angestellt sei, von Baranoffs Vorhandensein hatte er keine Ahnung.

4. Untersuchungsrichter Despine hatte für dienstliche Obliegenheiten kein Zimmer, sondern ein Gemach zur Verfügung: Trotz seiner stattlichen Postur wirkte er in diesem Raum eher klein, denn die Decke war hoch und mit vielen weißen Ornamenten – fliegenden Putten, Blumen, Schmetterlingen – verziert. Untersuchungsrichter Despine zeichnete sich durch eine vollkommene Glatze aus, der Haarmangel erstreckte sich über sein Gesicht und auch über seine Hände, die klein waren, mit spitzzulaufenden Fingern, so daß sie an Maulwurfspfoten erinnerten. Er hatte eine Konferenz einberufen, an der Kommissär Pillevuit und der Journalist O'Key teilnahmen.

Auf dem enormen Schreibtisch, hinter dem Despines Gestalt wie eine Schießbudenfigur wirkte, lagen Gegenstände verstreut, mit denen sich des Untersuchungsrichters kahle Hände eifrig beschäftigten. Es war zu sehen: eine Flasche mit eingeschliffenem Stöpsel – und auf der Glaswand war weiß ein gespenstischer Finger abgedrückt –, ein schwarzer Wollshawl, ein gelbes Band, ein zerknittertes Pergament. In der Hand hielt Despine die Münze, besah sie angestrengt durch eine Lupe und schüttelte von Zeit zu Zeit ratlos den Kopf. In einem Armstuhl, am Fenster, saß O'Key und rauchte. Pillevuit hingegen hatte sich in einem Klubsessel versteckt, von ihm war eigentlich nur der leuchtend gelbe Fahnenbart zu sehen.

«Unglaublich», sagte Herr Despine. «Daß solche Dinge heutzutage möglich sind. Götzenanbetung! Hier in Genf! Man sollte doch meinen, Calvin habe die Luft der Stadt gereinigt von jeglichem Unsinn, vom heidnischen sowohl als auch vom papistischen ... Verzeihung», sagte er und neigte den blanken Schädel gegen O'Key, «ich glaube, Sie sind katholisch, ich wollte Sie nicht beleidigen.»

«Bitte, bitte», winkte O'Key gnädig ab. «Wir sind hier ja nicht auf einem Konzil, um Religionsfragen zu diskutieren, sondern ...»

«Haben Sie eigentlich diese Jane Pochon vorgeladen oder nicht?» fragte Pillevuit aus seinem Klubsessel heraus, ungeduldig und gereizt. «Kommt das Frauenzimmer? Ich habe meine Zeit nicht gestohlen ...»

«Sie kommt, lieber Kommissär, sie kommt ganz bestimmt. Aber ich habe eine Bitte. Ich möchte keinen Schreiber zuziehen. Das Verhör soll nicht offiziell sein, uns nur zur Orientierung dienen. Kann einer der Herren stenographieren?»

«Ich», sagte O'Key vom Fenster her und hob dabei die Hand wie in der Schule. Der Kommissär grunzte.

Schweigen. Dann, von draußen durch die Tür, war ein zitterndes Klingeln zu hören, die Tür öffnete sich, und ein Gerichtsdiener stand da, lang und bleich.

«Ist Frau Pochon schon da?» fragte Despine mit quäkender Stimme. Der Diener verneigte sich. «Führen Sie die Dame herein.»

Pause. Dann trat ein, angetan mit einem schwarzen Seidenkleid, das in allen Nähten krachte, Frau Jane Pochon. Sie war rot, dreifache Falten quollen unter ihrem Kinn, auf ihrem Haupte lag waagrecht, gehalten von einem grauen Haarknäuel am Hinterkopf, ein mit Federn geschmücktes, schiffartiges Gebilde. Der Rock schleppte nach, er verbarg die Füße. Irgendwie gemahnte Frau Pochon an jene riesigen Figuren, die auf dem Karneval in Nizza durch die Straßen geschleppt werden. Sie nahm auf einem Stuhle Platz, den ihr Herr Despine mit weiter Geste angeboten hatte. Von Pillevuit war nichts zu sehen, er hatte den Klubsessel so gekehrt, daß man nur die nackte Lehne sah – dadurch wirkte das Möbel unbewohnt.

«Madame», sagte der Untersuchungsrichter, «ich hoffe, Sie haben meine Einladung nicht mißverstanden. Es handelt sich, wie ich betonen möchte, nicht um eine Vorladung. Wir möchten einige Dinge erfahren, über die Sie vielleicht Bescheid wissen. Ein junger Freund von mir», er wies nach O'Key, der am offenen Fenster saß und dort mit einem Bleistift spielte, «der sich für die Sache interessiert, hat mich gebeten, der Unterredung beiwohnen zu dürfen. Er möchte sich einige Notizen machen, denn er ist Journalist. Doch kann ich Ihnen versichern, es wird nichts in die hiesige Presse kommen. Der Herr ist Engländer.»

Despine sprach gedämpft, seine hellen Kugelaugen waren halb von den Lidern bedeckt, er hielt die Hände gefaltet und drehte die Daumen. Jane Pochon schwieg.

«Sie sind Haushälterin bei Professor Dominicé?»

Frau Pochon nickte.

«Schon lange?»

«Fünfzehn Jahre.» Die Stimme war heiser, merkwürdig dunkel, vielleicht wirkte sie auch nur so, weil das Zimmer von der Helligkeit einbrechender Sonnenstrahlen plötzlich erleuchtet wurde. Dann schleppte sich das Verhör weiter, über nebensächliche Fragen, deren Technik Herr Despine ausgezeichnet beherrschte, langsam sich näher tastend. Ob sie zufrieden sei mit ihrer Stellung? – Jawohl. – Ob der Professor nicht schwierig zu behandeln sei? – Durchaus nicht. – Wie ihre Arbeitszeit sei?

– Unregelmäßig. – Die allzukurzen Antworten schienen Herrn Despine langsam nervös zu machen, sein Ton wurde schärfer. Am Fenster spielte O'Key immer noch mit seinem Bleistift und blickte auf seine Stiefelspitzen.

«Sie kannten natürlich», sagte Herr Despine und zündete langsam eine Zigarette an, «jenen englischen Sekretär, der viel bei dem Professor verkehrte? Jenen Crawley, der eines so merkwürdigen Todes gestorben ist?»

«Ich habe ihn gesehen, ein- oder zweimal», dabei warf Frau Pochon einen seltsam prüfenden Blick auf O'Key, den dieser wahrnahm, aber sich nicht recht erklären konnte. Erst bei der nächsten Frage des Untersuchungsrichters, wer sonst noch bei dem Professor verkehre, und Frau Pochons Antwort: meistens Ausländer, mußte O'Key plötzlich an Madge denken. Er hatte sie seit dem Abend, dem sonderbaren Abend, der mit Thévenoz' Erscheinen geendet hatte, nicht mehr gesehen. Und er hatte sie damals heimbegleitet, gewiß, aber nur wenig gesprochen. Es war sehr ruhig und schön in dem Wagen gewesen, dann hatte er noch in Madges Zimmer Tee getrunken, und dann war er heimgegangen. An jenem Abend, vorgestern war das, hatte er gar nicht mehr an den Fall gedacht und auch Madge nichts gefragt. Aber Madge mußte etwas wissen, etwas, vor dem die dicke Frau da Angst hatte. Vielleicht war es etwas scheinbar Nebensächliches. O'Key kritzelte eifrig eine Notiz auf seinen Block – da schreckte ihn eine im Gegensatz zu den vorherigen scharf gestellte Frage auf: «Wo haben Sie diesen Shawl verloren, Frau Pochon?»

Schweigen. Deutlich war das Summen einer Wespe zu hören, tiefe Atemzüge und das Knistern des schwarzen Seidenkleides.

Dann wieder die ruhige Stimme Despines: «Nun, das hat ja nicht viel auf sich, vielleicht ist es auch gar nicht Ihr Shawl, es war nur eine einfache Frage.»

«Das gehört nicht mir», sagte Frau Pochon gepreßt.

«Nun gut, meine liebe Dame, wir wollen uns mit diesen Kleinigkeiten nicht aufhalten. Aber der Professor beschäftigt sich viel mit Giften, nicht wahr?»

«Ich kümmere mich nicht um seine Arbeiten.»

«Nicht möglich? Sie, seine Mitarbeiterin, denn es ist doch ein offenes Geheimnis, daß Sie früher ein bedeutendes Medium waren, daß Professor Dominicé sogar ein Buch über Sie geschrieben hat, ein sehr interessantes Buch, in welchem er einige Ihrer Unwahrheiten, Ihrer unbewußten Unwahrheiten, will ich mich beeilen hinzuzufügen, auf eine geniale Art entlarvt hat. Und Sie sollten nichts von seinen Arbeiten wissen? Das ist doch kaum glaublich.»

«Es ist aber so.» Frau Pochon hatte ein Taschentuch gezogen, dem ein leichter Kampfergeruch entströmte, und wischte sich die Stirne, die mit Tropfen überdeckt war. «Es ist so heiß hier», klagte sie.

«Aber daß er Morphinist ist, das wissen Sie», stellte Herr Despine fest, und plötzlich war er aufgesprungen, hatte sich über den Tisch gebeugt, und seine hellen Kugelaugen glotzten böse.

«Ja», flüsterte Frau Pochon, und dann brach ein Redestrom los, der Herrn Despine in seinen Stuhl zurückwarf. Sie habe dem Professor oft gesagt, er solle das Gift lassen, aber es habe nichts genützt, es sei nur immer ärger geworden. Angefangen habe es vor einem Jahr, da habe der Professor Neuralgien gehabt und habe nächtelang nicht geschlafen, und dann habe er eben begonnen, aber als die Schmerzen vorbei gewesen seien, habe er nicht aufhören können und habe immer behauptet, er könne besser arbeiten mit dem Gift, und das sei ja wahr, im Anfang habe er viel geschrieben, damals habe er auch das neue psychologische Laboratorium eingerichtet und zwei Assistenten eingestellt und Material gesammelt für ein großes Werk über die Hallo-, Halla-, Hallizunationen ... «Halluzinationen», korrigierte O'Key sanftmütig vom Fenster her, erhielt einen dankbaren Blick, und dann floß der Redestrom weiter. Der Professor habe auch mit ihr experimentieren wollen, aber sie sei zu alt, sie falle nicht mehr in Trance. Da habe er diesen Crawley entdeckt, diesen Sekretär, der sei leicht beeinflußbar gewesen, auch habe er immer seine Träume für den Professor aufschreiben müssen, er sei viel mit dem Professor zusammengewesen, bis ... hier stockte Frau Pochon.

«Nun, bis ...?» ermunterte der Untersuchungsrichter und betrachtete aufmerksam seine Hände, deren Finger wie glatte Grottentiere wirkten.

«Sie haben sich gezankt», sagte Frau Pochon leise, «ich habe nur gehört, daß der Professor etwas von ‹unsauberen Machinationen› gesagt hat ...»

«Wann war das?» fragte O'Key vom Fenster her und erhielt einen bösen Blick des Untersuchungsrichters.

«Ja, aaaber», sagte Herr Despine, «wir haben hier eine Karte mit des Professors Schrift, die Crawley auf den Abend des –, wir hatten zuerst das Datum übersehen, aber hier in der Ecke steht es –, auf den Abend des 23. Juni zu sich eingeladen [hat]. Sehr freundschaftlich sogar. Da muß doch eine Versöhnung stattgefunden haben, oder?»

«Vielleicht», sagte Frau Pochon und schloß den Mund, definitiv.

«Wo waren Sie in der Nacht vom 25. auf den 26. Juni?»

Frau Pochon schwieg. Dann schrak sie plötzlich zusammen, denn der Fauteuil, der ihr seine nackte Lehne zugekehrt hatte, der unbewohnt schien, hatte einen Satz nach hinten gemacht, und nun stand vor ihr ein blondes kleines Ungetüm mit wehendem Bart, und höhnische Fragen prasselten auf sie herunter.

«Ja, in der Nacht, in der Eltester ermordet worden ist, wo waren Sie da? Und dieser Shawl gehört nicht Ihnen? Und Sie waren nie in einer Apotheke? Und der alte Professor hat sein Gift durch himmlische Boten bekommen ...»

«Himmlische Boten», stotterte Frau Pochon, ehrlicher Schrecken war auf ihrem Gesicht, so daß Pillevuit erstaunt schwieg über die Wirkung dieses so alltäglichen Vergleichs.

«Himmlische Boten», murmelte Frau Pochon, und sie nickte mit dem Kopf, während ihre Lippen sich langsam von den Zähnen zurückzogen. Sie wirkte wirklich unheimlich, diese alte Frau.

Aber Kommissär Pillevuit hatte sich schon wieder gefaßt.

«Also, Sie geben zu, daß Sie in der Nacht vom 25. zum 26. Juni bei Eltester waren, zusammen mit Professor Dominicé.»

Frau Pochon schien die Frage gar nicht gehört zu haben, sie starrte gebannt auf die Hände des Untersuchungsrichters, am Kommissär vorbei, denn diese Hände spielten mit einer Münze, und von dieser Münze konnte Frau Pochon nicht die Augen lösen.

«Woher haben Sie die Münze?» fragte sie atemlos.

«Wissen Sie das nicht? Dort, wo wir Ihren Shawl gefunden haben. Wollen Sie nicht zugeben, daß Sie den Apotheker gekannt haben?»

«Sie sollten mir die Münze geben», sagte die alte Frau ruhig, «das ist nichts für Sie, das könnte gefährlich werden.»

«Halten Sie uns für Kinder?» schnaubte Pillevuit böse. «Kinder, die sich vor Hexen und solchen Dingen fürchten? Oder etwa vor Geheimgesellschaften, religiösen oder politischen? Wollen Sie mir jetzt bitte eine genaue Antwort geben, wo Sie in der Nacht vom 25. auf den 26. Juni waren? Ich mache Sie darauf aufmerksam, daß Sie gesehen worden sind, und zwar nicht nur von einem Zeugen.»

Da kam wieder das Zurückziehen der Lippen, das wie ein höhnisches Lächeln wirkte, und dann sagte Frau Pochon:

«Das ist nicht gut möglich. Bis Mitternacht war ich mit Sir Eric Bose zusammen, und dann war ich daheim, denn mein Sohn hatte Fieber, und ich mußte ihn pflegen. Um sechs Uhr morgens hat mich Sir Eric im Auto abgeholt, und ich habe meinen Sohn einer Nachbarin übergeben. Sir Eric meinte, ich sei müde und brauche Erholung.»

«He?» fragte Kommissär Pillevuit, sein Mund stand hilflos offen, er wandte sich zum Fenster, wo O'Key jetzt aufrecht stand, und die beiden sahen sich an, viel zu verwundert, um ein weiteres Wort zu finden. Herr Despine, der Untersuchungsrichter, faltete ergeben die Hände, seufzte, zündete sich eine Zigarette an und sagte dann sehr still:

«Wenn sich die Herren von ihrem Erstaunen erholt haben, könnten wir vielleicht die Aussagen von Madame kontrollieren. Wie kommt es aber, daß Sie mit einem immerhin angesehenen Diplomaten so intim sind?»

Frau Pochons Gesichtsfarbe, die nach der lächelnden Aussage auf ein zartes Rot zurückgegangen war, dunkelte augenblicklich nach. Jetzt war es die Haushälterin, die aufrecht dastand, die Fäuste auf die abstehenden Stäbe des Korsetts gestemmt, und sie schrie los wie ein wütendes Marktweib.

Für wen man sie eigentlich halte, keifte sie, sie stamme aus einer anständigen Familie, sie habe Manieren, wenn auch ihr verstorbener Mann ein Lump gewesen sei, so habe das nichts zu sagen, sie habe ihre Torheit schwer genug büßen müssen. Und ihr Sohn sei ein Künstler, ihr Sohn verfertige wunderbare Töpferarbeiten, und für diese habe sich Sir Eric interessiert. Und er habe sie besucht, er sei ein feiner Mann, er habe ihren Sohn zu würdigen gewußt, er sei ihr Freund, und überhaupt habe sie genug von dieser Ausfragerei. Wenn man ihr die Sünden des Professors aufbürden wolle, so werde sie schon wissen, wie sie sich zu wehren habe, sie habe mächtige Freunde. – In ihren Mundwinkeln bildeten sich kleine Schaumbläschen. Als sie zu einer neuen Rede ansetzte, stand plötzlich O'Key hinter ihr, sein roter Haarschopf überragte den Federschmuck ihres Hutes, und laut sagte er in das Ohr der Frau:

«Attalus III. Philometor, Sohn der Stratonike, letzter König von Pergamo, besaß einen Giftgarten, in dem wuchsen hundertundzweiunddreißig verschiedene Pflanzenarten, als da sind: Schierling, Bilsenkraut, Nieswurz und Aconit. Der römische Schriftsteller Flavius aber erzählt, daß in einem Feldzug gegen die Parther die Soldaten ein Kraut aßen, das geisteskrank machte, bevor es tötete.»

«Was wollen Sie ..., was wollen Sie ... damit sagen?»

«Nichts», sagte O'Key still, «nur in Ruhe telephonieren. Sie erlauben?» fragte er und hob schon den Hörer ab, stellte eine Nummer ein, die er auswendig zu wissen schien, fragte, wer am Apparat sei, führte dann ein Gespräch auf englisch; es war kurz.

Dann sagte er über die Achsel: «Lassen Sie die Frau gehen, Herr Richter. Was sie gesagt hat, wird von Sir Eric bestätigt.»

Aber Herr Despine brauchte kein Wort zu sagen. Bevor er noch den Mund hatte öffnen können, klappte die gepolsterte Tür hinter einem wehenden schwarzen Rock zu.

Es wären noch zwei Kleinigkeiten mitzuteilen; die erste: Nach dem Weggang Jane Pochons entdeckte der Untersuchungsrichter das Fehlen jener kleinen Medaille, die O'Key als ein Amulett jener Sekte bezeichnet hatte, die unter dem Namen basilidianische Gnosis im alexandrinischen Ägypten geblüht hatte. Aber Herr Despine sowohl als auch der Kommissär waren zu erschöpft, um aus dem Verschwinden dieser Münze die juristischen Konsequenzen zu ziehen. Vielleicht hielt sie auch das zweite Geschehnis von weiteren Schritten ab. Es hieß nämlich am selben Tag noch, man habe im ‹Palais› noch nie soviel Bremen, Mücken, Wespen, Hummeln bemerkt als an diesem Tage, nach dem Weggehen einer alten Frau mit hochrotem Gesicht, die murmelnd und scheinbar sehr gereizt durch die Gänge gefegt sei. Ja, Polizist Malan, an den wir uns erinnern und der an diesem Tag Dienst vor dem Tore hatte, behauptete sogar, die Frau habe dieses Ungeziefer angelockt. Denn sie sei die Rue Verdaine hinab verschwunden, umgeben von einem ganzen Schwarm Ungeziefer, und er selber, Malan, sei von drei Bremen und vier Wespen gestochen worden. Die Frau aber habe etwas in der Hand gehalten, was nicht zu erkennen gewesen sei, und auf dieses Etwas habe sie eingesprochen, als wolle sie ihm Befehle erteilen. Nun, Polizist Malan trank gern, das wissen wir, er war ein Waadtländer Bauernsohn, ganz hinten aus dem Jura, und dort sind die Leute abergläubisch. Es ist natürlich selbstverständlich, daß keiner der beiden Kriminologen an solche Ammenmärchen glaubte. Merkwürdig bleibt immerhin ein Ausspruch O'Keys, der seinen historischen Tag zu haben schien. Nach dem Weggang der Frau Pochon wurde er nämlich zuerst gefragt, was er mit seinem Attalus III. Philometor eigentlich gemeint habe. «Bluff», sagte O'Key, «haben Sie noch nie bemerkt, daß man schreiende Leute sofort mit einem historischen Ausspruch mundtot machen kann?» Pillevuit saß darauf lange schweigend, dann sagte er: «Ich glaube Ihnen nicht recht, Irokese, Sie sind ein ganz Durchtriebener. Aber das ist ja gleichgültig. Jetzt sollten wir wohl den Professor noch vornehmen, nicht wahr? Oder gar verhaften?»

«Vorsicht, meine Herren», flötete Herr Despine und machte die Stimme des Sonette dichtenden Staatsanwalts so ausgezeichnet nach, daß die beiden andern lachten, «lassen wir unsere Genfer Berühmtheit in Frieden, wir besitzen so wenig hervorragende Mitbürger von internationaler Bedeutung.»

«Richtig», sagte O'Key, «halten wir uns vorläufig an dieses Argument. Es ist so gut wie ein anderes. Vielleicht kann ich Ihnen morgen weitere Neuigkeiten mitteilen. Ich treffe heute nachmittag einen Bekannten ...»

Da klopfte es, der Gerichtsdiener trat ein, lächelnd, und wandte sich vertraulich an Herrn Despine. Die beiden kannten sich schon lange, und der Diener wußte von seines Vorgesetzten Schwäche für Klatsch.

«Es wird erzählt ...», begann er, und dann berichtete er von dem seltsamen Raunen in den Gängen, von der Frau, die Fliegen und Ungeziefer herbeigezaubert habe. Herr Despine lachte schallend, er krähte sogar, als er vom zerstochenen Malan hörte, und Kommissär Pillevuit stimmte mit tiefem Gurgeln in dieses Lachen ein. Nur O'Key blieb schweigsam. Als die Herren sich dann einigermaßen beruhigt hatten, geschah jener zweite Ausspruch O'Keys.

«IAO», sagte er, «ist ein anderer Name für Abraxas. Und im Louvre-Papyrus steht zu lesen: ‹Sprecht nicht den Namen IAO aus unter der Strafe des Pfirsichs.› Das will heißen: Steinfrüchte enthalten in ihrem Kern Bittermandelöl; vielleicht ist es gut, daß Frau Pochon das Amulett mitgenommen hat.»

Erst jetzt bemerkte Herr Despine das Fehlen der Münze mit dem Fliegengott. Und vielleicht doch beeinflußt durch den Ausspruch O'Keys beschloß er, jeglichen Schritt zu ihrer Wiedererlangung zu unterlassen. Nachher freilich erinnerte er sich an O'Keys Bemerkung von der Mundtotmachung durch historische Zitate. Er schämte sich ein wenig, aber dies schadete nichts, da O'Key zusammen mit dem Kommissär schon das Zimmer verlassen hatte.

5. In der Gegend der Palanterie, jenes Sumpfes, der den Genfern im Winter als Schlittschuhlaufplatz dient, aber noch weiter gegen die französische Grenze zu steht eine einsame Bank am See. Man kann sie auf zwei Wegen erreichen. Der eine führt von der Tramhaltestelle über die Felder, der andere hält sich an das Seeufer und kommt vom Port-Noir. Es war tiefer Nachmittag, als zwei Herren, jeder von einer andern Seite kommend, sich an dieser Bank trafen. Sie lächelten, als sie sich sahen, zogen beide die Uhren, nickten. Der eine, von unbestimmbarem Alter und neutralen Gesichtszügen, trug trotz der Hitze einen steifen, runden Hut, eine ‹Melone›, und war in dunkles Blau gekleidet. Der andere trug einen grauen Flanellanzug, weißes offenes Sporthemd. Die Sonne hatte den See in eine glattpolierte Silberplatte verwandelt; sein Anblick schmerzte.

«Colonel», sagte O'Key, «verzeihen Sie meinen Anruf. Aber es war wichtig.»

«Es war ganz richtig, Simp», sagte der Kammerdiener Charles, «wenn ich alter Esel Fehler mache, so muß ich sie auch ausbaden. Ich werde es mir nie verzeihen, daß ich meinen Alten an dem Morgen hab entwischen lassen. Kannst du dir vorstellen, wie erstaunt ich war, als ich um acht Uhr ihm sein Frühstück bringen wollte und kein Mensch da war?»

«Doch, Colonel», sagte O'Key, «das kann ich mir lebhaft vorstellen.»

«Mach keine Witze. Sonst zieht sich der Alte nie ohne mich an. Aber ich sage, die dümmsten Leute werden raffiniert, sobald sie alt werden. Sie verlegen sich dann aufs Intrigieren, weil ihnen die Liebe nichts mehr zu sagen hat. Schon dort unten», Charles winkte in die Ferne, «hat er mich übers Ohr gehauen mit seiner plötzlichen Landesverweserschaft. Nur gut, daß man mir im Office keinen Strick daraus gedreht hat.»

«Ach, die wissen dort auch, daß es nicht immer einfach ist, alles zu erfahren. Aber sagen Sie, Colonel, hat die Vertreibung des dortigen Landesfürsten irgend etwas mit der Aktion unseres Freundes zu tun, der doch gerade damals in Afghanistan geputscht hat, um die Diktatur des Proletariats ein wenig zu ärgern?»

«Offen gestanden, Simp, ich bin selbst nicht ganz nachgekommen. Aber es war auf alle Fälle nicht gegen unsere russischen ‹Freunde›. Und der, auf den du anspielst, der sich damals in Afghanistan bemerkbar gemacht hat, der wußte auch nichts von der Sache. Ich habe ihn gesprochen, er war selber sehr erstaunt und hat mir nur einen Tip gegeben: Das Ganze habe mit einer Spekulation zu tun, unser Alter habe sich mit der Standard-Oil zu tief eingelassen, und dann sei Petroleum entdeckt worden, bei uns da unten. Und der Fürst, er hatte einen komischen Namen, aber der gehört ja nicht zur Sache, war ein ganz junger Mensch noch, anständiger Kerl, der war gegen die amerikanischen Interessen, die vertreten wurden von einem Missionar, der aussah, als käme er direkt aus dem ‹Regen› von Maugham. Der alte Bose war ja eigentlich delegierter Berater oder beratender Delegierter von unserem Vizekönig. Es war ja schon eigentlich Hochverrat, daß er sich mit der Standard-Oil eingelassen hat. Aber ich bin zu spät gekommen. Als ich hinkam, war schon alles im Gleiten; der alte Bose hat dort unten das gleiche gemacht wie unser Freund an einem andern Ort: Er hat das Volk aufgeputscht gegen den jungen Fürsten, und der Fürst, in seiner Anständigkeit, hat abgedankt.» Schweigen, langes Schweigen. «Hat abgedankt, weil er zu anständig war», wiederholte Charles noch einmal; seine Stimme war traurig. «War ein Gentleman, der junge Fürst, sah aus wie Krishnamurti, der Heiland der Theosophen. Ja.»

«Und Sie wissen nicht, Colonel, wo der junge Fürst steckt?»

«Steckt?» wiederholte Charles gereizt. «Sprechen Sie anständig, junger Mann. Seine Majestät residiert irgendwo, ich vermag nicht, den Ort näher zu bezeichnen. Aber sie ‹steckt› nirgends.»

O'Key unterdrückte sein freches Bubenlächeln. Man durfte dem Colonel nicht zu nahe treten.

«Aber, was ich Sie noch fragen wollte, wie kommt der alte Bose zu der Witwe Pochon? Die zwei haben doch nichts gemein?»

«Der Sohn, Simp, der Sohn der Witwe», beschwörend hob Charles die flachen Hände. «Vergiß den Sohn nicht, ich bitte dich. Der Kerl ist unheimlich. Er sieht aus ... ja, wie sieht er aus? Wie seine Mutter, wenn sie eine Entfettungskur durchgemacht hätte. Kannst du dir das vorstellen? Die Haut ist ihm zu weit, überall Falten und Runzeln, und doch ist er jung, sehr jung. Übrigens, seine Mutter ist eine Hexe», sagte Charles ganz ernst; der Ernst dieser Behauptung hätte bei einem Agenten des I.S. eigentlich komisch wirken müssen, aber auch O'Key blieb ernst; wenn er aus Irland stammte, so stammte der Colonel aus Schottland. Und das hielt sich, was Aberglauben betraf, die Waage.

«Aber», rief O'Key plötzlich, «warum, Gott verdamm ihre Seele (Charles stieß ein begütigendes ‹Psch› aus), warum hat man denn Crawley umgebracht?»

«Das zu entdecken bist du da, Simp, und bitte, fluche nicht mehr. Ich bin ein alter Militär, aber ich liebe das Fluchen nicht. Das einzige, was ich dir sagen kann, ist, daß Crawley am Abend des 23. Juni mit meinem Alten einen großen Krach gehabt hat. Ich hab nichts davon gewußt, ich hab dir ja gesagt, ich war gar nicht da. Der Etagenkellner hat es mir gestern erzählt, ein wenig spät. Aber sie haben gegeneinander getobt wie zwei Stiere (so sagte mein Gewährsmann), und dann kam Crawley mit einer Mappe unter dem Arm aus dem Zimmer gelaufen, sprang die Treppen hinunter, ohne Hut, und war fort. Um zehn Uhr ist dann der alte Bose ebenfalls ausgegangen.»

O'Key blieb stumm, und seine Nase wackelte.

«Hä!» stieß er dann so laut hervor, wie Pillevuit am Morgen. «Ein unerträglicher Kerl, dieser Crawley. Zuerst hat er mit dem Professor Krach, eine Woche vor seinem Tode, dann mit seinem Vorgesetzten, und um allem die Krone aufzusetzen, erlaubt er sich auch noch, auf mysteriöse Art ums Leben zu kommen. Und ich, ausgerechnet ich, soll nun seinen Tod rächen. Schauderbar.» Er schüttelte sich.

«Ruhig, mein Junge», sagte Charles, «alles wird sich aufklären, du kriegst Beförderung, und ich gehe in Pension. Bin schon zu alt, hab ein Landhaus, von dem erzähl ich immer dem Etagenkellner, dorthin will ich ziehen. Und dann will ich versuchen, einen ganz dunkelblauen Rittersporn zu züchten, fast schwarz muß er werden, so wie mein Anzug. Kannst du dir vorstellen, so eine lange, lange Blütenrispe, ganz dunkel, und viele, viele in einem Rasen, in einem englischen Rasen, versteht sich, denn hier wissen die Leute ja gar nicht, was ein Rasen ist.» Er blickte träumerisch über den See, der dunkel geworden war, denn die Sonne war schon tief. «Wie jetzt der See ist, so muß sie werden, mit einem kleinen Schuß Purpur, und heißen wird sie Delphinium hybridum ‹Colonel›. Oder soll ich ihr deinen Namen geben, mein Junge?» Die Stimme war ein wenig ängstlich.

«Aber nein, Colonel, der andere ist viel schöner.»

«Nicht wahr, man denkt dann an einige ganz hübsche Stunden? Nun, gute Nacht, mein Junge. Mach's gut.»

«Gute Nacht, Colonel.»

Dann war die Bank leer. Ein Wind, der von den Voirons kam, bemühte sich, das Loch zu füllen, das der heiße Spiegel des Sees in die Luft gebrannt hatte.

Fünftes Kapitel

1. Baranoff, wie sich Agent 72 in Genf nannte, jener Mann mit der großporigen Gesichtshaut, der den alten Professor so sehr erschreckt hatte in der Latham-Bar, bewohnte in einem kleinen unscheinbaren Hotel an der Route de Chêne ein einfaches Zimmer. Er empfing wenig Besuch. Des Morgens kam seine Privatsekretärin, jene Natalja Kuligina (Agentin 83), die bei Fräulein Sorel wohnte, und brachte ihm Briefe, die sie zuvor aus einem Postfach an der Rue d'Italie geholt hatte. Dann sah Herr Baranoff viele Zeitungen durch, ausländische und einheimische, und dann diktierte er gewöhnlich einige Antworten.

Am heutigen Morgen war er guter Laune, hatte sich in einen Plüschsessel vergraben und lutschte an dem Kartonmundstück einer ausgegangenen Zigarette. Dazu summte er Melodiefetzen. Er begann mit den «Wolgaschleppern», wechselte hinüber zu «Valentine» und endete mit der «Internationalen». Er summte die Melodien falsch, aber immerhin erkennbar.

Da trat Natascha ein. «Guten Morgen», sagte Baranoff gnädig, «gut geschlafen, Natascha?» Ja, er nannte seine Sekretärin Natascha, und seine Sekretärin hatte nichts dagegen. Denn Herrn Baranoffs Erotik hatte sich schon lange zu einer allgemeinen Liebe für die Verdammten dieser Erde sublimiert, der etwa übriggebliebene Rest beschäftigte sich mit gutem Essen und Trinken. Herr Baranoff hatte einen Spitzbauch.

Natascha nickte, ohne eine Gegenfrage zu tun. Herr Baranoff empfand dies nicht als Beleidigung. Er wußte, Natascha war schweigsam. Er streckte die Hand aus, empfing zwei Briefe, einen Stadtbrief und einen Brief mit einer indischen Marke.

«Sie sollten den Professor in Ruhe lassen, Kostja.» (Herr Baranoff hieß Konstantin, es war die Schuld seines Vaters, der in einer kleinen russisch-polnischen Stadt koscheres Fleisch verkauft hatte, und auch eine Pension hatte er gehabt, die aber hatte die Mutter geführt. Konstantin klingt nicht jüdisch, hatte der Vater gedacht, denn es war damals die Zeit der Pogrome, und in einem Pogrom war der alte Vater erschossen worden.)

«Mmmhmm», brummte Herr Baranoff, in den tiefen Lagen anfangend, dann steigend. «Und warum das?»

«Weil es schmutzig ist, der Mann weiß doch nichts, warum wollen Sie ihn zugrunde richten?»

«Darum», sagte Herr Baranoff. «Weil er ein Intellektueller ist, weil er mir in meine Angelegenheiten hineinpfuschen will, weil ich der Dritte bin, der den Vorteil hat, wenn zwei sich prügeln. Der indische Fürst auf der einen Seite – das amerikanische Kapital auf der andern, wer trägt den Sieg davon? He? Wetten, daß es Kostja ist? Und dann setzt sich Kostja zur Ruhe, aber nicht im Sowjetparadies, in Paris vielleicht, ja, oder in Burgund, dort kocht man noch wunderbar, nicht zu sprechen vom Wein.»

«Und Sie verraten die Partei?» fragte Natascha böse. «Haben Sie nicht Angst, daß ich *Sie* verrate?»

«Verrate? Die Partei? Du schnappst über, mein Kind. Ich will nur Provision, und die teilen wir. Das Geschäft kann die Partei dann allein aufziehen. Ich nehme Provision rechts, ich nehme Provision links und betrüge auf beiden Seiten. Aber ehrlich bleibe ich, denn schließlich bekommt Rußland doch die Sache in die Hand. Und Geld stinkt nicht. Non olet», fügte er hinzu, um zu zeigen, daß er das Gymnasium besucht hatte.

Dann hatte er plötzlich den Brief mit der indischen Marke in der Hand, öffnete ihn mit seinem aufgeklappten Taschenmesser, studierte ihn lange und nahm auch ein kleines Notizbuch zu Hilfe sowie einen Bogen weißen Papiers, auf welchem er Berechnungen anzustellen schien, räusperte sich, schien etwas sagen zu wollen, schwieg aber wieder. Natascha hatte eine Reiseschreibmaschine unter dem Bett hervorgezogen, das Frühstücksgeschirr auf dem Tisch beiseite gerückt, sich niedergesetzt und gewartet. Dann wurde sie ungeduldig, ging ans Fenster und öffnete es. Herein drang der Geruch von feuchtem Asphalt, ein Sprengautomobil zog die weißen Fächer seiner

Wasserstrahlen an den Bordschwellen entlang. Ein kleiner Milchwagen, blau wie ein himmlisches Schaf, rasselte aufgeregt mit einer Glocke.

Da hörte Natascha Herrn Baranoff sagen: «Hör zu.» Sie drehte sich um, kam langsam auf den Tisch zu, setzte sich und stützte das runde Gesicht in die Hand. Die Schreibmaschine schien ihr wie der Mund eines Fabeltieres, aber alle Zähne dieses Mundes waren plombiert. Sie mußte selber lachen über die dummen Vergleiche, die ihr einfielen.

«Es geht vorwärts», sagte Baranoff. «Der Missionar, der Amerikaner, weißt du, der Sir Bose mit der Standard-Oil in Verbindung gebracht hat, arbeitet eigentlich für uns. Weißt du, was er macht? Er hat dort unten amerikanische Wahlmethoden eingeführt, und durch diese sind ein paar Leute ans Ruder gekommen, die nun Kirchen bauen wollen und Tempel zerstören. Es hat schon Ausschreitungen gegeben. Die Partei des vertriebenen Fürsten konspiriert gegen den Missionar, und der hat sich eine Leibgarde angeschafft, von bekehrten Bergbauern. Es gärt. Und das ist die Hauptsache. Wir sind immer dankbar, wenn andere Unzufriedenheit stiften. Unsere Leute organisieren die Kleinbauern, besonders die, die am Fluß wohnen, und die andern, die in der Nähe der Ölfelder angesiedelt sind. Hoffentlich schlagen sie den Missionar nicht tot, das wäre unangenehm, Amerika müßte dann einschreiten. Die dialektische Methode ist mir lieber, und sicherer ist sie auch.»

«Die dialektische Methode!» sagte Natascha und betrachtete aufmerksam die Tastatur der Schreibmaschine. «Und Sie sind ganz sicher, Kostja, daß die dialektische Methode Erfolg haben wird?»

«Nun, ich glaube, daß dies durch die Untersuchungen Marxens, Plechanoffs und Lenins endgültig festgestellt worden ist.»

«Also, Sie prophezeien, Kostja, Sie prophezeien aus Büchern. Ich muß dann immer an eine Geschichte denken, die mir einmal ein kleiner jüdischer Maler in Paris erzählt hat. Wollen Sie sie hören?»

«Nur los, wir haben Zeit.»

«Zu Beginn des Weltkriegs kam einmal ein deutscher Offizier zu einem alten, gelehrten Rabbi und sagte zu ihm: Rabbi, Sie sind ein gelehrter Mann, Sie haben gelesen viele Bücher, können Sie nicht aus den weisen Büchern erkennen, wie lange wird dauern der Krieg?» Natascha hatte vom Russischen ins Deutsche hinübergewechselt, und sie sprach es mit jener sonderbar singenden Betonung, der gewissen noch nicht lange in Deutschland ansässigen Ostjuden eigen ist. «Herr Offizier, hat geantwortet der Rabbi, ich will Ihnen etwas erzählen. Sind gewesen einmal ein Blinder und ein Lahmer, und die sind gegangen über Land. Es ist gewesen sehr heiß, und die Sonne hat gebrannt. Sagt der Blinde: Lahmer, ich hab Durst. Sagt der Lahme: Wart, Freund, wir werden bald kommen in ein Dorf, und dort wirst du trinken Milch. – Milch? sagt der Blinde, was is Milch? – Nu, sagt der Lahme, Milch is eine Flüssigkeit, wo is weiß. – Flüssigkeit, sagt der Blinde, weiß ich, was is Flüssigkeit. Aber was is weiß? – Nu, weiß, sagt der Lahme, weiß is die Feder von a Gans. – Feder, sagt der Blinde, weiß ich, was is Feder. Aber was is a Gans? – Nu, sagt der Lahme, a Gans is a Vogel mit einem krummen Hals. – Vogel, sagt der Blinde, weiß ich, was is a Vogel, weiß ich auch, was is der Hals, aber was is krumm? – Nu, sagt der Lahme, beugt dem Blinden seinen Arm, das is krumm. – Ah, sagt da der Blinde, jetzt weiß ich, was is Milch. – Und genau so, Herr Offizier, wie der Blinde hat wissen können, was is Milch, kann ich auch aus den weisen Büchern sagen, wann wird zu Ende sein der Krieg.»

«Nett», sagte Herr Baranoff, ebenfalls deutsch, zündete eine Zigarette an und zog den Rauch tief in seine Hühnerbrust. «Deine Skepsis gegenüber den Richtlinien der Partei wird manchen sicher interessieren. Schreib jetzt.» Herrn Baranoffs farblose Augen starrten böse, er sah aus wie ein gereizter, an Fettsucht leidender Kater.

«An den Vorsteher des Departements für Justiz und Polizei Genf.
Herr Staatsrat,
Unverantwortliche fremde Elemente treiben mit den altbewährten Institutionen einer der ältesten Demokratien Europas ihr frevelhaftes Spiel. Sie wagen es, unter dem Vorwand, der Polizei Hilfe zu leisten, notwendige Verhaftungen zu unterbinden. Ist es Ihnen nicht aufgefallen, in wieviel Widersprüche sich ein Universitätsprofessor verwickelt hat, als er, inoffiziell, über den geheimnisvollen Mordfall an der Place du Molard ausgefragt wurde? Außerdem fühle ich mich verpflichtet, Sie von einer unbekannten Tatsache in Kenntnis zu setzen. In das Irrenhaus Bel-Air ist vor einiger Zeit ein Patient eingeliefert worden, der sicher interessante Aufschlüsse geben könnte. Auch sogenannte Geisteskranke, selbst wenn sie als Zeugen untauglich sind, können in ihrem Delir wichtige Fingerzeige geben, die auf eine Spur führen.»

«Führen ...», wiederholte Natascha, das Knattern der Hebel, das wie das Steppen eines verrückt gewordenen Tänzers geklungen hatte, verstummte, draußen schrie eine Straßenbahn, weil es so schwer für sie war, die Kurve zu nehmen.

«Ich würde Ihnen raten, sehr geehrter Herr Staatsrat, sich um Auskunft an eine Ärztin zu wenden, die in besagtem Irrenhaus Dienst tut und die versucht, der Justiz wichtige Fakten vorzuenthalten. Als ehrlicher Schweizer Bürger, den die Ausländerwirtschaft anekelt, die immer mehr überhand nimmt», Baranoff zerdrückte ein Lächeln, «möchte ich Sie, Herr Staatsrat, in Ihrer schweren Säuberungsaktion – streich ‹schwer› und schreib ‹schwierig› – schwierigen Säuberungsaktion unterstützen und unterbreite Ihnen daher diese Fakten. Es ist nötig, mit einem eisernen Besen – den ‹Besen› unterstreichen – diesen ganzen ausländischen Schmutz aus unserem schönen Lande zu kehren.

In der Hoffnung, daß meine bescheidene Hilfe Ihnen von Nutzen sein wird, zeichne ich mit ergebenster Hochachtung

ein Freund der Genfer Justiz.»

«Der Genfer Justiz ...», sagte Natascha, drehte die Walze, um das eingespannte Papier so schnell wie möglich zu befreien, hielt plötzlich an und blickte zur Türe. Diese öffnete sich langsam, ein roter Haarschopf leuchtete in der Spalte, dann erst war ein leises Klopfen zu hören.

2. «Herein», sagte Baranoff, er saß mit dem Rükken zur Tür, wandte sich nicht um, denn er dachte, es sei das Zimmermädchen, das das Frühstücksgeschirr holen wolle.

O'Key trat ruhig an den Tisch, nahm den Brief auf und las ihn. Natascha hinderte ihn nicht daran, es schien ihr sogar recht zu sein, daß der Brief gelesen wurde.

«Ich würde ihn nicht abschicken, an Ihrer Stelle, Monsieur», sagte O'Key, und Baranoff, der zum Fenster hinausgesehen hatte, fuhr herum.

«Ach, *Sie* sind's», sagte er und beruhigte sich wieder. O'Key ließ sich in einen Fauteuil fallen, und seine Gelenke knackten.

«Ich hab zu wenig Sport getrieben in der letzten Zeit, bin ganz eingerostet. Aber, was den Brief betrifft, ich würde ihn nicht abschicken.»

«Und warum nicht?»

«Weil ich sonst meinem Freund, dem Kommissär, erzählen müßte, wer den Brief geschrieben hat. Und das könnte sehr unangenehm werden für den ‹Freund der Genfer Justiz›.»

«Wäre das fair?» fragte Baranoff.

O'Keys Augen wanderten im Zimmer umher, blieben am Waschtisch haften, er stand auf, machte über der Schüssel die Gebärde des Händewaschens. «Was ist fair, Monsieur?» fragte er dagegen. «So möchte ich in Anlehnung an Pilatus fragen. Wir spielen ein Spiel, und das Spiel hat nur eine Regel: Erfolg. Nicht wahr? Was hat da die Fairneß zu suchen? Es gefällt mir nicht immer, das Spiel, aber es ist ja nicht die erste Partie, die wir spielen, nicht wahr, Zweiundsiebzig? Wir wissen zuviel voneinander. Sie sind offizieller Korrespondent der ‹Prawda›, ich bin vom ‹Globe›, was wir daneben treiben, ist gleichgültig. Aber arbeiten Sie mit den Behörden, so konterminiere ich ebenfalls bei den Behörden. Ich habe im ‹Palais› nichts von Ihnen gesagt, werde auch nichts sagen, aber», O'Keys weiche Stimme gefror ein wenig, «lassen Sie meine Leute in Ruhe. Lassen Sie die Finger vom Professor, lassen Sie die Finger von Fräulein Lemoyne.»

«Fräulein Lemoyne ist schon verlobt», grinste Baranoff, «wenn Sie heiraten wollen, müssen Sie schon jemand anderen suchen.»

«Zweiundsiebzig», sagte O'Key warnend, dehnte dann die Arme und gähnte verächtlich, «ich warne Sie. Sie können nicht boxen, reizen Sie mich nicht. Übrigens, woher haben Sie die Neuigkeit mit dem Verrückten in Bel-Air? Ist das wahr? Merkwürdig, daß mir Fräulein Lemoyne nichts davon erzählt hat.»

«Sie hatte wahrscheinlich Wichtigeres mitzuteilen», höhnte Baranoff. O'Key machte zuerst Miene, seine verstreuten Glieder einzusammeln, blickte dann auf Natascha, streckte sich wieder aus.

«Wenn Sie nicht so fett wären, Zweiundsiebzig, würde ich Sie ohrfeigen. Aber es lohnt sich nicht.»

«Nennen Sie mich nicht immer Zweiundsiebzig. Nur Zuchthäusler ruft man bei ihrer Nummer. Und ich bin kein Gefangener.»

«Was nicht ist, kann noch werden», bemerkte O'Key friedlich. «Und wir wollen uns nicht streiten. Aber ich möchte gerne noch wissen, was mit dem Patienten los ist, auf den Sie anspielen. Von wem haben Sie etwas erfahren, und überhaupt, was hat der Mann für eine Rolle gespielt in der ganzen Affäre?»

«Er hat Crawley gesehen», sagte Baranoff. «Ich brauchte es Ihnen ja nicht zu sagen, aber immerhin, eine Hand wäscht die andere, und vielleicht können Sie mir auch einmal nützlich sein.»

«Er hat Crawley gesehen?» wiederholte O'Key gedehnt, «er war also an jenem Abend an der Place du Molard? Dann war es, warten Sie, Baranoff, dann war es der Mann mit den weißen

Tennishosen, den die Polizei sucht? Ja? Und Madge hat die ganze Zeit davon gewußt?»

«Ich glaube nicht, daß Fräulein Lemoyne etwas von der Rolle gewußt hat, die Nydecker in der ganzen Affäre gespielt hat, es war übrigens gar keine große Rolle, nur Statist war er. Aber er weiß viel, schwieriger wird es schon sein, es aus ihm herauszugraben, sie haben bös gehaust mit ihm.»

«Sie? Wer sind die ‹sie›?»

«Das müssen Sie selber herausfinden, mein lieber O'Key, nicht etwa, daß ich ein Interesse hätte, die Leute zu schützen, aber alle Geschäftsgeheimnisse darf man nicht ausplaudern.»

«Sagen Sie, Zweiundsiebzig, pardon, Baranoff, wie stehen heute die Standard-Oil?»

«Standard-Oil? Warum? Habe noch nicht nachgesehen. Da, vor Ihnen auf dem Tisch liegt eine Zeitung. Schauen Sie selber nach.»

«Shell Transport hat aufgeholt», sagte O'Key nach einer Weile, «und die 2 1/4 Anatol ist seit gestern um 7/8 in Frankfurt gefallen. Was wird gespielt dort unten, Baranoff? Kann man keinen Tip bekommen? Wer managt dort unten die Sache? Denn daß es Petrol ist, weiß ich bereits. Aber ich sag es Ihnen offen, ich weiß noch nicht, gegen wen es geht und wer der Dritte ist. Sie etwa?»

«Kostja, paß auf», sagte Natascha. «Er will dich nur ausholen.» Wirklich sah Baranoff einen Augenblick erstaunt auf, aber es war wohl mehr das ungewohnte ‹Du›, das ihn zum Aufschauen brachte. Dann lachte er, ein unangenehmes, heiseres Lachen.

«Hören Sie das Mädchen, O'Key. Ist das nicht zum Aus-der-Haut-Fahren? Will einem alten Parteifunktionär die Leviten lesen, und dabei hat dieser besagte Parteifunktionär die ganze Geschichte erst auf die Beine gestellt. Das ist noch idealistisch gesinnt, das kleine Mädchen. Mein liebes Kind», dies zu Natascha, «wir machen hier in Tatsachen und nicht in Parteipropaganda. Es wird dir auch gar nichts nützen, nach Moskau zu berichten, daß ich mit O'Key hier verhandelt habe. Ich habe Vollmacht, verstehst du, und du bist meine Untergebene. Überhaupt, die Sache ist so gut wie perfekt, und wenn ihr uns doch zuvorkommt, so hat das nichts zu sagen. Mit euch läßt sich immer verhandeln, ihr braucht uns, wir brauchen euch. Nur mit den Amerikanern wollen wir nichts zu tun haben. Verstanden? Also, hören Sie, O'Key. Die Lage der Felder ist günstig. Drei Kilometer von einem Fluß, der auch für große Tankschiffe genügend Tiefgang hat. Euer Bose, ja, Sir Avindranath Eric Bose mit dem horngefaßten Monokel, hat euch verraten, und jetzt», Baranoff klopfte mit seinen kurzen Fingern auf den Chiffre-Brief, «jetzt macht sich ein amerikanischer Missionar unten bemerkbar. Treiben Sie den vertriebenen Fürsten auf, O'Key, dann ist alles in Ordnung, wir einigen uns schon. Aber die Amerikaner müssen raus. Wissen Sie, daß die Leute schon Bohrmeister geschickt haben? Der junge Fürst ist loyal, er hat eure Interessen schützen wollen und hat dem Bose vertraut. Passen Sie auf den Bose auf, O'Key, der Kerl ist raffiniert. Aber vielleicht – nun, das ist Ihre Sache.»

«Zweiundsiebzig», sagte O'Key nach einer Pause, in der er abwechselnd seine Stiefelspitzen, Natascha und Baranoffs Hände betrachtet hatte. «Zweiundsiebzig, Sie haben schon einmal versucht, mich anzuschmieren, damals in Paris, wissen Sie? Es soll Ihnen vergeben und vergessen werden, wenn Sie mich jetzt nicht anschwindeln. Aber ich trau Ihnen nicht. Sie sind zu treuherzig. Irgend etwas steckt dahinter. Wir werden sehen. Und Sie werden sich wohl die Finger verbrennen.»

O'Key sammelte seine verstreuten Glieder ein, stand auf. Dann trat er zum Tisch, lehnte den rechten Schenkel an die Tischkante und sprach gegen das offene Fenster hin.

«Was ist das übrigens für ein Vertrag, der Crawley gestohlen worden ist? Darum ist er doch ermordet worden? Oder? Hat der alte Bose mit euch paktieren wollen, doppeltes Spiel treiben? Antworten Sie nur ungescheut, Zweiundsiebzig, wir sind auch nicht ganz dumm.»

Baranoffs großporige Gesichtshaut wurde fleckig, grau und weiß, er zündete umständlich eine Zigarette an, und es muß festgestellt werden, daß seine Hände nicht zitterten. Er war eben, wie er sich selber gerne nannte, ein altes Zirkuspferd, und bekanntlich ticken diese Tiere nur selten.

«Sie glauben gar viel zu wissen, O'Key», sagte er ruhig. «Aber Sie wissen eben nichts, sonst, wenn Sie nämlich alles wüßten, würden Sie vielleicht doch Angst bekommen.»

«Wegen des Fliegengottes? Machen Sie sich nicht lächerlich. Man hat doch schon allerlei erlebt, und die Furcht ist auch ein Aberglaube. Und wenn noch jemand sterben soll, so werde ich es nicht sein, glauben Sie mir.»

«Sie sind sehr sicher, O'Key, desto besser, aber ich habe zu tun, auf Wiedersehen.»

Baranoff stand auf, öffnete die Tür, O'Key verbeugte sich vor Natascha, dann verschwand er lächelnd.

Aber kaum hatte sich die Türe hinter ihm geschlossen, als Baranoffs Gesichtsausdruck sich veränderte; plötzlich schien er eine Maske zu tragen, eine jener Masken, die Neger tragen, wenn sie kultische Tänze aufführen.

Er hob den Hörer ab, nannte eine Nummer.

«Benachrichtigen Sie den Meister, daß eine Untersuchung in Bel-Air stattfinden wird. Gegen den Professor ist vorzugehen, schicken Sie die Dokumente an den Staatsanwalt. Ich gebe den Rat, den Patienten stumm zu machen. Was, Sie können nicht vor morgen? Warum? So, weil Sie nicht Dienst haben? Nun, es wird nicht so eilen ... Gut.»

Vielleicht hätte Baranoff klüger gehandelt, hätte er gewartet, bis Natascha das Zimmer verlassen hätte. Aber schließlich macht auch der klügste Mensch bisweilen Schnitzer.

3. In der Mittagsstunde, bei Fräulein Sorel, der Dichterin, gelang es Natascha, ihrem jungen Freunde Jakob zuzuflüstern:

«In einer halben Stunde am Cours de Rive.» Jakob nickte und freute sich, eine Stunde Physik und eine Stunde Geschichte seiner ersten Liebe zu opfern. (Ich weiß, es gibt in der Liebe größere Opfer, aber diese kommen erst später.)

Sie nahmen das Tram bis Jussy. Aber sie umgingen dann das berühmte Wirtshaus, in welchem Madge mit Thévenoz zu Nacht gegessen hatte, nahmen einen Feldweg, der sie in die Wälder führte, die Laubwälder, die sich ausdehnen, weit und flach, bis zur savoyischen Grenze. Besonders in der Woche werden diese Wälder wenig von störenden Zweibeinern heimgesucht. In einer Lichtung lagerten sie sich, durch die Stämme war der Jura zu sehen, mäßig gezackt, wie ein abgesplittertes Stück Rauchglas. Wie winzige Flugzeuge ratterten schwarze Heuschrecken über die Grashalme, hatten plötzlich rote Tragflächen, und die Mücken spannen seltsame Tongewebe; Natascha zog sich hinter einem Busch aus, trat hervor in einem Badeanzug. Ihr Körper war dunkelbraun.

Als Jakob gestand, er trage auch immer eine Badehose in der Tasche, wurde er gelobt und aufgefordert, sich auch von der Sonne bescheinen zu lassen. Die Sonne scheine nämlich auch für kleine Bürger, wie er einer sei. Aber dann schämte sich Jakob, denn er kam sich lächerlich vor, viel zu knochig, er ärgerte sich über seine dünnen Waden und bedauerte innerlich, in der letzten Zeit zu wenig geturnt zu haben. «Wie ein Knochengerüst seh ich aus», klagte er, «und du wirst dich sicher über mich lustig machen.» Und er versuchte zaghaft, Nataschas runde Schulter zu streicheln. Die Haut war, trotz ihrer Bräune, sehr kühl. Natascha rückte nicht weg. Aber sie blickte ernst und ein wenig traurig in den Himmel, der aus einem sehr zarten blauen Stoff war.

«Wir müssen vernünftig sein, kleiner Junge», sagte sie, «wir haben viel zu besprechen, und du mußt mir helfen. Dein Bruder ist doch Advokat?»

Helfen zu müssen, schien Jakob sehr schön, er stützte den langen Schädel (und die Haare darauf ringelten sich feucht) auf die geballten Fäuste und blickte aufmerksam auf zu der Frau. Natascha erzählte, zuerst in den Himmel hinein, dann drehte sie sich auf die Seite, es war, als würden ihre Blicke angezogen von den aufmerksam auf sie gerichteten Augen. Und so kam es, daß gerade derjenige, der für die geheimnisvollen Vorgänge der letzten Wochen das geringste Interesse besaß, zuerst einen Teil der Wahrheit erfuhr.

«Weißt du», begann Natascha, «ich bin gar nicht Sekretärin an der russischen Delegation, sondern eine Agentin, eine Spionin.» Jakob Rosenstock verzog das Gesicht; die Tatsache, daß seine Freundin eine Spionin war, paßte nicht in sein Weltbild: Das war augenblicklich begrenzt von den Versen einiger Dichter vom Ende des vorigen Jahrhunderts, und in diesen Versen war eine gläserne Wirklichkeit aufgebaut worden, in der nackte Tatsachen, politische, materialistische, keinen Platz finden konnten. Aber schließlich war Natascha kein ätherisches Wesen, keine ferne Prinzessin, und Jakob liebte an ihr vielleicht gerade das, was ihn hätte stören sollen: das Robuste, das Robbenhafte. Darum war eigentlich gar nichts zu verzeihen. Sie war eine Spionin, nun gut, es schmeckte nach Hintertreppenroman, aber eigentlich nur das Wort, denn die Frau, diese Natascha, war ein einfacher Mensch, vielleicht hatte sie ihren Beruf aus Idealismus ergriffen. Und der politische Idealismus hat mit dem ästhetischen doch vieles gemein. Vor allem wohl das Leben in einer selbsterbauten, unsicheren Welt, die man stets wie eine Kugel auf einem spitzen Stock balancieren muß.

Übrigens war es schön in der Sonne, das Gras war trocken, es roch nach zerriebenen Minzenblättern, Ameisen und Käfer trieben auf den Gliedern der beiden Liegenden geologische Studien. Man wußte, in der Ferne war der See, es war schön, sich nach seiner Kühle zu sehnen. Irgendwo, ganz ferne, gab es auch noch eine Stadt, mit einer Schule darin, an der man eine Prüfung bestehen sollte, aber das war nicht wichtig, und diese Tatsache vergaß man besser. Jakob nahm Nataschas Hand, legte seine Wange darauf und sagte still und ergeben:

«Also, du bist eine Spionin? Wenn schon.»

«Und ich arbeite», fuhr Natascha fort, «mit einem Agenten zusammen, dessen Name nichts zur Sache tut.»

«Schon lange?»

«Es werden bald vier Jahre sein.»

«Dann bist du natürlich seine Geliebte», stellte Jakob ruhig fest, aber diese Ruhe war doch nur scheinbar. Es tat ganz abscheulich weh in der Magengrube, und in seine Augen traten Tränen, so als hätte er an einer Ammoniakflasche gerochen.

Zuerst wollte Natascha lachen, unterließ es dann aber. Sie hob langsam die Hand, auf der Jakobs Wange lag, und damit seinen Kopf, legte die andere darüber, beugte sich vor, küßte des Jungen Augen und ließ den Kopf ganz sanft auf ihre Brust sinken. Jakob fand, es liege sich da sehr weich, er streckte sich und seufzte befriedigt, etwa wie der Airedale Ronny, wenn er einmal ausnahmsweise auf dem sonst verbotenen Sofa liegen durfte. Jakob mußte lächeln, denn es war lustig, Natascha weiter sprechen zu hören. Es dröhnte dann so merkwürdig, tief innen in ihrer Brust, und durch das andere Ohr vernahm er ihre Stimme, sehr weit, als würde sie als Echo vom hohen Himmel zurückgeworfen.

«Dummer kleiner Junge», sagte Natascha, «wenn du den Mann kennen würdest, würdest du nicht so dumm fragen. Ich bin seine Sekretärin und ... weißt du, er ist dick und schon ein wenig alt ... Aber das ist Nebensache. Ich wollte von etwas anderem sprechen. Du kennst doch den alten Professor? Du hast mir doch einmal erzählt, daß du die Schule geschwänzt hast, um in seine Vorlesungen zu gehen.»

«Professor Dominicé?» fragte Jakob, hob den Kopf, ganz hellwach jetzt, aber er wurde schnell wieder in seine ursprüngliche Stellung zurückgedrückt. «Was ist's mit dem Professor? Wladimir, mein Bruder, hat so dunkle Andeutungen gemacht, der Professor sei in einer schwierigen Situation. Was ist's, weißt du etwas?»

«Hast du den Professor gern?» wollte Natascha wissen.

«Außer meinen beiden Brüdern ist er der einzige intelligente Mensch, der in der Stadt Genf herumläuft», sagte Jakob überzeugt. «Ich meine unter den Männern. Du bist auch nicht dumm.»

«Danke», sagte Natascha. «Aber wir können uns später Komplimente machen. Nun, dein Professor ist in Gefahr, und daß er in Gefahr ist, daran bin auch ich nicht ganz unschuldig.

Das ist aber so gekommen. Als wir nach Genf kamen (und wir kamen zu einem ganz bestimmten Zweck), mußten wir zuerst einen englischen Diplomaten beobachten, der mit einem indischen Staat in Verbindung stand. Dieser hatte einen Privatsekretär, und an diesen Sekretär sollte ich mich heranmachen. Aber das gelang nicht, der Sekretär war anders als du, ich interessierte ihn nicht. Da bemerkte mein Mitarbeiter, daß dieser Sekretär, Crawley hieß er, und von seinem Tode hast du ja gehört, daß dieser Crawley mit deinem Professor eng befreundet war. Nun versuchten wir, Näheres über den Professor zu erfahren. Er ging oft zu einem Apotheker, und von diesem Apotheker hatten wir schon in Paris gehört. Er war bekannt als Lieferant von Rauschgiften. Mein Mitarbeiter ist auch mit der sogenannten Unterwelt in Verbindung, er ließ sich an den Apotheker empfehlen, und durch Zufall traf es sich, daß ein Bekannter ihn persönlich bei diesem Apotheker einführen konnte. Und gerade an dem Abend, an dem mein Kollege bei diesem Apotheker war, wurde auf den alten Mann ein Überfall versucht, mein Mitarbeiter (übrigens heißt er Baranoff) konnte bei der Abwehr helfen, und zum Dank erzählte ihm der Apotheker verschiedenes. Das war merkwürdig, denn dieser Eltester war als verschwiegen bekannt. Aber durch Eltester erfuhr Baranoff, daß dein Professor sich mit Giften abgebe, daß er Morphinist sei, daß er sich viel mit okkulten Phänomenen beschäftige. Und dann sei da noch etwas ... Aber da wollte der Apotheker nicht weitersprechen, wir haben dann nur noch später aus Andeutungen erfahren, daß es hier in Genf eine Art geheimen Orden gebe, das hat uns nicht weiter interessiert – die Nichtstuer des kapitalistischen Regimes müssen doch irgendeinen Zeitvertreib haben. Aber die Erzählungen des Apothekers, zusammen mit anderen Mitteilungen, die Baranoff erhielt, nämlich, daß der Professor Schulden habe, genügte uns, um den Professor in der Hand zu haben. Nun begann Baranoff, die Vorlesungen des Professors zu besuchen, machte sich an ihn heran, lud ihn einmal zum Abendessen ein, stellte sich als ein Korrespondent der ‹Prawda› vor, der über das Laboratorium des Professors einen

Artikel zu schreiben gedenke, erzählte viel von Rußland, lud den Professor ein, am dortigen psychologischen Forschungsinstitut einen Vortrag zu halten. Dominicé ging aus seiner Reserve heraus. Baranoff wurde eingeladen, ihn einmal besuchen zu kommen. Und Baranoff ging hin, nahm mich mit.»

Natascha schwieg eine Weile. Sie hatte mit einer neutralen Stimme gesprochen. Während des Schweigens wälzte sich Jakob zur Seite, er stützte den Kopf in die Hand und betrachtete seine Freundin wie einen fremden Menschen.

«Für den alten Mann ist dies ein böser Abend gewesen. Und ich muß gestehen, daß er mir leid getan hat. Aber was soll ich mit Mitleid anfangen, wenn das Schicksal eines ganzen Landes auf dem Spiele steht? Wir hatten erfahren, daß der englische Diplomat, der hier die Interessen eines indischen Randstaates vertritt, irgend etwas gegen uns plante, und wir wußten nicht genau, was es war. Er hatte Besprechungen mit den Vertretern von Buchara und Turkestan, es ging gegen uns, das war alles, was wir wußten. Wir mußten irgendwie an Crawley herankommen. Nun gingen wir also zum Professor, ich wurde als Sekretärin vorgestellt.»

Jakob gähnte. Die Blätter über seinem Kopf waren gründurchscheinend, wie fein ausgewalzte Goldplättchen.

«Muß ich soviel Politik lernen?» fragte er faul. «Es wäre doch viel schöner, hier zu liegen und an nichts zu denken. Aber du verlangst, daß ich mir den Kopf über deine rätselhaften Geschichten zerbreche. Denn ich sehe noch gar nicht ein, wie ich dir helfen soll. Kannst du nicht einfach sagen: Tu dies, tu das. Oder willst du nicht lieber mit meinem Bruder, dem Advokaten, sprechen? Der weiß in solchen Dingen viel besser Bescheid.»

«Das geht nicht. Manchmal wirst du alleine entscheiden müssen, und dann kann ich nicht immer hinter dir her sein wie dein Kindermädchen.»

«Natascha», seufzte Jakob, «du wirst mich hoffnungslos kompromittieren. Mein Bruder Isaak ist ein guter Mann, aber wenn er erfährt, daß ich mich mit kommunistischen Agenten herumtreibe, wird er mich aus dem Haus jagen. Nun, das ist ja gleich. Du nimmst mich dann nach Rußland mit, und wir heiraten. Vielleicht hast du mich dann bekehrt.»

Aber Natascha lachte nicht. «Was willst du in Rußland machen? Alles, was du bis jetzt gelernt hast, wird dir gar nichts nützen. Auch die Sprache kennst du nicht. Vielleicht wäre es doch eine Rettung für dich. Du würdest wenigstens nicht hier in aller Bequemlichkeit verfaulen, ohne Ziel und Zweck.»

Jakob schien aufzuwachen. «Ja, ein Ziel», seufzte er, und seine Stirnhaut war dabei komisch gewellt. «Erzähl weiter, Natascha.»

«Du bringst mich ganz durcheinander. Also, vor zwei Monaten, an einem Abend, haben wir beide den Professor besucht. Er empfing uns sehr freundlich, seine Haushälterin, diese Jane Pochon, brachte Tee und Rum und kleine Schokoladenkuchen, dann ging sie wieder hinaus, und wir blieben allein. Übrigens, die Haushälterin kannten wir schon, wir hatten uns an einen ihrer Mieter herangemacht, einen gewissen Nydecker, und auf den waren wir auch durch den Apotheker gekommen.»

Natascha schwieg wieder. Es schien Jakob fast, als enthalte dieses Schweigen ein wenig Verlegenheit, und er betrachtete seine Freundin erstaunt, weil er sie nie unsicher gesehen hatte. Sie fuhr fort:

«Baranoff ging zuerst unter den erstaunten Blicken des Professors zur Tür, öffnete sie, um nachzusehen, ob niemand horche, und dann begann die Unterhandlung. Er kann sehr grausam sein, mein Mitarbeiter. Zuerst warf er dem Professor an den Kopf, daß er Morphium nehme und daß er ihn ohne weiteres an der Universität unmöglich machen könne, wenn er diese Tatsache publik mache. Der Professor war ganz verstört und fragte, was er denn getan hätte, um so behandelt zu werden. Baranoff antwortete nicht und wartete, bis sich der Professor ein wenig beruhigt hatte. Dann kam der zweite Schlag. ‹Sie haben Schulden›, sagte Baranoff und zählte die Leute auf, denen er Geld schuldete. ‹Wenn ich nun all diesen Leuten verrate, wieviel Sie im ganzen schuldig sind, so kommen Sie wegen Betrug ins Gefängnis.› Es nützte dem Professor nichts zu erklären, er habe das Geld doch für wissenschaftliche Zwecke gebraucht, er selber sei doch bedürfnislos, er habe sein Geld verloren, weil er zu vertrauensvoll gewesen sei, bei einem Bankkrach. Baranoff sagte trocken: ‹Gewiß, Sie werden nicht lange im Gefängnis bleiben, man wird Sie in eine Irrenanstalt verbringen und dann in ein Altersheim.› Der Professor erholte sich, er lächelte sogar. ‹Ich weiß, was Sie jetzt denken, aber mit diesem Ausweg ist es auch nichts›, fuhr Baranoff mitleidlos fort. ‹Sie denken an Selbstmord. Aber das können Sie nicht. Sie sind religiös erzogen worden, Sie haben in Ihren Abhandlungen so viel schönes ethisches Zeug verzapft, daß Sie doch daran glauben müssen. Die letzte Hemmung werden Sie nicht überwinden können.› Da nickte der Professor traurig: ‹Sie werden wohl recht haben›, flüsterte er.»

Jakobs Kinn hing ein wenig blöde herab, aber er lauschte mit einer qualvollen Aufmerksamkeit. Er fragte:

«Und du bist dagesessen und hast kein Wort gesagt? Du hast zusehen können, wie man diesen alten Mann so gequält hat?»

«Mein lieber Junge, ich habe so viele derartige Szenen erlebt, daß ich mit der Zeit unempfindlich geworden bin. Glaubst du, daß eine Operationsschwester Mitleid mit jedem Patienten haben kann, der unter dem Messer stöhnt? Das sind Reaktionen, denkt sie vielleicht, und ich denke das gleiche. Ich saß daneben, mit meinem Block auf den Knien, und wartete, bis mir Baranoff das Zeichen zum Nachschreiben geben würde. Denn das alles war ja nur die Einleitung. Dann kam der dritte Schlag. Baranoff warf dem Professor vor, er habe an seinen Schülern, und ohne deren Wissen, mit Giften herumexperimentiert (das stimmt nämlich, und zwei davon waren einmal ziemlich krank geworden, aber ohne den Zusammenhang zu ahnen). Aber daß jemand davon wußte, erschütterte den Professor so sehr, daß er in ein haltloses Weinen ausbrach. Baranoff ließ die Krise vorübergehen, als aber der alte Mann sich immer noch nicht beruhigen wollte, zog er ein Fläschchen aus der Tasche: ‹Ich habe da eine gute Mischung, probieren Sie einmal, vielleicht macht es Sie wieder verhandlungsfähig.› Das Fläschchen hatte Baranoff von seinem Apotheker, dem buckligen Eltester. Aber des Professors

Hände zitterten so stark, daß ich mich erbot, ihm die Einspritzung zu machen. Da tat er mir zum ersten Male leid. Denn nachdem ich endlich fertig war, legte der alte Mann plötzlich seinen Kopf an meine Hüfte (ich stand neben ihm, der saß), so als ob er Schutz suchen wollte bei mir, und ich hab ihm, ganz ohne es zu wollen, das Haar gestreichelt.»

«Du bist doch ein guter Kerl, Natascha», sagte Jakob und drückte seine Lippen auf die weiche Haut der Ellbogenbeuge. Aber seine Freundin wehrte ab.

«Das sind Sentimentalitäten, aber es ist eben immer so: Bei den ärgsten Greueln bleibt man kalt, aber wenn plötzlich an ein tiefes Gefühl appelliert wird, ist man hilflos und leidet mit. Baranoff wurde ungeduldig. ‹Also, hören Sie›, sagte er scharf – und da fuhr der Professor zurück und packte die Armlehnen seines Stuhles, wie ein Patient, der sich beim Zahnarzt auf das Ausreißen eines Zahnes vorbereitet –, ‹wir haben in Erfahrung gebracht, daß der indische Delegierte, bei dem Ihr Schüler Crawley Sekretär ist, die Ausarbeitung seiner Vertragsentwürfe eben diesem Crawley überläßt. Nun scheint sich aber Crawley mehr mit Psychologie als mit Diplomatie zu beschäftigen. Wir aber brauchen die Vertragsentwürfe, verstehen Sie? Nun werden Sie Crawley erzählen, daß Sie im Begriffe seien, Ihre Notizen zu sammeln, und die Arbeit, die daraus entstünde, würden Sie gleichzeitig in französischer und englischer Sprache herausgeben. Dazu aber bedürften Sie seiner Mithilfe. Er wird Ihnen einwenden, daß er von seinem Vorgesetzten zu sehr in Anspruch genommen würde. Da sagen Sie dann, Sie wüßten ihm eine gute Entlastung. Sir Bose gebe ihm doch seine Entwürfe immer in Stichworten, die könne er doch einem andern schnell diktieren. Sie, Professor, wüßten einen vertrauenswürdigen Menschen, der ihm, Crawley, einen Teil der Arbeit abnehmen würde. Und Sir Bose brauche ja von der ganzen Geschichte nichts zu erfahren. Der Vertrauensmann, den Sie ihm empfehlen werden, wird seine Instruktionen von mir erhalten. Sie brauchen sich dann um die ganze Geschichte nicht mehr zu kümmern.› – ‹Und wer soll dieser Vertrauensmann sein?› fragte der Professor. ‹Ein gewisser

Nydecker›, sagte Baranoff, ‹ein ehemaliger Staatsangestellter, der augenblicklich arbeitslos ist.› – ‹Nydecker?› fuhr der Professor auf. ‹Kennen Sie ihn denn?› Der Professor schwieg, und Baranoff wollte nicht weiter fragen. Vielleicht wäre es besser gewesen, wenn er mehr Interesse gezeigt hätte. ‹Wenn Sie das zustande bringen, Professor, so zahlen wir Ihnen vorläufig 5000 Franken, damit Sie aus Ihren ärgsten Schulden herauskommen. Sobald wir den wichtigsten Vertrag in Händen haben, stehen Ihnen weitere 5000 zur Verfügung.»

Jakob seufzte schwer auf. Es schien ihm, als habe die Sonne ihre ganze Helligkeit eingebüßt. Die Frau neben ihm war ihm fremd und verhaßt, er starrte sie an, und sie fühlte den Haß. Aber sie war auf Tapferkeit trainiert, und außerdem hatte sie noch Trümpfe in der Hand, man konnte sie vielleicht psychologische Trümpfe nennen, von denen der naive Junge nichts wußte.

«Nachdem Baranoff seine Rede gehalten hatte», fuhr sie fort, «schwieg er. Der Professor saß steif in seinem Lehnstuhl, sein Bart zitterte. ‹Mein Herr›, sagte er, ‹was wagen Sie mir vorzuschlagen? ... Ich soll einen ahnungslosen Gentleman (er sagte ‹Gentleman›), der nicht nur mein Schüler ist, sondern auch noch Vertrauen zu mir hat, einfach verraten?› – ‹Professor›, antwortete ihm Baranoff, ‹Sie verwechseln die Zeiten. Wir leben jetzt im dritten Jahrzehnt des zwanzigsten Jahrhunderts und nicht mehr am Ausgang des neunzehnten. Damals hat man noch Phrasen gemacht. In Ihren moralisierenden Broschüren macht sich dieser sogenannte Idealismus vielleicht noch gut, aber heutzutage regieren die Tatsachen. Die Tatsachen aber sind folgende: Sie haben Schulden, Sie sind Morphinist, Sie haben unerlaubte Experimente gemacht. Nehmen Sie an, nehmen Sie nicht an, mir kann's gleich sein. Ich finde schon andere Wege, um ans Ziel zu kommen. Aber ich mache Ihnen einen guten geschäftlichen Vorschlag, nicht, weil Sie mir besonders sympathisch sind, sondern weil dies ein leichterer Weg für mich ist. Nehmen Sie nicht an ... bitte. Dann erscheint morgen in der ‹Tribune› oder in der ‹Suisse›» ein anonymer Artikel über Sie. Tun Sie, was Sie wollen.

Des Menschen Wille ist sein Himmelreich, sagen die Deutschen, und die müssen es ja wissen, denn sie haben seit etwa einem Jahrhundert den Himmel metaphysisch exploriert.› Der Professor kehrte sich ab. Er legte den großen Kopf auf die Schreibtischplatte, sein Haar schimmerte unter der Lampe – es sah ein wenig nach Pose aus, aber vielleicht war es doch echt, wenigstens zuckten seine Schultern so, als unterdrücke er ein Schluchzen. Dann hob der Professor wieder den Kopf. ‹Gut›, sagte er nur, ‹einverstanden.› Vor der Türe knackte etwas. Baranoff sprang auf, riß die Türe auf. Es war dunkel im Gang, niemand zu sehen. ‹Es ist ein altes Haus›, sagte der Professor, ‹die Dielen knacken oft.› Baranoff sah ihn mißtrauisch an. ‹Schläft Ihre Haushälterin manchmal in der Wohnung?› – ‹Jane? Nein. Die ist schon lange fortgegangen. Ich habe gehört, wie sie die Wohnungstür abgesperrt hat.› – ‹Dann haben Sie schärfere Ohren als ich. – Schreiben Sie›, sagte Baranoff dann zu mir. Er diktierte rasch eine Zusammenfassung der Unterredung, die einem Geständnis gleichkam. Ich hatte meine Maschine mitgebracht und schrieb das Ganze ins reine. Baranoff und der Professor unterzeichneten. ‹Ein Exemplar erhalten Sie, eins behalte ich, das dritte deponiere ich an einem sicheren Ort, mit der Weisung, es der Staatsanwaltschaft einzusenden, falls mir plötzlich etwas zustoßen sollte. Ich habe meine Erfahrungen gemacht mit Leuten, die sich gerne mit Giften beschäftigen›, sagte Baranoff noch. ‹Sie haben jetzt auch eine Waffe gegen mich in der Hand, Sie können mich wegen Erpressung anzeigen, aber Sie werden es wohl nicht tun.› Jetzt war wieder deutlich das Knacken draußen vor der Türe zu hören. Aber wieder war der Gang leer, als Baranoff die Tür aufriß. ‹Das gefällt mir nicht›, sagte er. ‹Wir wollen gehen.› Das war die erste Szene dieses Trauerspiels.»

4. Die Voirons, jener Höhenzug, der aussieht wie ein behaglich hingelagerter Riese, über und über schwarz behaart, schickten Windstöße als Botschafter zum See, um ihm zu verkünden, der Abend sei nahe. Langsam stand Ja-

kob auf, wie ein Mann, den man mit einem schweren Sack bepackt hat und der sich nun aufrichten muß. Er machte ein paar Schritte (sehr unsicher waren sie) bis zu den ersten Stämmen der Lichtung, kehrte dann wieder zurück und ließ sich zu Boden fallen. Natascha packte die mageren Knabenschultern. «Siehst du», sagte sie, «das war das Schwerste, was jetzt kommt, ist nur halb so schlimm. Und dann kann ich dir auch sagen, wie du mir helfen kannst. Wenn du es noch willst.»

Sie ließ ihre Hände über die Schultern zum Hals wandern, dann hielt sie den Kopf gepackt, drehte ihn, trotz seines Sträubens, zu sich und blickte lange in die Augen Jakobs. Der Blick hatte eine sonderbare Wirkung, Jakob riß sich los, begann zu weinen, das Gesicht ins Gras vergraben. «Mein Kleiner», sagte die Frau, «tut es weh? Ja, es tut vielleicht weh, wenn man Bilder zertrümmert, aber es ist sicher notwendig. Du hast immer so vom Professor geschwärmt, vom ‹Meister›, wie du gesagt hast, und mich hast du auch anders gesehen, nicht wahr? Ist es das?» Jakob nickte eifrig, ein trockenes Schluchzen ließ die hervorstehenden Schulterblätter auf und ab hüpfen. Natascha hob wieder Jakobs Kopf, sie küßte die geschlossenen Augen, nahm ihnen die Tränen weg. Ihre Lippen waren weich, auch die Haut ihrer braunen Arme. Jakob wurde ruhig.

«Und nun willst du mich hassen?» sagte die Frau, die in Genf unter dem Namen Kuligina auftrat, die Agentin 83, die sich Mühe gab, Politik und Liebe auf einen Nenner zu bringen, die vielleicht (wir wissen es nicht, aber anzunehmen wäre es ja) die Genossen Uljanoff und Braunstein persönlich gekannt hatte – und vielleicht hätten diese asketischen Genossen sich aufgeregt, daß die Agentin der proletarischen Internationale mit einem Jungen schäkerte, denn Sentiment und Liebe sind eine Zerstreuung für indolente Bourgeois und entbehren jeglicher aufbauenden Eigenschaften – aber trotz aller dieser Erwägungen müssen wir feststellen, daß besagte Natascha eigentlich ganz zufrieden war. Sie war ja nicht so gar viel älter als dieser junge Rosenstock, vier, fünf Jahre vielleicht, sie benahm sich infantil, gewiß, aber schließlich ist die Liebe eben noch eine der wenigen

Situationen, in denen man sich mit gutem Gewissen kindlich benehmen darf. Darum sagte Natascha auch: «Der kleine Junge haßt die böse alte Hexe, die Menschen quälen läßt und sich daran freut. Ist es nicht so?» Jakobs Lachen war darauf noch feucht, mit Schluchzen vermischt. «Du hast es doch für deine Überzeugung getan, und nicht für Geld», stotterte er. «Vielleicht habt ihr auch das Recht, so zu handeln, oder?»

«Das ist gleichgültig», Natascha wurde wieder ernst. «Ich muß noch fertig erzählen. Der Professor hat seinen Vertrag gehalten, bis kurz vor Crawleys Tod. Da ist eine Veränderung mit ihm vorgegangen, plötzlich war nichts mehr mit ihm anzufangen, es war, als hätte er einen neuen Rückhalt bekommen. Baranoff konnte drohen, soviel er wollte, er erhielt immer die gleiche Antwort: ‹Bitte, tun Sie, was Sie nicht lassen können.› Und Baranoff konnte nicht einmal mit seinem unterschriebenen Dokument herausrücken, sonst hätte er sich selbst bloßgestellt; dieses ganze Geständnis des Professors war ja eigentlich nur eine Waffe, solange sich der Professor unsicher fühlte, und plötzlich benahm er sich sicher. Er ließ Baranoff von einer Bank zehntausend Franken überweisen, er hatte auf einmal Geld, und wir konnten nicht herausbringen, woher. Eltester, der Apotheker, wurde schweigsam, es war, als ob er vor irgend etwas Angst hätte, er ließ sich verleugnen, wenn Baranoff ihn besuchen wollte. Ich habe dann Crawley überwacht und zugleich den Professor, die beiden waren fast immer zusammen, aber jeden Tag sind sie mir auf eine oder zwei Stunden entwischt, und ich konnte nicht herausbringen, wo sie hinverschwunden waren. Und dann kam das Merkwürdigste. Nydecker, der für Crawley immer noch die Vertragsentwürfe abschrieb, brachte uns an einem Tag die Abschrift eines merkwürdigen Dokumentes: Vertragsentwurf zwischen dem indischen Randstaat, in dem der alte Bose Landverweser ist, und … du wirst es nie erraten – und Moskau. Baranoff hin zur Delegation, die wußte gar nichts von der Sache. Also machte sich jemand lustig über uns. Nydecker war darauf verschwunden. Wir haben ihn gesucht, er hatte sein Zimmer bei jener Jane Pochon, der Haushälterin des Professors. Nie war er daheim – wenigstens behauptete es die Frau. Und wie sollten wir ihre Aussagen kontrollieren? Dann kam Crawleys geheimnisvoller Tod. Ich bin am nächsten Tag ins Spital gegangen, um zu sehen, wie es dem Jungen ging. Aber ich habe nichts erfahren können. Dann, einige Tage später, an einem Abend, habe ich Eltester besucht, das heißt, ich wollte ihn besuchen, aber der Laden war geschlossen, ich habe geklopft, aber niemand hat mir Antwort gegeben. Durch die geschlossene Tür habe ich ein merkwürdiges Singen gehört, so wie in unsern alten russischen Gottesdiensten klang es, das Singen; gegen Morgen bin ich dann noch einmal gegangen, aber da war alles still. Am Abend haben wir dann erfahren, Eltester sei ermordet worden. Und das Schwierigste für mich ist folgendes: Ich habe gemerkt, daß Baranoff gegen mich arbeitet. Er weiß etwas, und das sagt er mir nicht. Heute hat uns ein Engländer besucht, und da hat Baranoff sehr merkwürdig gesprochen. Einen Teil der Wahrheit gesagt, einen Teil verschwiegen. Als der Engländer dann fort war, hat Baranoff telephoniert. Er hat etwas von einem ‹Meister› verlauten lassen, und ich habe nicht verstanden, wen er damit gemeint hat. Nur daß du den Professor ‹Meister› nennst, hat mich auf den Gedanken gebracht, daß vielleicht doch der Professor hinter der ganzen Sache steckt. Er hat ja gewußt, daß Nydecker für uns arbeitet, und Nydecker ist jetzt im Irrenhaus, verrückt geworden, darum haben wir ihn nicht gefunden. Aber auch hinter dieser Verrücktheit steckt etwas. Ein sonst normaler Mensch – und dieser Nydecker war ein harmloser Bursche, hatte ein wenig überspannte religiöse Ideen. – Nein», sagte sie plötzlich fest, «der Professor ist es nicht, denn Baranoff will ja den Professor auffliegen lassen. Es muß da noch ein anderer ‹Meister› sein. Also, du mußt mir helfen. Ich kann nicht zu dem englischen Journalisten gehen, du mußt deinem Bruder sagen, dem Advokaten, er soll sich des Professors annehmen, Baranoff will ihn hochgehen lassen, ich habe heute einen anonymen Brief schreiben müssen, an die Staatsanwaltschaft, und dann hat Baranoff noch telephoniert ...»

«Ich verstehe gar nichts mehr», unterbrach da Jakob. «Das

Ganze kommt mir wie ein ungeheurer italienischer Salat vor, du mußt klarer sein, Natascha, wenn ich dir helfen soll.»

«Mein Gott», sagte Natascha, «wie spät ist es?» Sie grub aus ihrer Handtasche eine kleine Uhr. «Schon sechs! Wir müssen in die Stadt zurück. Ich will dir sagen, was du tun sollst. Du mußt den Professor überzeugen, daß er sich an deinen Bruder wendet und ihm alles erklärt. Du mußt dem Professor sagen, daß er den englischen Journalisten um Hilfe angehen soll, und in der Irrenanstalt sollen die auf ihren Patienten aufpassen, auf den Nydekker. Wirst du dich daran erinnern? Ich weiß, morgen gibt es eine große Aktion, ich möchte sie verhindern. Der Professor, ich will nicht, daß ihm etwas geschieht. Also, du weißt, was du zu tun hast?»

«Sei ruhig, Natascha, ich will schon alles machen.»

«Und du weichst nicht von des Professors Seite.» Natascha schauderte leicht. «Zwei Sterbende schon habe ich sehen müssen, ich will keinen dritten mehr sehen.»

«Ruhig, Natascha, ich werde schon alles machen.»

«Manchmal glaub ich, ‹*sie*› (wie Baranoff immer sagt) sind hinter mir her.»

Die Sonnenstrahlen fielen schräg durch die Blätter der Lichtung, die Heuschrecken hatten die Motoren ihrer Doppeldecker abgestellt. Der Abend schien daran zu denken, seinen hellen Anzug gegen einen dunkleren zu vertauschen. In der Lichtung war es still geworden.

Gräser sind geduldig. Wenn sie zu Boden gedrückt werden, richten sie sich wieder auf, und wenn der Abendtau sie nicht zu trösten vermag, so tut dies der Morgentau.

Jakob sagte leise: «Ich will dir schon helfen. Also, ich soll … aber das kannst du mir ja noch einmal auf dem Heimweg sagen. Ich will dir helfen», bekräftigte er, «auch wenn ich draufgehen sollte.»

«Nicht …», sagte die Frau, «wer wird denn von Draufgehen sprechen. Ich werde ja da sein.»

Jakob schnaubte befriedigt; es befriedigte ihn offenbar, beschützen zu dürfen und doch der Beschützte zu sein.

Das Tram, das von Jussy in die Stadt zurückführt, muß um viele Kurven. Es schüttelt seine Insassen gehörig durcheinander, denn die Schienen gehen manchmal über Felder oder über gesenkte Straßenstellen. Dieses Schütteln braucht nicht immer unangenehm zu sein. Und dann ist das Tram, das um Viertel nach sechs Uhr abfährt, meistens leer, ein flüsterndes Paar fällt nicht auf. Und der Kondukteur hat genug mit der Abendausgabe der Zeitung zu tun, es kümmert ihn nicht, um was das Flüstern sich dreht. Um Politik oder um Liebe. Vielleicht um beides, aber das ist ja gleichgültig.

Sechstes Kapitel

1\. Simpson O'Key hatte Glück gehabt. Er hatte in Champel eine Wohnung gefunden, zwei Zimmer, Bad, Küche, das Ganze möbliert. Ein Landsmann von ihm, Englischlehrer, der in die Ferien gefahren war, hatte sie ihm überlassen. Charles, der Kammerdiener und Colonel, hatte ihm die Gelegenheit verschafft.

O'Key stieg gedankenvoll die Treppen herab, trat auf die Straße und schlenderte der inneren Stadt zu. Es war verschiedenes zu tun. Er mußte nach Bel-Air, überlegte er, und er freute sich darauf. Er mußte Madge fragen, was es mit dem Mann in weißen Tennishosen für eine Bewandtnis hatte. Vielleicht hatte Baranoff recht, und man konnte allerlei aus diesem Patienten herausholen. Aber wichtiger schien es ihm, Madge wiederzusehen. Er schüttelte den Kopf. Es konnte doch manchmal merkwürdig gehen im Leben. Da kam man nach Genf, ungern, denn die Ferien waren schön gewesen, und plötzlich traf man eine Frau, die man auf den ersten Blick gern hatte. ‹Fall in love›, nannte man das, ‹in die Liebe hineinfallen›. Es war ein Hineinfallen, aber ein schönes Hineinfallen. Und die Frau war noch dazu verlobt, aber das kümmerte sie nicht, sie zeigte deutlich, daß man ihr gefiel, und der andere, der offizielle Verlobte, sollte sehen, wie er zurecht kam. Grausam eigentlich gegen den armen Thévenoz. Aber schließlich, dem Mann war nicht zu helfen. O'Key fand, daß seine Liebe viel wichtiger war als die Verzweiflung des guten Thévenoz, und Thévenoz ... ja, Thévenoz war auch in anderer Beziehung ein Konkurrent. Was waren das für mysteriöse Krankenbesuche, die er zu machen hatte? Hatte er etwas entdeckt? Nun, wenn er gedachte, geheimnisvoll zu tun, bitte sehr, wenn er sich jede Einmischung in seine Privatangelegenheiten verbat, warum nicht?

«Warum nicht?» sagte O'Key laut und zog die Achseln hoch.

Da sah er ganz nahe vor sich eine weiße Wölbung, er wollte schnell ausweichen, aber er hatte zu viel Schwung, prallte dagegen und entschuldigte sich wortreich. Die weiße Wölbung war der unwahrscheinlich dicke Bauch eines ältern Herrn gewesen, mit dem er zusammengestoßen war.

«Ähpfuuhh», sagte der dicke Herr, «Sie sollten nicht an Ihre Liebste denken, dear Master O'Key, wenn Sie morgendliche Spaziergänge machen. Zur Strafe müssen Sie mich jetzt begleiten, dort unten an der Ecke ist eine stille Brasserie, die gutes frisches Bier hat, bei dieser Hitze nicht zu verachten. Kommen Sie, junger Mann, das Bier wird Ihre tiefsinnigen Gedanken klären, und ich habe übrigens mit Ihnen zu sprechen.»

«Herr Staatsrat, guten Morgen», antwortete O'Key, «auch ich bin begeistert, Sie getroffen zu haben. Ich hätte Sie sonst in Ihrem Bureau aufsuchen müssen. Aber im Freien ist es unbedingt gemütlicher.» Und verzweifelt zermarterte sich O'Key das Gehirn, um den Namen des dicken Herrn zu finden. Der Name war ähnlich wie der eines berühmten Cocktails, und er ging sie im Geiste durch: Es war weder Bronx noch Side-car, auch unter den Flips und Fizz war der Name nicht zu finden, endlich, wie das immer zu gehen pflegt, der berühmteste kam ihm erst am Schluß in den Sinn. «Und sonst geht es Ihnen gut, Herr Martini, will sagen, Herr Martinet?»

«Gut, mein junger Freund», sagte Herr Staatsrat Martinet, «so gut als möglich, wenn man so dick ist wie ich. Das Fett ist eine rechte Plage, man schwitzt, man zerläuft, man zergeht, man hofft bei dieser Hitze abzumagern, aber das ist ein Irrtum. Ähpfuuhh», seufzte Herr Martinet, und es klang wie das Ausströmen der Luft aus einem zerplatzten Veloschlauch.

Herr Martinet hatte ein Quadrupelkinn, wenn dieser Ausdruck erlaubt ist, und in den Falten dieses Kinns schimmerte es immer feucht, Tröpfchen bildeten sich, flossen zusammen, sikkerten bergab, und Herr Martinet tupfte und tupfte mit einem weißen, seidenen Taschentuch – vergebens. Er sank erschöpft auf einen der kleinen Stühle, die auf dem Trottoir vor der Brasserie aufgestellt waren.

«Auguste!» rief er mit erschöpfter Stimme, «Auguste! Bring mir meinen Stuhl!»

«Jawohl, Herr Staatsrat!» Und Auguste erschien mit einem breiten Rohrstuhl, der bedenklich krachte, als Herr Martinet sich in ihm versenkte.

«So, Auguste, danke, und nun ein großes Helles für mich, und für den Herrn einen Whisky Soda mit Eis, nicht wahr, das ist doch Ihr Wunsch, lieber Freund?» O'Key nickte. Auguste verschwand, und die beiden hörten ihn drinnen mit singender Stimme die Bestellung wiederholen.

«Gesundheit!» sagte Herr Martinet und labte sich mit einem langen Schluck; dann trocknete er seine riesige Glatze, vergaß auch das Kinn nicht, fächelte sich Kühlung zu und schwieg eine Weile. O'Key wartete geduldig.

«Und wie kommen Sie mit meinem Kommissär aus, lieber Freund?» fragte Herr Martinet.

«Danke, Herr Staatsrat, Kommissär Pillevuit ist die Freundlichkeit selbst, und seine Tüchtigkeit ist so groß, daß ich mir wirklich überflüssig vorkomme. Ich begreife gar nicht, warum man mich hierher beordert hat, ich komme mir vor wie das fünfte Rad am Wagen. Die Fähigkeiten der Genfer Polizei ...»

«Ähpfuuhh», sagte Herr Martinet, «genug, mein Freund, genug der Schmeicheleien, seien Sie sparsam, sonst muß ich erröten wie ein junges Mädchen, und das würde mir nicht gut stehen, bei meiner Korpulenz. Es freut mich, daß Sie mit Pillevuit gut auskommen. Er ist tüchtig, sehr tüchtig, aber ihm fehlt die Phantasie, ja, die Phantasie.» Herr Martinet schwieg, er ließ seine faltigen Lider über die kleinen Augen fallen und schien einzuschlafen. O'Key nahm einen Schluck Whisky und wartete. ‹Solche Leute darf man nicht drängen›, dachte er, ‹die müssen zuerst lange Redensarten machen, bevor sie zu den wichtigen Dingen kommen, und die wichtigen Dinge teilen sie dann nur so nebenbei mit, damit sie sich dann immer noch [her]ausreden können und einen Rückzug haben. Diese schlauen Provinzpolitiker!› dachte O'Key und lächelte. Für ihn waren alle Staatsmänner außer den britischen Provinzpolitiker.

Herr Martinet stöhnte, als werde er von einem bösen Traume heimgesucht. Er öffnete seine Schweinsäuglein und sagte trübe:

«Sie haben doch die Bekanntschaft meines dichtenden Staatsanwaltes gemacht? Ja? Ein schwer zu behandelnder Herr. Reizbar und störrisch wie ein alter Maulesel. Ja, die mageren Leute in der Politik, die sind eine arge Plage! Kein Verständnis, kein Fingerspitzengefühl, keine Gemütlichkeit. Mit dem Kopf durch die Wand, wenn sie überzeugt sind von einer Idee, und sie leiden alle an chronischer Überzeugtheit. Furchtbare Krankheit. Uns dicke Männer schätzen sogar die großen Dichter, wenigstens habe ich einmal bei Shakespeare etwas Ähnliches gelesen. Wissen Sie, was der dürre de Morsier mit der Baskenmütze im Sinne hat? Unsern Professor Dominicé zu verhaften. Einfach einsperren will er den alten Mann, unsere internationale Berühmtheit ...»

«Aber er hat doch vorher immer ...»

«Natürlich hat er vorher immer. Diese Art Leute hat ‹vorher immer› irgendeine Ansicht gehabt, aber wehe, wehe, wenn sie diese Ansicht geändert haben. ‹Mein lieber Procureur›, habe ich ihm gestern gesagt, ‹passen Sie auf, Sie werden sich blamieren, überschlafen Sie die Sache.› Vergeblicher Rat! Solche Leute leiden immer an Schlaflosigkeit. Wie sagt schon der große Dichter? Dicke Männer und die nachts gut schlafen. Ich schlafe gut, lieber Freund, Gott sei Dank. Aber wissen Sie, was mir dieser Staatsanwalt geantwortet hat? ‹Ich werde kein Auge zutun›, hat er gesagt, ‹bis ich nicht der Gerechtigkeit zum Sieg verholfen habe.› Immer poetisch, diese Leute, immer überspannt. ‹Mein Gewissen!› hat er ausgerufen, ‹mein Gewissen gebietet mir!› – und so weiter, und so weiter. Sie kennen ja den Refrain. Auguste!» rief Herr Martinet, «das Gleiche noch einmal. Trinken Sie aus, lieber Freund. Wir müssen unsern Flüssigkeitsverlust kompensieren. Gott helf mir, ist das eine Hitze! Äpfuuhh!»

«Ist das Bier frisch, Herr Staatsrat?» erlaubte sich Auguste zu fragen.

«Jaja, Auguste, ausgezeichnet. Grüßen Sie den Patron. Ich komme heute abend zu meinem gewohnten Piquet, sagen Sie ihm das. Und er soll eine Flasche Neuenburger aufs Eis legen. Bei dieser Hitze! Am Abend trinke ich lieber Wein. Es ist gut, Auguste, ich danke Ihnen, mein Freund. Ich glaube, Sie werden gerufen. Ja, Herr Journalist, das sind so Sachen. Ich habe einen Aufschub herausgeschunden bei unserm Staatsanwalt. Bis morgen. Morgen soll der Professor verhaftet werden. Natürlich nur unter uns. Ich erzähle Ihnen das, um Ihnen zu demonstrieren, wie schwer es ein gerechter Mann in unserer Stadt hat. Sie sind Zuschauer. Gewissermaßen handelnder Zuschauer. Und ich habe Vertrauen zu Ihnen. Die Empfehlung, die Sie mir überbrachten, stammte von einem guten Freunde, einem Bruder, möchte ich sagen. Mein Gott, mein Gott, diese Hitze! Und nun soll ich mich in mein Bureau begeben. Übrigens, was ich noch sagen wollte ... Ja, wir haben ein paar ganz gute Advokaten in dieser Stadt. Diplomatische Leute, die nicht immer gerade Fensterscheiben zertrümmern müssen. Da haben wir zum Beispiel einen gewissen Isaak Rosène, den ich Ihnen sehr empfehlen kann. Ein tüchtiger Junge, in der Politik daheim, jaja. Falls Sie einen Rat brauchen sollten ...»

«Danke, Herr Staatsrat», sagte O'Key, seine Stimme kam ihm seltsam fern vor, der Whisky begann zu wirken. Der dicke Herr vor ihm, mit seiner öligen Beredsamkeit, war ungemein sympathisch. O'Key spürte Anwandlungen, ihm auf den Bauch zu klopfen, aber das ging nicht an. Er war ein großer Mann in der Genfer Politik, Freimaurer, darum hatte er von einem ‹Bruder› gesprochen, hatte sicher in dieser Versorgungsgenossenschaft auf Gegenseitigkeit einen hohen Grad inne, und plötzlich platzte O'Key los. Es war ein stummes Lachen, das seinen Körper schüttelte. Er hatte sich Herrn Martinet in Ordenstracht vorgestellt, mit dem kleinen Lederschurz über dem dicken Bauch.

«Lachen Sie, mein junger Freund», sagte Herr Martinet und blinzelte mit seinen klugen Schweinsäuglein. «Lachen ist gesund, und wenn Sie auch über mich lachen, so schadet es nichts. Sehen Sie, ich habe diverse Abmagerungskuren probiert, aber ich hab mir nur den Magen verdorben und den Schlaf verloren. Jetzt habe ich mich damit abgefunden. Wissen Sie übrigens, daß wir seit drei Wochen hohen Besuch in unseren Mauern haben? Wir haben ja ständig hohen Besuch, ich weiß, aber das sind alles bürgerliche Hoheiten, die nicht viel zu bedeuten haben. Die haben sich alle mit dem Munde in die Höhe geschafft, aber jetzt – jetzt, mein Freund, haben wir einem waschechten Prinzen von uraltem Adel unsere Gastfreundschaft gewährt. Dem Maharaja Jam-Nagar. Lauter ‹a› in seinem Namen. Es klingt wie ein gelber Trompetenruf, finden Sie nicht auch? Ja, auch ich war einmal Dichter, aber das ist fern. Schöne Namen wie aus einem parnassischen Sonett vermag ich aber auch jetzt noch zu schätzen. Der Maharaja Jam-Nagar! Welch schöner Name!»

«Der ist in Genf?» fragte O'Key, und der Mund blieb ihm offen. Der Whisky hatte seine Kaltblütigkeit untergraben. Und in seinem Kopfe war ein großes Chaos. Wußte der Colonel diese Tatsache? Daß der vertriebene Prinz in Genf war? Da sah er den listigen Blick des Staatsrates Martinet auf sich gerichtet und beherrschte sich.

«Da staunen Sie, Master O'Key. Aber ich teile Ihnen dies nur zur privaten Orientierung mit. Der Maharaja ist natürlich inkognito hier. Nennt sich George Whistler und hat eine Villa gemietet, die Villa des alten de la Rive, die seit Ewigkeiten leer steht. Auch ganz einsam liegt sie, draußen an der Straße, die nach Jussy führt. Er hat nur zwei Diener. Ich habe es durch Zufall erfahren, durch reinen Zufall. Wissen Sie, uns Brüdern, auch wenn wir den andern noch so lächerlich scheinen, uns Brüdern bleibt nichts verborgen. Wir verstehen uns, lieber Freund, nicht wahr? Aber interessant ist die Sache doch, oder? Denn zu gleicher Zeit beherbergen wir ja den Verweser jenes indischen Landes, den berühmten Sir Avindranath Bose. Merkwürdig demokratischer Mann, der verehrte Sir Bose, finden Sie nicht auch? Schließt Freundschaften mit alten Köchinnen. Jaja, man hat's nicht leicht, wenn man das Departement für Justiz und Polizei unter sich hat. Graue Haare könnte man bekommen. Gut, daß der eigene Haarboden unfruchtbar geworden ist. Sonst ...» Und Herr Martinet fuhr sich mit dem Seidentüchlein über die blankpolierte Glatze.

«Ich wundere mich», sagte O'Key, der ganz nüchtern geworden war, «ich wundere mich, Herr Staatsrat, über Ihre hervorragende Kombinationsgabe. Warum sind Sie nicht ... Diplomat geworden?»

«Junger Freund, wozu? Ich handle nicht gern. Ich bin Zuschauer. Ich ärgere gern die Leute, alles Eigenschaften, die gut zu einem Politiker passen. Ich habe Vermögen, was will ich mehr? Wie sagte Cäsar? Lieber der Erste in Genf als der Zweite in Bern. Oder so ähnlich. Ich bin der Erste hier. Meine Kollegen von den andern Departements? Sie hassen mich. Der Große Rat haßt mich, einstimmig haßt er mich, aber er braucht mich. Mein Lieber, merken Sie sich das. Ohne Schieber kommt man in der Politik nicht aus. Wenn ich Schieber sage, ist das ein grobes Wort. Ich meine einen Menschen, der allerhand weiß und der das allerhand Wissen auch zu verwerten vermag. Wenn die Leute etwas brauchen, zu wem kommen sie? Zum dicken Martinet kommen sie. Jaja. Weiß der Kollege vom Erziehungsdepartement nicht, wie er einen unliebsamen Lehrer, der in der Schule Sozialpolitik treibt, am besten los wird, dann können Sie zehn zu eins wetten, daß er den Papa Martinet antelephoniert. Ich gebe Ihnen das nur als Beispiel. Wenn Sie einmal nicht ein und aus wissen, dann rufen Sie mich an; ich will Ihnen meine Telephonnummer geben. Hier ist sie.» Herr Martinet zog aus der hinteren Hosentasche unter vielen Seufzern eine Lederbrieftasche, kramte in alten Rechnungen, Postchecktalons und fand schließlich ein schmutziges Stückchen Papier. «Leicht zu merken, drei mal drei ist neun, und auch von hinten gelesen gibt die Nummer das gleiche. 33 9 33. Und dann will ich Sie nicht länger aufhalten. Leben Sie wohl, junger Freund, begeben Sie sich nicht in Gefahr, damit die schönen Augen einer kleinen Ärztin nicht zu tränen brauchen. Leben Sie wohl.»

Die Hand Herrn Martinets war klein und trocken, zierlich fast, im Vergleich zu dem massigen Körper. O'Key fühlte etwas wie Respekt für den dicken Mann, der so lächerlich aussah. Aber dumm war er nicht, der Herr Staatsrat Martinet. Und noch war O'Key keine zehn Schritte gegangen, so hörte er:

«Master O'Key, ich habe noch etwas vergessen.»

Herr Martinet winkte ihn ganz nahe heran, er machte Zeichen, bis O'Key sein Ohr fast vor den Mund des Staatsrates gebracht hatte. Dann flüsterte Herr Martinet intensiv: «Passen Sie auf, O'Key, alte Damen sind gefährlich. Alte Damen sind das Gefährlichste, besonders wenn sie Tee trinken. Denken Sie an meine Worte. Alte Damen, die Tee trinken. Und wenn die alten Damen noch mit Staatsanwälten und fremden Politikern verkehren, dann sind sie doppelt gefährlich. Ich hab eine alte Tante gehabt, die hat fünf Katzen zu Tode gefüttert. Ja. Bis sie geplatzt sind, regelrecht geplatzt. Vielleicht werd ich auch einmal platzen. Leben Sie wohl, O'Key. Der große Baumeister sei mit Ihnen.»

2. Cyrill Simpson O'Key ließ seine Nase wackeln, ließ seine Ohren wackeln, als er durch den hellen, schon heißen Vormittag wieder zu seiner Wohnung zurückging. Er stellte Wasser auf den Gasofen, «denn», sagte er laut, «ich brauche Kaffee, starken schwarzen Kaffee.» Es sah wirr aus in seinem Kopf. Was für alte Damen hatte der Staatsrat gemeint? Das war kein Witz gewesen. Was wußte der dicke Mann? Warum sprach er nicht deutlicher? O'Key gab sich selbst die Antwort. Der dicke Herr wollte seinen Spaß haben. Ein merkwürdiger Spaß, bei dem es schon zwei Tote gegeben hatte. Wer würde der dritte sein? Und der Maharaja?

O'Key ging ans Telephon, stellte eine Nummer ein, aber trotzdem es noch früh am Tage war, meldete sich Sir Eric Bose auf den Anruf, und es ging nicht gut an, den Kammerdiener Seiner Exzellenz ans Telephon bitten zu lassen. So entschuldigte sich O'Key wortreich (Sir Boses Stimme klang merkwürdig müde, mußte er denken) und stellte eine andere Nummer ein, die er im Telephonbuch nachgeschlagen hatte.

«Hier Kanzlei von Maître Rosène», meldete sich eine Frauenstimme.

O'Key fragte, ob der Advokat zu sprechen sei. Jawohl, einen

Augenblick. Knistern im Hörer. Dann eine ruhige Stimme: «Rosène!» O'Key meldete sich und fragte, wann er den Herrn sprechen könne.

«In welcher Angelegenheit?»

O'Key gab Auskunft, sprach andeutungsweise von Professor Dominicé ... Da wurde er unterbrochen.

«Merkwürdig», sagte Herr Rosène, «mein Bruder hat mich gerade heute morgen gefragt, ob ich mich nicht des Professors annehmen wolle, es drohe Gefahr. Und Sie, wie wissen Sie von der Sache? Nein, lieber nicht am Telephon, können Sie in einer Stunde in mein Bureau kommen? ... Sie haben etwas anderes vor», fuhr Isaak fort und deutete das Zögern O'Keys ganz richtig. «Noch besser, kommen Sie heut abend gegen halb neun Uhr zu mir, wir wollen Kriegsrat halten. Bringen Sie den Professor mit, wird das gehen? ... Gut. Also, um halb neun, Villa Mimosa, gleich nach dem Port-Noir die zweite Villa, können gar nicht fehl gehen. Hat mich gefreut ...»

O'Key trank kopfschüttelnd eine große Tasse schwarzen Kaffees. Die Sache wurde immer merkwürdiger. Alle Leute schienen etwas zu wissen, nur er nicht. Woher wußte der Bruder des Rechtsanwaltes etwas von der Sache? Wer war dieser Bruder? Plötzlich packte ihn die Angst, es könnte Madge etwas zugestoßen sein. Er erinnerte sich, daß er hatte nach Bel-Air fahren wollen, um über den Mann mit den weißen Tennishosen etwas zu erfahren. Fahren? dachte er. Womit fahren? Tram? Zu kompliziert. Wenn die Sache in Fluß kommt, und das scheint sie, so werd ich genug herumfahren müssen. Madge braucht ihr Auto selbst. Ein Motorrad ist praktischer.

Eine Viertelstunde später (es war inzwischen elf Uhr geworden) knatterte eine Harley-Davidson die lange Route de Chêne hinauf, bog dann links in ein Sträßchen ein und hielt schließlich vor einer Ansammlung kleiner Pavillons.

«Ist Fräulein Lemoyne zu sprechen?» fragte O'Key den Portier.

Der murmelte etwas von ‹Konferenz› und ‹bald fertig› und ‹solange warten›.

O'Key wollte wissen, wo die Assistentin wohne, erinnerte sich dann aber, daß er ja schon einmal bei Madge gewesen war, wurde ärgerlich, weil sein Kopf diesen Morgen nicht klar zu funktionieren schien – da sah er Madge über den Hof kommen. Sie winkte ihm.

«Schön, daß Sie kommen, Cyrill, und wie geht es Ihnen?»

«Schlecht», sagte O'Key, «es ist heiß, und ich habe heute morgen zuviel Whisky getrunken.»

Madge lachte, nahm seinen Arm, und diese familiäre Bewegung erregte beim dürren Portier ein sehr mißbilligendes Kopfschütteln.

«Kommen Sie, ich werde Ihnen eine Tasse Tee machen. Haben Sie Hunger? Ich habe Orangenkonfitüre.»

«Orangenkonfitüre!» O'Key strahlte. «Und vielleicht auch Toasts?»

«Ja, ich werde Ihnen auch Toasts präparieren», sagte Madge. Wären die beiden Deutsche gewesen, so hätten sie sich schon längst geduzt. Aber das Englische ist eine besondere Sprache. In ihr duzt man nur den lieben Gott. Und dieser läßt sich die Familiarität gerne gefallen.

Madges Zimmer ging auf einen Garten. Kugelförmige Robinien standen darin, die noch nicht erwachsen waren. Aber die Vögel hatten dennoch von ihnen Besitz ergriffen und übten darin sehr fleißig und sehr ausdauernd schwierige A-capella-Chöre. In einer Ecke des Raumes lag Ronny, der die Eintretenden mit einem Trommelwirbel empfing, den er mit seinem Schwanzstummel auf dem Boden erzeugte. Er verschmähte es aufzustehen. Es war viel zu heiß.

O'Key trank Tee und aß Toasts mit Orangenkonfitüre. Und plötzlich ergriff ihn das Bedürfnis, den ganzen Fall mit Madge zu besprechen. Es war dies ein neues Gefühl und durchaus nicht unangenehm. Bis jetzt hatte er immer allein gearbeitet, manchmal mit Kameraden, aber jeder hatte seine bestimmte Arbeit, man kam zusammen, um neue Schritte zu besprechen. Aber mit einer Frau eine neue Affäre zu besprechen, das war ihm bis jetzt noch nie vorgekommen. ‹Schließlich›, dachte er bei sich, ‹im

Grunde ist sie fast eine Kollegin, sie kann mir vielleicht Ratschläge geben.›

Die ganze Geschichte komme ihm vor, klagte O'Key, wie eine photographische Platte, die zwei- oder dreimal mit immer wieder verschiedenen Ansichten belichtet worden sei. Er saß in einem bequemen Rohrstuhl, hielt in der Rechten die Teetasse, in der Linken einen Toast, von dem die zähe Konfitüre auf seine Hosen tröpfelte, trank und aß abwechselnd und sprach mit vollem Mund. Er redete zum Fenster hinaus, ohne Madge anzublicken.

Er wolle versuchen, zusammenfassend zu berichten, das würde ihm helfen, nachher seinen Artikel zu schreiben. Wichtig scheine ihm vor allem, genau festzustellen, wo überall Crawley, der ermordete Sekretär, sich am fraglichen Abend herumgetrieben habe. Beim Professor sei er um acht Uhr gewesen, wie lange sei er beim Professor geblieben, ob Madge dies vielleicht wisse? Als keine Antwort erfolgte, zuckte O'Key müde mit den Achseln und fuhr fort zu klönen. Offenbar sei er nicht länger als bis zehn oder höchstens elf Uhr in der Wohnung des Professors gewesen. Und dann sei er herumgestrolcht. Aber wo? Er habe sicher den Mann mit den weißen Tennishosen getroffen, übrigens habe er, O'Key, gestern von einem ziemlich anrüchigen Individuum erfahren, der Mann mit den weißen Tennishosen sei jetzt in Madges Behandlung. Was Madge zu dieser Tatsache zu bemerken habe, ob ihr nicht auch scheine, sie hätte ihm von dieser Tatsache Kenntnis geben sollen? He? Madges Schweigen war anhaltend. Er habe da seine eigene Meinung in bezug auf die merkwürdigen roten Höfe in der Ellbogenbeuge, die man bei Crawley sowohl als auch bei Eltester festgestellt habe. Er glaube nicht, daß es sich da um Einstichstellen handle, um eine intravenöse Injektion, um genauer zu sein. Ob Madge nicht vielleicht auch bei ihrem Patienten solch ein merkwürdiges Zeichen festgestellt habe? Wieder keine Antwort. O'Key fluchte, weil er die Konfitürenflecken auf seiner grauen Hose endlich bemerkte; er rieb sie mit dem Taschentuch, aber machte die Sache dadurch noch ärger. Hilflos wandte er sich nach Madge um, die hochaufgerichtet, in ihren weißen Mantel gehüllt, neben der Türe stand.

«Hören Sie, O'Key, wenn Sie sich benehmen wollen wie mein früherer Freund, wie der Dr. Thévenoz, so werf ich Sie hinaus. Ich habe zur Trösterin augenblicklich kein Talent, und mit unartigen Buben mache ich kurzen Prozeß. Sie waren faul, geben Sie es zu, Sie waren bequem, Sie haben die Sache leicht genommen, mit Ihrem Wissen geprunkt, aber Beweise, haben Sie Beweise? Sehen Sie?» und Madge trat mit zwei Schritten an den Tisch. «Haben Sie das Buch schon einmal gelesen?»

O'Key, vollständig ernüchtert, starrte auf das Titelblatt, das ihm in Augenhöhe präsentiert wurde. «Die Abenteuer des Arsène Lupin» stand in großen Buchstaben in einer Ecke, und darunter blickte ein monokelbehafteter Herr sehr arrogant auf den Beschauer.

«Gott», sagte O'Key, «Kriminalromane! Stellen Sie einen Schriftsteller vor einen komplizierten Fall in der Wirklichkeit, und er wird nicht wissen, wo er beginnen soll.»

«Spotten Sie nicht über Kriminalromane!» sagte Madge streng. «Sie sind heutzutage das einzige Mittel, vernünftige Ideen zu popularisieren. Und wissen Sie, wer Arsène Lupin zitiert? Niemand Geringerer als Professor Locard, die Leuchte der Kriminalistik, er zitiert das Wort des Gentleman-Einbrechers: *Nur Dummköpfe erraten.* Sie wollen nur erraten, Master O'Key, die Leute verblüffen. Aber Arbeit? Vielleicht langt ihr Geist zur Aufklärung eines Automobilunfalls. Aber mir scheint, hier haben wir es mit wichtigeren Dingen zu tun.»

Dies alles wurde in einem merkwürdigen Gemisch von Ernst und Scherz vorgebracht, der O'Key aller Fassung beraubte. Als Madge schließlich noch ein Handtuch befeuchtete und die Konfitürenflecken entfernte, brauchte O'Key einige Minuten, um seine Fassung wiederzuerlangen.

«Sie müssen verzeihen, Madge», sagte er, «aber heut morgen sind mir alle Fähigkeiten abhanden gekommen. Ich habe mit einem entsetzlich dicken Staatsrat auf fast nüchternen Magen Whisky trinken und geheimnisvollen Anspielungen lauschen müssen. Er hat mich vor Damen gewarnt, die Tee trinken, er hat mir von einem Maharaja erzählt, der inkognito in der Nähe von Genf wohnt ...»

«Warten Sie, O'Key, der Staatsrat hat Sie vor Damen gewarnt, die Tee trinken? Sehr interessant. Ich trinke zwar auch gerne Tee, aber Schwarztee. Haben Sie nicht an Jane Pochon gedacht? Ich glaube, bei ihr werden wir den Schlüssel finden. Nydecker hat bei ihr gewohnt, Corbaz hat bei ihr gewohnt. Und jetzt, da Sie mich fragen: Beide hatten jenen roten Fleck in der Ellbogenbeuge. Ich habe ihn nicht weiter beachtet, mein Gott, es konnte eine Pigmentierung der Haut sein, aber jetzt erinnere ich mich, er war verblaßt, aber doch deutlich zu sehen. Und was glauben Sie, daß dieser Fleck zu bedeuten hat?»

«Bei den Hexenprozessen des Mittelalters», sagte O'Key und geriet wieder in seinen dozierenden Ton, «suchten die Richter zuerst nach dem Abdruck der Teufelskralle. Ich habe bei den Flecken an eine moderne Nachahmung gedacht. Warum? Weil alles nach schwarzer Magie riecht in diesem Fall. Das Hexensalbenrezept, das wir bei Eltester gefunden haben, das Ornat, die Münze mit dem Abraxas ... Und alte Damen befassen sich doch gerne ... befassen sich doch gerne ...» O'Key geriet ins Stottern, und Madge vollendete den Satz:

«Mit dem Teufel, wollten Sie sagen. Das ist auch so ein allgemeiner Ausspruch, der nicht viel zu besagen hat. Aber wir wollen das beiseite lassen. Sie sind ja nur gekommen, um mich über Nydecker auszufragen. Da», Madge nahm vom Tisch eine rote Mappe und reichte sie O'Key, «Sie können meine Notizen lesen. Ich bitte Sie vor allem, den Herrn der ‹gelben Himmel› zu beachten, von dem Nydecker spricht. Und während Sie die Akten lesen, will ich telephonieren, damit man uns den kleinen Nydecker hierher bringt. Wir wollen sehen, ob ich nicht einen Schlüssel finden kann, um sein Schweigen zu brechen. Es geht ihm jetzt ganz ordentlich, aber er spricht nichts. Hockt herum, ißt nicht mehr als ein Vogel ... Was wollen Sie, eine Art katatonen Stupors, aber vielleicht ... vielleicht ...?»

3. O'Key sollte die nachfolgende Szene nie vergessen. Nicht etwa, weil sie ziemlich abrupt endete und ein neues Rätsel aufgab, sondern weil ihr Gehalt an Spannung, an kaum faßbarer und dennoch unerträglicher Spannung sehr groß war. Es fehlte die letzte Aufklärung, und gerade jene Erlebnisse, die sich nie ganz restlos klären, haften am stärksten in unserer Erinnerung.

Madge hatte telephoniert. Nach einer Weile klopfte es an der Tür, sie ging auf, im Rahmen stand ein langer hagerer Mann mit hängendem Chinesenschnurrbart, und die Farbe seines Gesichtes war gelb. Er ließ seine Blicke suchend über das Zimmer gleiten, aber er sah weder Madge noch O'Key in die Augen. An der Hand hielt der Mann in der weißen Bluse ein kleines Wesen, das verschüchtert hinter ihm zurückblieb und das der große Mann fast gewaltsam ins Zimmer drängen mußte.

«Danke, Chef», sagte Madge, «ich lasse Sie rufen, wenn ich den Patienten nicht mehr brauche. Kommen Sie, Herr Nydekker!»

Der Oberwärter warf einen langen Blick auf O'Key, der, als wäre er daheim, bequem im Lehnstuhl am Fenster saß, dann machte er eine eckige Verbeugung und verschwand.

Madge hatte Nydeckers Hand ergriffen, zog den Widerstrebenden in die Mitte des Zimmers, scheuchte O'Key mit einer kurzen Bewegung aus seinem Lehnstuhl auf und ließ das Männchen darin Platz nehmen. Nydecker verhielt sich ganz passiv, nur seine Augen rollten, und die Lider bebten, was sicher spaßhaft gewesen wäre, wenn dies alles nicht von einer bedenklichen Leere und Ausdruckslosigkeit gewesen wäre.

Nydecker balancierte zuerst vorsichtig auf der Kante des Fauteuils. Dann gehorchte er dem sanften Drucke von Madges Hand, rückte nach hinten, streckte seine kurzen Beine, aber ohne den Boden erreichen zu können. Madge schob ihm eine Fußbank hin, Nydecker stellte die Absätze darauf, faltete die Hände über seinem eingesunkenen Bauch und blinzelte schläfrig in die gefiederten Blätter der Kugelrobinien, die einem leichten Wind zum Spielzeug dienten. Manchmal sprang der Wind mit einem kurzen Satz ins Zimmer und wieder ins Freie: Dann ließ er stets einen leichten Duft von gemähten Wiesen und besonntem Wasser als Erinnerung an seinen Besuch zurück.

«Lieber Wind», sagte Nydecker leise, streckte die Hand aus, so als wolle er ein unsichtbares Tier streicheln, und zog sie dann wieder zurück. Dies gab Madge einen guten Gedanken ein.

«Wir wollen spielen, Herr Nydecker, ein lustiges Spiel, und der Herr hier wird auch mitspielen.»

«Spielen», nickte Nydecker. «Monsieur Pierre will gern spielen.» Und während er dies sagte, blickte er zum ersten Male auf O'Key; in seinen Augen glitzerte ein Verständnis auf, und er lächelte den Journalisten an.

«Ich werde Ihnen nun Worte vorsagen», fuhr Madge fort, «und Sie werden das erste Wort, das Ihnen darauf einfällt, laut sagen. Verstehen Sie? Der Herr da, übrigens entschuldigen Sie, ich habe ihn noch nicht vorgestellt ..., das ist also Herr Cyrill O'Key, und das ist Herr Nydecker ...»

Der Kranke rutschte auf seinem Fauteuil nach vorne, stand dann aufrecht auf der Fußbank und streckte O'Key seine kleine kurzfingrige Hand hin. Die beiden verneigten sich zeremoniös.

«Monsieur Pierre ist entzückt», sagte Nydecker und versank dann wieder mit zufriedenem Aufseufzen in seinem Lehnstuhl.

Madge holte in ihrer Schublade eine Stoppuhr, sie legte sie vor sich auf den Tisch, nahm sie dann wieder in die Hand, drückte auf den oberen Knopf und hielt sie Nydecker ans Ohr.

Nydeckers Gesicht verklärte sich. Er suchte in der Westentasche, aber die war leer, und nun verzogen sich seine Mienen zu einem weinerlichen Ausdruck.

«Ich habe eine Uhr gehabt», sagte Nydecker, und er sprach ganz natürlich, nicht mehr kindlich wie vorher. «Eine schöne Uhr. Mein Freund hat sie mir geschenkt und hat gesagt: ‹Die mußt du immer tragen, siehst du, jetzt geht sie ganz genau, und du mußt sorgfältig mit ihr umgehen, damit du mich nicht verfehlst, wenn ich dir ein Rendez-vous gebe›.»

«Welcher Freund war denn das?»

«Der Freund? Er hat mich immer Pit genannt. Er hat immer viele Papiere gehabt in seiner Tasche. Dann hat er gesprochen, sehr schnell, und die Maschine hat von selbst geschrieben, die Maschine hat die Finger von Monsieur Pierre angezogen. Auch in der Maschine war der große Gott. Und Fliegen, viel Fliegen und Wespen. Gar sehr viel.»

Nydecker schwieg und seufzte tief auf. Seine Augen blickten starr zum Fenster hinaus, und der Ausdruck, der in ihnen lag, war schwer zu deuten. Die Pupillen waren merkwürdig groß, die Iris ein schmaler grüner Streifen. O'Key blickte in diese Augen und sagte plötzlich auf Englisch zu Madge:

«Die Augen passen gar nicht zu dem Menschengesicht. Es sind fremde Augen. Bald blicken sie wie die Augen eines Tieres in Todesangst, und dann ist wieder etwas abgründig Böses in ihnen. Als ob ein unsauberer Geist sich ihrer bediene, um uns zu foppen.»

«Träumereien!» sagte Madge verächtlich. «Wir wollen das Experiment beginnen.»

«Was ist das denn für ein Experiment?» wollte O'Key wissen.

«Es ist», sagte Madge, ihr Tonfall wurde ganz wissenschaftlich, sie war vollkommen die erste Assistentin einer psychiatrischen Klinik, «es ist das Jungsche Assoziationsexperiment. Wir haben für die gewöhnlichen Fälle ein vorgedrucktes Exemplar, hier», und Fräulein Dr. Lemoyne zeigte einen Bogen, der mit vier Wörterkolonnen bedruckt war. «Wir lesen dem Patienten die Worte einzeln vor und verlangen von ihm, er möge das erste ihm einfallende Wort auf das Reizwort sagen. Die Zeit, die zwischen der Nennung des Reizwortes und seiner Antwort liegt, kontrollieren wir mit der Stoppuhr und finden dann gewisse Wörter heraus, die eine längere Reaktionszeit bedingen als andere. Die Wörter mit der längeren Reaktionszeit können uns dann wichtige Aufschlüsse geben über das verborgene Innenleben des Patienten.»

«Merveillös», sagte O'Key. «Ich habe schon einmal von dieser Sache gehört. Und bei diesem kleinen Mann wollen Sie wahrscheinlich Wörter nehmen, die mit unserem Fall Beziehung haben.» O'Key betonte das ‹unserem› und haschte nach Madges Hand.

«Ja», sagte Madge, machte ihre Hand sanft los und fuhr über O'Keys drahtige Haare. «Und in der Auswahl müssen Sie mir helfen.»

«Also schreiben Sie!» O'Keys Stimme wurde ein Flüstern, aber vielleicht wäre es gar nicht nötig gewesen zu flüstern, denn Nydecker starrte noch immer mit jenem seltsamen Ausdruck zum Fenster hinaus und schien die Vorgänge im Zimmer keiner Aufmerksamkeit zu würdigen. «Toilette», schlug O'Key vor, «schreiben Sie: ‹weiße Toilette›. Nämlich jene auf der Place du Molard, in der unser Nydecker vom Polizisten Malan überrascht worden ist. Dann würde ich ‹Professor› nehmen. Dann ‹stechen›. Und zum Schluß probieren wir es mit ‹alten Damen›.»

«Alten Damen», wiederholte Madge. «Wir können den Versuch auch ein wenig ändern. Nydecker soll nicht nur ein Wort sagen, sondern hintereinander eine ganze Reihe, dann brauchen wir die lästige Zeitkontrolle nicht. Aber Sie müssen es ihm zuerst vormachen. Sie verstehen mich doch? Ich sage zum Beispiel ‹Sonne›. Auf Sonne fällt Ihnen doch allerlei ein: Regen, auf Regen Gras, auf Gras Heu, auf Heu Kühe, dann Milch. So daß Sie die Reihe ‹Regen – Gras – Heu – Kuh – Milch› bekommen.»

«Ich verstehe», sagte O'Key.

4. Nydecker hatte dem Ende des geflüsterten Gespräches aufmerksam gelauscht. Er schien aus dem fremden Reich, in das er sich, vertrieben von einer dunklen Gewalt, geflüchtet hatte, eilig zurückgekehrt zu sein. Seine Augen hatten den Ausdruck gewechselt, ruhig und aufmerksam blickten sie bald auf die Frau, bald auf den Mann. Das Reich des Chaos verschwand in der Ferne, das Reich, in welchem sonderbare Gespenster umgingen, die sprachen, ohne daß man sie sah, die man sah, ohne daß sie redeten. Spielen sollte er jetzt, wie schön, dachte er, es war schön zu spielen, weil dann stets die

gläserne Wand zersplitterte, die ihn sonst, er empfand es dunkel, von den Menschen trennte.

«Wir wollen einen Wettkampf veranstalten zwischen Ihnen und meinem Freunde O'Key», sagte Madge. «Ich werde ein Wort sagen, und jeder von Ihnen wird, so schnell es ihm möglich ist, viele Worte dazu sagen, die ihm gerade einfallen. Wer am meisten Worte gesagt hat, hat gewonnen, verstehen Sie, Herr Nydecker?»

«Oh», sagte Nydecker, «ich habe viele Rekorde geschlagen, Weltrekord über tausend Meter Geistspritzen und Trionieren mit Waschpinsel in blauer Luft – ich kann viel.»

«Ganz richtig», sagte O'Key und übernahm ohne weiteres die Führung des Gespräches. «Jetzt werden Sie eben statt des Geistes Worte spritzen, eine ganze Reihe, immer eins hinter dem andern. Das zählt dann für den Rekord des Wörtertreibens, verstehen Sie?»

«Gewiß, in der treibenden Wesperei der Fliegensumme.»

«Gerade das wollte ich sagen.» O'Key streichelte die Hand des Männchens, die auf der Armlehne des Stuhles lag.

«Also», sagte Madge, «wir beginnen mit dem Herrn O'Key.» Sie nannte erst ein Wort, ließ O'Key sprechen, dann ein zweites. «Sehen Sie, Herr Nydecker, Herr O'Key hat zehn Worte gewußt, wieviel werden Sie wissen? Passen Sie auf. Weiße Toilette.»

«Ooh – jaa – Bogenlampe – Straße – Haus – Park – Mappe – Mappe – Mappe ...»

Immer leiser wurden die Wiederholungen des Wortes ‹Mappe›.

«Was ist mit der Mappe?» fragte O'Key sehr sanft und legte wieder seine Hand auf die Hand des kleinen Männchens.

Nydecker war ganz Eifer. «Ja, die Mappe», sprudelte er los, «nimm sie, sagt der Freund. Nimm die Mappe, mir ist schlecht, Pit, bring sie, Pit, sagt er, bring sie, du weißt schon wem. Und dann geht der schlanke Freund, geht fort über die Stiege, Monsieur Pierre hat soo Angst. Und versteckt sich. Aber die Mappe – wohin die Mappe bringen? Verstecken die Mappe.

Fliegen um die Bogenlampe. Mücken. Und der Park ist dunkel. Der Herr der Fliegen ist schlafen gegangen. Auch die Fliegen schlafen. Und der Park ist kühl. Das Wasser, das Wasser. Kleines Haus, darin sind die Berge. Und der Busch, Monsieur Pierre kennt gut den Busch. Mappe darunter, Erde darüber. Dort finden die Fliegen die Mappe nicht. Monsieur Pierre hat den Auftrag ausgeführt.»

«Das ist ja durchaus verständlich», sagte Madge. Und als sie O'Keys erstauntes Gesicht sah, lachte sie. «Wie sagt Arsène Lupin? ‹Nur die Dummköpfe erraten.› Ich errate nichts, ich kombiniere. Das Haus, das kleine Haus, darin die Berge sind, ist das nicht ..., es kann gar nichts anderes sein als das Panorama im Jardin Anglais. Ein geduldiger Herr, der vor Jahren gelebt hat, hat sich die Mühe gemacht, ein Relief der Alpen zu formen und es gegen Eintrittsgeld zu zeigen. Dort in der Nähe unter einem Busch hat also der kleine Nydecker die Mappe versteckt, die ihm Crawley anvertraut hatte. Sie hatten sich getroffen, Crawley wurde es schlecht, Nydecker begleitete ihn in die Toilette, dann lief Crawley fort und begann unter der Wirkung des Giftes sich auf der Place du Molard zu entkleiden. Soweit ganz klar. Und dann versteckte sich der verschüchterte Nydecker in einer Kabine, und als Malan ihn dort entdeckte, rannte ihm Nydecker den Kopf in die Magengrube und ging die Mappe beim Panorama verstecken. Dort müssen Sie suchen gehen, Cyrill.»

«Panorama!» sagte Nydecker deutlich und ernst und nickte mit dem Kopfe, wie eine Pagode.

«Ich werde nachsehen gehen», sagte O'Key. «Doch zuerst wollen wir den Versuch fortsetzen. Vielleicht erfahren wir noch etliches.»

Aber es nützte nichts, vor Nydeckers Ohren das Wort ‹Professor› einige Male zu wiederholen. Der kleine Mann war wieder ins andere Reich entwischt. Wohl, sein Körper ruhte noch friedlich in dem bequemen Stuhl, aber Nydeckers Seele, falls dieses Wort erlaubt ist, machte Tauchversuche in Tiefen, die dem Assoziationsexperiment unerreichbar waren.

Es war Ronny, der Hund, der die scheinbar hoffnungslose Situation rettete, der Nydeckers Seele aus den submarinen Gefilden wieder ans Tageslicht holte. Ronny hatte bis jetzt in einer Zimmerecke geschlafen, denn er wußte, daß die Meisterin ihn nicht brauchen konnte, wenn sie mit andern Zweibeinern sprach. Jetzt aber weckte ihn das andauernde Schweigen. Er hatte Zeit, darum hielt er das bei einem Hundeerwachen vorgeschriebene Ritual genau ein; und es setzt sich zusammen, dieses Ritual, wie folgt: Strecken des Körpers mit flach auf den Boden gelegten Vorderpfoten und erhobenem Hinterteil. Dazu ein zweimaliges Gähnen, und die Zunge ringelt sich im weit aufgesperrten Maule wie bei einem Wappenleu. Ist diese Adagiobewegung vollendet, so kehren die vier Pfoten in die senkrechte Lage zurück, und furioso folgt ein Schütteln des ganzen Körpers, das je nach Länge und Tiefe des Schlafes mehr oder minder lang dauert. Erst nach diesen Zeremonien ist der Weg in die Außenwelt frei: Die Augen erspähen bekannte Gestalten, und falls diese sympathisch sind, gerät das Hinterteil in begeistert-schlängelnde Bewegung, die mit einem langsamen Vorrücken zusammenfällt. Der Schwanzstummel wimpelt hin und her, die Vorderbeine beginnen die Luft zu Schaum zu schlagen, dann tritt Ruhe ein, die sitzenden Gestalten werden sanft mit der Schnauze angestoßen (man muß die Stummen aufmerksam machen, daß Ronny aufgewacht ist), und dann wird man wohl mit Tätscheln und mit der bekannten Lautfolge begrüßt: «Ja, ja, guter Hund.» Dann kann man ein sanftes Knurren einschalten, es mit einem Niesen unterbrechen (dann lachen die Sitzenden gewöhnlich), und alles auf dieser Hundewelt ist in bester Ordnung.

Heute aber hatte die Zeremonie der Begrüßung nicht die erhoffte Wirkung. Der Mann, der die Ronnysprache verstand, blickte abwesend ins Leere, die Meisterin hatte eine gerunzelte Stirn, das kam alles, dachte Ronny, von der fremden Gestalt, die im Lehnstuhl saß. Die interessierte scheinbar die beiden bekannten Verehrten mehr als Ronny. Eine unhaltbare Situation! Man mußte sich also mit dem Schweigenden im Lehnstuhl beschäftigen.

Zuerst legte Ronny den Kopf prüfend auf die Seite, zwinkerte mit dem rechten Auge, während die Beine zu behaarten Säulen erstarrten. Nydecker schenkte dem Hunde keine Aufmerksamkeit. Aber dessen primitives Gemüt war noch nicht mit psychiatrischer Terminologie vergiftet, er kannte Worte wie ‹katatoner Stupor› aus dem einfachen Grunde nicht, weil sie in der Hundesprache nicht vorkamen, was vielleicht doch als ein Vorzug der Hundesprache gewertet werden mag. Ronny dachte wohl etwas wie: ‹Der Mann ist traurig, man muß ihn aufheitern.› Darum überließ er seine Glieder dem Tanze und versuchte sich in verschiedenen Pas, vom vierfüßigen Getrampel bis zur Menschenimitation auf zwei Pfoten. Von dieser letzten Art erhoffte er die einschneidendste Wirkung. Aber sie verpuffte. Nach ein paar ganz kunstvollen Evolutionen setzte er daher ab, legte wieder den Kopf auf die Seite und betrachtete den Sitzenden mißbilligend. Sein rechtes Ohr stand senkrecht auf, das linke hing traurig abwärts. Plötzlich nickte Ronny, ihm schien etwas eingefallen zu sein, noch einmal stellte er sich auf die Hinterpfoten und legte die Vorderpfoten sanft, aber nachdrücklich auf des Schweigsamen Knie. Dann trat die Zunge in Aktion, und Nydeckers Hände wurden von einer Zärtlichkeitsflut überschwemmt. Dazu stieß Ronny kleine Töne aus, die wie das kunstlose Singen eines gesättigten Säuglings klangen. Das wirkte. Nydecker kehrte zurück aus seinem verwunschenen Reich, seine Augen wurden klarer, eine nicht genau festzustellende Veränderung ging mit seinen Gesichtszügen vor sich. Wohl blieben die Falten und Fältchen am gleichen Ort, aber Leben erhielten sie plötzlich, ein Leben, das wie ein feiner, ungreifbarer Stoff aus allen Poren zu sickern schien. Er blickte Madge an.

«Professor!» wiederholte Madge, scharf akzentuiert.

«Der Apostel Petrus», sagte Nydecker singend, während ein weiches Lächeln auf seinen Lippen erschien. «Der Apostel Petrus», wiederholte er und schien sich gar nicht mehr an das Spiel zu erinnern, das man mit ihm gespielt hatte, sondern er träumte den Bildern nach, die, Seifenblasen gleich, vor seinen Augen aufstiegen und zerplatzten. «Er schreibt, er schreibt. Er schreibt die Namen auf mit kleiner Schrift, und die Fliegen klettern über das Papier. Nicht nur die Namen. Auch die Tatenworte. Er sagt, und der Apostel Petrus streicht seinen Bart, er sagt: ‹Armer Pierre, jetzt hat sie dich in die Falle gelockt, die Hexe, trink nicht, armer Pierre, komm zu mir. Der Teufel traut sich nicht an mich heran. Bei mir bist du sicher!› Aber die Hexe lockt. Sie hat eine kleine Münze in der Hand, und die ist heilig, um ihren Kopf summen sie, summen sie. Und sie stechen, wenn Monsieur Pierre nicht trinken will. Der Tee ist bitter, ganz bitter ist der Tee. ‹Bitter ist das Vergessen›, sagt die Hexe, die dicke Hexe.»

Nydecker war erschöpft, kleine Schweißtropfen standen auf seiner Stirn. Der Hund Ronny hatte sich vor ihm auf den Hinterteil gesetzt, blickte stolz im Zimmer herum, so als wollte er sagen: ‹Ich habe ihn zum Reden gebracht, seht ihr? Wenn ich nicht wäre!›

Madge räusperte sich und tupfte O'Key auf die Achsel.

«Die kleine bürgerliche Seele, die seßhafte Seele, sie hat den Klimawechsel nicht vertragen. Ich weiß nicht, warum mich der kleine Nydecker mit der roten Nase so dauert. Ich finde es eigentlich grausam, an ihm herumzuexperimentieren, aber was sollen wir anderes machen? Wir müssen doch den Leuten auf die Spur kommen, die hier in Genf Seuchen, seelische Seuchen und seelischen Tod verbreiten. Finden Sie nicht auch?»

Wir bringen Madges Worte natürlich übersetzt, sie flüsterte dies alles in ihrer Muttersprache.

«Die Hexe», sagte O'Key. «Hat sich eigentlich der Professor früher mit Psychiatrie beschäftigt?» fragte er.

Madge stutzte. «Warten Sie. Der Direktor hier hat mir einmal etwas Derartiges erzählt. Vor zwanzig Jahren, glaub ich, hat Dominicé hier Assistentendienste getan. Das war noch unter dem Vorgänger des jetzigen Direktors, einem trockenen Materialisten, und die Sage raunt, es habe zwischen diesem Materialisten und unserem Professor eine heftige Auseinandersetzung gegeben. Dominicé habe eigenartige Kuren versucht, die damals als verrückt galten, Dauerschlafkuren, acht- bis zehntägige, mit derart massiven Schlafmitteldosen, daß sich den damaligen Medizinern die Haare sträubten. Jetzt machen wir solche Kuren sehr viel, sie sind aus Deutschland gekommen. Und dann scheint der Professor damals sehr sonderbare Theorien über die Beziehungen von Seele und Körper gehabt zu haben. Irrsinn, habe er gemeint, sei erstens eine Vergiftungserscheinung, zweitens eine Besessenheit. Die Vergiftung des Organismus bewirke eine Schwächung desselben, so daß dann fremde Mächte von der Person des Kranken Besitz ergreifen könnten. Die Exorzismen des Mittelalters seien durchaus kein Aberglaube ...»

«Besessenheit ...», murmelte O'Key geistesabwesend. «Vergiftung ..., Besessenheit. Das ... das ... ist ja die Brücke.»

«Es könnte die Brücke sein, ich weiß schon, was Sie meinen, O'Key. Die Erklärung, warum der Professor nicht sprechen will. Die ‹Privatangelegenheiten›. Er ist zu anständig und will niemand verraten. Übrigens hat der kleine Nydecker das recht hübsch gesagt: Der Apostel Petrus, der in ein großes Buch schreibt, und die Fliegen klettern über das Papier. Sie kennen doch Dominicés Schrift?»

«Mhm», sagte O'Key, «wollen wir noch das letzte Wort versuchen?»

«Sting, don't sting, hat Crawley immer gesagt, bevor er gestorben ist. Wollen wir das Wort wirklich versuchen?»

Madge schien Angst zu haben, sie stand auf und ging mit kurzen Schritten im Zimmer auf und ab. O'Key lachte, aber das Lachen klang nicht ganz natürlich. Er haschte nach Madges Hand, küßte sie zärtlich, und Madge ließ es sich gern gefallen. Sie blieb stehen und lehnte sich an O'Key. Da erklang vor dem Fenster eine Stimme, die leise sang. Es erinnerte an ein gregorianisches Kirchenlied.

5. Ein Gewitter mochte im Anzuge sein, denn es wurde dämmerig. Es war unerträglich schwül. Eine riesige, bleigraue Wolke stand über den Kugelakazien, die Vögel hatten ihr Konzert eingestellt. Und während die Stimme draußen leise weitersang (O'Key und Madge hörten sie

wohl, aber nur wie ein belangloses Geräusch, dem man keine Bedeutung zumißt), veränderte sich Nydeckers Haltung. Er saß da, vorgebeugt, starr, angespannt. Seine Augen glänzten. Der Mund war ein schmaler Strich. Die Stirne schimmerte feucht.

«Stechen», sagte Madge.

«Nicht, nicht!» kreischte Nydecker. «Zimmer, dunkel, dunkel. Und das blaue Licht! Da steht der Mann, der alte Mann mit dem Holzgesicht, ganz braun ist das Holzgesicht, ganz braun und glatt. Und die Hexe neben ihm. ‹Du bekommst das Zeichen›, sagt der Mann, und die Hexe nickt. Ein, zwei, drei Hexen. Das Zeichen –»

Nydecker brach ab, aber nur einen Augenblick schwieg er. «Sie singen, sie singen, die alten Damen singen …», sagte er leise.

«Ja, wer singt denn eigentlich so merkwürdige Lieder vor Ihrem Fenster?» fragte O'Key, stand auf und wollte sich über den Fenstersims beugen, da erhielt er einen schmerzhaften Stoß in die Seite und sah eine Gestalt blitzschnell hinausspringen.

«Halten Sie ihn doch!» schrie Madge.

«Nierenschlag», sagte O'Key gepreßt. «Einen Augenblick, ist gleich vorüber», er atmete tief, reckte die Arme zum Himmel. «Ich bin gleich wieder da.» Damit sprang auch er zum Fenster hinaus. Nydecker hatte nur zehn Schritte Vorsprung. Er mußte sich leicht den Fuß geprellt haben beim Absprung, denn er hinkte eilig einer Hecke zu, hinter der, nach einem kurzen freien Stück, ein Wald begann. Aus der Hecke drang, laut und deutlich, der Gesang, der wie ein Kirchenlied wirkte, und O'Key verstand die Worte. Es waren dieselben, die er auf der Münze entziffert hatte. «Kaulakau, Saulasau!» klang es. Da hatte er Nydecker eingeholt. Er packte den kleinen Mann, der sich strampelnd und fauchend wehrte, packte ihn fest, und der Widerstand ließ nach. Dauerbad schwächt eben die stärkste Konstitution, und Nydecker hatte die letzten Tage viel im Wasser zubringen müssen. O'Key schritt zurück, hob Nydecker zum Fenster empor und sagte, keuchend ein wenig, denn der Schlag schmerzte noch immer: «Hier haben Sie Ihr Baby.»

Madge nahm den Kleinen ohne große Anstrengung, setzte ihn in den Lehnstuhl. Nydeckers Kopf hing erschöpft herab. Viel Angst war in seinen Augen.

Als O'Key wieder im Zimmer stand, wies er stumm auf Ronny. Der stand in einer Ecke, stemmte sich mit den Vorderpfoten gegen den Boden, und sein Fell war gesträubt. Auch in seinen Augen saß die Angst, und so ähnelten sie merkwürdigerweise denen Nydeckers.

O'Key zog das englische ‹what's the matter› zu einem Laut zusammen, der wie ein verhaltenes Bellen klang. Dies löste Ronnys Starrheit. Er wälzte sich zuerst winselnd am Boden, sprang dann auf, stützte die Vorderpfoten auf den Fenstersims und begann zu bellen, aber so verrückt zu bellen, daß Madge sich die Ohren zuhielt. Es war, als wolle Ronny seine Tapferkeit beweisen, ungefähr [so,] wie ein kleines Kind im dunklen Zimmer singt, um die Finsternis zu vertreiben.

«Ich glaube, wir brechen besser ab», sagte Madge und wies auf den erschöpften Nydecker. «Haben Sie die Sängerin nicht gesehen?»

«Nein, sie hatte sich in der Hecke versteckt. Aber Sie haben ganz recht, es war eine Frauenstimme, die Stimme einer alten Frau.»

«Die Hexe singt», sagte Nydecker laut und nickte dazu mit dem Kopfe, einmal, zweimal, dann rasch hintereinander, immer wieder, wie jene kleinen chinesischen Götzenbilder, deren Kopf beweglich ist.

«Ich kann nicht mehr ...», sagte Madge seufzend. «Ich kann den kleinen Mann mit der heimatlosen Seele nicht mehr sehen.» Sie ging zum Tischtelephon, stellte eine Nummer ein. «Kommen Sie Nydecker wieder holen, Chef. Ja, sofort, bitte.»

Dann setzte sich Madge auf die Kante des Sofas, stützte den Kopf in die Hände und wartete. O'Key nahm seine Wanderung durchs Zimmer wieder auf. Dann rollte fern der Donner, ein Regenguß trommelte auf die Blätter, und der Geruch von feuchter Erde brachte Entspannung in die geladene Luft des Zimmers.

Es klopfte. Der Mann mit dem gelben Gesicht und dem Chinesenschnurrbart trat ein. Er verbeugte sich schweigend, ein Lächeln schien unter seinem Schnurrbart zu zittern, Madge blickte ihn mißbilligend an. «Am besten ist es, Sie geben Nydecker eine Spritze, acht Zehntel Kubik Moscop. Nicht mehr. Und dann soll er schlafen. Es wird das beste sein.»

«Gewiß, Fräulein Doktor, acht Zehntel. Jawohl. Corbaz ist übrigens sehr aufgeregt. Er hat einen Stuhl auseinandergerissen und ist auf mich losgegangen. Er ist jetzt im Bad. Vielleicht auch ihm eine kleine Spritze?»

Während er sprach, rieb sich der Oberwärter die glatten, mageren Hände, deren Haut genau so gelb war wie die des Gesichts. Seine Rede war von jener untertänigen Höflichkeit, die zu Ohrfeigen oder noch anderen Brutalitäten aufzufordern scheint.

«Corbaz?» fragte Madge, dachte einen Augenblick nach und sagte, zu O'Key gewandt, mit einem kümmerlichen Lächeln: «Alle Mieter der Jane Pochon sind heute aufgeregt. Vielleicht fühlen sie ihre Nähe.»

«Das kann gut möglich sein», antwortete O'Key ernst. Er war damit beschäftigt, Ronny durch Tätscheln zu beruhigen, denn es war zu befürchten, daß der Hund seine Wut an dem unschuldigen Oberwärter auslassen könnte.

«Kommen Sie, Nydecker, machen Sie keine Geschichten», sagte der Mann mit der gelben Gesichtshaut (übrigens hieß er Jaunet und war als geizig bekannt), und seine Stimme war gar nicht mehr höflich. Nydecker kroch in sich zusammen.

«Gehen Sie mit dem Chef, Nydecker», sagte Madge sanft. Sie sollte sich noch lange an das tiefe Aufseufzen des kleinen Mannes erinnern und an seine letzten Worte: «Monsieur Pierre geht schon.»

Denn es vergingen kaum zehn Minuten (und Schweigen herrschte während dieser Zeit, O'Key hatte den Arm um Madges Schultern gelegt und streichelte bisweilen ihr blondes kurzes Haar), da schrillte die Klingel des Tischtelephons.

Madge sprang auf. «Ja», sagte sie. Sie lauschte eine Weile, ihr Gesicht verzog sich. «Ich komme, ja, ich komme!»

Sie legte den Hörer langsam ab, stand einen Augenblick wie geistesabwesend, raffte sich auf, ging zum Spiegel, fuhr mit dem Kamm durch ihr Haar, blickte lange vor sich hin.

«Was ist los?» fragte O'Key.

«Nydecker stirbt», sagte Madge leise. «Vielleicht bin ich dran schuld.»

«Dummheiten», sagte O'Key ärgerlich. «Wie sollen Sie dran schuld sein?»

«Der Chef sagte, Nydecker habe die Spritze nicht vertragen. Es seien Lähmungserscheinungen aufgetreten, Atemnot. Das Herz war wohl schwach.»

«Was ist denn in solch einer Spritze enthalten?» wollte O'Key wissen.

«Sie ist sonst harmlos. Nicht ganz zwei Hundertstel Gramm Morphium, und die Scopolaminlösung ist, glaub ich, 1 Promille. Ich verstehe es wirklich nicht. Ich habe Nydecker doch untersucht, das Herz war in Ordnung. Ich verstehe es nicht.»

«Merkwürdig», sagte O'Key. «Merkwürdig, dieser Tod nach dem Gesang.»

Trotz der Warnung seiner Freundin versuchte O'Key wieder zu raten, und er riet nicht daneben, diesmal wenigstens nicht. Die Bestätigung seines Verdachtes sollte er jedoch erst am Abend des gleichen Tages erhalten. Da wurde ihm der Wortlaut des Telephongespräches mitgeteilt, das Baranoff (Agent 72) am Vortage mit einem Angestellten der Anstalt Bel-Air gehabt hatte.

Siebentes Kapitel

1. «Setzen Sie sich, Irokese, es ist schön, daß Sie sich meiner erinnern. Ich habe Ihnen heute morgen angeläutet, aber Sie waren schon ausgegangen», sagte Kommissär Pillevuit und streckte O'Key die Hand über den tannenen Schreibtisch entgegen. «Sie müssen entschuldigen, wenn ich nicht aufstehe. Das Wetter ist daran schuld, mich plagt die Ischias.»

«Bitte, bleiben Sie nur sitzen, ich werde mir einen Stuhl nehmen, ich bin müde, und dann möchte ich Sie fragen, ob wir ungestört eine halbe Stunde sprechen können, ich habe mehrere sonderbare Neuigkeiten für Sie.»

«Ich auch, ich auch», sagte Pillevuit sorgenvoll und massierte seine Augendeckel. «Es ist viel Unerquickliches geschehen. Aber Sie haben ganz recht, das Bureau eines Kommissärs ist ein ungeeigneter Ort für Confidencen; wie spät ist es wohl? Was, halb drei? Und ich habe noch nicht einmal zu Mittag gegessen. Wollen Sie mir Gesellschaft leisten? Ein Glas Wein kann man immer vertragen. Kommen Sie!» Pillevuit stand auf, nahm seinen breitkrempigen grauen Hut vom Ständer und humpelte zur Tür. «Der Ärger und das Wetter!» sagte er dabei. «Man wird alt, O'Key. Mir ist traurig zumute.»

«Mir auch, Kommissär, und auch ich habe noch nicht zu Mittag gegessen. Wir werden wieder in die kleine Pinte gehen, die Sie mir einmal zeigten, dort können wir in Ruhe sitzen und unsere Angelegenheiten besprechen.»

«Gut, gut», sagte der Kommissär, dann seufzte er laut. «Sie morden nicht nur in unserem braven Genf, sie brechen auch ein. Und ausgerechnet bei einem Ausländer, übrigens bei einem Landsmann von Ihnen, hat man letzte Nacht eingebrochen. Aber merkwürdigerweise nichts gestohlen. Es sieht mehr so aus, als hätten sich die Diebe, denn es waren sicher mehrere, nur über die Örtlichkeit orientieren wollen, um später einmal wiederzukommen. Brr, ist das ein Wetter!»

Der weißgraue Himmel schmolz wie eine schmutzige Schneedecke, und der Regen fiel dicht und alles durchdringend. Pillevuit spannte seinen Schirm auf, und dadurch ähnelte er noch mehr jenen langbärtigen Zwergen, die, zusammen mit bunten Glaskugeln, die sinnige Dekoration kleiner Gärten bilden.

«Und wie heißt mein unglücklicher Landsmann?»

«Unglücklich ist er ja gerade nicht», antwortete Pillevuit, «ich halte ihn für sehr reich. Und reiche Leute bilden sich ihr Unglück gewöhnlich nur ein. Aber traurig sah er aus, das muß ich immerhin feststellen. Von Sorgen belagert, ja. Übrigens heißt er George Whistler und wohnt in der Nähe von Presinge, im alten Landhaus des Herrn de la Rive.»

«So, George Whistler», sagte O'Key nur. Aber er schien seine Stimme dennoch nicht ganz beherrscht zu haben, denn der kleine Kommissär fragte erstaunt:

«Kennen Sie ihn etwa auch?»

«Auch? Was meinen Sie mit auch?» wich O'Key aus.

«Ach, ich meinte nur so.» Pillevuit stieg die beiden Stufen hinab, die in die kleine Pinte führten, schüttelte seinen Regenschirm aus und hängte seinen Hut auf. Dann ging er händereibend auf ein Tischchen zu, das nahe am Fenster stand. Die Pinte war leer. Der Patron erschien mit einer weißen Mütze auf dem Kopf, grüßte kameradschaftlich und schlug den beiden vor, ein kleines Menü zusammenzustellen. Eine Omelette aux champignons zum Beispiel, Kalbsleber nachher mit grünen Erbsen und Pommes frites und als Dessert einen Käse. Das gehe alles schnell.

«Jaja», sagte O'Key ungeduldig. «Und mir bringen Sie irgend ein Mineralwasser und dem Kommissär seinen Lieblingswein.»

«Sind Sie etwa gar Temperenzler geworden, lieber Irokese?» fragte Pillevuit. O'Key erklärte, er sei heute morgen zu einem übermäßigen Genuß von Whisky verführt worden und er brauche einen klaren Kopf. Wer ihn denn verführt hätte, wollte Pillevuit wissen. Staatsrat Martinet, lautete die Antwort.

«Eben auf diesen Herrn bezieht sich mein ‹auch›», sagte Pillevuit. «Martinet scheint diesen George Whistler auch zu kennen, gut zu kennen sogar. Denn der Herr Staatsrat hat mich um elf Uhr auf sein Büro kommen lassen und mir die Untersuchung über den Einbruch übertragen. ‹Takt›, hat er gesagt, ‹mein lieber Kommissär, ich weiß, Sie besitzen Takt. Herr George Whistler ist ein einflußreicher, ein reicher Mann, mir sehr warm empfohlen, und ich möchte, daß alles getan wird, um diesen Herrn zu schützen. Begreifen Sie, lieber Kommissär?› Nun, wenn der Herr Staatsrat von jemandem spricht, der ihm warm empfohlen worden ist, so kann man zehn gegen eins wetten, daß der Empfehler ein Drei-Punkte-Bruder ist, ein Freimaurer. Aber das geht mich schließlich nichts an. Auf Ihr Wohl, Irokese, und blicken Sie nicht so trüb drein. Liebeskummer?»

«Nein, nein, wo denken Sie hin, Kommissär.» O'Key trank einen Schluck Vichy, verzog den Mund. «Bitte, schenken Sie mir etwas von Ihrem Wein, so, danke. Mineralwasser erinnert mich immer an Karlsbadersalz. Was ich sagen wollte ... Die Kalbsleber ist ausgezeichnet. Nicht wahr? Und dieser Einbruch?»

«Bedeutungslos, soweit es die Feststellungen betrifft. Eine Hintertür, die mit einem Nachschlüssel geöffnet worden ist, verwischte Abdrücke staubiger Schuhe im Salon, und diese Abdrücke sind auch vor der Tür des Schlafzimmers festzustellen, die, wie mir Whistler mitteilte, stets verschlossen ist. Sonst nichts. Ich habe den Herrn gefragt, ob ich ihm eine Leibwache dalassen solle, man kann sich doch nicht lumpen lassen, wenn als empfehlende Instanz ein Herr Staatsrat auftritt – aber der Whistler wollte nichts davon wissen. Da bin ich wieder zurückgefahren. Hätte ich doch nur eine kleine Autotour nach Savoyen gemacht, dann wäre mir vieles erspart geblieben.» Pillevuit seufzte gründlich und zerstieß den Roquefort in kleinste Krümel, die er dann mit Brot auftupfte.

O'Key bewahrte ein teilnahmsvolles Schweigen, und Pillevuit fuhr fort:

«Unser Staatsanwalt, René Gontran Philippe de Morsier, ist übergeschnappt. Ja. Aber behalten Sie das für sich. Er hat getobt wie ein Teufel, der sich aus Versehen in ein Weihwasserbecken gesetzt hat. Er hat mir Grobheiten gesagt, wie sie mir noch kein Mensch zu sagen gewagt hat. Und warum? Weil wir die Jane Pochon einem Verhör unterzogen haben und – jetzt hören Sie gut zu – weil wir Professor Dominicé noch nicht verhaftet haben! Was sagen Sie jetzt?»

«Nichts», antwortete O'Key still. «Ich weiß es schon. Ich habe den Herrn Staatsrat heute morgen zufällig getroffen, und er teilte mir diese Tatsache mit. Auch, daß er den Procureur überredet habe, die Verhaftung noch einen Tag aufzuschieben.»

«Die Tatsache, daß ich den Professor verhaften soll, bedrückt mich nicht sehr», sagte Pillevuit, «mein Gott, Berühmtheiten! Hohe Namen! Er wäre nicht der erste, den ich auf höheren Befehl aus seiner Villa in Champel oder aus seiner Wohnung in der Rue de l'Hôtel de Ville geholt hätte, um ihm in St. Antoine ein Einzelzimmer anzuweisen. Sie wissen, O'Key, wir haben diverse Skandale gehabt, Finanzskandale, und da geht manches. Aber es widerstrebt mir einfach, den Professor zu verhaften. Und ich kann Ihnen nicht einmal genau erklären, warum. Ich habe ihn gern, den alten Herrn. Früher, als ich noch jung war, habe ich ihn sogar verehrt. Er ist eine Persönlichkeit und ein anständiger Kerl. Sie müssen nämlich wissen, daß de Morsier eine Denunziation erhalten hat, er hat es mir erzählt, gesehen habe ich den Wisch nicht, und dieser Brief, vielleicht waren es auch Akten, hat ihn so in Harnisch gebracht. Aber mir gefällt die ganze Sache nicht. Ich habe immer den unangenehmen Eindruck, daß die Frau des Staatsanwaltes dahintersteckt. Kennen Sie Frau de Morsier?»

«Bedaure, ich habe nie die Ehre gehabt.»

«Eine Bohnenstange», sagte Kommissär Pillevuit, «lang, lang, lang. Auch das Gesicht ist lang und wirkt wie das Knochengerüst eines Pferdeschädels. Signalement: Augen farblos, Nase dünn, Ohren klein. Trägt violettes Seidenkleid und einen großen Hut mit Pleureusen. Dazu hohe Schnürschuhe mit niederen Absätzen. Reich, darum hat sie de Morsier auch geheiratet. Macht viel in Religion und Mystik. Jetzt in Spiritismus und solchen Sachen. Sehr befreundet mit Jane Pochon und einer Dichterin, die wie eine französische Bühnengröße heißt, Agnès Sorel. Die drei Damen versammeln sich jede Woche zwei-, dreimal und trinken zusammen Tee. Bald hier, bald dort. Was haben Sie, O'Key, ist Ihnen schlecht?»

«Alte Damen, die Tee trinken ...», murmelte O'Key.

«Nun, ja», sagte der Kommissär, «was ist daran so Welterschütterndes, daß Sie Ihr Mineralwasser pur hinunterschlucken? Das einzig Merkwürdige an der Sache finde ich, daß diese Jane Pochon dabei ist. Eine Frau aus dem Volke, eigentlich, frühere Verkäuferin, aber sie hat ja mediale Fähigkeiten, sagt man – gehabt wenigstens. Und mit Diplomaten verkehrt sie auch, wie wir erfahren haben. Nein, O'Key, was mich an der ganzen Sache aufregt, ist etwas anderes. Es hat da vor Jahren eine sehr dunkle Geschichte gegeben, bei der wenigstens Frau de Morsier sicher beteiligt war. Angesehene Leute, meist reiche – Namen ersparen Sie mir –, es waren Männer und Frauen aus den exklusivsten Kreisen darunter (und nirgends ist ja die Aristokratie exklusiver als in einer Demokratie), erhielten Erpresserbriefe ins Haus. Nun, das sind Dinge, die vorkommen. Aber immer handelten die Briefe von Affären, die die Betreffenden mit der Justiz gehabt hatten, die dann niedergeschlagen worden waren, aus Freundschaft, aus Toleranz, um der Oppositionspresse keine Waffen in die Hand zu geben. Verstehen Sie? Und gerade mit der Veröffentlichung jener belastenden Tatsachen wurde gedroht. Die Leute zahlten. Bis es einem alten Herrn, einem Junggesellen, zu dumm wurde und er mit einem dieser Briefe zu einem jungen Advokaten ging.»

«Und wie hieß dieser junge Advokat?»

«Ja, das war das Sonderbare an der ganzen Geschichte. Er hieß Isaak Rosène, wenigstens nennt er sich jetzt so, damals hieß er noch einfach und simpel Rosenstock, ja. Aber er war der leibliche Neffe unseres de Morsier, der damals noch kleiner Richter war. Und wissen Sie, als der junge Anwalt im Auftrag seines Mandanten auf den Busch klopfte, wissen Sie, wer zum Vorschein kam?»

«Frau de Morsier», sagte O'Key.

«Ganz richtig, die Bohnenstange im violetten Seidenkleid. Unglaublich! Nicht? Es kam natürlich zu keiner Verhaftung. Frau de Morsier ging aus ‹Gesundheitsrücksichten› ein halbes Jahr in ein Sanatorium, und de Morsier avancierte zum Staatsanwalt. Sie begreifen, er wußte zuviel. Er war es gewesen, der seine Frau mit Stoff versorgt hatte. Und nun kann ich den Gedanken nicht loswerden, daß diese Frau de Morsier auch hinter der Affäre mit dem Professor steckt. Ich habe mit dem Untersuchungsrichter gesprochen. Er meinte wie ich, daß wir durchaus keine Beweise gegen den Professor hätten. Tatsächlich, was haben wir gegen ihn? Die Karte, die wir in Crawleys Rockfutter gefunden haben, die Zeugenaussage, daß er morgens um halb fünf Uhr gesehen worden ist, als er aus dem Laden Eltesters kam, daß er sich viel mit Toxikologie beschäftigt hat ... Sonst noch etwas? Ich wüßte nicht. A propos Toxikologie. Wir haben das Gutachten des Gerichtschemikers über den Mageninhalt der beiden Vergifteten. In beiden Fällen wurde das Vorhandensein eines Dekokts, eines Tees also, festgestellt, der, wie der Experte schreibt, wahrscheinlich aus den Blättern des Bilsenkrautes hergestellt worden ist. Aber, O'Key, wie stellen Sie sich das vor: daß man einen Menschen zwingen kann, ein solches Gebräu hinunterzuschlucken?»

«Da sehe ich wirklich keine Schwierigkeit», sagte O'Key. «Die Welt des Alltags befriedigt die wenigsten Menschen. Sie müssen einen Ausweg suchen, um sie zu verlassen. Welcher Weg ist bequemer als der des Rausches? Wer macht denn heutzutage die besten Geschäfte? Außer den Waffen- und Munitionsfabrikanten natürlich. Die Lieferanten von Betäubungsmitteln, seien sie nun Kokainschieber oder Schnapsbrenner. Und glauben Sie nicht, Kommissär, daß wir auch die vielen Sekten in die Kategorie der Rauschmittel einreihen können? Denken Sie an die Christian Science, an die Theosophie. Ihre Gründer sind alle schwerreiche Leute geworden. Wir haben die Vernunft satt, der

Verstand hat uns Bauchgrimmen gemacht. Wir wollen aus unserer Welt heraus.»

«Ja, ja, da können Sie recht haben. Und all das Teufels- und Hexenunwesen, das hier in Genf umgeht, könnten wir auch dazuzählen, nicht wahr?»

«Selbstverständlich. Aber ich würde gern noch hören, was Sie von dieser Jane Pochon wissen. Hat diese Frau nie mit der Polizei zu tun gehabt?»

«Doch, doch», sagte Kommissär Pillevuit. «Doch wir wollen noch einen Kaffee mit Rum genehmigen. Dann will ich Ihnen erzählen.» Der Kommissär nahm einen Schluck des heißen Getränkes, teilte den Vorhang seines Bartes und begann zu erzählen.

Vor etwa zwei Jahren habe bei der Witwe Pochon der Kassierer einer Bank gewohnt, ein ruhiger, unauffälliger Mensch, der das Vertrauen seiner Vorgesetzten voll und ganz gehabt habe. Eines Tages habe sich dieser Kassierer, Corbaz habe er übrigens geheißen, krank gemeldet und sei am Morgen nicht zum Dienst erschienen. Gegen zwei Uhr nachmittags aber sei er dann in der Bank aufgetaucht, habe seinen Kollegen mitgeteilt, der Direktor habe ihm sagen lassen, er müsse mit 30000 Fr. in Banknoten eine Zahlung ausführen. Nach den späteren Aussagen schien Corbaz wohl ruhig, aber ein wenig abwesend. Dem Schalterbeamten fiel insbesondere der Blick Corbaz' auf, der starr war und seltsam ausdruckslos. Der Schalterbeamte schrieb diesen Eindruck den unmäßig vergrößerten Pupillen zu. Corbaz ging ans Telephon, sprach mit dem Direktor, die Umstehenden hörten ihn sagen: «Also dreißigtausend Franken, jawohl, Herr Direktor.» Dann packte Corbaz die Summe in eine Mappe, grüßte zerstreut und ging fort. Am nächsten Morgen wurde der Bank von der Direktion der Anstalt Bel-Air mitgeteilt, der Kassierer Corbaz sei in der Nacht als Notfall eingeliefert worden, gebracht habe ihn seine Wirtin. Die Bank habe natürlich Anzeige erstattet, und er, Kommissär Pillevuit, habe die Untersuchung geführt. Damals habe er zum ersten Male Einblick in die Wohnung der Jane Pochon genommen.

«Sie hat in der Rue du Marché, gerade vor der Place de la Fusterie, in einem alten Hause gewohnt», erzählte Pillevuit, «ich glaube, daß sie jetzt noch dort wohnt. Man muß durch einen dunklen Hausgang, dann kommt man in einen großen viereckigen Hof. Die Holztreppen, die in die oberen Stockwerke führen, sind an den Mauern angeklebt. In jedem Stock läuft eine Holzgalerie rund um das Viereck. Die Witwe Pochon bewohnte im dritten Stock drei Zimmer mit Küche. Große Zimmer, aber mit Gerümpel vollgepfropft. Ich verlangte das Zimmer Corbaz' zu sehen. Es sah aus, als sei es geplündert worden. Ein Leintuch lag zerrissen in einer Ecke. ‹Er hat sich stark gewehrt›, teilte mir die Witwe Pochon mit. ‹Das glaube ich, liebe Frau, aber wo ist das Geld?› Ich hätte lieber nicht fragen sollen. Denn es folgte eine Explosion, ähnlich der, die Sie im Palais miterlebt haben. Ich war froh, als ich wieder draußen war. Mein Lieber, glauben Sie mir, ich verhafte lieber einen siebenfachen Raubmörder als die Jane Pochon. Die Geschichte ist dann auf Befehl de Morsiers niedergeschlagen worden. Das Geld hat man natürlich nicht gefunden.»

Die beiden schwiegen eine Zeitlang. Dann fragte der Kommissär: «Und Sie, O'Key, Sie wollten mir doch etwas erzählen?»

«Sie müssen noch warten, Kommissär, die Sache ist noch nicht reif. Aber um den Professor brauchen Sie sich nicht zu sorgen, diese Angelegenheit werde ich erledigen. Wir werden heute abend Kriegsrat halten. Eine Bitte hätte ich, und die werden Sie mir nicht abschlagen, denn Sie wissen ja, daß ich im Einverständnis mit Martinet handle. Können Sie es bewerkstelligen, daß das Haus des Professors zwischen Viertel nach acht und halb neun nicht bewacht wird? Den Rest übernehme ich. Sie können dann morgen zur Verhaftung schreiten ...»

«... die resultatlos verlaufen wird, weil der Delinquent unauffindbar sein wird. Gut, gut. Aber schaffen Sie den Professor nicht zu weit fort, wir werden ihn brauchen.»

«Ja, wir werden ihn brauchen», sagte O'Key.

2. Es wäre noch kurz von zwei Begegnungen zu berichten. Die erste betraf jene Mappe, von der Nydecker in krausen, nicht recht verständlichen Worten gesprochen hatte. Das Wort ‹Panorama› hatte er aber deutlich bestätigt. So erkundigte sich O'Key noch bei Kommissär Pillevuit, wie er am schnellsten in den Jardin Anglais kommen könne. Dieser beschrieb ihm den Weg, und unter einem sich langsam aufhellenden Himmel durchquerte der Journalist die Straßen der alten Stadt, die steil bergab führten, blieb einen Augenblick vor dem Kiosk an der Place du Molard stehen, stieg sogar in die Toilette hinunter, jedoch ohne etwas zu finden. Er lachte sich hernach aus. Dumme Sentimentalität.

Der Jardin Anglais war leer. Der Regen hatte die Kinder und ihre Hüterinnen vertrieben, auch rund um den niedrigen Ziegelbau, der das Panorama enthielt, war kein Mensch zu sehen. Die Büsche, die es umgaben, waren dicht belaubt, verblühte Fliederdolden hingen braun und unansehnlich zwischen dem tiefgrünen Blätterwerk. ‹Wo soll ich suchen?› dachte O'Key, ‹jetzt am hellichten Tage? In jeder Minute kann ein Vorübergehender dazukommen und mich fragen, was ich da unter den Büschen zu suchen habe.›

Da hörte er links von dem kleinen Hause, dort, wo die Büsche so dicht standen, daß sie ein bequemes Versteck bildeten, ein Rascheln. Es klang, wie wenn ein Hund nach einer verschloffenen Maus sucht. O'Key trat näher, es rauschte stärker im Gebüsch, Geräusch von fliehenden menschlichen Tritten, O'Key durchbrach die grüne Wand. Ein weißer Weg blendete ihn. Und auf diesem Weg eilte eine kleine magere Gestalt davon, unter dem Arm trug sie eine schwarze Mappe.

Im Laufen nahm O'Key das Bild des Fliehenden ziemlich genau wahr: ein offenbar ganz junger Bursche, in einen braunen Sportanzug gekleidet, Golfhosen, aus denen unwahrscheinlich dünne Waden zum Vorschein kamen. Der Fliehende wendete das Gesicht einmal kurz seinem Verfolger zu. O'Key erschrak und ärgerte sich gleich darauf über sein Erschrecken. Er hatte doch in seinem Leben mit allerlei Gesindel zu tun gehabt. Aber dieses Gesicht! Es war klar, daß es einem jungen Menschen gehörte, aber es wirkte uralt, faltig, blutleer. Er mußte an die Beschreibung Charles, des Kammerdieners und Colonels, denken, als er den Sohn der Witwe Pochon geschildert hatte. «Der Kerl ist unheimlich», hatte Charles gesagt, «sieht aus wie seine Mutter, wenn diese eine Entfettungskur durchgemacht hätte. Die Haut ist ihm zu weit, überall Falten und Runzeln, und doch ist er jung ...» Das stimmt alles, dachte O'Key und war dem Fliehenden dicht auf den Fersen. Die beiden waren auf dem Trottoir des Quais angelangt, fünf Schritte nur trennten O'Key von dem Burschen, da machte dieser einen Satz zur Seite und hinein in die geöffnete Tür eines dastehenden Taxameters, dessen Motor leise brummte. Die Tür schlug zu, der Wagen nahm einen Sprung vorwärts, und O'Key blieb am Rande des Gehsteiges stehen und wischte sich die Stirn. Er hatte nur einen kurzen Blick in den Wagen werfen können. Ein Mann saß darin, das Gesicht im aufgeschlagenen Kragen des Regenmantels verborgen. O'Key hatte deutlich die herrische Bewegung gesehen, mit der der Mann dem Burschen die Mappe entrissen hatte.

O'Key war ärgerlich, daß er sein Motorrad in der Obhut des Polizisten Malan zurückgelassen hatte. Er hatte gemeint, er würde es nicht brauchen, während dieser kurzen Suche. Und als er nun verärgert in der Richtung weiterging, in der das Taxi verschwunden war, wen traf er an der Ecke des Grand Quai?

«Simp», sagte der Mann mit dem steifen Hut, «Simp, es ist gut, daß ich dich treffe. Mein Alter ist mir gerade vor der Nase in einem Auto davongefahren. Und weißt du, wer bei ihm war? Du wirst es nie erraten.» – «Doch», sagte O'Key, noch immer ein wenig atemlos. «Der Sohn der Witwe Pochon.»

«Kannst du Gedanken lesen, Simp? Und warum keuchst du so? Willst du Nurmi schlagen?»

«Nein, Colonel», sagte O'Key ärgerlich, es war ihm gar nicht spaßhaft zumute. «Aber die Geschichte wächst mir wahr- und wahrhaftig zum Hals hinaus. Mit vieler Mühe habe ich aus einem Verrückten herausgebracht, wo die Mappe versteckt war, die am Abend von Crawleys Ermordung verschwunden ist, will sie holen, und da kommt mir dieser unheimliche Bengel zuvor. Und fährt mit deinem Alten davon.»

«Reg dich nicht auf, alter Junge», sagte der Colonel, «nach Regen folgt Sonnenschein, und es wird nichts so heiß gegessen, wie es gekocht ist, und auch das schöne Sprichwort darfst du nicht vergessen: Wer andern eine Grube gräbt, hat wohlgebaut. Es ist alles in Ordnung. Es wird sich alles klären.»

O'Key blickte seinen Begleiter erstaunt an, blieb sogar eine Sekunde zögernd stehen, so als überlege er sich, ob er weitergehen solle. War das beim Colonel eine Art Greisenverblödung? Es war doch sonst nicht seine Art, so viel leeres Geschwätz von sich zu geben. Bis O'Key merkte, daß Charles' Blick wie gebannt auf dem Rücken eines Mannes klebte, der vor ihnen, scheinbar unbekümmert, einherschritt.

Er war gar nicht weiter auffällig, dieser Mann, wenigstens von hinten nicht. Ein langer schwarzer Gehrock fiel bis zu seinen Knien, der weiße, ovale Strohhut war ins Genick geschoben. Der Gang des Mannes war allerdings nicht ganz alltäglich. Trotz der Hitze hatte der Herr die Hände tief in den Hosentaschen vergraben und ging einher mit weitausholenden Schritten, Bergsteigerschritten vielleicht, aber dagegen sprach die sonderbare Angewohnheit, die der Mann hatte, gespreizt zu gehen, so als trage er unsichtbare Sporen. Charles salbaderte weiter:

«Denn immer mußt du dir vor Augen halten, lieber Junge, daß wir hier in einer Stadt sind, die der Welt jene merkwürdig mohammedanische Abart der christlichen Religion geschenkt hat, die man Calvinismus nennt. Weißt du, Prädestination und solche Tücken. Praktisch, gewiß, aber ...»

«Wer ist der Mann, dem wir folgen, Colonel?»

«... aber immerhin gefährlich. Nein, Simp, ich bin noch nicht ganz vertrottelt, aber aufgeregt, denn bald, Simp, sehr bald wird es zum Klappen kommen. Du willst wissen, wer der Mann da vor uns ist? Ich habe ihn gestern schon getroffen und bin erschrocken. Habe ich dir nicht von einem Missionar erzählt, der aussieht, als käme er direkt aus dem ‹Regen› von Somerset Maugham. Sieh dir den Mann vor uns deutlich an. Das ist der

Amerikaner, der Delegierte der Standard Oil dort in unserem Randstaat. Der meinen Alten herumgekriegt hat. Der den jungen Fürsten vertrieben hat. Ja. Und mit dem Gottesmann habe ich noch ein Hühnchen zu rupfen. Aber ich habe Geduld. Ich habe noch nicht herausfinden können, wo er wohnt, darum gehe ich ihm immer nach, einmal werde ich ihn schon zu fassen kriegen. Gestern ist er mir in einem Taxi entschlüpft. Ich möchte wissen, wo er heute hingeht.»

Da bog der Fremde in die Place de la Fusterie ein. Und bei dieser Schwenkung konnte O'Key das Gesicht genau sehen, im Profil nur. Die Haut war braun, sehr sonnverbrannt, wie sie bei Leuten häufig ist, die lange in den Tropen waren. Es wirkte hölzern, mit starren, kantigen Linien. War es ein Wunder, daß O'Key an des kleinen verrückten Nydeckers Ausspruch denken mußte: ‹Der alte Mann mit dem Holzgesicht, ganz braun ist das Holzgesicht, ganz braun und glatt.›

«Vielleicht ist der Herr der Fliegen auch der Meister der goldenen Himmel», sagte O'Key laut, so laut, daß der Colonel ihn erstaunt ansah.

«Ich glaube, jetzt schnappst du über, Simp», sagte er ärgerlich.

«Wissen Sie, Colonel, was man mir heute eingebleut hat? *Nur Dummköpfe erraten.* Ich will es mir merken. Sehen Sie, dort verschwindet unser Freund in einem Haus, wollen wir ihm nachgehen?»

Ein dunkler Durchgang ging in einen viereckigen Hof. Holztreppen, die an den Mauern angeklebt waren, stiegen in die oberen Stockwerke. In jedem Stock führte eine Holzgalerie rund um das Viereck.

«Gehen wir wieder, Colonel», sagte O'Key, nachdem er kurze Zeit zum Himmel geblickt hatte. Im zweiten Stock hatte eine Ziehklingel gescheppert, dann war eine Türe aufgegangen, war wieder ins Schloß gefallen. Hierauf herrschte Schweigen. «Gehen wir, Colonel», wiederholte O'Key. «Ich glaube, es wird langsam klarer.»

3. Jakob Rosenstock, der junge Gymnasiast, der Bruder des Advokaten Rosène, hatte seine erste Liebe nur kurz sprechen können. Fräulein Agnès Sorel, die Dichterin, war heute besonders aufgeregt und klebrig gewesen. Ja, es schien dem jungen Jakob, als sei die alte Dame übertrieben ängstlich und fürchtete sich vor dem Alleinsein. Manchmal hob sie den Kopf, aus welchem die Nase sich über den bläulichen Mund bog, wie ein Papageienschnabel, der nach einer Kirsche schnappt, und lauschte angestrengt. Aber die großen leeren Zimmer, die hinter dem Eßzimmer lagen, blieben stumm, auch die Flurglocke verhielt sich still. Es war augenscheinlich kein Grund zu Unruhe vorhanden.

Endlich, man war beim Dessert angekommen, und Jakob saß auf Kohlen, denn er hatte Natascha Gewichtiges mitzuteilen, schellte es. Fräulein Sorel stand auf, watschelte zur Tür, ihr häßliches Gesicht, das wieder schön wirkte wie das einer rassenreinen Bulldogge, wurde von einem merkwürdigen Schein verklärt. Die beiden am Tisch Zurückgebliebenen hörten entzückte Begrüßungsworte («… wie charmant von Ihnen, meine liebe, liebe Dame, ich freue mich ja so unglaublich, Sie wiederzusehen, bitte, legen Sie ab, hoffentlich haben Sie sich nicht erkältet»), dann Rascheln von Seidengewändern, die Tür des nebenan liegenden Salons (diejenige nämlich, die nach dem dunklen Flur führte) wurde geöffnet, wieder geschlossen, und dann hörte man das helle Summen zweier Stimmen, ohne daß jedoch die Worte verständlich geworden wären.

«Ich habe meinem Bruder einiges erzählt, besonders das, was den Professor betrifft, aber ohne dich zu nennen. Er hat auch weiter nicht gefragt, von wem ich die Neuigkeiten hätte», flüsterte Jakob aufgeregt. «Du mußt entschuldigen, wenn ich das getan habe, aber ich bin noch jung. Es hat mich so erschüttert, was du mir erzählt hast.»

«Dummer kleiner Junge», sagte Natascha, die Agentin 83, «ich habe dir ja selbst geraten, deinen Bruder ins Vertrauen zu ziehen. Es ist ja ganz richtig. Was hat er gesagt?»

«Er war ganz einverstanden, dem Professor zu helfen, und

hat mich beauftragt, dem Professor heute nach seiner Vorlesung aufzulauern und ihn zu uns einzuladen. Für heute abend um halb neun. Willst du nicht auch kommen, Natascha? Du könntest das alles viel besser erklären als ich.»

«Ja, wird mich dein Bruder empfangen, mich, die kommunistische Agentin? Oder mich hinauswerfen?»

«Ach», sagte Jakob, «Isaak ist nicht so. Ich werde ihm sagen, ich würde auch jemanden mitbringen, der von Nutzen sein könnte, und dann wird er gar nichts dagegen haben. Ich werde Viertel neun hier vor dem Hause warten, in einem Taxi, und dann fahren wir zusammen hinaus. Willst du? Geld hab ich.»

«Ja, kleiner Junge», sagte Natascha zärtlich und streckte Jakob die Hand über den Tisch entgegen. Der ergriff sie und legte seine Stirne in die offene Handfläche. Es war so still im Zimmer, daß man deutlich Fräulein Sorels Stimme vernahm, die im Nebenzimmer kreischend anstieg.

«Was hat unsere gastfreundliche Wirtin?» fragte Natascha leise. «Wenn sie so weiterschreit, wird sie so heiser sein, daß sie am nächsten Sonntag ihr neuestes Drama in klassischen Alexandrinern vor der literarischen Gesellschaft nicht wird vorlesen können.»

Natascha schlich auf Fußspitzen zur Salontüre und preßte ihr Ohr an die Füllung. Zuerst behielt ihr Gesicht das spöttische Lächeln bei, wurde aber langsam ernst, fast finster. Gebieterisch winkte sie mit dem Finger, bis auch Jakob neben ihr stand und ebenfalls das Ohr an die Türfüllung hielt.

Zuerst war das Gemurmel nicht recht verständlich. Dann aber merkte auch Jakob plötzlich auf. Der Name Dominicé war gefallen, und alles, was den Professor anging, interessierte Jakob. Der Name war von einer fremden Stimme gesprochen worden, fragend, mit einem scharfen, schneidenden Ton. Dann klang deutlich Fräulein Sorels Papageiengeplapper.

«Vor dem haben Sie Angst, liebe Freundin? Keine Ursache. Den halten wir so ...» Fräulein Sorel mußte eine sehr komische Geste gemacht haben, denn ein Lachen klang auf, eintönig, und gerade durch diese Eintönigkeit wirkte es grausam. Dann sprach die Lacherin, und ihre Worte waren verständlich.

«Und Thévenoz?» fragte sie, «was fangen wir mit Thévenoz an? Finden Sie nicht, liebe Freundin, daß der Mann langsam unbequem wird?»

«Und wenn», plapperte die Stimme Fräulein Sorels, «und wenn er unbequem wird, so laden wir ihn eben einfach zum Tee ein. Hehehe.»

«Hihihihi», lachte die andere. Jakob verstand nicht, was an einer Einladung zum Tee so Komisches war.

«Der Meister hat mir übrigens aufgetragen, auch diesen fremden Engländer, der draußen vor der Stadt wohnt, an einem Abend oder Nachmittag einzuladen. Er möchte sich sein Haus näher ansehen», sagte die fremde Stimme.

«Dann laden wir ihn auch einmal zum Tee ein, nicht wahr?» Es war Fräulein Sorel, die sprach.

«Ja, ja, gewiß. Aber wir werden neuen Tee bestellen müssen, meine Liebe, unser Vorrat geht zur Neige.»

«Nun, darum wird sich der Meister schon kümmern. Schade, daß unser Hauptlieferant uns untreu geworden ist.»

«Untreu geworden!» rief die fremde Stimme, «Sie haben wirklich wunderbare dichterische Ausdrücke. Aber wer weiß, vielleicht ist er uns treu geblieben. Vielleicht sehen wir ihn nächstens. Unser junger Freund hat so ausgezeichnete Gaben.»

«Ja», hörte man Fräulein Sorel erwidern, «die hat er von seiner Mutter geerbt. Übrigens, meine Liebe, ich denke eben daran, ich muß Sie mit meiner entzückenden kleinen Freundin bekannt machen, einem jungen russischen Mädchen, die uns wahrscheinlich …», die Stimme ging in ein Flüstern über; Natascha riß ihren Freund an der Hand zum Tisch, setzte sich, und Jakob hatte Geistesgegenwart genug, ein harmloses Gesicht zu schneiden und Nataschas Hand zu streicheln. Nur in seinen Augen blieb ein ängstliches Flimmern zurück. Da öffnete sich auch schon die Tür, Fräulein Sorels kurze Gestalt erschien, und hinter ihr ragte auf, sehr lang, sehr mager, eine Dame in violettem Seidenkleid.

«Nein, sehen Sie, wie entzückend», plapperte Fräulein Sorel. «Ist es nicht wie in den ‹Nozze di Figaro›, Cherubin und die Herzogin!» Und sie begann mit hoher schriller Stimme die Arie zu trällern, auf Italienisch noch: «Voi che sapete, che cosa è l'amor ...» Es klang schaurig. «Liebste Natascha», fuhr sie fort, «darf ich Ihnen eine alte Freundin vorstellen: Frau de Morsier.»

Frau de Morsiers Gesicht wirkte wie eine Maske: Es war starr, und auch das Lächeln, das um die Lippen lag, schien angeschminkt. Nur die Augen (in der Farbe an treibende Eisschollen in einem Fluß erinnernd) waren wachsam, beweglich. Sie reichte zuerst Natascha eine lange Hand, die sich kalt und ein wenig klebrig anfühlte, dann begrüßte sie Jakob.

«Ich kenne Ihren Bruder, junger Mann», sagte sie dabei, «er wird sich wohl meiner erinnern, aber es ist vielleicht besser, Sie sprechen nicht von mir.» Worauf Jakob sich vornahm, bei erster Gelegenheit Isaak zu fragen, was es mit Frau de Morsier für eine Bewandtnis habe. Er hatte unterdessen Nataschas Hand losgelassen, blickte seine Freundin fragend an, erhob sich auf einen Blick von ihr und verabschiedete sich. Er sah noch, wie Frau de Morsier sich am Tisch niederließ und eifrig auf Natascha einsprach. Dann schloß Fräulein Sorel die Tür hinter ihm.

4. Professor Dominicé hielt seine Vorlesungen in dem nach der Aula nächstgrößten Saal der Universität. Er hatte viel Publikum, und zwar sehr gemischtes. Neben eleganten, parfümierten Damen, die in der ersten Reihe der amphitheatralisch aufsteigenden Bankreihen saßen, ehrliche Philosophie- und Theologiestudenten. Auf den hintersten Reihen, ganz nahe an der gewölbten Decke aber saßen Fremdlinge, mehr oder wenig abgerissen, mit glänzenden Augen, die eifrig nachschrieben.

Als der Professor den Saal betrat, erhob sich ein sehr eindrucksvoller Lärm, der aus Füßetrampeln der mittleren Schicht, leisem Klatschen behandschuhter Hände in den ersten Bänken und exotisch lautem Beifallsgebrüll aus den oberen Schichten bestand. Der Professor dankte mit einer Neigung seines Apostelhauptes, dann nahm er Platz, breitete vor sich einige winzige Notizblätter aus und blickte dann mit ruhigen Augen, in denen die Pupillen kaum stecknadelgroß waren, über die Versammlung. Jakob saß ziemlich in den oberen Regionen neben einem jungen Mann mit unordentlichen Haaren, der penetrant nach Zwiebeln roch, und blickte aufgeregt über die unter ihm liegenden Bänke. Nicht weit von ihm zog ein langer Schädel mit kupferdrahtartiger Behaarung seine Blicke an. Er fragte sich, wem dieser durchaus ungewöhnliche farbige Kopf wohl gehöre. Da drehte der Mann sich um: Jakob sah eine lange bewegliche Nase, die Haut mit Sommersprossen übersät. Aber bevor noch Jakob dies Gesicht näher hätte prüfen können, senkte sich eine aufmerksame Stille über den Raum, und Professor Dominicé begann zu sprechen. Er sprach nicht laut, aber mit einer seltsam warmen Stimme, die bis in die hintersten Bänke drang. Viele Gesichter glänzten feucht, es war erstickend heiß in dem Saal, den die sommerliche Mittagssonne erwärmt hatte. Auf den untersten Bänken waren Taschentücher, Eau-de-Cologne-Fläschchen und besonders Puderquasten fast ununterbrochen in Gebrauch.

Es sei dies seine letzte Vorlesung, sagte Dominicé, nicht nur die letzte des Semesters, das ja ohnehin übermorgen zu Ende gehe, sondern überhaupt seine letzte. Er habe beschlossen, sein Amt niederzulegen, auch die Leitung des psychologischen Laboratoriums aufzugeben, berufenere, jüngere Kräfte würden seine begonnene Tätigkeit fortsetzen.

Nicht nur das Alter, fuhr er fort, habe ihn bewogen, seinen Rücktritt zu erklären. Er habe Schuld auf sich geladen, und diese Schuld, nach längerem Nachdenken sei ihm dies klar geworden, befähige ihn nicht mehr, als Führer der Jugend aufzutreten. Professor Dominicé machte eine Pause, es war still im Saal, dann hustete eine der eleganten Damen, das Geräusch wurde niedergezischt, die Dame wandte sich beleidigt um und blickte dann wie Schutz suchend auf den Professor.

Es sei ja, er wisse es wohl, sagte der Professor, eine nicht ganz alltägliche Situation, solch ein offenes Sünden- und Reuebekenntnis vor versammeltem Auditorium, doch könne er nicht einsehen, inwiefern es nicht statthaft sei, einmal seine Fehler vor seinen Schülern zu gestehen. Er habe das an seinen Kollegen immer wenig geschätzt, diese Überheblichkeit, diese manchmal fast päpstliche Unfehlbarkeit; wenn er anders geartet sei, könne er wohl nichts dafür und wolle sich dessen auch nicht rühmen, aber es möge ihm gestattet sein, dies Argument, nämlich die Notwendigkeit einer kleinen öffentlichen Beichte, zu seinen Gunsten zu brauchen.

Wieder eine Pause.

Jakob sah, daß der Mann mit den kupferdrahtartigen Haaren sehr unruhig war. Er rutschte hin und her, knetete seine Hände, schickte seine Blicke suchend durch den Saal, kurz, er war ganz das Bild ängstlicher, gespanntester Erwartung. Und zwar hatte dies Gebaren mit dem Augenblicke begonnen, als Dominicé von seinem Schuldbekenntnis zu sprechen begonnen hatte.

«Ich bin», fuhr der Professor fort, und seine Augen waren von den Lidern bedeckt, «ich bin ein religiöser Mensch, das heißt, ich glaube an höhere Mächte, aber ich habe, wie alle wissenschaftlich gebildeten Menschen, das Bedürfnis, meinen Glauben durch objektive Untersuchungen zu erhärten. Wenn Sie, meine Damen und Herren, vorurteilslos das Weltgeschehen beobachten, wird es Ihnen aufgefallen sein, daß es ein ewiger Kampf ist. Ein Kampf zwischen den guten und den bösen Mächten. Die bösen Mächte verwirren unsere Sinne, sie senden uns Krankheit, Krieg, Irrsinn. Ich bin ein schlechter Mediziner. Ich bin kein Politiker. Was mich fesselt, ist die Seele der Menschen, was mich anrührt, ist die Hilflosigkeit unserer Seelen, die, sobald sie schwach oder geschwächt sind, eine Beute der finsteren Gewalten werden. Um diesen Gewalten auf die Spur zu kommen, habe ich mich verleiten lassen, gewissen Versammlungen beizuwohnen, in denen das Böse als solches verehrt wurde. Und von diesen Versammlungen möchte ich Ihnen kurz erzählen, bevor ich mich der einzigen Instanz unterwerfe, die befugt ist, solche Machenschaften, sobald sie zu überlegtem Morde führen, zu bestrafen. Sie werden abgehalten ...»

Kling – tönte es vom Fenster her (wie eine Silbermünze, die auf Holz fällt), Dominicé stockte, blickte nach der Richtung, aus der der Ton gekommen war. Es war etwa in der vierten Bank, von unten gezählt, der Ort war leicht festzustellen, denn dort hatten sich einige Gesichter einer verschleierten Gestalt zugewandt, die gebückt, wie in sich vergraben, dasaß.

Jakob reckte den Hals, um zu sehen, was los war. Da bemerkte er den Mann mit den kupferdrahtartigen Haaren, der aufgesprungen war, wild mit den Armen fuchtelte und rief: «Haltet die Frau!» Aber es war schon zu spät. Ein eintöniges Gemurmel stieg auf, in das sich ein Summen mischte, das anschwoll, die hohen Fenster verdunkelten sich, es summte stärker, plötzlich war die Luft des Saales angefüllt mit Insekten aller Art, Wespen und Hummeln und Bremen. – Gekreisch stieg auf, Hände fuchtelten.

«Bleiben Sie ruhig sitzen», sagte die tiefe Stimme Professor Dominicés. «Es ist alles Trug. Sie müssen nur fest glauben, daß alles Trug ist.» Aber ein Gelächter antwortete ihm, die eleganten Damen in der ersten Bankreihe stießen kurze, spitze Schreie aus und wehrten sich mit winzigen Taschentüchern, alles drängte zur Türe, und immer stärker schwoll es an, das Gesumm.

Da sah Jakob, der ruhig sitzen geblieben war (bis zu ihm war der Ungezieferschwarm noch nicht gedrungen), wie der Mann mit den kupfernen Haaren plötzlich einen Sprung über ein paar Bänke nahm, einen zweiten auf das Podium und sich neben dem Professor aufstellte. Da stand auch Jakob auf, drängte sich durch die nun schon spärlichen Anwesenden, stieg auch aufs Podium und sagte, nachdem er einen Augenblick den rothaarigen Unbekannten angeblickt hatte, zu Dominicé:

«Mein Bruder, der Advokat Rosène, läßt Sie bitten, Herr Professor, heute abend zu uns zu kommen. Er möchte Ihnen gerne helfen.» Dann schwieg Jakob und blickte über den leeren Saal. Was ihn am meisten verwunderte, war, daß er die Luft lautlos und rein fand. Kein Gesumm, keine brummenden Insekten, keine flirrenden Flügel schwirrten im Raum. Durch die offenen Fenster konnte der Blick ungehindert die großen dunklen Räume erblicken, die den Hof der Universität gegen die Promenade des Bastions abgrenzten. Der Professor schwieg noch immer, seine Augen waren gesenkt.

«Und Sie, mein Freund O'Key», sagte er plötzlich, ohne Jakob zu antworten, «haben Sie mir auch etwas zu bestellen?»

«Ja», sagte O'Key, «das gleiche wie dieser junge Mann. Zwei Boten für ein und dieselbe Neuigkeit. Sie sind ein wichtiger Mann, Professor, eine internationale Berühmtheit, wie wir wohl wissen, und da Sie nicht mehr für sich selbst sorgen können, sind wir wohl verpflichtet, dies für Sie zu tun. Wollen Sie die Einladung annehmen?»

Der Professor antwortete nicht, sondern blickte weiter vor sich hin. Endlich, ohne auf die Frage einzugehen, sagte er:

«O'Key, haben Sie Thévenoz gesehen?»

«Thévenoz? Den Doktor Thévenoz? Nein!»

«Ich habe ihn gesehen, er ist als einer der ersten hinter der verschleierten Frau zur Türe hinaus. Er sah furchtbar aus. Können Sie nicht zuerst etwas für ihn tun? Ich kann warten.»

«Solange dieser Herr kein Vertrauen zu mir hat und sich an mich wendet, kann ich ihm nicht helfen», sagte O'Key schroff.

«Eifersucht, O'Key? Das sollten Sie sich abgewöhnen. Nun, sprechen wir nicht mehr davon.» Er blickte plötzlich auf, sah lange auf Jakob, der sich stumm verhalten hatte, packte des Jungen Arm und bemerkte: «Du bist ja noch sehr jung und kommst doch in meine Vorlesungen. Ich habe dich schon ein paarmal bemerkt. Gefällt dir das, was ich erzähle?»

«O ja, Herr Professor», sagte Jakob ein wenig atemlos.

«Nun, dann begleit mich ein wenig. Ich mag heut nicht allein gehen. Und unser Freund hier hat wahrscheinlich noch privat zu tun.»

«Sie sind also der Bruder von Maître Rosène?» fragte O'Key und drückte Jakob die Hand. Dieser nickte. «Dann», sagte O'Key, «finde ich es auch am besten, Sie nehmen sich ein wenig unseres Professors an. Er kann eine Begleitung gebrauchen.»

«Mehr noch als Sie glauben, lieber O'Key», Dominicé sammelte seine verstreuten Notizblättchen mit der Rechten, und bei dieser Bewegung erst fiel es O'Key auf, daß des Professors Linke zur Faust geballt auf dem Pult lag.

«Was halten Sie denn da verborgen?» fragte O'Key und deutete auf die geschlossene Hand. Da öffnete sie der Professor und ließ ein weißes, glänzendes Ding, kaum zwei Zentimeter lang, auf den Tisch fallen. Beim Aufschlagen auf die Holzplatte war kein Geräusch hörbar. O'Key nahm das Ding in die Hand und schüttelte verwundert den Kopf.

Die Spitze, kaum vier Millimeter lang, war das obere, abgebrochene Stück einer Hohlnadel. Sie war auf einer Kugel aus rotem Kautschuk angebracht, die selber wohl kaum einen halben Zentimeter im Durchmesser maß. Und an diese winzige Kautschukblase war hinten ein lockerer Wattebausch angeklebt. Professor Dominicé drehte das Ding zwischen den Fingern, nachdem es ihm O'Key wieder eingehändigt hatte, und sagte verträumt:

«Wenn man bedenkt, daß der Tod auch diese kleine Gestalt annehmen kann! Ein perfektionierter Giftpfeil. Kam da auf mein Pult geflogen, und niemand sah ihn fliegen bei dieser Aufregung. Nun, die allgemeine Aufregung hat auch ihr Gutes gehabt, der Schütze hat nicht gut zielen können, oder sein Atem hatte nicht genügend Kraft. Aber wie sinnreich ist dies konstruiert. Begreifen Sie?» O'Key schüttelte ein wenig ratlos den Kopf; Jakob starrte gebannt auf des Professors Hände.

«Es ist doch ganz einfach», fuhr Dominicé geduldig fort. «Die Spitze dringt ein, der kleine Kautschukball wird durch seine Trägheit gegen die Spitze gepreßt, buchtet sich ein und drückt die Flüssigkeit unter die Haut. Nehmen Sie an, es hätte mich ins Gesicht getroffen, alle im Saale Anwesenden hätten beschwören können, ich sei von einer Wespe oder sonst von einer giftigen Fliege gestochen worden. Darum das Theater mit den Fliegenschwärmen. Und wenn ich ein paar Stunden später an Starrkrampfsymptomen verschieden wäre, hätte kein Mensch an eine Vergiftung geglaubt. Ja», seufzte er, «ich glaube, das Gift wird den Chemikern noch einige Schwierigkeiten bereiten.

Wahrscheinlich eine Mischung von Ouabaïn, Echujin, Erythrophläin, alles schöne Namen, die ziemlich häßliche Bilder liefern, wenn sie ein Mensch unter die Haut bekommt. Afrika, Asien, Südseeinseln. Der Mann, der das Gift gebraut hat, besitzt unzweifelhaft Kenntnisse. Die Pfeilgifte der sogenannten Naturvölker sind gewöhnlich dickflüssige Stoffe. Um solch eine wasserklare Flüssigkeit herstellen zu können», Dominicé drückte leicht auf den Gummiball, und ein heller Tropfen erschien an der Spitze der Nadel, «muß man schon ziemlich viel in Laboratorien gearbeitet haben. Ich habe schon vor einiger Zeit von dem Vorhandensein dieser Waffe gehört, man hat mir damit gedroht, aber ich habe mich nicht darum gekümmert; jetzt scheint es aber ernst zu werden ...»

Die Türe des Saales wurde aufgerissen, zwei Pedelle stürzten herein, und jeder trug in der Hand eine jener gelben Spritzen, die Fliegenbetäubungsmittel enthalten. Sie schauten sich verdutzt im Saal um, als sie die drei ruhig auf dem Podium sprechend fanden, und erkundigten sich ängstlich, wo denn die Fliegenscharen hingekommen seien, die im Auditorium eine Panik hervorgerufen hätten.

«Beruhigen Sie sich», sagte Dominicé, während er sich von seinem Stuhl erhob. «Es ist alles in Ordnung. Gott», fügte er hinzu, «wie leicht, wie unendlich leicht wäre es, wenn man allen Wahngebilden mit Fliegenspritzen beikommen könnte.»

Er stützte sich auf Jakobs Arm, winkte O'Key freundlich zu: «Auf heute abend, lieber Freund», und schritt aufrechten Ganges durch die Tür.

Auf den Stufen, auf den Absätzen standen noch dichtgedrängt die Leute, die aus dem Saale geflohen waren. Sie drückten sich beiseite, an die Mauern, so eng sie konnten, um nur ja nicht mit dem vorbeischreitenden Professor in Berührung zu kommen. Dominicé lächelte. «Siehst du», sagte er zu Jakob, «sie halten mich für einen Zauberer. Was für angehende Wissenschaftler betrübend ist, aber menschlich begreiflich. Grab den Menschen um, und immer wirst du eine Schicht finden, die alt ist, uralt, Millionen Jahre vielleicht, wer weiß?»

5. Dann saßen die beiden auf einer Bank in der Promenade des Bastions. Die Abendsonne schien durch die Bäume, warm und geduldig, und beleuchtete die Gruppe der Reformatoren, die, an die lange gelbe Wand gestellt, sehnsüchtig und ewig versteint, auf ein Exekutionspeloton zu warten schienen, das nie erschien.

Professor Dominicé legte seinen breitrandigen Hut neben sich, legte die Ellbogen auf die gespreizten Oberschenkel und faltete die Hände. Er nickte ein paarmal mit seinem mächtigen bärtigen Haupt und sagte dann:

«Es freut mich, daß ich dich getroffen habe, Jakob. Ich kenne dich nämlich schon lange. Gleich das erste Mal, als ich dich in meiner Vorlesung sah, habe ich nachgefragt, wer du bist. Dein Gesicht hat mir gefallen. Und du hast mich an jemanden erinnert, an jemanden, den ich gern mochte, und der gestorben ist. Heute ähnelst du ihm noch mehr. Vielleicht ist dein Anzug daran schuld. Er trug auch solche grauen Flanellanzüge, er trug auch seidene Hemden. Er ist an einem Abend von mir fortgegangen (jener, dem du gleichst), und ich habe ihn gewarnt. Ich habe ihm gesagt: ‹Crawley, nehmen Sie sich in acht!› Aber er hat mich ausgelacht: ‹Was denken Sie, Professor›, hat er gesagt, ‹eine unschuldige Einladung zum Tee. Zwei alte Damen! Vielleicht drei alte Damen! Und davor soll ich mich fürchten?› Weißt du, Jakob, ich bin ihm nachgegangen. Aber ich bin nicht mehr rüstig. Ich habe ihn aus den Augen verloren. Und dann, als ich zu dem Hause kam, worin ich ihn vermutete, war dort alles dunkel. Da bin ich weiterspaziert, den See entlang. Eine Barke zog dort vorüber, fort und fort, in die Menge der Sterne hinein, die im Wasser tanzten. Und dann lag Crawley auf jener Bank, Place du Molard, ein ungeschickter Polizist war um ihn beschäftigt, und ich erkannte den Jungen nimmer. Erst nachher, auf dem Nachhausewege, fiel es mir ein: Das war ja Crawley! Tot, Jakob, er war tot. Und ich alter Mann war wieder allein. Wenn du wüßtest, was ich diesem Crawley alles zu verdanken habe! Ich will es dir einmal erzählen. Aber ich sehe, daß du mich etwas fragen willst. Los!»

«Wie war das mit den Fliegen, Professor?»

«Eine Gegenfrage zuerst, Jakob, hast du die Fliegen auch gesehen, bist du, besser gesagt, bist du auch gestochen worden?»

«Gesehen habe ich sie schon, aber merkwürdig undeutlich. Ich will sagen, ich hätte sie nicht auseinanderkennen können, nicht sagen, ob es Wespen oder Hummeln oder Bremen waren. Warten Sie, ich möchte es deutlicher sagen. Also, ich glaubte, verschiedene Arten von Summen auseinanderkennen zu können, das dumpfe Gebrumm der Hummeln, das wie fernes Glockenläuten tönt, das helle Weinen der Mücken dazwischen und das Pfurren der Bremen. Aber gesehen habe ich nur ein wirres Durcheinander, es wurde finster im Saal, gestochen bin ich nicht worden.»

«Sehr klar, Jakob, durchaus klar. Frag die andern alle. Gestochen ist keiner worden, das bin ich sicher, obwohl die Möglichkeit nicht von der Hand zu weisen ist, daß einige Leute geschwollene Gesichter bekommen werden, weil sie der festen *Überzeugung* sind, daß sie gestochen worden sind. Der Überzeugung, verstehst du? Sie haben den Glauben gehabt. Man könnte diese Leute auch Hysteriker nennen. Das ist aber nur ein Schlagwort. Menschen mit großer Einbildungskraft. Diese Menschen (und immer hat es solche, wenn eine Menschenmenge beisammen ist) wirken wie die Relais bei den Telegraphenlinien: Sie fangen die Botschaften auf und geben sie verstärkt weiter. Es hat keine Fliegen gegeben, aber es war eine Person im Saal, die so stark das Bild eines Insektenschwarmes gedacht hat, daß sie fähig gewesen ist, es in den Gehirnen der Aufnahmefähigen zu erzeugen, und diese haben es dann weitergegeben und so die ganze Menge mit diesem Bild verseucht. Verstehst du? Ich kann dir versichern, ich habe nichts gesehen, aber gehört habe ich etwas, nämlich ein Gemurmel, das langsam den Klang von Fliegensummen angenommen hat. Und da wußte ich, was los war. Es ist nämlich nicht das erste Mal, daß ich einem solchen Experiment beigewohnt habe. Etwas Ähnliches habe ich vor Jahren erlebt mit einer Frau, mit der ich damals zusammenarbeitete. Aber ich habe nie darüber geschrieben, denn meine Kollegen hätten mich ausgelacht.»

«Also eine Art Massensuggestion?» fragte Jakob und war stolz, sich so wissenschaftlich ausdrücken zu können. Aber er sollte enttäuscht werden, denn Professor Dominicé zuckte mit den Achseln.

«Fremdwörter nützen bei solchen Dingen nur wenig. Daß doch die Menschen immer meinen, eine Tatsache erklärt zu haben, wenn sie nur ein recht fremdartiges Wort dafür gefunden haben!»

Jakob schwieg. Leute gingen vorüber, manche grüßten den Professor mit einer Art demütiger Scheu, aber Dominicé blickte nicht auf. Er hielt den Blick auf den Kies zu seinen Füßen gesenkt, fuhr manchmal zerstreut durch sein weißes, noch sehr dichtes Haar. Plötzlich sagte er:

«Willst du heut abend bei mir bleiben, Jakob? Wir fahren dann zusammen zu deinem Bruder, um halb neun, nicht wahr? Du kannst doch bei mir bleiben? Weißt du, ich bin so allein. Daheim habe ich, glaube ich, noch ein paar Eier, die können wir uns kochen oder braten, aber Brot müssen wir mitnehmen und Käse, wenn du ihn magst. Mir macht Thévenoz Sorge, Jakob, und dann, weißt du, der merkwürdige Giftpfeil. Es ist bald nicht mehr geheuer in unserer guten Stadt Genf. Und mir sind die Hände gebunden.»

«Aber Sie wollten doch vor einer großen Versammlung ein Schuldbekenntnis ablegen?» wagte Jakob zu fragen.

«Ich muß dir eine Illusion nehmen, Jakob. Mit dem Alter wird man nicht klüger, merk dir das, manchmal wird man dümmer. Aber was ist dumm? Vielleicht war es doch klug. Aber ich möchte wissen, was mit Thévenoz los ist.»

«Soll ich ihn suchen gehen, Professor?» fragte Jakob dienstbereit, obwohl er gar nicht wußte, wer dieser Thévenoz war. Da half ihm der Professor auf die Spur.

«Ich habe selber versucht, ihn im Spital zu erreichen, aber es hieß, er sei seit vier Tagen in den Ferien. Dann habe ich einen Spaziergang zu seiner Wohnung gemacht, aber dort war alles verschlossen.»

«Im Spital?» fragte Jakob, und eine dunkle Erinnerung stieg in ihm auf. «Arbeitet er mit meinem Bruder?»

«Richtig», sagte Dominicé erlöst. «Dann wird dein Bruder,

Wladimir heißt er doch, dann wird dein Bruder Wladimir uns heute abend wohl Auskunft geben können.»

Sie standen auf. Der Professor nahm wieder Jakobs Arm, stützte sich leicht darauf. So wanderten sie zusammen die Corraterie hinab durch die Rues Basses. Vor Dominicés Hause sah sich Jakob mißtrauisch um. An der Ecke stand ein Mann mit einem roten Schnurrbart unter einer stumpfen Nase, der mehr als verdächtig aussah. Als er aber nach einem kurzen Blick sich abwandte, schenkte ihm auch Jakob keine weitere Beachtung und ging mit dem Professor ins Haus.

Der Schlüssel zur Wohnungstür wollte nicht recht fassen, endlich, nach zwei oder drei Versuchen, ging die Türe auf. Im Arbeitszimmer herrschte große Unordnung, Schubladen standen offen, Papiere lagen umher. Dominicé begann zu lachen, es war ein tiefes gurgelndes Lachen, aber es klang befreit.

«Gefunden haben sie nichts, die Dummköpfe!» rief er fröhlich. Dann wurde er plötzlich ernst. Jakob hörte ihn murmeln: «Die Flasche, wo ist die Flasche?» Der Professor stöberte in der Küche nach, kopfschüttelnd kehrte er zurück. «Wenigstens», sagte er, «wenigstens sind die Eier nicht zerbrochen. Komm, Jakob, wir wollen kochen gehen.» Sie teilten sich in die Arbeit, Jakob übernahm die Eier, der Professor den Tee. Dann saßen sie nebeneinander im Arbeitszimmer, Jakob strich Butterbrote, belegte sie mit Käse, der Professor kaute. Pünktlich um acht Uhr ging Jakob zum Telephon, bestellte ein Taxi, wandte sich dann an den Professor: «Ich habe noch jemanden eingeladen für heute abend», sagte er, «aber Sie müssen nicht erschrecken, Sie kennen die Frau.»

«Wer ist es?» fragte der Professor.

«Baranoffs Sekretärin.»

«Mein Gott!» sagte der Professor. Sonst nichts. Dann folgte er folgsam seinem jungen Freunde.

Als die beiden aus der Haustür traten, sah sich Jakob noch einmal mißtrauisch um. Der Mann mit dem Schnurrbart unter einer stumpfen Nase war verschwunden. Kommissär Pillevuit hatte Wort gehalten, aber Jakob konnte das nicht wissen.

Achtes Kapitel

1\. Als O'Key an diesem Abend ganz zufällig einen abgehetzten Ronny traf, mußte er zugeben, daß er ein wenig renommiert hatte mit seiner Behauptung, die Airedalesprache zu verstehen. Die Begegnung fand statt gegen Viertel vor acht Uhr auf der Straße, die von Vandœuvres über Sionnet nach Jussy führt. O'Key hatte die Universität verlassen, im Palais de Justice sein Motorrad geholt. Es blieben ihm noch mehr als zwei Stunden vor der Versammlung des ‹Kriegsrates› in der ‹Villa des Mimosas›, und er wollte die Zeit benützen, sich das Haus jenes George Whistler anzusehen, bei dem am Morgen eingebrochen worden war. Er sah es in der Ferne, am Ende einer langen Allee, verdunkelt von hohen Tannen, die es umgaben, und er überlegte gerade, ob er dem Maharaja einen Besuch abstatten sollte, als er durch ein lautes Gebell abgelenkt wurde.

Quer über ein Feld, in dem der Klee ziemlich hoch stand, sprang ein braunes Etwas gegen die Straße zu. Es glich einem braun und schwarz gesprenkelten Fisch, der in einem grünen Meer Freudentänze aufführt. Aber dann war es Ronny, der rund um das Motorrad kläffend tanzte, mit seinen Pfoten auf O'Keys Overall einen Trommelwirbel schlug, kurz, sich ganz verrückt gebärdete. O'Key wußte nicht, war es Freude, war es Angst, die den Hund so außer Rand und Band brachte. Er versuchte zu fragen, wo denn die Meisterin sei, ob sie etwa mit ihrem Wagen hier herausgefahren sei? Ronny wuffte, erzählte eine lange Geschichte ... und da war es, daß O'Key bedauerte, die Airedalesprache nicht besser studiert zu haben.

Besonders aber war es *ein* Gedanke, der O'Key davon abhielt, sich um Madge Lemoyne zu kümmern. Ihn plagte nämlich plötzlich der Verdacht, daß Madge sich mit ihrem früheren Freunde, mit dem Dr. Thévenoz, hätte treffen können. Das würde einiges erklären: ihr merkwürdig überhebliches Wesen heute morgen, als er ihr von seinen Sorgen gesprochen hatte, ihr kühler Abschied, als sie sich zu dem sterbenden Nydecker begeben hatte, und dann: Was hatte Madge die letzten Tage getan? Thévenoz hatte doch Ferien genommen? Hatten sie sich getroffen? O'Key war unruhig. Er merkte wohl, daß Ronny ihn irgendwohin führen wollte, ihn sanft an der Hose packte und versuchte, ihn mitzuziehen. Aber O'Key hatte keine Lust, hinter Madge her zu spionieren. Mochte sie tun, was sie für richtig fand. Er nahm den Hund, setzte ihn hinten auf den Soziussitz, saß auf, gab Gas, Ronny begriff augenblicklich, was von ihm verlangt wurde, und legte seine Vorderpfoten auf die Schultern des Mannes, und seine Schnauze kitzelte O'Key am Ohr. So fuhren die beiden weiter nach Jussy, kehrten über Presinge zurück. Und dort, ein wenig außerhalb des Dorfes, ereignete sich ein kleiner Zwischenfall, der O'Key immerhin zu denken gab.

Sie fuhren an einem alten Hause vorbei, einem Landhaus in schönen Proportionen, wie sie zu Ende des achtzehnten Jahrhunderts gebaut wurden; das Haus schien unbewohnt, die Fensterläden waren geschlossen, der Garten verwildert und ungepflegt. Als sie daran vorbeifuhren, wurde Ronny auf dem Hintersitz aufgeregt. Er bellte laut in O'Keys Ohr, kratzte mit seinen Pfoten auf den Schultern des Fahrers, nahm dann plötzlich einen Satz und sprang ab, im Fahren. Er überkugelte sich im Straßenschmutz (der Regenguß vom Nachmittag war noch nicht aufgetrocknet) und blieb dann stehen, um das geschlossene Haus gründlich und verärgert anzubellen. Er mochte wollen oder nicht, O'Key mußte halten, absteigen und dem Hunde folgen.

Er schritt ums Haus, gefolgt von Ronny, der ihm manchmal vorauslief, auf dem Boden schnupperte, leise klagend, dann wieder einen geschlossenen Laden lange anstarrte. O'Key rüttelte an der Klinke der Hintertür, aber sie war verschlossen. Das Haus lag tot da.

Da entschloß er sich endlich weiterzufahren, Ronny schien sich beruhigt zu haben, denn er sprang ohne weiteres auf den Hintersitz und machte es sich dort wieder bequem. Als O'Key noch einmal zurücksah, fiel ihm plötzlich etwas auf, so daß er abstoppte, um seine Beobachtung zu kontrollieren. Er war, ohne sich dessen zu achten, von Jussy aus über Juvigny gefahren, hatte somit fast einen Kreis beschrieben. Und was er in der Ferne sah, vielleicht dreihundert Meter hinter dem verschlossenen Haus, war die Hinterfront des Landhauses de la Rive, in dem jener George Whistler wohnen sollte.

«Wem gehört denn dieses verschlossene Haus?» fragte er einen vorübergehenden Arbeiter.

«Das gehört zum Gut der de la Rive», antwortete der Mann.

«Und es wohnt jetzt niemand drin?» wollte O'Key noch wissen.

«Ja, wissen Sie», sagte der Mann und benutzte die Gelegenheit, sich eine Zigarette zu drehen, «vermietet ist es schon, das Haus. Aber die Leute kommen nur manchmal heraus. Besonders am Abend. Dann merkt man aber nicht viel von ihnen. Sie müssen viel Gäste haben, es kommen allerlei Herrschaften, in Autos, auf Rädern, zu Fuß. Aber die Läden bleiben geschlossen. Manchmal hört man ein wenig Musik, eine Geige und ein Harmonium. Auch Grammophon hört man. Und am nächsten Tag ist das Haus wieder still und leer. Wir haben uns schon oft gewundert. Aber die Leute bleiben für sich, da geht uns das Ganze wohl nicht viel an. Wissen Sie, wir hier auf dem Dorfe, wir klatschen schon gerne, aber ...»

«Danke», sagte O'Key und gab wieder Gas. Im Fahren schüttelte er den Kopf. Gab der Maharaja in dem kleinen Hause intime Feste? Oder hatte das Haus mit den Bewohnern des de la Rive-Gutes nichts zu tun? Warum hatte Ronny ihn auf das Haus aufmerksam gemacht? War Madge darin gewesen? Wenn sie jetzt noch dort war, so hätte Ronny sicher aufgeregter getan und sich nicht so schnell beruhigt.

‹Ah, bah›, dachte O'Key, ‹ich werde sie heute abend fragen, was sie in Presinge zu tun hatte. Vielleicht antwortet sie mir. Möglich, daß sie Ronny abgeschoben hat, weil sie mit Thévenoz allein sein wollte. Ronny konnte Thévenoz nicht ausstehen, hat sie mir einmal erzählt. Ja, Ronny ist ein Hund mit Menschenkenntnis.›

Und er gab der Hundeschnauze neben seinem Ohr kleine zärtliche Kopfstöße, und Ronny quittierte sie mit einem leisen, begeisterten Quietschen. Die beiden verstanden sich gut.

2. Isaak Rosène, der Advokat, war blond, und blond war auch der kleine Schnurrbart über der Oberlippe, der wie eine fremdartige Hautwucherung aussah. Er saß im großen Speisezimmer seiner Villa, leicht zurückgelehnt, ein weißes Seidentuch hing aus der Brusttasche seines dunkelblauen Rockes, er duftete sanft nach Lavendelwasser und englischen Zigaretten und stach eigentlich ziemlich von seinem Bruder Wladimir ab, dem Arzt, der neben ihm saß, zusammengesunken, in einem grauen Konfektionskleid, die Unterarme auf dem Tisch verschränkt.

«Maman Angèle», sagte Isaak, nahm den randlosen Kneifer vom Nasensattel und ließ ihn am Bügel um den kleinen Finger kreisen, «wir bekommen Besuch. Du mußt dann auch dabei sein. Mach recht viel schwarzen Kaffee, sag André, er soll die Schnäpse herausstellen, oder nein, warte, schick mir André lieber herein, ich will selber mit ihm sprechen.»

Maman Angèle war klein und trug ein schwarzes, rauschendes Seidenkleid. Wenn sie kochen mußte, zog sie darüber eine große weiße Ärmelschürze, die ihr Wladimir einmal geschenkt hatte. Sie brummte ein wenig, ging aber schließlich doch den Chauffeur und Kammerdiener André holen. Diesem gab dann Isaak seine Aufträge.

«Ja, stell dir vor», wandte er sich dann an seinen Bruder «ich bin wie aus den Wolken gefallen. Zuerst bittet mich Jakob, ich solle mich doch des Professors annehmen, und dann telephoniert mir irgendein englischer Journalist in der gleichen Sache, und da habe ich mir gedacht, ich bringe alle diese Leute bei mir zusammen, da kann man dann in Ruhe darüber reden. Übrigens, erinnerst du dich noch jener Erpressungsgeschichte vor – wart einmal, vor fünf, nein sechs Jahren, in der diese Frau de Morsier eine so merkwürdige Rolle gespielt hat?»

«Mhm», nickte Wladimir und zog an einer dicken Zigarre, die er wie ein amerikanischer Börsenmann im Mundwinkel hielt.

«Es würde mich gar nicht wundern», sagte Isaak, «wenn wieder diese Frau auftauchen würde. Ich habe noch zur Sicherheit Martinet angeläutet, heut nachmittag. Der hat sich natürlich wieder in die dunklen Wolken seiner Rhetorik gehüllt, aber soviel hab ich doch begriffen, daß der Professor ziemlich kompromittiert ist, daß aber die Behörde nicht wünscht, daß er in diese Mordsachen hineingezogen wird. Zwei Mordsachen, nicht wahr, Wladimir? Und du warst bei beiden handelnder oder sagen wir lieber behandelnder Zuschauer.»

«Mhm», sagte Wladimir.

«Was hast du heute abend? Kannst du deinen Mund nicht auftun? Meinst du, ich hätte in unserer Familie die Redefähigkeit allein gepachtet? Ja oder nein? Warst du dabei?»

«Mhm», dann räusperte sich Wladimir und bequemte sich zu einer Antwort. «Eigentlich weiß Thévenoz besser Bescheid, ich bin ja nur ein kleiner Assistenzarzt, während Thévenoz die Aufsicht hat. Ich hab eigentlich wenig mit den Sachen zu tun gehabt.»

«Ein englischer Sekretär ist vergiftet worden? Nicht wahr? Und ist euch unter den Händen gestorben, als es ihm schon besser ging? Und dann hat ein Apotheker daran glauben müssen, der ohnehin diverse dunkle Sachen auf dem Gewissen hatte? Ist es nicht so? Warum hast du nicht Thévenoz mitgebracht, wenn der doch besser Bescheid weiß als du?»

«Thévenoz ist verschwunden. Er ist vor vier Tagen in die Ferien, und ich muß seine Abteilung betreuen», sagte Wladimir. Er zog eine Grimasse. «Ich hab ein paarmal versucht, ihn zu erreichen, telephonisch natürlich, aber er ist nicht in seiner Wohnung. Vielleicht ist er verreist. Soll ich meines Arztes Hüter sein?»

«Bitte, keine Parodien», sagte Isaak streng.

Es klopfte. André öffnete die Tür und ließ O'Key ein. Isaak stand auf und ging ihm entgegen.

«Es freut mich», sagte er, «Ihre Bekanntschaft zu machen. Sie sind mir heut nachmittag noch warm empfohlen worden. Hoffentlich kommen wir zusammen zu einer günstigen Entscheidung.»

O'Key verbeugte sich, nahm Platz, nachdem er auch Wladimir die Hand geschüttelt hatte.

«Ich dachte», sagte Isaak, «Sie würden den Professor mitbringen?»

«Das hat Ihr junger Bruder übernommen», antwortete O'Key. «Wir waren heute beide in der letzten Vorlesung unseres Professors, und ich habe Jakob gebeten, sich des alten Herrn anzunehmen. Ich denke, er wird ihn bald herbringen. Übrigens hat es merkwürdige Zwischenfälle gegeben in dieser Vorlesung.»

«Welche?»

«Fliegenschwärme», sagte O'Key, «Fliegenschwärme und eine klingende Münze und einen höchst modern konstruierten Giftpfeil.» Und er erzählte kurz die Vorkommnisse.

«Na», meinte der Advokat, «wir werden heute mindestens zwei Giftkenner bei uns begrüßen können. Mein Bruder hier», er wies auf Wladimir, der dabei errötete wie ein belobter Schuljunge, «interessiert sich nämlich auch gewaltig für Gifte. Er hat sich in einem einsamen Gartenhaus ein Laboratorium eingerichtet und kocht und braut dort Giftpflanzen. Auch einen Garten hat er sich angelegt. Erzähl mal dem Herrn da, was du alles kultivierst.»

Aber Wladimir brummte nur verlegen etwas von ‹kleinen Versuchen› und ‹nicht allzugroße Bedeutung›.

«Tu doch nicht so bescheiden», sagte Isaak, «er ist nämlich schüchtern wie ein kleines Mädchen, wenn man auf sein Steckenpferd zu sprechen kommt. Du hast mir doch einmal von einem Hexenrezept vorgeschwärmt und mir geklagt, du hättest niemanden, an dem du es ausprobieren könntest.»

«Ach, red doch nicht so viel», protestierte Wladimir ärgerlich, «das war doch nur ein Witz. Gewissermaßen ein psychologischer Witz.»

«Na, wenn du nicht reden willst ...», sagte der Advokat, «dann laß es bleiben.» O'Key blickte eine Weile schweigend auf den kleinen, rundlichen Assistenzarzt, schüttelte dann, in Gedanken versunken, den Kopf. ‹Das ist eben immer so›, dachte er bei sich, ‹in derartigen Affären tauchen von Zeit zu Zeit scheinbar neue Spuren auf, die zu nichts führen. Dieser fette Mann da? Der ist nur verlegen, weil ihn der Bruder wie einen Schulbuben lobt. Komische Leute, diese beiden.›

Da klopfte es wieder, und herein schritt Professor Dominicé in seinem langen grauen Gehrock, die Plastronkrawatte mit einer Perle verziert. Zwei Gestalten waren hinter ihm sichtbar, die an der Türe stehenblieben, während Dominicé mit raschen Schritten das Zimmer durchquerte. Die drei am abgeräumten Speisetisch standen auf.

«Sehr erfreut, Sie zu sehen, mein lieber Journalist», sagte der Professor. «Sie haben uns heut nachmittag ein wenig plötzlich verlassen, aber das schadet nichts. Sie scheinen so besorgt um mein Wohlergehen zu sein, daß ich mich eigentlich bei Ihnen entschuldigen sollte. Einmal habe ich Ihnen nicht gerade sanftmütig geantwortet. Wissen Sie noch?»

O'Key nickte schweigend, während er dem Professor die Hand schüttelte. Dann machte er sich los und ging auf Natascha zu. «Haben Sie sich auf unsere Seite geschlagen, Fräulein Kuligina?» Und er lächelte sie an. «Was macht Zweiundsiebzig?»

«Was?» fragte Jakob, und vor Erstaunen blieb ihm der Mund offen, was einen törichten Eindruck machte, «was, ihr kennt euch?»

«Natürlich kennen wir uns», sagte Natascha ungeduldig, und sie gab O'Key die Hand. «Wir haben oft miteinander zu tun gehabt.» O'Key lachte. «Zu tun gehabt ist hübsch gesagt», meinte er. Da unterbrach der Professor die Begrüßung.

«Ich wollte meinen Augen nicht trauen», sagte er, «als mein junger Freund Jakob mich zwang, mit ihm zusammen Fräulein Kuligina abzuholen. Aber als sie dann zu uns in den Wagen stieg, haben wir Frieden geschlossen. Nicht wahr? Fräulein Kuligina hat einmal bei meiner Folterung als Folterknecht assistiert. Aber ihr gutes Herz ist mit ihr durchgegangen, und sie hat sich dann fast wie eine Krankenschwester benommen. Nicht wahr, Mademoiselle?»

Natascha hatte ihre Sicherheit wiedererlangt, da hörte man des Advokaten Stimme aus dem Hintergrund:

«Du bist unhöflich, Jakob, du solltest mich wenigstens deiner Freundin vorstellen. Wer oder was ist sie?»

Jakob wurde rot, aber Natascha befreite ihn aus seiner Verlegenheit. Sie schritt auf den Advokaten zu und sagte mit einem Lächeln, das sehr angenehm wirkte:

«Ich hoffe, Ihr politischer Horizont ist nicht so eingeengt, und Sie werden eine Kommunistin wohl bei sich begrüßen können.»

Isaak lächelte ebenfalls, schüttelte die dargebotene Hand und erwiderte:

«Wenn Sie auf seiten unseres Professors stehen, sind Sie mir natürlich willkommen. Übrigens sind politische Ansichten wohl nicht so wichtig. Hauptsache ist, daß man sich auf einer menschlichen Basis verständigen kann.»

«Ist Fräulein Lemoyne noch nicht gekommen?» erkundigte sich O'Key, und seine Stimme klang sorgenvoll.

«Nein», sagte der Advokat, lud mit einer Handbewegung die anderen zum Sitzen ein und nahm selbst oben am Tisch Platz. Man merkte, daß er schon oft Sitzungen präsidiert hatte, und war schweigend damit einverstanden, daß er den Rat leitete.

«Fräulein Lemoyne wäre uns nützlich gewesen», sagte O'Key noch, aber der Advokat zuckte nur bedauernd die Schultern:

«Dann werden wir uns ohne sie behelfen müssen, aber vielleicht kommt sie noch», fügte er tröstend hinzu.

Es kratzte an der Türe, ein Winseln ertönte, Ronny begehrte Einlaß. Aber bevor noch einer der Anwesenden aufgestanden war, um den Hund einzulassen, ging die Türe auf, Maman Angèle erschien auf der Schwelle, und neben ihr drängte sich Ronny durch. Gesittet, wie es seine Art war, wenn er sich in Gesellschaft befand, schritt er auf den Professor zu, ließ sich die Pfote schütteln und legte sich zu den Füßen des alten Herrn. Um die anderen Anwesenden kümmerte er sich nicht.

«Professor», begann der Advokat, «Sie sind in Gefahr, das wissen Sie. Abgesehen von der Verhaftung, die ein tatendurstiger Staatsanwalt gegen Sie durchsetzen will, sind Sie, wie mir scheint, noch von anderen Feinden bedroht. Das scheint mir wenigstens aus dem Bericht hervorzugehen, den Herr O'Key uns vor Ihrem Erscheinen abgelegt hat. Wäre es da nicht gescheiter, Sie würden uns ganz einfach und sachlich etwas von jenen Leuten mitteilen, die, ob mit Recht oder mit Unrecht, Sie aus dem Wege schaffen möchten?»

Dominicé schwieg. Er hatte die Blicke auf seine gefalteten Hände gesenkt, die auf der Tischplatte lagen, und blieb reglos in dieser Stellung sitzen, so als sei er erstarrt.

Isaak bohrte weiter. Der Professor müsse doch zugeben, fuhr er fort, daß die ganze Situation unhaltbar geworden sei. Er, Isaak, sei überzeugt, daß sich der Professor nichts habe zuschulden kommen lassen, nichts, was mit dem Ehrbegriff unvereinbar sei, daß es sicher, wenn der Professor nur sprechen und erklären wolle, einen Ausweg aus der Situation geben müsse. Aber es sei nichts zu machen, solange sich der Professor in Schweigen hülle. Dann wartete der Advokat wieder eine geraume Weile. O'Key, der dem Professor gegenübersaß, schien es plötzlich, als beobachte Dominicé hinter den gesenkten Lidern den Assistenzarzt Wladimir Rosenstock, der neben ihm saß, zwischen ihm, dem Professor, und dem Advokaten. Aber es war vielleicht nur eine Täuschung.

«Darf ich Fragen stellen?» fragte Isaak plötzlich scharf. «Wir kommen sonst nicht weiter.»

«Bitte», sagte der Professor.

«Ich habe auf einem Umweg erfahren, daß Sie eine Zeitlang in sehr unsicheren finanziellen Verhältnissen gewesen sind, daß man diese Tatsache benützt hat, um einen Druck auf Sie auszuüben, daß es Ihnen aber gelungen ist, diesen Druck, diese Erpressung, wenn Sie lieber wollen, abzuschütteln; nun möchte ich gerne wissen, wer Ihnen die Möglichkeit gegeben hat, sich von Ihren Verpflichtungen zu befreien.»

«Gut», sagte der Professor und hob den Blick, ließ ihn einen Augenblick auf Natascha ruhen, lächelte ihr zu und drohte ihr mit dem Finger. «Fräulein Kuligina hat also nicht dicht gehalten. Sehen Sie, ich habe es mir ja immer gedacht, Sie haben im Grunde gar kein Talent zur Spionin. Eine Spionin sollte kein Erbarmen kennen, besonders wenn sie aus Überzeugung handelt. Dies alles sage ich nur», wandte sich der Professor an Isaak, «weil ich kein Freund des unbestimmten ‹man› bin. ‹Man› ist in diesem Falle ein gewisser Baranoff, der mir in einem denkwürdigen Gespräch nahegelegt hat, für ihn zu arbeiten: Er meinte damit, wie Sie vielleicht schon wissen, ich solle den Sekretär von Sir Bose, der sich für meine Arbeiten interessierte, so beschäftigen, daß er seine Diktate einem harmlosen Menschen, einem gewissen Nydecker, zum Abschreiben übergeben würde. Ich muß gestehen, daß ich bezweifelte, daß sich dies bewerkstelligen lassen würde. Aber merkwürdigerweise ging es. Crawley wurde also mein Sekretär, und ich wurde dafür bezahlt. Ganz begriffen habe ich diese Sache nie, und Crawley sprach auch nur selten von dieser Sache. Ich hatte eine große Arbeit unternommen, über den Einfluß der Gifte auf die Veränderung der menschlichen Seele, und hatte darum keine Zeit, mich mit Politik zu beschäftigen. Hauptsache war, daß ich nun in Ruhe arbeiten konnte, ohne Sorgen, meine Schulden hatte ich bezahlt, was wollte ich mehr. Dies ging eine Zeit so fort, bis ich eines schönen Tages einen Besuch erhielt.»

Der Professor machte eine Pause und sah die Anwesenden der Reihe nach an. O'Key hörte mit starrem Gesicht zu, Natascha schien sich zu langweilen, sie saß neben dem jungen Jakob Rosenstock. Wladimir, der Assistenzarzt, saugte stumm an seiner ausgegangenen Zigarre und hatte seine Augen unter den schweren Lidern verborgen.

«Bis ich eines schönen Tages einen Besuch erhielt. Das war acht Tage vor Crawleys Tod. Da läutete es, meine Haushälterin war, wie gewohnt in der letzten Zeit, nicht da, und ich ging öffnen. Ein junger Mann stand vor mir, seine Gesichtshaut war sehr weiß, das fiel am meisten auf, die Züge waren regelmäßig. Ich bat ihn, näherzutreten. Er nahm mir gegenüber Platz, es war tiefer Nachmittag, aber obwohl es draußen noch hell war, hatte ich doch die Läden geschlossen. Sie kennen ja meine Gewohnheiten ...», er sah abwechselnd O'Key und Natascha an. Die beiden nickten. «Er nahm mir gegenüber Platz, ich saß im Schatten, und sein Gesicht war hell beleuchtet von meiner Schreibtischlampe.»

Im Nebenzimmer schrillte eine Klingel. Der Advokat verzog verärgert das Gesicht, da stand schon Wladimir auf, ging mit seinen merkwürdig schleifenden Schritten auf die Türe des Nebenzimmers zu, indem er sagte: «Es ist wahrscheinlich für mich. Ich hab einen schweren Fall im Spital, Lungenembolie, eigentlich hätte ich gar nicht kommen dürfen, aber ...», da unterbrach ihn ein erneutes Schrillen, er schloß die Türe hinter sich, O'Key versuchte, die gedämpften Worte des Arztes zu erhaschen, aber es waren nur einsilbige Ausrufe. Dann hörte er das klickende Einhängen des Hörers, Wladimir kehrte zurück, irgend etwas fiel O'Key an ihm auf, etwas ganz Nebensächliches, er hätte selbst nicht sagen können, was es war, er hatte auch keine Zeit dazu, denn Wladimir entschuldigte sich höflich: Er könne leider nicht länger verweilen, übrigens sei seine Anwesenheit ja nicht von großer Wichtigkeit, er müsse nun doch ins Spital. Er schüttelte Hände und verschwand schleifend. Ronny knurrte ihm nach.

«Ja, wo war ich?» fragte der Professor. «Bei meinem Besuch, nicht wahr? Er stellte sich vor als George Whistler. Wie soll ich ihn beschreiben? Ich habe schon gesagt, daß seine Gesichtshaut sehr weiß aussah, nicht bleich etwa, nein, weiß – wissen Sie, auf einer Reise in Marokko habe ich einmal den Scheich eines Berberstammes kennengelernt, der hatte die gleiche Hautfarbe. Und das war merkwürdig, denn der Mann brachte doch den ganzen Tag an der Sonne zu und war weiß geblieben. Übrigens hatte dieser Whistler, wie ich ihn damals nannte, auch sonderbar blasse Augen, aber dazu standen die Haare im Widerspruch, die waren bläulich schwarz. Merkwürdige Kombination. Es mußte etwas mit der Pigmentierung bei diesem Manne nicht in Ordnung sein.»

«Wollen Sie nicht zur Sache kommen, Professor», mahnte Isaak und blickte hernach O'Key an. Sie blinzelten sich unmerklich zu. Es war klar, daß der Professor irgendeinen Grund hatte zu schwatzen, Zeit zu vertrödeln, es sah aus, als warte er auf etwas, das sich ereignen sollte.

«Ja, ja», sagte Dominicé, «ich komme schon zur Sache. Whistler erklärte mir, er habe auf Umwegen erfahren, daß ich in einer schwierigen finanziellen Situation sei und daß er gekommen sei, mir zu helfen. Merkwürdig, dachte ich, daß sich so viele Leute um meine Sanierung kümmern, aber das sagte ich nicht laut, sondern dachte es nur. Man soll gut intentionierte Leute nicht vor den Kopf stoßen. Kurz und gut, Whistler bot mir zehntausend Franken an, es stehe noch mehr zu meiner Verfügung, wenn ich mehr brauchen sollte. Bedingungen habe er keine zu stellen, sagte er, aber eine Bitte habe er an mich. Was das denn für eine Bitte sei, wollte ich wissen. Da müsse er weiter ausholen. Whistler sei sein Pseudonym, sagte er, eigentlich sei er ein indischer Fürst, der aus seinem Lande vertrieben worden sei, weil man dort Petrol gefunden habe. Welcher ‹man›? wollte ich wissen, und ich fragte mich einen Augenblick, ob ich es mit einem Größenwahnsinnigen zu tun habe oder einem Hochstapler. Nun, beides konnte ich erst entscheiden, wenn ich das Geld in der Hand hatte. Ich wollte es gern annehmen, es war ungemütlich, von einem Schuft wie diesem Baranoff abzuhängen, und dieser Whistler schien entschieden sympathischer zu sein. Was aber, fragte ich ihn, was hatten diese Ölquellen mit meiner Sanierung zu tun? Das sei doch ganz einfach, sagte der indische Fürst, er habe erfahren, daß ich mit Crawley befreundet sei, dem Sekretär des Delegierten seines Staates, und man habe mich doch in der Machination gebraucht, um in die Entwürfe und diplomatischen Dokumente des Sir Bose Einblick zu gewinnen. Dazu hätte ich doch Crawley beschäftigen müssen. Er habe nur eine Bitte, sagte der Fürst, ich solle von der Kombination zurücktreten, Crawley womöglich aufklären, dieser junge Mann gefalle ihm, er scheine ein Gentleman zu sein, aber er wisse sicher nicht, zu welchen Machinationen er sich hergebe. *Ich* solle Crawley aufklären. Und das tat ich auch, später, einen Tag darauf. Übrigens mußte ich auf dem Crédit Lyonnais mir ein Konto eröffnen lassen, Whistler, oder wenn Sie lieber wollen, der Fürst, ließ mir zwölftausend Franken überweisen. Damit konnte ich Baranoff loswerden – ja, loswerden.» Der Professor schwieg.

«So hätten wir die Erklärung für zwei Vorkommnisse, die zu meiner Kenntnis gelangt sind. Am Abend von Crawleys Tode, also am 23. Juni, hat sich Crawley mit seinem Vorgesetzten gezankt und ist mit einer Mappe, die scheinbar wichtige Dokumente enthielt, zu Ihnen gekommen. Wissen Sie, Professor, wo diese Mappe hinverschwunden ist?»

Dominicé saß wieder da, starr, die Augen auf seine gefalteten Hände gesenkt. Etwas, das sich nicht näher bezeichnen ließ, etwas in seiner Haltung wirkte unnatürlich und verkrampft. O'Key merkte es so gut als der Advokat, vielmehr fühlte O'Key, ohne sich verständigen zu müssen, daß er mit Isaak gleicher Meinung war. Wie ihm überhaupt der Advokat gut gefiel.

«Die Mappe?» wiederholte der Professor. (‹Ah›, dachte O'Key, ‹jetzt weiß ich, was seine Haltung ausdrückt: ein Lauschen, ein verkrampftes Lauern, ob nicht bald die erwartete Unterbrechung kommt.›) «Ich weiß nichts von einer Mappe», sagte Dominicé und lehnte sich im Stuhl zurück. Er blickte von einem zum andern, lange blieb sein Blick auf Jakob und Natascha haften, die ziemlich eng nebeneinander saßen. O'Key war hellwach. ‹Jetzt›, dachte er, ‹jetzt kommt es.› Da fuhr auch schon Ronny unter dem Tisch hervor, sprang zum Fenster, legte die Vorderpfoten auf den Sims und bellte in die stille Nacht hinaus.

«Was hat der Hund?» fragte der Professor und machte Miene aufzustehen.

«Bleiben Sie sitzen!» herrschte ihn O'Key an. Darauf stand er selber auf, ging zum Fenster, tätschelte Ronnys Kopf und beugte sich hinaus. Das Fenster ging auf einen seitlichen Teil des Gartens, die breite Autostraße war nur zu sehen, wenn man sich weit aus dem Fenster beugte und nach rechts blickte. Dann schimmerte sie wie ein breiter schwärzlicher Bach durch die eisernen Stäbe des Zaunes, die den Garten gegen außen hin abschlossen. Im Garten stand eine dichte Nacht, eine lautlose und schwüle, das Blätterdach einiger hoher Bäume ließ den Schimmer der Sterne nicht durch. O'Key sah nichts. Aber Ronny war nicht zu beruhigen, er bellte nicht mehr laut zwar, doch wuffte er unterdrückt, und sein Fell sträubte sich, genau wie es sich am Morgen gesträubt hatte, als vor Madges Fenster in Bel-Air die singende Stimme erklungen war.

«Such, Ronny, such!» feuerte O'Key den Hund an. Ronnys Körper zog sich zusammen, die Vorderbeine suchten einen Halt auf dem glatten Fensterbrett – und dann verschwand der Körper des Hundes.

Während O'Key lauschend am Fenster stehenblieb, gingen ihm viele Gedanken durch den Kopf. Er dachte an Madge. War ihr etwas zugestoßen? Oder war *sie* etwa im Garten, und hatte Ronny ihre Nähe bemerkt? Nein, dazu war der Hund zu aufgeregt gewesen. Was erwartete der Professor? O'Key schielte zu ihm hinüber, Dominicé hatte die Handballen auf die Tischplatte gestemmt, so als wolle er aufspringen, aber merkwürdigerweise sah er nicht nach dem Fenster, sondern nach der Türe. Einen Augenblick überlegte O'Key, ob er nachsehen sollte, wer vor der Türe stand, dann gab er es auf, denn jetzt wurde es plötzlich im dunklen Garten lebendig. Ronny mußte irgend jemanden aufgestöbert haben, er bellte laut und verärgert, dann hörte O'Key eine Männerstimme laut fluchen. Der Advokat war neben ihn getreten.

«Was ist da draußen los?» fragte er. O'Key zuckte mit den Achseln. «He, André», rief Isaak, «was ist los?»

Die Stimme des Chauffeurs tönte aus der Tiefe des Gartens:

«Irgend jemand, der sich hier versteckt hat, der Hund hat ihn aufgestöbert. Merde ...», rief er noch, dann war Stille, auch Ronny war nicht mehr zu hören.

«He, André!» rief der Advokat. Keine Antwort. Da durchstieß ein spitzes Wimmern des Hundes die Stille, es klang wie der verzweifelte Hilferuf eines kleinen Kindes.

«Schnell», sagte O'Key, «wir müssen in den Garten. Sie, Maître, gehen mit den andern durch die Tür, ich springe hier hinaus. Sie bleiben wohl hier, Professor?»

«Ich bleibe hier», sagte Dominicé und lehnte sich in seinen Stuhl zurück.

Als der Raum sich geleert hatte, stand Professor Dominicé langsam auf, schlich sich zur Tür und drehte das Licht ab. Dann schlürfte er zurück, geduckt.

3. Da wächst im Fensterrahmen eine Gestalt aus der Dunkelheit. Deutlich sind die Umrisse zu erkennen gegen die Nacht draußen, die heller scheint gegen die Schwärze des Zimmers. Ein Keuchen ... Die Gestalt schwingt sich aufs Fensterbrett. Sie schwankt bedenklich, fällt schließlich ins Zimmer, bleibt liegen, murmelt.

Draußen bricht wilder Lärm los.

«André!» ruft die Stimme des Advokaten. Dann zuckt der Schein einer Taschenlampe über die Decke des Zimmers.

O'Keys Stimme ertönt: «Hierher! Hier liegt er!» Eine Pause. Wieder O'Keys Stimme: «Warum hat denn der Professor das Licht gelöscht? Jakob, laufen Sie schnell, zünden Sie das Licht wieder an.»

Eilige Schritte nähern sich, verstummen vor dem Fenster.

«Professor!» ruft eine Knabenstimme. Schweigen. Dann entfernen sich die Schritte wieder, nähern sich der Gangtür, nun steht Jakob in der Tür und fragt ängstlich:

«Warum haben Sie das Licht gelöscht, Professor?» Dann knipst der Schalter. Der Junge fährt zurück mit einem leisen Schrei. Nahe beim Fenster hat er einen Mann erblickt, der am Boden liegt und mit weitaufgerissenen Augen zur Decke starrt.

Aber Dominicé antwortet nicht. Das Schweigen unter dem grellen Schein der unverkleideten Deckenlampen ist schmerzhaft. Der Professor wackelt mit dem Kopf wie ein Uralter. Jakob springt ans Fenster: «Hier liegt ein Toter!» schreit er.

Das Schweigen des Zimmers scheint sich über den Garten auszubreiten. Dann rauschen Büsche. Irgendwo, auf der Straße wahrscheinlich, surrt ein Auto an, ein hoher Ton zuerst, der leiser und tiefer wird und in der Ferne verhallt.

«Damned!» hört man O'Keys Stimme. «Die Pneus an meinem Motorrad sind zerstochen.»

Schritte nähern sich der Zimmertür. Als erster betritt der Journalist das Zimmer, hinter ihm der Advokat. Nach einer Weile erscheint Natascha. Ihr dunkles Haar ist wirr und feucht, Schweißtropfen glänzen auf ihrer Stirne, an ihren Schläfen.

Dominicé steht mit verlegenem Gesicht neben dem Sterbenden und weiß nicht recht, was er mit sich anstellen soll.

«Jean!» sagt er. Da scheint der Sterbende zu merken, daß jemand zu ihm spricht. Alle sehen, daß er eine große Anstrengung macht, um etwas zu sagen, seine Lippen sind gespannt, einmal, zweimal erscheint die reichlich geschwollene Zunge zwischen den Zähnen. Und dann formt sich ein Laut, Mittelding zwischen Lallen und Sprechen:

«Vala ...», sagt der Sterbende, «Vala ...»

Der Körper krümmt sich, das Atmen ist ein zischendes Geräusch, einige Zuckungen, und Dr. Thévenoz liegt reglos. Sein dünnes, blondes Haar, das sonst so tadellos gescheitelt war, steht wirr um den Kopf, und tiefe Furchen laufen von den Nasenflügeln zu den Mundwinkeln. Sonst sieht das Gesicht friedlich aus.

‹Vielleicht›, denkt Jakob, der Gymnasiast, ‹hat der Läufer von Marathon so ausgesehen, als er ankam mit der Nachricht des Sieges und dann erschöpft starb. Nur läßt hier die Nachricht an Deutlichkeit zu wünschen übrig.›

«Vala? ...» wiederholt Isaak Rosène, der Advokat. «Vielleicht wollte er ‹voilà› sagen; ... und viel anderes ist in dieser Situation wirklich nicht zu sagen. Ja ... voilà! Hier ist die Bescherung. Aber weiter führt es uns nicht, das sehen wir selbst ... voilà ... um das mitzuteilen, hätte der arme Thévenoz nicht so weit zu laufen brauchen. Wie geht's dir, André? Was hat's gegeben?»

André stöhnt in einer Ecke, er ist noch nicht recht aufgewacht. Maman Angèle steht neben ihm und betupft seine Schläfen mit einem feuchten Tuch, das sie in Essig getaucht hat. Aber Ronny, der Airedale, ist schon wieder munter, er schnüffelt im Zimmer umher, bellt unterdrückt und gereizt, rennt von einem zum andern, schnüffelt an den Kleidern des Toten, fährt zurück mit gesträubtem Fell. Der Professor steht noch immer neben dem Toten, und in die verhältnismäßige Stille hört man ihn sagen, still, konzentriert, sachlich:

«Behinderung des Sprechvermögens, scharlachgerötete, heiße, trockene Haut, Lähmung des Auerbachschen Plexus ...»

«Auerbachscher Plexus ...», wiederholt O'Key gedankenvoll. Es ist das zweite Mal an diesem Abend, daß eine scheinbare Kleinigkeit plötzlich eine bedeutsame Wirklichkeit erhält. Da war zuerst etwas mit Wladimir Rosenstock, dem Assistenzarzt, gewesen ... was doch? ... Nun, es wird ihm schon einfallen ... Und jetzt – wer hat schon einmal vom Auerbachschen Plexus gesprochen? ... in einer ähnlichen Situation – ganz zu Anfang dieser verrückten Geschichte.

Aber der Auerbachsche Plexus taucht wieder unter, verschwindet. Denn plötzlich fällt O'Key mit grausamer Deutlichkeit die Tatsache ein, daß Madge Lemoyne noch immer nicht gekommen ist. Er geht ins Nebenzimmer, stellt eine Nummer ein. Eine verschlafene Stimme meldet sich.

«Verbinden Sie mich mit Fräulein Lemoyne», sagt O'Key. Der Portier von Bel-Air brummt zuerst etwas, dann hört man das Knacken des Umschaltens. Nun summt es am anderen Ende der Leitung, summt regelmäßig, alle zehn Sekunden. O'Key zählt! Einmal, zweimal, dreimal ... Beim sechsten Male, gerade als er ungeduldig werden will, ertönt wieder die schläfrige Stimme des Portiers: Fräulein Lemoyne sei nicht in ihrem Zimmer. Offenbar sei sie fortgefahren, sie habe heute ihren freien Nachmittag gehabt, ihr Auto sei auch nicht da. Ob man etwas bestellen könne?

«Nein, danke», sagt O'Key und hängt ein. Und sofort überfällt ihn die Frage, warum Madge ihm dies nicht mitgeteilt hat. Wo ist sie hingefahren? Nach der Geschichte mit Nydecker? Ist ihr etwas zugestoßen? Eine ganz unbekannte, eine verzweifelte Angst nimmt von O'Key Besitz, er kann nicht mehr ruhig bleiben, aber er weiß nicht, was er tun soll. Er macht sich Vorwürfe: Faul ist er gewesen, er hätte vielleicht verhüten können, was heute abend geschehen ist, er hat sich nicht genug angestrengt! Und nun dies Verschwinden zu allem andern! Das ist die Strafe! Ängstlich, als könne er noch etwas versäumen, verlangt er eine zweite Nummer, die berühmte Nummer, die ihm am Morgen des heutigen Tages von Herrn Martinet eingebleut worden ist ... Aber auch hier tönt nur, immer in gleichen Zwischenräumen, das aufreizende Summen zurück. ‹Natürlich›, denkt O'Key, ‹Herr Staatsrat Martinet ist bei seinem Piquet, gut, daß ich weiß, wo er zu finden ist. Wir werden hingehen und ihn ausholen. Herr Martinet muß sich aufknöpfen. Aber zuerst sollte ich wohl den Professor ...› O'Key geht mit langen Schritten in den Speisesaal zurück. Aber sobald er durch die Türe getreten ist, merkt er, daß die Atmosphäre sich verändert hat.

4. Es waren zwei Männer mehr im Saal. Und die Anwesenheit dieser beiden Männer mußte die Veränderung der Stimmung hervorgerufen haben. Den einen der beiden kannte O'Key, und er wollte freudig, mit ausgestreckter Hand, auf ihn losgehen. Aber das Verhalten des zweiten Mannes hinderte ihn an der Ausführung dieses Vorsatzes. Denn der zweite Mann sah merkwürdig aus, merkwürdig und einschüchternd.

Er saß neben dem Professor, dieser Mann, lässig zurückgelehnt, eine brennende Zigarette zwischen Daumen und Ringfinger, und er ähnelte einem Schauspieler, der einen Gentlemaneinbrecher mimen will. Er trug Abendkleidung, sein Frack saß, wie sonst nur im Kino ein Frack sitzt, die seidenen Socken, die Lackschuhe, das Hemd, die weiße Krawatte, alle seine Kleidungsstücke wären mit einem Ausrufungszeichen zu versehen gewesen. Sonderbar war, daß diese Eleganz durchaus nicht gekkenhaft wirkte, sondern doch selbstverständlich hoheitsvoll. Als O'Key vor ihn trat, erhob sich dieser Mann, legte die Zigarette ab, stützte sich leicht auf die Lehne des Stuhles – ‹wie eine Majestät, die eine Audienz erteilt›, dachte O'Key und verbeugte sich tief.

«Hoheit», sagte Sir Boses Kammerdiener Charles, «Hoheit, darf ich Ihnen einen Kollegen und treuen Freund vorstellen, Cyrill Simpson O'Key, Ire, Reporter und ...»

«Ich weiß», sagte die Hoheit, «ein tüchtiger Mann, der seinem Lande allerhand Dienste erwiesen hat, aber sich nun in einer unangenehmen Situation befindet. Nicht wahr?»

«Jawohl, Hoheit», sagte O'Key. «In einer dummen Situation.»

Der Maharaja von Jam-Nagar setzte sich, rauchte schweigend, dann zupfte er an der Bügelfalte seines rechten Hosenbeins. Hierauf blickte er auf und sagte:

«Nehmen Sie Platz, Herr O'Key.» Es klang, wie wenn Kaiser Franz Joseph selig einem kleinen Leutnant bedeutet hätte: «Stehns kommod!»

O'Key setzte sich. Alles kam ihm verworren und unklar vor, er gab seiner Müdigkeit die Schuld, versuchte sich aufzurappeln, beugte sich zum alten Colonel und raunte ihm zu:

«Glänzend sieht er aus, Ihr Fürst, ganz wie Sie behauptet haben: Krishnamurti, der Heiland der Theosophen, mit einem kleinen Schuß Arsène Lupin, sympathisch, entschieden, und gar nicht farbig. Er ist ja weiß, wie Sie und ich.»

«Schweig, Simp», zischte Charles böse. «Hör lieber zu. Er ist der einzige, der euch aus dieser verzweifelten Situation retten kann.» O'Key wagte es, diese Behauptung zu bezweifeln.

«Es ist natürlich unmöglich», sagte der Maharaja, «daß der Tote in diesem Hause bleibt. Er ist gekommen, um eine Botschaft zu bestellen, aber der Tod war schneller. Für Sie, verehrter Meister, wäre es gefährlich und peinlich zugleich, wenn die Polizei Ihre Anwesenheit in diesem Hause, auf dem Schauplatz eines Mordes, feststellen müßte. Darum schlage ich vor, den Toten in mein Auto zu schaffen und die Leiche irgendwo vor der Stadt, an einem einsamen Orte, abzulegen. Wir können es dann getrost der offiziellen Polizei überlassen, dieses neuerliche Verbrechen aufzuklären. Vielleicht ist einer der Anwesenden so freundlich, mir bei diesem Geschäfte zu assistieren. Ich selber berühre nicht gerne Leichen, meine Religion hat in dieser Beziehung ziemlich scharfe Vorschriften. Ich bin zwar ziemlich vorurteilslos geworden, aber immerhin ...»

Hier wurde der Vortrag Seiner Hoheit unterbrochen. Natascha erhob sich von ihrem Platze und erklärte (ihre Augen glänzten, während sie sprach, und ihr Blick kam nicht los vom Gesichte des Maharajas), sie komme als einzige in Betracht, der Advokat schalte von vornherein aus, O'Key komme nicht in Frage, da er seinem Freunde, dem Kommissär Pillevuit zuliebe, reine Hände zu bewahren habe. Und sonst? Sie sehe niemanden als sich selbst; sie sei frei, diese Angelegenheit scheine ja unpolitisch zu sein, also dürfe sie handeln, wie sie es für gut finde. Sie sei bereit.

«Und wenn sie nun den Maharaja mit ‹Towarisch› anredet?» flüsterte der alte Colonel besorgt. O'Key beruhigte ihn.

«Sie wird das nicht tun», sagte er, «denn wahrscheinlich werden sich die beiden der französischen Sprache bedienen, und in dieser Sprache hat die gute Natascha die Auswahl zwischen zwei Worten: ‹Citoyen› oder ‹Camarade›. Und ich glaube nicht, daß der Fürst etwas dagegen hat, der ‹Camarade› einer hübschen Frau zu sein.»

«Mach keine Witze, Simp», sagte streng der Mann, der Kammerdiener und Colonel war.

Die Situation klärte sich. Jakob, der Gymnasiast, hatte zuerst gegen das Mitgehen Nataschas energischen Protest eingelegt. Ihm gefiel der verklärte Blick nicht, mit dem seine Freundin den Fürsten ansah. Aber da sich Natascha nicht umstimmen ließ, da der Fürst äußerte: «Es wird mir ein Vergnügen sein ...», war weiter nichts einzuwenden.

«Und das alles», sagte der junge Fürst, «all diese Verwicklungen, all diese Morde haben nur einen Grund: meine Petroleumquellen. Am liebsten ließe ich sie verschütten. Aber nicht einmal das kann ich tun, ich bin machtlos.»

«Verzeihung, Hoheit», sagte O'Key, «es steckt noch eine andere Geschichte dahinter. Es ist vielleicht reiner Zufall, daß zwei grundverschiedene Angelegenheiten sich hier in Genf gekreuzt haben …» Er schwieg und dachte: ‹Ich red einen bösen Kohl zusammen: Angelegenheiten, die sich kreuzen!› –

«Ah, da fällt mir etwas ein», sagte der Maharaja von Jam-Nagar. «Kennt einer der Anwesenden eine Dame, sie heißt, warten Sie einmal …», er kramte in seiner Hosentasche, zog eine zerknitterte Karte hervor und buchstabierte, «sie heißt Sorel … ja, Sorel, und sie lädt mich zum Tee ein …»

«Oh», rief Natascha, «gehen Sie nicht, gehen Sie nicht!»

«Zum Tee …», sagte der Professor verträumt, «ich würde Ihnen raten zu gehen. Wenn Sie achtgeben, wird Ihnen nichts geschehen …»

«Alte Damen, die Tee trinken …», nickte O'Key. «Und wo findet dieser Tee statt, Hoheit?»

«Das ist ja das Merkwürdige», sagte der Maharaja. «Die Dame Sorel gibt keine Adresse an … oder warten Sie, doch, da auf dem Couvert steht der Absender: A. Sorel, Rue Verdaine 12.»

«Dann können Sie ruhig gehen, Camarade», sagte Natascha, «ich werde Sie zu schützen wissen.» Nataschas Stimme war unnötig pathetisch. O'Key lachte leise in sich hinein. «Sehen Sie, Colonel», flüsterte er. «Sie hat ihn nur Camarade genannt.» Dann empfahl sich O'Key. André, der Chauffeur, begleitete ihn. Er versprach, die Pneus am Motorrad in Ordnung zu bringen.

5. Die Nacht war dunstig. Der Mond beschäftigte sich mit der Auswahl eines Schleiers, aber keine Wolke schien passen zu wollen. So gab er es auf und strahlte weiter, mit nacktem Angesicht. Sehr ruhig war der See, wie tot. O'Key führte seine Armbanduhr dicht an die Augen: Es war halb zwölf. Eilig schritt er auf der asphaltierten Straße der Stadt zu.

Über die Avenue de la Grenade gelangte er auf die Route de Chêne. Er kam an einem kleinen Hotel vorüber, blieb stehen, das Hotel kannte er. Ein Fenster war erleuchtet.

«Agent Zweiundsiebzig leidet an Schlaflosigkeit», murmelte O'Key. «Wenn er wüßte, daß seine Mitarbeiterin mit dem Maharaja konspiriert und ... halt!» – ihm fiel der Blick ein, Nataschas verklärter Blick, der sich nicht von des Fürsten Gesicht lösen konnte, «ja, halt! Welch wunderbare Schlagzeile: ‹Kommunistische Agentin verliebt sich in indischen Fürsten!› Ach», seufzte er, «wir werden noch eine Zeitlang warten müssen, bis wir wieder Schlagzeilen erfinden dürfen!»

O'Key beobachtete das erleuchtete Fenster. Vielleicht wußte Baranoff etwas über Madges Verschwinden. Er beschloß, den Feind besuchen zu gehen. Aber da fiel ihm ein Auto auf, das mit gelöschten Scheinwerfern an der nächsten Ecke stand. Er ging auf den Wagen zu, betrachtete ihn: ein ganz gewöhnlicher Citroën, leer, verlassen. O'Key versuchte, die Türe zu öffnen, sie war verschlossen. «Soviel ich weiß, ist hier kein Parkplatz», murmelte er. Er blickte wieder zum erleuchteten Fenster empor. Da zeichnete sich hinter der weißen Gardine die Silhouette eines Oberkörpers ab. Mager, schmal, eingesunkener Brustkasten. O'Key pfiff durch die Zähne. Ihm fiel die Szene vom Nachmittag ein. Bevor der junge Mann mit der Mappe in das wartende Auto gesprungen war, hatte sich seine Gestalt einen Augenblick im Profil ganz scharf gegen die weiße Häuserwand auf der andern Seite der Straße abgehoben. Und dieses Profil hatte viel Ähnlichkeit mit dem Profil, das dort oben am Fenster stand. Was hatte das zu bedeuten? Jane Pochons Sohn bei Baranoff? Der Sohn der Hexe mit der Münze und dem Fliegengesumm zusammen mit dem Agenten von Hammer und Sichel? O'Key verbarg sich in einem dunklen Toreingang und wartete. Das Licht hinter dem Fenster erlosch. Einige Minuten vergingen, dann öffnete sich vorsichtig die Türe des Hotels, ein Schatten glitt auf die Straße, blieb reglos stehen. Der Schatten schien auf etwas zu warten. Und richtig, näherten sich da nicht Schritte?

Aus der Seitengasse, an deren Ecke das Auto wartend stand,

kam eine Gestalt. Unter der Laterne, die dem Hotel am nächsten stand, blieb sie stehen und war deutlich zu erkennen: Ihre Gesichtsfarbe war die jener alten Herren, die den Winter hindurch in St. Moritz oder Davos Curling gespielt haben – und O'Key, verwundert, erkannte Sir Avindranath Eric Bose, Baronet des Königreiches Großbritannien, den bevollmächtigten Delegierten eines kleinen indischen Randstaates an der Völkerbundskonferenz in Genf.

Der Schatten, der so lange bewegungslos gestanden hatte, löste sich von der Mauer des Hotels ab, kam mit schnellen Schritten näher, blieb vor Sir Bose stehen, streckte ihm ein gelbes Couvert hin. Und wieder mußte O'Key feststellen, daß er die Silhouette am Fenster richtig erkannt hatte. Es war wirklich der gleiche, unheimlich magere Mensch, der ihm am Nachmittag mit der Mappe zuvorgekommen war.

Nun flüsterten die beiden miteinander. O'Key gab sich Mühe zu verstehen, was da verhandelt wurde. Zuerst verstand er nichts. Dann hörte er Sir Bose leise lachen, und der Junge stimmte in das Lachen mit einem heiseren Gekrächz ein. «Die Mappe ist bei ihm geblieben, mit den anderen Dokumenten», hörte er nun den Jungen sagen. «Nur das hier hab ich mitgenommen. Übrigens, Baranoff schläft jetzt.»

«Haha», lachte Seine Exzellenz, «dann wollen wir den Kommissär aus dem Schlaf klingeln. Das hast du gut gemacht, mein Junge. Komm, wir wollen zu deiner Mutter.»

«Ja», sagte der Junge in eigentümlichem Singsang. «Wir wollen zur Mutter. Der Meister wartet, der Meister wartet, der Meister, der Herr mit dem hölzernen Gesicht.»

«Nein, nein», Sir Erics Stimme war laut und abwehrend, «mit dem Meister will ich nichts zu tun haben. Der geht mich nichts an. Wie lange bleibt deine Mutter bei ihm?»

«Sie kommt bald», wieder der leise Singsang. «Ich werde sie holen gehen.»

«Gut», sagte Sir Bose, und man merkte es ihm an, daß er sich unbehaglich fühlte, «dann werd ich in eurer Wohnung auf euch warten. Weißt du übrigens, was der Professor macht?»

«Der Professor? Der Professor hat sich versteckt. Der Professor hat Angst vor den Fliegen, hat Angst vor dem Gesumm. Der Professor kommt nicht mehr. Aber», die Stimme wurde triumphierend, «aber der andere ...», der Junge zeigte zum Fenster des Hotels hinauf, «der andere bekommt seine Strafe. Er hat mich geprügelt, einmal, wissen Sie? Er bekommt seine Strafe, nicht wahr? Zwei haben mich beleidigt und geprügelt, der eine hat sterben müssen, der andere muß ins Gefängnis, nicht wahr? Mich darf man nicht anrühren, nicht wahr?»

Sir Bose schien zu frösteln. Er schüttelte sich. Der Junge ging ihm offenbar auf die Nerven.

«Leb wohl», sagte Sir Bose kurz, nickte, ohne dem Jungen die Hand zu reichen, riß die Türe des Wagens auf, stieg ein und fuhr ab. O'Key zögerte. Sollte er dem Jungen folgen? Er trat aus dem dunklen Torweg, der Junge sah ihn, sein Gesicht verzerrte sich vor Angst, er machte kehrt und lief in langen Sätzen davon. O'Key schüttelte den Kopf. «Papa Martinet ist mir augenblicklich wichtiger», murmelte er. «Eigentlich könnte ich heute abend eine Sammlung von Schlagzeilen anlegen. Wie klänge das: ‹Anglo-indischer Diplomat und Hexensohn. Begegnung um Mitternacht.› Schön, nicht? Ich möchte nur gern wissen, ob Baranoff sich wirklich hat einseifen lassen ...» Er ging weiter, und da war er auch schon vor der Brasserie angelangt, wo er am Morgen den interessanten Andeutungen des Herrn Staatsrates gelauscht hatte. O'Key trat ein.

Neuntes Kapitel

1. Herr Staatsrat Aristides Martinet saß im Hintergrund des schon ganz geleerten Saales einem Manne gegenüber, der den weißen Anzug eines Koches trug. In der linken Mundecke des Herrn Staatsrates baumelte eine Meerschaumpfeife, aus der alle drei Sekunden kurze, kleine Rauchwolken stiegen. Der Mann im Kochdreß verteilte mit affenartiger Geschwindigkeit Karten, die Herr Martinet mit Gemütlichkeit zwischen seine dicken Finger steckte.

O'Key durchquerte den Saal (die Stühle standen schon auf den Tischen, die meisten Lampen waren ausgelöscht, nur über Herrn Martinets Glatze leuchteten noch drei Tulpenlampen) und blieb vor den Spielern stehen. Herr Martinet, in Hemdsärmeln, blickte auf.

«Äpfuuhh», sagte er zur Begrüßung. «Was ist los, Sie Perle unter den Journalisten? Was wollen Sie? Mich in meinem Piquet stören? Setzen Sie sich und halten Sie vorerst Ihren Mund. Sie waren heut morgen beschwipst … Keine Widerrede. Sie waren beschwipst. Protest nützt nichts. Sie bekommen vorläufig auch nichts zu trinken. Sie dürfen mir beim Spiel zusehen. Piquet ist ein altes ehrwürdiges Spiel, merken Sie sich das. Man spielt es zu zweit, auch das ist ein Vorteil. Die Hauptsache, junger Freund, beim Piquet ist das Abwerfen. Sehen Sie, hier liegen fünf Karten, die darf ich aufnehmen, sobald ich mich entschlossen habe, fünf Karten, die ich nicht brauchen kann, aus meinem Spiele auszumerzen. Sehen Sie, ohne Bedenken opfere ich meine gesamten Caros, denn Pique ist immer meine Farbe gewesen. Und auch die Cœurs kann ich nicht brauchen …» Herr Martinet klatschte drei Caros und zwei Cœurs auf den Tisch, hob die Ecken der vorrätigen und blinzelte mit kindlicher Freude. Es waren fünf Piques.

«Sagen Sie mir, Patron», wandte sich Herr Martinet an den

Mann im Kochdreß, «wo wollen Sie diesmal liegen?» Seine Stimme wurde zärtlich. «Sie sind ‹capot›, lieber Freund, Sie machen nicht einen Stich. Ich habe sieben Karten in Pique mit einer hohen Septim, sieben und siebenzehn macht vierundzwanzig und drei Asse, sind siebenundzwanzig ... siebenundzwanzig», und Herr Martinet begann mit sanften Bewegungen eine Karte nach der anderen auf den Tisch zu legen und zählte dazu: «achtundzwanzig, neun ... sechzig, einundsechzig macht siebenzig mit dem letzten und vierzig, weil Sie ‹capot› sind, macht hundertundzehn ... Wir sagen hundertundzehn und schreiben sie auch, was mit den hundertundzwanzig, die der Herr Staatsrat schon früher gemacht hat, unzweifelhaft zweihundertunddreißig macht, worauf sich der Herr Staatsrat bedankt und noch eine Flasche Neuenburger leeren wird, die Sie, Patron, wohl oder übel werden stiften müssen. Dann können Sie uns allein lassen, der junge Mann hier platzt vor Neuigkeiten, die Sie nichts angehen, Patron, Sie könnten ein verkappter Spion sein, nicht wahr? ... Hähä. Hähähähä ...»

«Sie sind lustig, Herr Staatsrat», stellte O'Key fest.

«Nein, lieber Freund», wehrte Herr Martinet ab, «im Gegenteil, ich bin wie alle Humoristen ein großer, ein schwerer Melancholiker. Und wie alle Melancholiker im Grunde Nihilist, oder wenn Ihnen diese Benennung Angst macht, ein Skeptiker. ‹Nihil› das heißt ‹nichts›, 's ist ein schönes Wort, ich glaube an nichts, ich bemühe mich, alles amüsant zu finden, das ist das einzige, was ich für das Fortbestehen des Staatsrates Martinet tun kann. Sonst würde sich nämlich besagter Staatsrat ohne weiteres aufknüpfen, trotz der schauerlichen Lücke, die dieser Tod in der Genfer Politik hinterlassen würde. Ich finde die Menschen so komisch, lieber junger Freund, und nur weil ich sie komisch finde, gelingt es mir, weiter zu leben. Fände ich die Menschen nicht lächerlich, was hätte ich dann vom Leben? Äpfuuhh! Und noch dazu bei dieser Hitze!»

Das Taschentuch trat in Aktion, und Herr Martinet putzte so sorgfältig seine Glatze, daß sie das Bild der drei Tulpenlampen zurückwarf, wie ein konvexer Spiegel.

«Und? ...» fragte der Staatsrat.

«Ich brauche Ihren Rat», sagte O'Key, «ich kenne mich nicht mehr aus. Ich weiß, ich sollte mich schämen, so etwas zu gestehen, aber ... Fräulein Lemoyne ist seit heute nachmittag verschwunden, und da hab ich gedacht, Sie könnten vielleicht Nachforschungen ...»

«Oh, und als Landsmann Edgar Wallaces denken Sie natürlich an finstere Gewölbe, teuflische Henker und mordgierige Affen, die Ihre Dulcinea auf eine Guillotine schnallen wollen ... Trösten Sie sich, der Held kommt immer in der letzten Minute zur Rettung, und dann wird geheiratet. Ja, ja, das Heiraten! Das haben Sie noch vor sich, junger Freund ... und ich werde einmal meine Haushälterin heiraten. Denn nähme ich ein junges Mädchen – doch genug, wir wollen ernst bleiben. Fräulein Lemoyne ist verschwunden, sagten Sie? Und was nun? Haben Sie nachgeforscht? Nicht? ... Weil Sie keine Zeit hatten? Und weil ich Ihnen heute morgen sagte, daß meine Kollegen vom Staatsrat zum Papa Martinet kommen, wenn sie nicht ein und aus wissen, haben Sie sich gedacht: Gehen wir den alten Martinet bei einem Piquet stören. Ist sonst noch etwas vorgefallen? Wenn ich raten soll, muß ich zuerst alles wissen.»

«Alles!» sagte O'Key mit einem müden Versuch zu scherzen. «Wollen Sie dem lieben Gott Konkurrenz machen und allwissend werden? Wenn ich alles wüßte, brauchte ich nicht zu Ihnen zu kommen. Glauben Sie mir, Herr Staatsrat, ich bin auch nicht von heute. Ich habe mancherlei erlebt ...»

«Glaub ich, mein Freund, glaub ich ...»

«Aber was ich heute habe erleben müssen! Angefangen hat es mit Ihren Andeutungen über alte Damen, die Tee trinken, und aufgehört hat es mit ... nun ja, mit dem Verschwinden von Fräulein Lemoyne ...»

«Sie wollten etwas anderes sagen, O'Key», sagte Herr Martinet ernst, klopfte seine Pfeife gegen einen riesigen porzellanenen Aschenbecher aus und stopfte sie nachher bedächtig. «Es ist noch etwas anderes passiert, und dieses andere hat Sie mehr aus der Fasson gebracht als das Verschwinden Fräulein Lemoynes.

Aber wenn Sie's mir nicht erzählen können, so lassen Sie's sein. Behalten Sie's für sich. Ich bin nicht neugierig; nur möcht ich Ihnen einen Rat geben. Lockern Sie sich, verkrampfen Sie sich nicht, sprechen Sie den Fall vor sich hin, als Monolog meinetwegen, als Plan, sagen wir für einen Artikel. Ich werde hin und wieder leise Fragen in Ihren Monolog spießen, Sie werden antworten. Und was es auch sei, was Sie mir anzuvertrauen haben, ich werde es nicht verwerten. Stumm werde ich sein wie das Grab, sowohl dem Kommissär Pillevuit als auch meinem Staatsanwalt gegenüber. Es wird begraben bleiben in dieser Brust», Herr Martinet schlug sich auf den gepolsterten Oberkörper, das gab ein Geräusch, wie es beim Zurechtklopfen von Federkissen entsteht, «aber zuerst trinken Sie. Der Neuenburger ist annehmbar, er klärt die Gedanken und erschlägt sie nicht wie Ihr grauenhaftes schottisches Gesöff.»

«Auf Ihr Wohl!» sagte O'Key und stieß mit dem Staatsrat an.

«Danke», erwiderte Herr Martinet, «ich werde mir Mühe geben, es mir wohl sein zu lassen.»

«Aber wo soll ich beginnen?» O'Key stellte sein Glas ab und blickte durch den leeren Saal. Vor den Spiegelscheiben der Brasserie rollten die eisernen Läden mit donnerndem Getöse herab. Herr Martinet ließ in Zwischenräumen von drei Sekunden kleine Rauchwölkchen steigen. Er schwieg. Ein paar Fliegen summten verschlafen.

2. «Beim Anfang natürlich», sagte Herr Martinet und blickte auf. «Sie erhielten ein Telegramm ...»

«Zwei Telegramme sogar», unterbrach O'Key hastig. «Eines vom großen Chef und eines von meiner Zeitung.»

«Und was sagten diese Telegramme?»

«Abreiset Genf stop untersuchet Giftmord Crawley stop Ferien verschiebet stop Globe.»

«Und das andere?»

«Chiffriert, Vertragsentwürfe seien verloren gegangen, ich solle mich beim Colonel melden.»

«Und dieser Colonel? ...»

«Ist Kammerdiener bei Sir Bose.»

«Ja, ja», seufzte Herr Martinet. «Heutzutage herrscht überall der Grundsatz: Warum etwas einfach machen, wenn es kompliziert auch geht.»

«Sehr richtig», bestätigte O'Key. «Wann gedenken Sie Ihre Aphorismen in Buchform herauszugeben, Herr Staatsrat?»

«Weiter, weiter, Herr O'Key, ich bin nicht empfindlich. Mich können Sie nicht aufregen ...»

«Das glaub ich, Herr Staatsrat. Aber meinen Sie nicht auch, man könnte Ihren Aphorismus auch auf den ganzen Fall anwenden?»

«Finden Sie?» fragte Herr Martinet und ließ auf seiner Stirnhaut ein sanftes Wellengekräusel erscheinen. «Vielleicht haben Sie recht, dann wäre aber die Kompliziertheit schon eine halbe Erklärung. Also, die scheinbare – ich sage mit Absicht die *scheinbare* – Kompliziertheit des Falles ist Ihnen aufgefallen. Wollen Sie mir nicht diese Kompliziertheit näher erörtern?»

«Nun», meinte O'Key leicht verärgert, «das scheint mir doch klar. Ein sonst ganz normaler Mensch, korrekt bis zum äußersten, zieht sich mitten in der Nacht auf einem öffentlichen Platze aus und stirbt. Ein Apotheker, der einen miserablen Ruf als Rauschgiftlieferant hat, wird nach einer Nacht, in der es reichlich lärmend und liturgisch in seinem Geschäfte zugegangen ist, am Morgen bewußtlos aufgefunden und stirbt im Spital. Ein Professor, der sich früher mit okkulten Phänomenen beschäftigt hat, der Morphinist ist, kennt die beiden. Dann finde ich bei dem Apotheker das Stück eines Rezeptes – Hexensalbe – sowie eine Münze, die ohne Zweifel auf das Vorhandensein einer gnostischen Sekte schließen läßt ...»

«Woher stammt eigentlich Ihre profunde Kenntnis gnostischer Systeme und Ihre Bekanntschaft mit Attalus III. Philometor, letztem König von Pergamo?»

«Angelesene Weisheit, Herr Staatsrat. Als Achtzehnjähriger habe ich für die ‹Versuchung des heiligen Antonius› von Flaubert geschwärmt. Und da kommen alle diese gnostischen Sekten vor. Und ein Onkel von mir hat sich für Hexenprozesse interessiert, in einem seiner Bücher war das Rezept vollständig. Es war also nicht schwer, es zu entziffern. Und wenn Sie einmal in Lewins ‹Gifte in der Weltgeschichte› blättern, werden Sie sicher auf Attalus stoßen; Sie sehen also, ich habe die reine Wahrheit gesprochen, als ich Kommissär Pillevuit mitteilte, das sei alles Bluff.»

«Entschuldigen Sie sich nicht, O'Key; Bluff ist die ernsteste Sache der Welt. Ohne Bluff würde die Welt stillstehen. Glauben Sie mir, auch das Sonnensystem, in dem wir leben, ist nur ein astronomischer Bluff. Ihr Bluff hat übrigens Nutzen gehabt, die Leute haben Angst bekommen ...»

«Welche Leute, Herr Staatsrat?»

«Das möchte ich eben gerne selber wissen. Sehen Sie, O'Key, ich bin auch in einer schwierigen Situation. Ich habe fast alle Fäden in der Hand, ich kenne die alten Damen, die Tee trinken, sie wären ganz harmlos, diese drei alten Damen, aber es steckt einer dahinter, den ich nicht finden kann ...»

«Der Meister der goldenen Himmel, der Mann mit dem hölzernen Gesicht? ...»

«Richtig, O'Key, eben gerade dieser Herr. Er paßt verteufelt auf. Kommissär Pillevuit hat Ihnen doch die Geschichte des Bankkassiers erzählt und der verschwundenen 30000 Franken, nicht wahr? Und daß wir nun Jane Pochon mit dieser Angelegenheit in Verbindung bringen können, nicht wahr? Dabei ist die Jane Pochon im Grund eine harmlose Natur, hysterisch, jawohl, aber was heißt schließlich hysterisch?»

«Harmlos? Die Pochon?»

«Harmlos in dem Sinne, lieber O'Key, daß sie nur Befehle ausführt. Ich kann aber eine Entlarvung, wie man sagt, nicht meinem guten Kommissär übertragen. Der würde mit seinen riesigen Pfoten alles zerquetschen ... Darum hab ich immer auf einen Menschen gewartet, der mir helfen könnte, die Sache in Ruhe aus der Welt zu schaffen. Wir können keine großen Prozesse brauchen, verstehen Sie? Ich habe einen Abscheu gegen Skandale, begreifen Sie? Sie werden mir helfen, O'Key. Sie müssen schauen, daß Sie von den alten Damen einmal zum Tee eingeladen werden.»

«Herr George Whistler, dem ich heute abend vorgestellt worden bin, hat eine Einladung erhalten ...»

«Äpfuuhh», schnaufte Herr Martinet, «wenn ich nicht eine so ausgezeichnete Kinderstube genossen hätte, würde ich jetzt fluchen. Diese Frechheit! Aber desto besser. Sie wissen doch, wer George Whistler ist?»

«Ja, Herr Staatsrat.»

«Gut, ich werde mit dem Maha ... mit Herrn George Whistler sprechen. Wir werden einen Plan vereinbaren ...»

«Kennen Sie den Sohn der Witwe Pochon?»

«Den Jules? Von weitem, ja. Warum?»

«Halten Sie den für harmlos?»

«Ach, lassen Sie mich in Ruhe mit Ihrem ‹harmlos›. Im Grunde sind alle Menschen harmlos. Sie tun nur manchmal so, als ob sie dämonisch wären. Jules?» Herr Martinet ließ zehn Rauchwölkchen aus seiner Pfeife steigen, so daß seine Nachdenklichkeit gerade dreißig Sekunden währte. «*Einen* Raubüberfall hat er auf alle Fälle auf dem Kerbholz. Das weiß ich ganz bestimmt. Damals ist ihm dafür eine tüchtige Tracht Prügel verabfolgt worden. Ich habe mir sagen lassen, er habe sich an einem seiner Bestrafer gerächt, und den andern wolle er sich auch noch kaufen ...»

«Von wem haben Sie sich das sagen lassen, Herr Staatsrat, von Ihrer geheimen Privatpolizei?»

«Sie brauchen nicht anzüglich zu werden, werter Freund. Ich gleiche hierin Napoleon, und es ist nicht die einzige Ähnlichkeit, die ich mit diesem Genie teile. Sie wissen, daß der Kaiser seine privaten Spitzel hatte, die Fouché überwachen mußten, aber Fouché war klüger als der Kaiser und kaufte sich die Spitzel. Mir kann man meine Privatspitzel nicht fortkaufen. O nein! Die sind dressiert, sage ich Ihnen! Und ich brauche sie. Man muß so etwas haben, will man in der Politik Erfolg haben. Ich kann dann meinen Untersuchungsrichter, meinen Staatsanwalt überraschen. Das gibt so kleine Triumphe, die als Annehmlichkeiten des Lebens nicht zu verachten sind.»

«Aber Herr Staatsrat, ich bitte Sie, erklären Sie mir, wie Sie indische Petroleumquellen, amerikanische Missionare als Delegierte der Standard-Oil, Geheimagenten der Sowjets, basilidianische Gnosis, Giftpflanzen, Hexenrezepte, indische Maharajas, an lebendem Material experimentierende Psychologen, verschwundene Psychiaterinnen, als irrsinnig eingelieferte harmlose Menschen, den Meister der goldenen Himmel mit dem Holzgesicht, gestohlene und wieder auftauchende Mappen und zum Schluß noch teetrinkende alte Damen unter einen Hut bringen wollen!» O'Key hatte sich in Eifer geredet und wischte sich die Stirn.

«Äpfuuhh», sagte Herr Martinet, wieder wanderte sein Taschentuch über die Glatze. «Glauben Sie nicht, daß ein italienischer Salat zuerst aus Blumenkohl, Bohnen, Tomaten, Rettich, Eiern, Öl, Senf bestanden hat? Ist die Mischung dieser Ingredienzien ein Mysterium? Oder, um mich Ihrer Begriffsfähigkeit noch besser anzupassen: Sie gehen von dem falschen Standpunkt aus, daß ein sogenanntes kriminelles Problem mit einem Schachproblem vergleichbar sei. Natürlich, diese Theorie finden Sie in allen Schmökern vertreten. Und bei einem Schachproblem handelt es sich selbstverständlich darum, den Schlüsselzug zu finden. Dieser Schlüsselzug ist gewöhnlich so haarsträubend idiotisch, daß er in einer regelrechten Partie unmöglich wäre, weil in einer Partie eben zwei Persönlichkeiten miteinander kämpfen und die seelische Verfassung der beiden Kämpfer, ihr Charakter, doch die ausschlaggebende Rolle spielt. Darum ist eben ein Schachproblem etwas Ausgefallenes, Totes. Das Leben, mein lieber Journalist, ist viel komplizierter. Nehmen wir Ihren Freund zum Beispiel, den russischen Agenten Nummer Zweiundsiebzig, der sich hier Baranoff nennt. – Staunen Sie nicht, ich sage Ihnen ja, ich bin auf dem laufenden. – Also, dieser Baranoff: Er ist nicht nur Mitglied der Dritten Internationale, bewegt sich also nicht nur, wie der schwarze Läufer im Schachspiel, auf den schwarzen Diagonalen, Ihr Baranoff ist daneben noch ein Mensch, der sich außerordentlich kompliziert benimmt, weil er egoistisch ist, weil die Ideen, auf die er schwört (auch wenn er sie volksbeglückend findet), nicht notwendig auch das Individuum Baranoff befriedigen. Wer garantiert Ihnen, daß Baranoff, den ich übrigens schon seit langer Zeit im Auge behalte – er führt interessante Telephongespräche, wissen Sie das? – nicht auch für die eigene Tasche arbeitet? Das nur als Beispiel.»

«Was für Telephongespräche, Herr Staatsrat?»

«Das möchten Sie gerne wissen? Sie waren doch heute morgen in Bel-Air? Nicht wahr? Ist da nichts vorgefallen?»

«Doch, wir haben einiges, das heißt Fräulein Lemoyne hat mit meiner Hilfe einiges aus einem Patienten namens Nydecker herausgeholt, und nachher ist der Patient an einer harmlosen Spritze gestorben ...»

«Was Sie nicht sagen? An einer Spritze gestorben? Und wenn ich Ihnen nun verrate, daß gestern ein Anruf Baranoffs aufgefangen worden ist, der besagte, der Patient müsse stumm gemacht werden, würden Sie dann die Spritze auch als harmlos bezeichnen?»

«Aber warum haben Sie dann das Unglück nicht verhindert, Herr Staatsrat?»

«Weil ich gerne Piquet spiele. Und die Hauptsache beim Piquet ist das Ablegen, verstehen Sie? Karten, die man nicht brauchen kann, legt man ab, nimmt neue auf. Das habe ich Ihnen doch schon erklärt, nicht wahr? Ich will keine Probleme. Heutzutage hat alle Welt Probleme. Wir ersticken in Problemen. Ich liebe nur Tatsachen. Die Tatsachen, die mir nicht passen, lege ich ab und spiele mit den Tatsachen, die mir besser passen. Nicht? Wollen Sie meine Methode einmal probieren?»

«Aber gern ...» O'Key saß mit offenem Mund, raffte sich zusammen und versuchte zu spötteln: «Ich hab gar nicht gewußt, daß Sie eine ganz neue Methode zur Lösung krimineller Rätsel ausgearbeitet haben!»

«Spotten Sie nur, junger Freund, ich habe doch recht. Und ich will es Ihnen beweisen. Haben Sie gehört, daß im letzten

Jahresbericht der kantonalen Irrenanstalt Bel-Air mitgeteilt wird, die Aufnahmen hätten sich gegen die früheren Jahre auffallend vermehrt? Alle diese Leute zeigten die gleichen Symptome: Die Männlein und Weiblein, die eingeliefert wurden, hörten Stimmen, fühlten sich verfolgt, sprachen von Fliegen. Das steht natürlich nicht im Jahresbericht, das hab ich sonst erfahren. Viele wurden schon nach Ablauf einer Woche, manche nach zwei Wochen als gebessert entlassen. Und die Ärzte haben sich über diese prompten ‹Remissionen› weidlich gewundert. Verstehen Sie, wohinaus ich will?»

«Nein, Herr Staatsrat.»

«Nicht? Und dabei haben Sie eine Freundin, die Seelenärztin ist! Dabei zitieren Sie tiefsinnige Stellen von römischen Historikern, die den Feldzug gegen die Parther schildern und von einem Kraut erzählen, das die Menschen wahnsinnig mache, bevor es sie töte. Lassen Sie sich einmal von Fräulein Lemoyne etwas über die Meskalinversuche Beringers erzählen. Das sind Tatsachen, keine Probleme. Tatsachen, die ebensoviel wert sind wie eine hohe Septim im Piquet, und man ist am Ausspielen. Und daß ich am Ausspielen bin, wenn die Partie beginnt, dafür will ich garantieren. Was brauchen Sie noch mehr? Stört Sie die Rolle des Professors? Besessenheit braucht nicht immer dämonisch zu sein. Es gibt auch eine wissenschaftliche Besessenheit. Der alte Professor hat doch allerlei ‹Probleme› gewälzt, hat Schlafkuren gemacht. Und Schlafkuren wozu? – Um Geisteskrankheiten zu heilen, nicht wahr? Aber kennen Sie die wissenschaftliche Mentalität? Ich will es Ihnen leicht faßlich darstellen: Es genügt den Herren nicht, einen Menschen gesund zu machen, sie wollen, wenigstens die Besessenen unter ihnen, auch die Ursache der Krankheit wissen. Mit andern Worten: Es muß bewiesen werden, wie aus einem geistig Gesunden ein Verrückter wird. Und da haben Sie ja alles beieinander, die ganze Theorie unseres Professors: Geisteskrankheiten, hat er einmal gesagt, sind erstens Vergiftungen und zweitens Besessenheit. Was wollen Sie eigentlich noch mehr? Sie haben einen okkulten Zirkel, und Sie haben die Gifte. Können Sie sich einen günstigeren Boden für Versuche vorstellen? Ich bin sicher, daß Sie etwas Ähnliches gedacht haben, heut morgen, bei dem Assoziationsversuch ...»

«Wer hat Ihnen davon erzählt?» fragte O'Key angstvoll.

«Oh», sagte Herr Martinet, klopfte mit heftigem Geräusch die Pfeife aus, leerte sein Glas auf einen Zug und blies sich auf, «der Staatsrat Martinet ist alt, zugegeben, er ist dick, auch zugegeben – aber glauben Sie, daß dies für kluge Frauen ein Grund ist, den Herrn Staatsrat zu verachten?»

«Sie wissen, wo Fräulein Lemoyne ist?»

«Aber natürlich, lieber Freund, ich weiß, wo sie ist. Sie war in Gefahr, vielleicht – nein, brausen Sie nicht auf. Die Gefahr ist vorbei. Ich habe ihr Instruktionen gegeben. Kurz bevor Sie kamen, wurde mir angeläutet. Es ist alles in Ordnung. Sie schläft jetzt. Stören Sie sie nicht. Aber Fräulein Lemoyne hat leider nicht den Meister zu sehen bekommen. Er war abwesend. Er hatte zu tun. Trägt Fräulein Lemoyne eigentlich gerne kurze Ärmel? Ja? Nun, Sie werden sich mit dem Zeichen in der Ellbogenbeuge befreunden müssen. Sie wird es auch tragen ...»

«Das Hexenzeichen?» fragte O'Key atemlos.

«Das Hexenzeichen!» Herr Martinet nickte lange und ausgiebig.

«Eine Tätowierung! Ich habe es schon immer behauptet.»

«Ja, Master O'Key, hier haben Sie die richtige Methode gebraucht. Pillevuit hat's mir erzählt. Sie haben zwar wieder geblufft und etwas von der Teufelskralle erzählt ... Die Teufelskralle, die in den Hexenprozessen des Mittelalters eine große Rolle spielte. Aber hat je einer der Historiker der Hexenprozesse den einfachen Gedanken erfaßt, es könne sich bei diesem Teufelszeichen um ein Erkennungsmerkmal handeln, gewissermaßen um eine Mitgliedskarte des ‹Vereins zur Hebung des Flugverkehrs auf den Blocksberg›? ...»

«Aber die gebündelten Drähte? Die gebündelten Drähte, die man in *drei* Fällen gefunden hat ...»

«Wenn Sie Geheimnisse vor mir haben wollen, mein Herr», sagte Herr Martinet mit eisiger Verachtung, «dürfen Sie sich nicht versprechen. Ich weiß nur von *zwei* Fällen, bei denen die gebündelten Drähte gefunden worden sind: bei jenem Sekretär und beim Apotheker Eltester. Ist ein neuer Fall zu Ihrer Kenntnis gelangt?»

«Das heißt ... nein ... oder ...»

«Geben Sie sich keine Mühe, O'Key. Ich habe so eine Ahnung, als sei heute abend noch etwas passiert – und Sie waren dabei. Sie haben Verschwiegenheit versprochen. Gut. Halten Sie Ihr Versprechen. Ich will Sie nicht drängen. Es geht dann alles im gleichen Aufwaschen. – Wir sprachen von den Drähten. Nicht wahr, die Drähte paßten so gut zu der Theorie der intravenösen Injektion, der alte Professor hat ja selbst in diese Richtung gewiesen – begreiflich übrigens. Sie waren wohl nie neugierig genug, sich den Unterarm des Professors zeigen zu lassen? Nicht? Er hat oft versucht, falsche Spuren vorzutäuschen. Natürlich, Morphinisten gebrauchen derartige Drähtchen, um ihre Hohlnadeln zu reinigen. Aber Sie wissen doch sicher gerade so gut wie ich, wie man tätowiert. Spielen da nicht auch Drahtbündel eine Rolle? Und nun gehen Sie weiter. Es ist doch unpraktisch, jedesmal den Ärmel zurückstreifen zu müssen, um das Erkennungszeichen zu zeigen. Wie leicht kann man für verrückt gehalten werden. Aber das Drahtbündel als Erkennungsmarke, denken Sie an meinen Mitgliedskartenvergleich, ist es nicht praktisch, unauffällig?»

«So daß Sie, Herr Staatsrat ...»

«Jetzt werde *ich* Sie einmal historisch verblüffen. Um 1850 lebte in Münster ein Mechaniker namens Braunscheidt, der ein Kurpfuscher war. Um Nervenschmerzen zu heilen, nahm er ein Nadelbündel, stach damit in die schmerzende Stelle und rieb dann die leicht blutenden Wunden mit Krotonöl, einem ziemlich gefährlichen Hautreizmittel, ein. Durch diese Behandlung wurde die Stelle später dunkel pigmentiert. Diese Kur wurde dann nach dem Mechaniker Braunscheidtismus genannt. Und die Nadelbündel hießen ‹Lebenswecker›. Sie müssen immer eins bedenken: Verrücktheiten gehen nie verloren!»

Herr Martinet gähnte laut und gründlich. Dann sagte er noch:

«Wir wollen schlafen gehen, O'Key. Morgen, eigentlich sollte ich ‹heute› sagen, wird es einen anstrengenden Tag geben. Auf welche Zeit lautete die Einladung, die der Ma ..., die Herr George Whistler erhalten hat?»

«Auf fünf Uhr, morgen nachmittag.»

«Nun ja, das ist ganz günstig. Rufen Sie mir den Patron, ich werde heute hier übernachten. Wenn ich jetzt heimginge, könnte es mir vielleicht passieren, daß ich mich um vier Uhr morgens auf der Place du Molard splitternackt wiederfinde. Und wissen Sie, ich bin für die Moral meiner Polizisten verantwortlich.»

«Sie meinen, Herr Staatsrat ...»

«Ich meine nicht, ich weiß. Es ist vorige Nacht bei meinem Freunde Whistler eingebrochen worden. Das gefällt mir nicht. Als Gegenzug ist zwar heute nachmittag beim Professor eingebrochen worden – aber, sicher ist sicher. Was ist los, O'Key?»

O'Key hatte während des Gespräches in all seinen Taschen nach einem Schnupftuch gesucht. Jetzt stieß er plötzlich ein leises «Ah!» aus, zog seine Hand aus der Tasche, auf seinem Daumen bildete sich ein kleiner Blutstropfen. O'Key wurde bleich.

«Schnell», keuchte er. «Herr Martinet, binden Sie mir den Arm ab. Sonst ...»

«Na, na», sagte Herr Martinet gemütlich, «tragen Sie Klapperschlangen oder Kobras in Taschenformat bei sich? Was ist los? Ich will Ihnen ja gern die Freude machen mit einer Bandage ... aber wozu, lieber Freund?» Klein und dick stand Herr Martinet vor O'Key, der auf einen Stuhl gesunken war.

«Hier, sehen Sie, der Giftpfeil, der heut auf den Professor abgeschossen worden ist ...» O'Key zog den winzigen Kautschukball aus der Tasche, die Spitze der Hohlnadel war leicht von Blut gerötet.

Herr Martinet fiel auf einen Stuhl und begann zu lachen. Es war ein elementares Ereignis, dieses Lachen. Herrn Martinets Fettpolster hüpften, sie hüpften am Kinn, auf der Brust, über dem Bauch, schließlich sprangen zwei Knöpfe seiner Weste ab und schepperten über den Boden.

«Er will bluffen!» keuchte Herr Martinet, gluckste wie eine Henne, bekam den Schluckauf. «Er will bluffen, der junge Mann will bluffen! Und er fällt auf den erstbesten Schwindel herein. Geben Sie das Ding. Schauen Sie.» Herr Staatsrat Martinet litzte die Ärmel zurück, stach sich die Nadel in den Unterarm, preßte den kleinen Kautschukballon mit Daumen und Zeigefinger. Es gab eine kleine Geschwulst unter der Haut.

«Schwindel, lieber O'Key, nichts als Schwindel. Pillevuit wäre darauf nie hereingefallen. Der Professor ist nämlich schon einmal zu ihm ins ‹Palais› gekommen, mit einem ähnlichen ‹Pfeil›. Destilliertes Wasser fand man bei der Untersuchung.»

«Aber warum ...?» stotterte O'Key.

«Warum? Die alte Geschichte. Sie glauben noch immer an die alte Geschichte mit dem schwarzen Läufer, der nur die schwarzen Diagonalen benutzen darf. Ein Wissenschaftler geht der Wahrheit nach, gut. Aber irgendwo muß die Lüge, die in uns allen sitzt, die Phantasie meinetwegen, heraus. Kein Mensch denkt daran, dem Professor ein Leid zu tun. Ja, mein Staatsanwalt will ihn einsperren. Aber das hat noch Zeit. Doch nicht einmal der ‹Meister der goldenen Himmel› denkt daran, den Professor zu töten. Dominicé aber kann es nicht vertragen, nicht wichtig genommen zu werden. So erfindet er kleine Mordanschläge ...»

«Ja, aber die Fliegen ...» wollte O'Key beschämt wissen.

«Ja, die Fliegen sind eine Tatsache. Eine schwer erklärbare Tatsache, aber so wirklich wie meine heutige Septim im Piquet. Gute Nacht, O'Key, ich bin schon ganz heiser. Von mir hören Sie heute abend kein Wort mehr.»

Dann stand O'Key auf der Straße. Seine Wohnung war nicht weit. Er zog sich im Dunkeln aus. Er hatte Angst, in einen Spiegel zu blicken, so sehr fürchtete er sich vor dem dummen Gesicht, das ihm entgegensehen würde.

3. O'Key lag im Bett und hatte sich vorgenommen, sogleich einzuschlafen. Er drehte sich gegen die Wand, schloß die Augen, rollte sich zusammen, streckte die zusammengelegten Hände zwischen die Schenkel und atmete tief. In der Ferne schlug eine Turmuhr. Das Fenster stand offen, aber die Luft im Zimmer war dick und behinderte das Atmen. O'Key wälzte sich auf die rechte Seite. Vor seinen geschlossenen Augen entstanden Bilder, vorüberhuschende Bilder: der Missionar mit dem wie aus Holz geschnitzten braunen Gesicht, der im Hause der Witwe Pochon verschwunden war. Er hörte sich zum Colonel sagen: «Ich glaube, es wird langsam klarer!» Das war renommiert, das war unanständig aufgeschnitten. O'Key seufzte und fühlte, wie er im Dunkeln rot wurde. Dann sprang das Bild auf seinen Lidern ins Dunkle, ein neues entstand. Er sah Madges Zimmer, sah den kleinen Nydecker an der Hand des gelben Oberwärters aus der Türe gehen, er sah Madges Verzweiflung nach der Mitteilung am Telephon. Abblenden. Neues Bild. Und dieses Bild war verzweifelt deutlich, obwohl – oder besser: weil er es nie gesehen hatte. Er sah Madge in einem dunklen Zimmer, der junge Pochon, der aussah, wie seine Mutter aussehen würde, wenn sie eine Entfettungskur durchgemacht hätte. Jules Pochon hielt ein Bündel Drähte in der Hand, er hielt Madges Arm in der Linken, er stach zu, beschmierte die Stelle mit einem scharfen Öl ... Madges Gesicht war leblos und bleich ...

Mit einem Ruck warf O'Key die Decken zurück, stand auf, kleidete sich eiligst an. Da kam durchs Fenster das vielstimmige Schlagen der Turmuhren, sie schlugen die Stunde: O'Key zählte. Es war drei Uhr morgens.

Um drei Uhr morgens war kein Taxi aufzutreiben. Bis zur ‹Villa des Mimosas› war es weit. O'Key rechnete. Zu Fuß brauchte er etwa dreiviertel Stunden. Er beschloß, einen Dauerlauf zu probieren, und legte los. Seine langen Beine kamen ihm zustatten.

Als er am Hotel an der Route de Chêne vorbeitrabte, lag es still da. Aus der Ferne kam ein Surren näher. O'Key hoffte, das

Surren kündige ein Taxi an. Aber es war ein Privatauto. Wieder, wie schon einmal in dieser Nacht, drückte sich O'Key in einen Hausgang. Der Morgen war nicht weit. Grau und glänzend war der Himmel, wie das Fell eines Apfelschimmels.

Aus dem Auto stieg – wahrhaftig, Kommissär Pillevuit entstieg dem Auto! Zwei Männer begleiteten ihn. Den einen kannte O'Key, es war Herr Dériaz, der so lange das Haus des Professors bewacht hatte; die verbeulten Hosenknie, die fettige Krawatte verrieten ihn. Einen Augenblick zögerte O'Key. Sollte er Pillevuit anrufen? O'Key beherrschte sich. Kommissär Pillevuit war ‹im Dienst› – ‹dans l'exercice de ses fonctions› –, besser, man ließ ihn in Frieden. Pillevuit läutete nicht, er probierte die Klinke der Haustür, das Tor ging auf. Pillevuit verschwand mit seinen Trabanten. O'Key setzte seinen Dauerlauf fort.

Still lag die ‹Villa des Mimosas› inmitten ihrer hohen Laubbäume. O'Key ging um das Haus, auf der Suche nach seinem Motorrad. So kam er auf die Hinterseite des Hauses. Inmitten des parkähnlichen Gartens war ein Stück Land freigelassen, als Garten angelegt. Stauden wuchsen da, vor jeder Staude steckte eine breite, gelbe Etikette im Boden. O'Key beugte sich nieder, um das Geschriebene darauf zu entziffern. Es waren merkwürdige, unbekannte Zeichen. O'Key schüttelte den Kopf. Wer war auf die ausgefallene Idee gekommen, Pflanzen in Geheimschrift anzuschreiben? Ein paar Stauden waren immerhin zu erkennen. Verschiedene Sorten von Akonit, von Eisenhut, waren an den Blättern erkennbar. Ah, und da war Bilsenkraut. Dann kamen ausländische Pflanzen mit dicken, fettigen Blättern. Am Ende des Gartens, dort, wo schon wieder der Park mit seinen Bäumen begann, stand ein einstöckiges Haus, ein grauer Zementwürfel mit Flachdach. Keine Fenster. Als O'Key nähertrat, bemerkte er, daß die einzige Öffnung des Baues eine Türe war, eine eiserne Türe. Zwei Yale-Schlösser sicherten sie.

«Ja, ja», sagte O'Key ziemlich laut, so als hätte er hier eine Bestätigung seiner Vermutungen gefunden. Dann ging er zu der Villa zurück. Dort lehnte sein Motorrad. André hatte gut gearbeitet. Die Pneus waren heil. Sachte stieß O'Key das Rad vor sich her, saß auf, als er die Straße erreicht hatte. Der Motor benahm sich wie eine Schnellfeuerkanone. O'Key fuhr davon.

Etwa hundert Meter vor der Anstalt Bel-Air hielt O'Key an und führte sein Motorrad in ein Gebüsch. Dann ging er vorsichtig weiter, im Schutze einer Hecke, orientierte sich, ging um die Umfassungsmauer herum, kam auf ein freies Feld. Endlich erblickte er den Pavillon, in dem Madge wohnte. Leise schlich er näher, legte die Unterarme auf den Fenstersims – das Fenster war offen. Und während er noch überlegte, ob er rufen solle oder ohne weiteres eindringen, bewegten sich die Vorhänge, zwei braune Pfoten teilten sie, eine struppige Schnauze erschien, und Ronny wuffte leise.

«Hello, Ronny», murmelte O'Key, «wieder zurück? Was macht die Meisterin?»

Ronny grunzte befriedigt und nickte, legte die Schnauze auf O'Keys verschränkte Hände und blickte ruhig und zufrieden in die Augen des Freundes. «Kann man eintreten, Ronny?» fragte O'Key. Ronny verstand sehr gut. Er schenkte dem frischen Morgen noch einen sehnsüchtigen Blick (O'Key verstand den Hund gut, der wäre gerne auf einen Morgenausflug ausgerückt, aber er mußte die Meisterin bewachen, es war genug, daß er sie einmal verloren hatte), dann machte er Platz, und das Schütteln seines Hundehauptes sah aus wie eine Einladung zum Nähertreten. O'Key zog die Schuhe aus, stellte sie sanft auf den Boden des Zimmers, schwang sich auf den Sims und betrat vorsichtig das Zimmer.

Fräulein Dr. med. Madge Lemoyne sah gar nicht wie eine Ärztin aus. Sie lag da wie ein betrübtes kleines Mädchen, das sich in den Schlaf geweint hat. Ihre Wange lag auf den gefalteten Händen, die Decke hing schief vom niederen Bett herab, langsam rutschte sie auf den Boden. Auf den Zehenspitzen trat O'Key näher, sehr vorsichtig packte er die rutschende Decke und deckte die Schlafende zu. Dann, immer noch mit größter Vorsicht, packte er den Klubsessel, stellte ihn neben das Bett, ließ sich sachte hineingleiten und starrte dann auf die Schlafende.

Er vergaß alles. Er sah nur das Gesicht, das nicht schön war, aber das ihm gefiel. Seine Hand hob sich (er selbst wußte nichts davon), seine Hand hob sich, legte sich auf die kurzen Haare, die sich weich anfühlten, trotzdem sie wirr um den kleinen Kopf standen. Und er glättete sachte die Haare. Madge schlief weiter. Aber sie fühlte doch die Anwesenheit einer freundlich gesinnten Person, denn ihre Lippen, die weinerlich verzogen waren, entspannten sich, öffneten sich ein wenig. Die Zähne zeigten sich breit, sehr weiß; Madge lächelte im Schlaf. Dann begann der Mund sich zu bewegen, er schien ein Wort bilden zu wollen. O'Key beugte sich vor und hörte deutlich: «Simp, dear Simp.»

Herzklopfen braucht nicht immer eine bedrückende, krankhafte Äußerung unserer Physis zu sein. Wenigstens stellte O'Key dies jetzt mit Erstaunen fest. Es war ihm selten passiert, an Herzklopfen zu leiden. Aber nun trommelte es dröhnend in seiner Brust, er fürchtete, es könne so laut tönen, daß die Schläferin von dem Geräusch erwachen würde. Darum beugte er sich vor und küßte Madge auf die Schläfe. Die Haut war weich, ein paar kurze Härchen kitzelten ihn an der Nase, er fuhr zurück, weil er spürte, daß sich ein Niesen meldete. Und obwohl er das Niesen unterdrückte, so gut er konnte, entstand doch ein so heftiger Knall, daß Madge die Augen aufschlug und sich erstaunt umsah. Es war kein Schrecken in ihrem Gesicht, und das, fand O'Key, war allerhand, nach allem, was sie wohl durchgemacht hatte. ‹Sie hat meine Anwesenheit gespürt!› dachte er stolz. (Es ist merkwürdig, daß wir gerade auf solche unscheinbaren Dinge stolz sind, zum Beispiel, daß Leute, die wir gerne haben, unsere Anwesenheit merken.)

«Ich hab gewußt, daß du kommen wirst, Simp», sagte Madge leise. «Du bist zum Fenster hereingekrochen?» Sie lachte zufrieden, und O'Key war glücklich über das Lachen. «Setz dich daher, Simp», sie klopfte mit der Hand auf den Bettrand. «So. Ich rutsche gegen die Wand. Hier hast du ein Kissen, da kannst du deinen Kopf dranlehnen. Und das kleine Kissen da leg ich auf deine Knie. Und du hältst mich fest, und dann schlaf ich weiter.»

O'Key brachte seine langen Beine auf dem Bett unter. Er nahm einen Zipfel der Decke, um ihn über seine Füße zu breiten (es kam ein frischer Wind vom Fenster).

«Wie spät ist es, Simp?» fragte Madge, verschlafen wie ein Kind. «Halb vier? Heut schlaf ich aus. Ich geh nicht zum Rapport. Ist Ronny da?» Ronny meldete sich, auch er durfte auf dem Bett Platz nehmen; er rollte sich zusammen, grunzte, schlief ein. Madge seufzte tief auf. Sie nahm O'Keys eine Hand, legte sie sich unter die Wange, die andere Hand legte sich von selbst auf Madges Kopf. «Gott, bin ich müde», gähnte sie und streckte die Arme. Da fielen die Ärmel ihres Pyjamas zurück. In der linken Ellbogenbeuge war ein großer roter Fleck, der aussah wie eine beginnende Entzündung. Madge schien O'Keys Blick zu fühlen. Sie lächelte.

«Das hab ich schwer verdient», sagte sie leise, «und das ist mein Orden. Ich bin sehr stolz darauf.»

«Aber», sagte O'Key vorwurfsvoll, «warum hast du mir nichts gesagt, ich hätte dich begleiten können, du wärst doch nicht ohne Schutz gewesen.»

«Ach», sagte Madge, «du warst so oft in Gefahr, du hast so viel erlebt. Ich hab dir nur zeigen wollen, daß auch ich tapfer bin.»

«Gute, kleine Frau», sagte O'Key mit etwas heiserer Stimme.

«Sag, Simp, bist du auch oft auf den Bäumen gesessen, wie du klein warst? Weißt du, ich hab damals einen kleinen Freund gehabt, der sah aus wie du. Und den hab ich so gern gehabt wie ...»

«Ja», sagte O'Key schnell, er haßte Liebeserklärungen, «ja, ich bin immer auf die Bäume geklettert und dann dort hocken geblieben. Mein Onkel hat immer behauptet, ich sei ein Affe.»

«Vielleicht bist du einer», sagte Madge müde. «Aber jetzt will ich schlafen. Weißt du», und ein kleines Zittern war in ihrer Stimme, «weißt du, daß der arme Thévenoz wahrscheinlich tot ist?»

«Ich hab ihn sterben gesehen ...» sagte O'Key. «Der Professor war auch dabei.»

«Der arme Thévenoz, er war auch ein tapferer Kerl», zwischen den geschlossenen Lidern sickerten Wassertropfen hervor. Madge suchte unter den Kissen verzweifelt nach ihrem Taschentuch, dann schneuzte sie sich geräuschvoll. Sie lag eine Weile ruhig, plötzlich sagte sie mit leiser Stimme:

«Du, Simp, ist das Meer schön? Ich mein das Mittelmeer?»

«Ja, das ist schön. Besonders in der Nacht, wenn man mit den Fischern hinausfährt.»

«Nimmst du mich mit, wenn du dorthin zurückfährst?»

«Doch, ich werd dich schon mitnehmen.»

«Dann ist's ja gut. Du, wie kommt das, daß wir französisch zusammen reden ...?»

«Ach», sagte O'Key, «weil es im Englischen kein ‹Du› gibt.»

4. Baranoff, der Agent der Dritten Internationale, Nummer 72, erwachte durch ein Pochen an der Tür und war erstaunt, sich angekleidet in seinem Lehnstuhl sitzen zu finden. Durch die vorgezogenen Gardinen sickerte spärlich graues Licht. In diesem Licht nahm Baranoff (immer noch auf der zweiten Silbe betont) auf dem Tisch eine Flasche und zwei leere Gläser wahr. Auf der Etikette dieser Flasche las er unter zwei Zeilen in Kleinschrift, die er nicht zu entziffern vermochte, groß das Wort ‹Anisette›. Mechanisch griff er in seine Tasche, zündete dann eine Zigarette mit Kartonmundstück an, aber während das Zündholz noch matt im Dämmerlicht leuchtete, wiederholte sich das Pochen an der Tür.

«Herein!» quäkte Baranoff.

«Wenn Sie nicht sofort öffnen, drücken wir die Türe ein», sagte draußen drohend eine Stimme.

«Nanu!» meinte Baranoff gemütlich, plötzlich war er hell wach, die Situation war ihm nicht unbekannt. «Wer ist denn da?» Übrigens wußte er die Antwort genau.

«Polizei!» erwiderte die gleiche drohende Stimme.

«Sofort, sofort!» Die nun folgende Erinnerung, die wir ausführlich wiedergeben müssen, dauerte in Baranoffs Kopfe nicht länger als drei Sekunden, die dazu benützt wurden, den Zimmerschlüssel zu suchen. Und während er ihn suchte, sah er folgendes:

Am vorangehenden Abend hat er bei einem Italiener zu Nacht gegessen, ausgezeichnete Ravioli und Peperonisalat, dazu hat er samtenen Barbera getrunken, dann ein Stück Gorgonzola vertilgt, noch eine Flasche Barbera genehmigt und ist dann, gegen zehn Uhr, in ein Taxi gestiegen, um heimzufahren. Er war in glücklicher Stimmung, obwohl er eigentlich hätte erbost sein sollen, weil seine Sekretärin ihn im Stich gelassen hatte.

Das Taxi rumpelt, er, Baranoff, hat sich in die abgeschabten Kissen zurückgelehnt und raucht eine Zigarre. Plötzlich, an einer Straßenecke, erspäht er einen Bekannten. Ein mageres Bürschchen mit eingefallenem Brustkasten, und was hält das Bürschchen unter dem Arm? Eine Mappe. Das Bürschchen ist in ein Gespräch mit zwei Herren vertieft. Der eine der Herren hat jene bekannte Gesichtsfarbe, an die es unnötig ist, noch einmal zu erinnern, der andere ist hager, braun, mit einem Gesicht wie aus Holz geschnitzt. Baranoff läßt zehn Meter hinter der Gruppe halten und beobachtet sie durch das Rückfenster. Die Herren scheinen das Auto erspäht zu haben, denn sie verabschieden sich von dem unheimlich mageren Jüngling, verabschieden sich kurz, ohne ihm die Hand zu geben. Das Bürschchen schlendert in der Richtung des haltenden Autos weiter. Und wie es neben der Türe des Taxis die Schritte verlangsamt, reißt Baranoff diese Türe auf, packt das Bürschchen an der Hand: «Du kommst mit mir!» faucht er bösartig. Das Bürschchen erschrickt und läßt sich ohne Widerstand in den Wagen pferchen. Dort schweigt es.

Vor dem Hotel an der Route de Chêne zahlt Baranoff das Taxi (gut, daß er noch genügend Kleingeld in der Westentasche hat, er darf den Jüngling nicht loslassen) und schleppt Jules Pochon, den Sohn der Haushälterin Professor Dominicés, mit sich die Stufen hinauf in sein Zimmer.

«Wo wollten Sie denn hin, mein Junge?» frägt Baranoff, nachdem er die Tür verschlossen hat, mit übler Herzlichkeit.

Der Junge schweigt. Da nimmt ihm Baranoff die Mappe aus der Hand, legt sie auf den Tisch. «Woher hast du sie? Das ist doch Crawleys Mappe?»

Der Junge schweigt.

«Du willst mir nicht sagen, woher du sie hast? Aha, Sir Avindranath Eric Bose will Solo spielen? Das gibt's nicht. Warum hat er mir nicht mitgeteilt, daß die Mappe gefunden worden ist? Du willst nicht reden? Warte!»

Zuerst probiert es Baranoff mit Cognac und Selterswasser. Der Junge schweigt. Dann stopft er dem Jungen ein Taschentuch in den Mund, bindet ein anderes darüber (Herr Baranoff ist, auch wenn er sich in zivilisierten Ländern aufhält, in der Wahl seiner Mittel nicht sehr heikel), versucht es mit Fingerausrenken, mit Daumenumbiegen – der Junge schweigt. Zwar stehen einige Schweißtropfen auf seiner Stirn, aber immerhin weniger als auf der des Herrn Baranoff. «Woher hast du die Mappe?» frägt er immer wieder. Endlich gibt der Junge Zeichen, er wolle antworten. Herr Baranoff, Towarisch Baranoff sollten wir lieber sagen, zieht ein Schießeisen aus der Tasche, mit Schalldämpfer natürlich (man muß modern sein!): «Wenn du brüllst, schieß ich dich nieder. Du kennst mich doch. Du weißt, daß es mir ernst ist. Erinnerst du dich noch der Prügel, die ich dir bei Eltester verabfolgt habe?» Der Junge wird bleich, sein Gesicht drückt Haß aus. Dann sagt er leise:

«Die Mappe hab ich im Jardin Anglais gefunden. Ein Journalist hat mir zuvorkommen wollen, aber ich war schneller.»

«Aha», sagt Baranoff, der stolz ist, O'Key aus dem Felde geschlagen zu haben. Er öffnet die Mappe, zieht die Papiere heraus. Alles bekannte Sachen. Halt, da ist ein gelbes Couvert. Ein Vertragsentwurf mit der Sowjetdelegation über die Petroleumquellen. So froh ist Agent 72 über die Entdeckung dieses Dokumentes, daß er während des Lesens seine Lieblings-Melodienfolge pfeift: Wolgaschlepper – Valentine – Internationale. «Das kenn ich ja gar nicht, höchst wichtig, das muß versorgt werden. Aber vorerst, damit du dich von deinem Schrecken erholst und weil dir Cognac doch nicht schmeckt, hier ...» Baranoff stellt eine Flasche Anisette auf den Tisch, füllt zwei Gläser. «Trink nur!» sagt er gnädig. «Ich will schnell das Dokument versorgen.»

Er zieht unter seinem Bett eine Stahlkassette hervor, zieht aus der Hosentasche einen Schlüsselbund, der mit einer stählernen Kette am Hosenträger befestigt ist, schließt auf, versorgt das Couvert. Dann dreht er sich um. Der Junge steht noch immer vor seinem vollen Glas. «Trink doch», ermuntert Baranoff. Er stößt mit dem Jungen an, leert das Glas auf einen Zug. ‹Merkwürdig›, denkt er, ‹wie stark diese Flasche nach Anis schmeckt. Aber gut ist es. Ich werde den Lieferanten fragen, ob er noch mehr derartige Flaschen auf Lager hat.› Ein bitterer Nachgeschmack, der nicht unangenehm ist, bleibt auf seiner Zunge, an seinem Gaumen haften. Dann setzt sich Baranoff in den Lehnstuhl und beginnt den Jungen auszufragen. Was die Mutter mache? Ob Sir Bose, der Landpfleger, nicht auch die Mappe begehrt habe? Der Junge grunzt nur, seine Antworten sind wirklich nicht zu verstehen, dunkel kommt es Baranoff vor, als warte der Junge auf etwas. Worauf? Die Augen werden so schwer. Es ist viel Staub zwischen den Lidern und den Augäpfeln. Baranoff blinzelt. Er blinzelt stärker. Das Letzte, an das er sich erinnert, sind die farblosen Augen des Jungen, die lauernd auf ihn gerichtet sind. ‹Albinoaugen›, denkt Baranoff noch und sagt mit teigiger Zunge: «Die Mappe kannst du wieder mitnehmen.»

Diese Erinnerungen, nicht ganz so logisch geordnet, zogen durch Baranoffs Kopf, während er den Zimmerschlüssel suchte. «Ich find den Zimmerschlüssel nicht», schrie er erbost. «Ich bin eingeschlossen. Holen Sie den Passepartout vom Wirt.»

Draußen entstand Geflüster.

«Gut!» hörte er wieder die Stimme. Dann Trappen. Baranoff ging im Zimmer auf und ab. Er roch an dem einen Glas, das noch auf dem Tisch stand. Der Anisgeruch war verteufelt stark. Er kostete den Tropfen, der noch auf dem Grund des Glases war.

«Somnifen! Natürlich! Was war ich doch für ein Schafskopf.» Darauf fluchte er auf russisch, es klang wie ‹Yoptoyoumatj›, dann zog Agent 72 umständlich seinen Schlüsselbund aus der Tasche, öffnete seine Kassette: Das gelbe Couvert, das er hineingelegt hatte, war verschwunden. Als er aber aufs Bett blickte, sah er, recht sichtbar auf das glatte Kopfkissen hingelegt – die Mappe.

Towarisch Baranoff war ein Philosoph. Er zuckte die Achseln. Verstecken hatte keinen Sinn. Übrigens klapperte schon ein Schlüssel im Schloß, die Tür ging auf, und mit wehendem Fahnenbart überschritt Kommissär Pillevuit die Schwelle. Er sah sogleich die Mappe auf dem Bett, stürzte sich auf sie, blätterte die Dokumente durch, die sie enthielt.

«Im Namen des Gesetzes ...», sagte Kommissär Pillevuit.

«Machen Sie keine Geschichten!» unterbrach ihn Baranoff. «Ich weiß, wenn ich ein Spiel verloren habe. Ich komme schon mit.»

Die Zelle im Stadtgefängnis St. Antoine war hoch. Auch das Fenster war so hoch angebracht, daß man nicht ins Freie sehen konnte. Wie spät war es? Man hatte ihm seine Uhr genommen. So wartete Baranoff geduldig, bis die Kathedrale von St. Pierre die Stunde klimperte. Zuerst fühlte sich die Blöde verpflichtet, eine Melodie zu spielen. Dann gab es vier tiefe Schläge. Zu früh, um nach dem Wärter zu klingeln. Baranoff wartete, er saß halb, halb lag er auf seiner Pritsche. Es war ungemütlich. Ihn fröstelte im kühlen Morgen. Baranoff machte Bilanz: sich an die Sowjetdelegation wenden? Unmöglich. Sie würde ihn desavouieren. Dumme Sache. Er war mit einer Mappe gefaßt worden, die einem Ermordeten gehörte. Was machte Natascha? Hatte Natascha ihn verraten? Nein! Dazu war die Frau zu dumm. Und jetzt? Adieu, Burgund, gutes Essen, Wein. Man mußte schauen, einen guten Advokaten aufzutreiben, der eine Entlassung gegen Kaution ermöglichen könnte. Er kannte niemanden. Als um sechs Uhr der Riegel knallte und ein alter Aufseher mit einem weißen Spitzbart die Gamelle mit Kaffee hereinschob, markierte Baranoff eine Ohnmacht. Der Aufseher schien menschlich zu fühlen, er öffnete die Türe, kam näher, stützte den Towarisch Baranoff und ließ ihn das heiße Gesöff trinken, das sie hier Kaffee nannten. Baranoff stöhnte. Mit ersterbender Stimme verlangte er Papier und Feder. Er wolle an einen Advokaten schreiben. Ob der Herr Oberaufseher (Baranoff war nicht zum erstenmal in einem Gefängnis, er kannte die Eitelkeit der Menschen, die unter dem Gefängnispersonal noch größer ist als draußen), ob der Herr Oberaufseher ihm nicht einen guten Advokaten angeben könne?

Da sagte der alte Mann:

«Ich hab einen Sohn, der bei einem berühmten Advokaten Chauffeur ist. Ein guter Advokat, geschickt, ein wenig teuer ...»

«Geld spielt keine Rolle», sagte Towarisch Baranoff großartig. «Wenn er nur tüchtig ist ...»

«Er hat schon viele Politische verteidigt ...», sagte der alte Mann.

«Wie heißt er denn? Und darf ich überhaupt schreiben?»

«Oh», der alte Mann stellte die Gamelle ab, «Herr Untersuchungsrichter Despine ist nicht so. Natürlich gehen die Briefe durch die Zensur. Aber an Ihren Advokaten dürfen Sie natürlich schreiben.»

«Na, wie heißt denn der große Advokat?» fragte Baranoff ungeduldig.

«Wie er heißt?» wiederholte der alte Mann gedehnt. «Früher hieß er Isaak Rosenstock. Jetzt nennt er sich Rosène.»

«Und ... hat ... einen ... Bruder ... der Arzt ist?» fragte Baranoff stockend.

«Ja, ich glaube ... Was ist denn los?»

Baranoff fühlte einen leisen Schwindel, er legte sich aufs Bett zurück, schloß die Augen. Plötzlich reckte er sich auf.

«Ja», sagte er energisch. «Maître Isaak Rosène wird gerade der sein, den ich brauchen kann. Wollen Sie den Brief in einer halben Stunde holen kommen?»

«Das ist zu früh», der alte Wärter sprach gemütlich. «Vor neun Uhr ist Herr Despine nie hier, manchmal wird es auch halb zehn.»

«Ich danke Ihnen», sagte Baranoff würdevoll. «Aber, da ich mich selbst verköstigen darf, wünsche ich ein anständiges Frühstück: Butter, Käse, Konfitüre, zwei weiche Eier, ein Stück gebratenen Speck und eine halbe Flasche Mâcon. Verstanden?»

«Ich werde Ihnen Butter und Konfitüre bringen», antwortete der Alte gemütlich. «Den Rest müssen Sie sich denken. Es ist ungesund, am Morgen so viel zu essen.»

Die Tür fiel zu. Baranoff fluchte …

Zehntes Kapitel

1. Die drei Brüder Rosenstock saßen beim Frühstück. Alle drei waren übermüdet. Die letzte Nacht war anstrengend gewesen. Jakob, der Gymnasiast, starrte trübsinnig in seine geleerte Tasse, goß den verbliebenen Kaffeesatz in die Untertasse und begann ihn dort zu seltsamen Figuren auseinanderzuziehen.

«Laß das!» knurrte Wladimir, der Assistenzarzt. Jakob blickte erstaunt auf. Wladimir hatte sonst einen ausgeglichenen Charakter, Launen waren ihm fremd, darum war es erstaunlich, daß er wegen einer harmlosen Spielerei ungeduldig wurde.

«Na, na, was ist denn los?» fragte Isaak, der Advokat, beschwichtigend.

«Nichts!» sagte Wladimir gereizt. «Ich hab die letzte Nacht schweren Dienst gehabt.»

«Im Spital?» fragte Isaak unschuldig.

«Wo denn sonst ...»

«Merkwürdig», sagte der Advokat, mehr für sich. «Ich hab dir um Mitternacht angeläutet, aber man hat mir mitgeteilt, daß du überhaupt nicht im Spital erschienen seiest.»

«Seit wann spionierst du mir nach?» Wladimirs Gesichtsfarbe war gelblich, nur über den Backenknochen war die Haut rötlich gesprenkelt.

«Spionieren! Ich habe doch gar nicht spioniert. Ich wollte dich nur etwas fragen.»

«Was denn? War es so wichtig?»

«Einesteils schon. Ich wollte den Professor bei uns unterbringen, bis die ganze Geschichte mit den Morden endgültig geklärt ist. Und ich hätte gern deine Zustimmung gehabt.»

«Seit wann brauchst du meine Zustimmung? Du handelst doch immer, wie es dir paßt. Wenn du mit den Gesetzen in Konflikt kommen willst, ist das deine Sache.»

Jakob, der Gymnasiast, hörte dem Zank mit offenem Munde zu. Es war ungewohnt. Früher waren seine Brüder stets friedlich zueinander gewesen, aber seit einigen Monaten herrschte hin und wieder in der ‹Villa des Mimosas› ein unangenehmer Ton. Das hatte begonnen ... Ja, wann hatte das begonnen?

«Und dann noch eins», unterbrach Wladimir den Gedankengang des jüngeren Bruders. «Du brauchst nicht allen Klatschbasen auf die Nase zu binden, daß ich mit Pflanzen experimentiere. Das geht niemanden etwas an, verstehst du? Ich arbeite für eine Fabrik pharmazeutischer Artikel, ich bin daran, eine umwälzende Entdeckung zu machen, aber die kleinste Indiskretion kann mir schaden, kann überhaupt die ganze Erfindung in Frage stellen. Verstehst du das nicht? Ich bin kein kleiner Junge mehr, du brauchst mich vor Journalisten und ähnlichem Gesindel nicht aufzuziehen, verstehst du? Weißt du, was du damit erreicht hast? Daß dieser englische Journalist letzte Nacht um mein Laboratorium herumgeschlichen ist. Ich bin sicher, er wittert eine saftige Reportage.»

«Ach», sagte Isaak, «reg dich nicht auf. Der Reporter hat es gar nicht auf dich abgesehen gehabt, er hat nur sein Motorrad geholt. André hat es ihm repariert. Und was deine Hexenküche betrifft ...»

Wladimir sprang auf. Seine wulstigen Lippen waren verzerrt, er zeigte die Zähne.

«Gebrauch nicht so blöde Worte!» zeterte er, und er hatte eine heisere Stimme, wie eine alte Frau. «Hexenküche! Du weißt gar nicht, was du sagst. Es ist ein Laboratorium, und wenn ich nicht will, daß jeder Kretin seine Nase in meine Angelegenheiten steckt, so ist das mein gutes Recht, verstehst du?»

«Bitte, bitte, beherrsch dich doch ein wenig, Bruder. Hat dich der Tod deines Arztes so erschüttert, daß du wegen derartigen Kleinigkeiten die Nerven verlierst?»

«Mein Arzt! Thévenoz war gar nicht *mein* Arzt. Du hast so dumme Ausdrücke! Aber das kann ich dir sagen, wenn Thévenoz nicht so neugierig gewesen wäre, so wär er vielleicht noch am Leben. Das kannst du deinem Journalisten mitteilen.

Neugier kann manchmal verdammt ungesund sein. Verstehst du?»

«Ja, ja, ich versteh schon, du brauchst gar nicht so zu brüllen. Du scheinst ja allerhand über die geheimnisvollen Todesfälle zu wissen? Warum hast du mir nie davon erzählt? Schließlich, ich bespreche doch auch alles mit dir. Du warst doch ganz zufrieden, daß ich dich damals in dieser Erpressungsaffäre auf dem laufenden gehalten hab. Und auch später hab ich dir doch die ganze Geschichte mit dem Bankkassier und den 30000 Franken ganz genau erzählt. Übrigens, an wem probierst du eigentlich dein neues Mittel aus?»

Die Frage war ganz harmlos gestellt, und doch blickte der Gymnasiast erstaunt auf seinen Bruder. Es hatte eine merkwürdige Betonung in diesen einfachen Worten mitgeschwungen.

Wladimir schwieg. Er strich Butter auf sein Brot, schnitt ein Stück Käse ab und erkundigte sich dann mit neutraler Stimme, so als habe er die gestellte Frage gar nicht gehört:

«Was macht der Professor?»

«Der wird schlafen», mischte sich der Gymnasiast ins Gespräch. «Ich bin bis vier Uhr morgens an seinem Bett gesessen. Der alte Mann hat mir leid getan. Er war so erschreckt. Herzklopfen hatte er auch, und Atembeschwerden, ich hab mir ein paarmal überlegt, ob ich dich nicht rufen sollte, Wladimir. Aber du warst in deinem Labor, und da hab ich dich nicht stören wollen.»

«Woher hast du gewußt, daß ich in meinem Labor war?» fragte Wladimir gereizt.

«Das war doch nicht schwer», sagte Jakob versöhnlich. «Dein Labor hat ja ein Glasdach, und da habe ich das Licht gesehen.»

«Na, lange werdet ihr mich nicht mehr ausspionieren können», Wladimir kaute, leerte seine Tasse. «Ich werde mir in der Nähe von Presinge ein Haus kaufen. Ich bekomme es billig. Heute oder morgen werde ich noch einmal zu dem Notar gehen.»

«Ich dachte, du hättest kein Geld?» erkundigte sich der Advokat.

«Ich habe das Rezept zu einem neuen Schlafmittel gut verkaufen können», sagte Wladimir. Im Nebenzimmer schrillte das Telephon. Isaak wollte aufstehen, aber der Arzt kam ihm zuvor. «Es ist für mich», sagte er.

«Wohl der schwere Fall im Spital?» spottete der Advokat.

Wladimir hob nur die Schultern. Dann war sein Gemurmel im Nebenzimmer zu hören, dann das Klicken beim Auflegen des Hörers und dann eine lange Pause.

«Schläfst du?» rief Isaak. Da erschien Wladimir in der Tür. In seinem Mundwinkel steckte eine dicke Zigarre. Der Rauch schien ihn zu stören, denn er hatte die Augen zugekniffen.

«Seit wann rauchst du am Morgen?» fragte der Advokat erstaunt. Aber er erhielt keine Antwort. Wladimir ging mit seinen gleitenden Schritten zur Tür. «Lebt wohl!» sagte er über die Achsel und war verschwunden.

«Ich geh heut nicht ins Collège, Isaak», sagte der Gymnasiast.

«Das interessiert mich nicht. Ich habe dir ein für allemal die Blankochecks zum Schuleschwänzen eingehändigt. Plag mich nicht mehr mit diesen Sachen. Was hat nur Wladimir?» fragte der Advokat leise.

«Das möchte ich auch gerne wissen.»

«Ich muß fort, mein Gott, schon halb neun. Laß dir's gut gehen, schau nach dem Professor. Wenn etwas passieren sollte, kannst du mich ja anrufen.»

«Passieren!» rief Jakob verächtlich. Aber der Advokat hatte schon das Zimmer verlassen.

Jakob legte sich auf die Couch, die in einer Ecke des Zimmers stand. Auf dem niederen Tischchen daneben lagen ein paar Bücher. Zerstreut griff er nach dem, das ihm am nächsten lag, blätterte, blieb an einer Seite hängen und las:

«Triste, triste était mon âme
A cause, à cause d'une femme ...»

Er konnte nicht weiterlesen, die Buchstaben verschwammen vor seinen Augen, er mußte sich schneuzen – aber zuvor warf er das Buch wütend in eine Ecke. Und doch war der selige Verlaine ganz unschuldig an seinem Schmerz.

Jakob wurde die Erinnerung an Nataschas Blick nicht los. Nie hatte sie ihn so angesehen. Natürlich, dieser Maharaja, dieser Hochstapler! Natürlich, er war elegant, er war romantisch. Aber daß Natascha, die ihm immer von der Erlösung der leidenden Menschheit vorgepredigt hatte, daß Natascha auf solch einen Menschen ...

Maman Angèle trat ins Zimmer. Sie hatte eine graue Ärmelschürze umgebunden und trug einen Besen und eine Kehrichtschaufel. Beides ließ sie an der Tür fallen, kam mit schnellen Schritten auf Jakob zu, erkundigte sich besorgt, ob er krank sei, setzte sich neben ihn, streichelte ihn. Jakob fühlte sich geborgen. Dann breitete sie eine Decke über den Liegenden und begann, das Zimmer zu kehren. Als sie mit dem Besen unter dem Heizkörper am Fenster durchfuhr, zog sie ein kleines Blättchen mit hervor, das in der Mitte des Zimmers liegen blieb. Jakob sah von weitem, daß es beschrieben war, und die Schrift war ihm unbekannt. Aus Neugierde und um sich zu zerstreuen, stand er auf, hob das Papier auf, legte sich wieder hin und begann es zu entziffern. Die Schrift war schwer zu lesen. Endlich hatte er den Sinn erfaßt, er fühlte, wie seine Hände kalt wurden. Dann steckte er das Papier in die Brusttasche und dachte nach.

Dort, am Fenster, gerade neben dem Heizkörper, war Dr. Thévenoz gestern hingefallen. Das Blatt mußte von ihm stammen. Er zog es hervor und las es noch einmal:

«24. Juni: Tod Crawl. Anwesend: Bose, Schwester Annette, Wla. 26. Juni: Tod Elt. Anwesend: Schwester Ann. Wla.

Keine akute Tropeïnvergiftung. Tod andere Ursache.» Dann, nach einem Zwischenraum, standen folgende Worte, eilig gekritzelt: «Wer hat eine Sammlung hölzerner Masken? Wla.?»

Jakob lag ganz still. «Wla.», flüsterte er. Und dann klang in seinen Ohren deutlich die Stimme des Sterbenden. Was hatte der sterbende Thévenoz gemurmelt? «Vala ...» Bedeutete «Vala ...» etwas anderes als «Voilà», gewiß die nächstliegende Erklärung? Was hatte sein Bruder Wladimir mit der ganzen

Sache zu tun? Jakob schloß die Augen. Er fühlte sich verlassen, er sehnte sich nach Natascha, dachte: ‹Mag sie doch mit ihrem Maharaja gehen, aber sie soll mir helfen. Sie hat Erfahrung. Ich bin noch klein und dumm. Ich habe nie eine Mutter gehabt!› Und dann begann Jakob so heftig zu schluchzen, daß Maman Angèle den Besen fallen ließ und erschreckt zu dem Weinenden eilte.

«Eine Sammlung hölzerner Masken ...», schluchzte Jakob, und Maman Angèle verstand nicht, was daran so traurig war.

«Du bist gut, Maman Angèle», schluchzte Jakob nach einer Weile weiter. «Aber warum sind die Frauen so falsch?»

«Ach Gott, mein Kleiner», sagte Maman Angèle, «fängst du auch schon an? Liebeskummer? Das vergeht wieder. Mein seliger Mann war gerade so dumm wie du. Nimm's nicht ernst, nimm's nicht ernst!»

2. Kommissär Pillevuit stieg aus dem Auto. Er atmete tief. Die Luft flimmerte schon über den gemähten Feldern, der Salève lag dort, breit, rund, ruhig wie immer. Pillevuit warf seinen Hut in den Wagen, zog den Rock aus, warf ihn dazu. Untersuchungsrichter Despine war ebenfalls aus dem Auto gekrochen, er schüttelte mißbilligend den Kopf, denn er schätzte Korrektheit im Dienst. Pillevuit machte es sich seiner Ansicht nach zu gemütlich.

«Kommt de Morsier nicht?» fragte Pillevuit.

«Staatsrat Martinet hat gefunden, daß die Anwesenheit des Staatsanwaltes unnötig sei», erwiderte Despine und rieb seine weißen Hände, deren Finger immer wie Grottentiere wirkten.

«So, mischt sich jetzt der Herr Staatsrat in unsere Untersuchungen?» fragte Pillevuit giftig.

«Ja, das ist einmal so, Kommissär», seufzte Herr Despine. «Übrigens scheint er gut Bescheid zu wissen. Wo ist die Leiche?»

«Dort», Pillevuit deutete mit dem Finger auf ein schwärzliches Bündel, das am Straßenrand lag. Die beiden Herren setzten sich in Bewegung.

«Aufnahme!» sagte Kommissär Pillevuit. Der Photograph kam näher, tanzte um den Toten, der Verschluß seines Apparates klickte deutlich in der großen Mittagsstille.

«Wer hat eigentlich die Leiche entdeckt?» fragte der Kommissär.

«Man sollte glauben, der Herr Staatsrat habe sie entdeckt», antwortete der Untersuchungsrichter. «Er hat mir vor einer halben Stunde angeläutet, es sei ihm soeben gemeldet worden, in der Nähe von Presinge sei am Straßenrand die Leiche Dr. Thévenoz' aufgefunden worden. Ich wollte natürlich wissen, von wem die Meldung stamme, aber der Herr Staatsrat hüllte sich in Schweigen. Er sagte nur: ‹Keine Komplikationen, mein lieber Despine! Es ist ein ähnlicher Fall wie seinerzeit der des Apothekers Eltester, aber es wird der letzte sein. Das verspreche ich Ihnen. Heut abend, spätestens heute nacht wird die Sache geregelt sein. Und dann können wir wieder ruhig schlafen. Fahren Sie mit Pillevuit hinaus, vor Presinge werden Sie ein einzelnes Haus finden, und ganz nahe bei diesem Haus werden Sie die Leiche entdecken. Nehmen Sie einen Photographen mit, lassen Sie den Toten aufnehmen, die Photos werden wir nicht brauchen, aber das ist gleich. Die Taschen des Toten sind leer, lassen Sie die Leiche ins Spital schaffen und kommen Sie mit Pillevuit schleunigst zurück. Ich habe mit dem Kommissär noch allerlei vor.› Ja, das war etwa der Sinn von Herrn Martinets telephonischen Anweisungen.»

«Allerlei vor!» protestierte Pillevuit. «Keinen Augenblick Ruhe hat man mehr! Diese Nacht werde ich von einem Unbekannten aufgeweckt, der mich beschwört, sofort in ein Hotel an der Route de Chêne zu gehen, dort würde ich die Mappe finden, die seinerzeit dem ermordeten Sekretär Crawley gestohlen worden ist, ich stürze mich in meine Kleider – und wen finde ich in dem Hotelzimmer? Einen ehemaligen Bekannten. Den habe ich mitgenommen. Sind Sie fertig?» Die Frage galt dem Photographen. Der nickte.

Ächzend kniete Pillevuit nieder, durchsuchte die Taschen des Toten. Fliegen summten. «Armer Kerl!» sagte der Untersuchungsrichter, der sonst nicht sentimental war. Pillevuit nickte.

Hinter dem Auto, das die beiden Herren und den Photographen hergebracht hatte, stand der Sanitätswagen. Dr. Thévenoz' starrer Körper wurde aufgehoben. Das Gras, auf dem der Körper gelegen hatte, war verdrückt. Pillevuit bückte sich und hob ein gelbes Bändchen auf. Als er es schief in die Sonne hielt, entstanden Bilder darauf, eingewebte Bilder von Wespen, Bienen und andern Insekten. Schweigend hielt es der Kommissär dem Untersuchungsrichter hin. Dieser nickte.

«Werden wir denn die Fliegen überall finden?» fragte der Kommissär gereizt. Aber der Untersuchungsrichter wurde an der Antwort durch das Näherkommen eines Autos verhindert, das vor dem nahen Hause hielt. Zwei Herren entstiegen dem Wagen und gingen auf das Haus zu, das mit seinen geschlossenen Fensterläden verlassen aussah.

«Das ist ja ...» sagte Pillevuit. «Hallo, Doktor!»

Der eine der Herren drehte sich um. Als er Pillevuit erkannte, schien er verärgert. Trotzdem winkte er mit der Hand. Pillevuit ging auf ihn zu.

«Was machen Sie hier, Dr. Rosenstock?» fragte er.

«Und Sie?» lautete Wladimirs gereizte Gegenfrage.

«Oh», sagte Pillevuit, «ich sammle Leichen.»

«Leichen?»

«Ja; die Leiche, die ich hier gefunden habe, dürfte Sie auch interessieren. Sie haben doch Dr. Thévenoz gekannt?»

«Dr. Thévenoz haben Sie hier gefunden?» Wladimir Rosenstock kam näher, er ließ seinen Begleiter einfach stehen. «Wie kommt Thévenoz hierher?»

«Das weiß ich auch nicht», sagte Pillevuit. «Wollen Sie den Toten sehen?»

«Nein, nein ...» Wladimirs Stimme war heiser. Er wechselte schnell das Thema. «Ich bin mit einem Notar herausgefahren, um mir das Haus hier anzusehen. Ich möchte es kaufen.»

«So, so», sagte Pillevuit. Sein Geist arbeitete ein wenig langsam. Warum war Wladimir Rosenstocks Stimme so heiser? Und blaß war der Mann ...! «Darf ich Sie ins Haus begleiten, es interessiert mich auch. Nicht wahr, die Leiche ist hier ganz in der Nähe gefunden worden. Vielleicht ist sie in dem Haus verborgen gehalten worden. Es handelt sich nämlich wieder um eine Vergiftung, wissen Sie? Der Tod hängt mit den andern Todesfällen zusammen, Sie wissen ja, welche ich meine. In der Ellbogenbeuge ist wieder das Zeichen der ‹Teufelskralle›, wie mein Freund O'Key sagt. Also, ich folge Ihnen ins Haus.»

Das Sanitätsauto entfernte sich. Pillevuit winkte Herrn Despine. Sie wurden beide dem Notar vorgestellt.

«Gut, gehen wir», sagte Wladimir.

Er schritt auf das Haus zu, drückte auf die Klinke.

«Wollen Sie mir den Schlüssel geben?» wandte er sich an den Notar. Der Notar öffnete, die vier Herren traten ein.

Ein großer Raum nahm das ganze Erdgeschoß ein. Es roch sonderbar. In einer Ecke stand ein Harmonium, in einer andern ein großes Schrankgrammophon. Viele Stühle standen an den Wänden. Zwischen zwei Fenstern stand ein Stehpult, weiße Foliobogen lagen darauf. Es roch merkwürdig im Raum. Pillevuit schnupperte.

«Wer hat hier gewohnt?» fragte er.

«Der frühere Besitzer», erklärte Wladimir, «hat sich mit christlicher Wissenschaft beschäftigt. Er hielt hier Versammlungen ab. Jetzt ist er ins Ausland verreist, und ich kann das Haus billig haben.»

«Christliche Wissenschaft?» fragte der Kommissär. «Merkwürdig.» Er trat an eins der hinteren Fenster, betrachtete das Haus, das in einigen hundert Metern Entfernung, von Bäumen umgeben, stand und fragte: «Wer wird Ihr Nachbar sein? Mir scheint, ich kenne das Haus ...»

Rosenstock trat zu ihm. «Das Haus dort? Ich weiß nicht. Wissen Sie, ich kümmere mich nicht um meine Nachbarn.»

«Das sollten Sie aber entschieden!» mischte sich der Untersuchungsrichter ein. «Das Haus gehört nämlich einem sehr merkwürdigen ...» Herr Despine verstummte. Des Kommissärs Ellbogen hatte sich schmerzhaft in seine Seite gebohrt.

Und Pillevuit fuhr fort: «Es gehört einem Genfer Aristokraten, Herrn Micheli, soviel ich weiß ...»

«So, Herrn Micheli», sagte Rosenstock uninteressiert.

Durch die offene Tür war deutlich das Näherkommen eines Motorrades zu hören. Es stoppte. In der Tür erschien, verschwitzt, staubig, mit Wülsten an den Hosenknien, ein Mann, und Kommissär Pillevuit ging ihm entgegen.

«Was ist los, Dériaz?» fragte er. Dériaz zog ein Couvert aus der Tasche und überreichte es Pillevuit. Der Kommissär las, streichelte seinen blonden Fahnenbart, reichte Herrn Despine das Blatt. Der zog erstaunt die Augenbrauen in die Höhe.

«Auf Wiedersehen, Doktor», sagte der Kommissär und blickte Wladimir an. Dem schien der Blick Unbehagen zu bereiten.

«Was ist denn los?» fragte er.

«Dienst», sagte Pillevuit nachlässig. «Wir Polizisten sind geplagte Menschen. Immer müssen wir Leute verhaften.»

«Also eine Verhaftung?» fragte Wladimir gespannt.

«Ja», sagte Pillevuit, und er wußte selbst nicht, warum er den Arzt so angestrengt beobachtete. Später behauptete er natürlich, es sei dies auf Intuition zurückzuführen gewesen.

«Ja, und Sie werden nie erraten, wen die Hand der Gerechtigkeit ergreifen wird.»

«Wen denn?» erkundigte sich Rosenstock. Das Beben in der Stimme fiel selbst dem Untersuchungsrichter auf.

«Ach, nur den Oberwärter in Bel-Air, einen gewissen Jaunet. Kennen Sie ihn vielleicht?»

«Jaunet? ... Ich? ... Kennen? ...» stotterte Wladimir Rosenstock. Dann sehr energisch: «Nein!»

«Also, auf Wiedersehen, Doktor.»

Wladimirs Hände waren vorerst mit dem Anzünden einer Zigarre beschäftigt. Es dauerte lange. Die Flamme erreichte die Finger, die das Hölzchen hielten.

«Auf Wiedersehen, Kommissär», sagte endlich Dr. Rosenstock und warf das Hölzchen fort. «Leben Sie wohl, Herr Untersuchungsrichter.»

«Dériaz, Sie können hinter uns fahren», sagte draußen Kommissär Pillevuit, und dann, zum Untersuchungsrichter gewandt: «Merkwürdiges Haus, finden Sie nicht auch? Es roch nach Weihrauch, haben Sie gemerkt? Schade, daß mein Freund, der Irokese, nicht bei uns war. Der hätte Ihnen eine ausgezeichnete Vorlesung über Hexen und schwarze Messen halten können.» Dann, nach einer längeren Pause: «Sind die Brüder Rosenstock denn so reich, daß sie sich Häuser kaufen können?»

«Der Advokat verdient gut», sagte Herr Despine. «Der Vater der Brüder hat auch ein wenig Vermögen hinterlassen. Und Wladimir soll Geld verdienen mit der Zusammenstellung von Rezepten für die chemische Industrie.»

«Rezepte? Was für Rezepte? Etwa Schlafmittel?»

«Wie kommen Sie auf Schlafmittel, Kommissär? Es stimmt nämlich zufällig.»

«So, so», sagte Pillevuit und stieg ins Auto.

3. «Die Herren kennen sich doch?» fragte Herr Staatsrat Martinet mit öliger Stimme. Er saß hinter seinem riesigen Schreibtisch, die dicken Unterarme lagen vor ihm auf der Platte, und er sah mit beweglichen Schweinsäuglein von dem einen seiner Besucher zum andern.

Aber die Besucher schienen schlechter Laune zu sein. Sie sahen einander nicht an, sie glotzten beide gereizt auf den feisten Herrn hinter dem Schreibtisch.

«Oder kennen sich die Herren nur telephonisch?» fragte der Herr Staatsrat weiter. Das Zimmer war sehr groß, ein großer Teppich, grau, sehr dick, bedeckte den ganzen Boden. Das hohe Fenster stand offen, und die beiden Besucher warfen von Zeit zu Zeit sehnsüchtige Blicke nach diesem Fenster. Aber es schien unerreichbar. Denn hinter jedem Besucher stand ein Mann in Uniform (den einen dieser Männer kennen wir, es ist Polizist Malan mit dem kupferroten Schnurrbart).

«Die Herren sind so schweigsam», sagte Staatsrat Martinet. «Vielleicht werden sie gesprächiger, sobald sich ihr Auditorium vermehrt hat.» Herr Staatsrat Martinet drückte auf eine Klingel. Dem Gerichtsdiener, der unter der Türe stehenblieb, befahl er, Herrn Untersuchungsrichter Despine zu rufen und den Kommissär Pillevuit zu suchen. Herr Martinet hatte eine starke Abneigung gegen das Telephon. Er selbst telephonierte nur selten. Lieber ließ er sich anrufen.

Links von Herrn Martinet saß ein Mann mit großporiger Gesichtshaut. Dieser hatte die Hände in den Taschen vergraben, ein Bein über das andere geschlagen und blickte ziemlich wütend drein. Der Mann, der, ebenfalls bewacht von einem Polizisten, rechts von Herrn Martinet saß, hatte eine gelbe Gesichtsfarbe und war damit beschäftigt, an den Enden seines langen Chinesenschnurrbarts zu kauen.

«Ich habe Geduld gehabt», sagte Herr Martinet gedankenvoll, «ich habe mir das Theater eine Zeitlang angesehen.» Es war nicht klar erkennbar, an wen sich Herr Martinet wandte, vielleicht übte er sich nur in Monologen. «Aber einmal wird auch mir die Geschichte zu dumm. Sie haben einen Fehler gemacht, Herr Jaunet ...», Staatsrat Martinet behandelte auch überführte Verbrecher immer mit Höflichkeit, «die Art, wie Sie den Ihnen anvertrauten Patienten um die Ecke gebracht haben, war allzu auffällig. Das mußte Fräulein Lemoyne doch auffallen. Und ein weiterer Fehler war es, auf Fräulein Lemoynes Verzweiflung über diesen Tod zu spekulieren. Sie wollten ihr doch einreden, sie habe einen Kunstfehler begangen, als sie die Spritze verschrieb. Sehen Sie, solche Sachen fallen auf. Sie haben auch nicht bedacht, daß sowohl mir als auch dem Direktor der Anstalt die Zunahme der Patienten im letzten Jahre auffallen mußte, daß ich daher den Direktor gebeten hatte, mich über alle merkwürdigen Vorkommnisse in seiner Anstalt auf dem laufenden zu halten. Und natürlich hat er mich sofort von Nydeckers Tode benachrichtigt. Sie sehen, ich spiele mit offenen Karten. Wir hatten übrigens schon das Gespräch abgehört, das jener Herr –», Herr Martinet wies mit dem dicken Zeigefinger auf Baranoff, «mit Ihnen geführt hat. Was ich Sie fragen wollte, wer ist nun der Meister?»

Herr Jaunet schwieg. Die Tür ging auf, Untersuchungsrichter Despine trat ein, ihm folgte der Kommissär Pillevuit.

«Guten Tag, meine Herren», sagte Herr Martinet gnädig, blieb sitzen und winkte mit der Hand einen Gruß. «Setzen Sie sich, Sie haben Ihren Schreiber nicht mitgebracht, Herr Untersuchungsrichter? Schadet nichts. Die Sache bleibt ja vorläufig noch unter uns ... bis heute abend. Ich gedenke heute abend Schluß zu machen. Hoffentlich kommt nichts dazwischen. – Also, Sie wollen uns nicht verraten, wer der Meister der gelben Himmel ist, Herr Jaunet?»

«Ich kenne ihn nicht», sagte der Oberwärter Jaunet.

«Heißt das, daß Sie seinen Namen nicht wissen oder daß Sie nie mit ihm gesprochen haben oder daß Sie ihn nie gesehen haben?»

«Ich habe nur mit ihm gesprochen, entweder durchs Telephon oder wenn er sein Gesicht mit einer Maske bedeckt hatte ...»

«Hören Sie das, Pillevuit? Klingt das nicht verzweifelt nach Kolportage? Entweder ist dieser Meister verrückt, oder er schauspielert gerne. Ich begreife ja, daß man zu solchen Tricks greift, um zu imponieren, um für die eigene Sicherheit zu sorgen. Aber Holzmasken, warum Holzmasken?»

«Es war eine Negermaske», sagte Baranoff plötzlich.

«Sie haben ihn also auch gesehen, Herr Zweiundsiebzig oder wie Sie sonst heißen mögen. Wollen Sie mir nicht anvertrauen, warum Sie an dieser Sektengeschichte teilgenommen haben?» Die Stimme des Herrn Staatsrates war unwiderstehlich freundlich, und Baranoff, der ausgekochte Baranoff, wunderte sich, daß er ohne Protest antwortete.

«Es war praktisch, Herr Staatsrat, sehr praktisch. Ich habe viel Dinge, viel wichtige Dinge erfahren in den Versammlungen, wenn die Leute in ihrem Rauschzustand waren. Und für mich war es ja ein Glück, daß Nydecker schon vor meiner Ankunft hier dabei war, durch ihn habe ich ja dann alle Dokumente von Crawley bekommen. Eltester, der Apotheker, war in dieser Beziehung sehr anständig zu mir. Er hat mir geholfen, wo er konnte, vielleicht aus Dankbarkeit, weil ich damals zur rechten Zeit anwesend war – Sie wissen ja, bei jenem Raubüberfall ...»

«Herr Zweiundsiebzig, Sie sind ein Schmeichler. Sie kennen meine schwache Stelle. Sie wissen, wie stolz ich auf meine Privatpolizei bin. Wenn Sie mir noch ein wenig helfen, meine liebe Nummer (‹mon cher numéro!› sagte Martinet), so werden Sie keinen Advokaten nötig haben, so werde ich versuchen, die Übereilung meines Kommissärs wieder gutzumachen. Pillevuit», wandte sich Herr Martinet streng an den Kommissär, «was fällt Ihnen ein? Sie kriechen doch jedem anonymen Schwätzer auf den Leim. Ich hätte nicht geglaubt, daß Sie sich von einem jungen Bürschchen an der Nase herumführen ließen. Diesen Herrn da zu verhaften!»

«Herr Staatsrat ...», stotterte Pillevuit, «ich glaubte das Richtige veranlaßt zu haben. Und Sie waren nicht zu erreichen. Übrigens war der Besitz der Mappe doch wirklich ...»

«Belastend? Meinen Sie wirklich? Und Sir Avindranath Eric Bose hat sich natürlich herzlich bedankt für die Rückerstattung? Oder? Ach, Pillevuit! Das einzige Dokument, das den Herrn Landverweser wirklich interessierte, war ja gar nicht in der Mappe. Und die Mappe hat er schon vorher in Händen gehabt. Ich habe nämlich heute meine Hände in einem großen diplomatischen Spiel gehabt – meine Kenntnis des Piquets ist mir da sehr zustatten gekommen. Doch das sind Dinge, die Sie nichts angehen. Lieber Herr Zweiundsiebzig, oder beleidigt es Sie, wenn ich Sie immer mit Ihrer Nummer anrede ...?»

«Gar nicht, Herr Staatsrat», grinste Baranoff, «es ist nämlich meine alte Nummer, aber wem verdanken Sie Ihre Kenntnis?»

«Oh, ich habe Freunde, ich will lieber sagen: Wir haben gemeinsame Freunde, Sie verstehen mich doch?»

Baranoff nickte.

«Aber», fuhr der Herr Staatsrat fort, «können Sie mir nicht verraten, wo die geheimnisvollen Sitzungen abgehalten werden? Sie wissen wohl, welche ich meine?»

«Früher versammelte sich ein kleiner Kreis bei dem Apotheker Eltester, wo aber die großen Versammlungen abgehalten wurden, weiß ich nicht ...»

«Aber ich weiß es», sagte Kommissär Pillevuit.

«Sie wissen es sicher?» fragte Martinet.

«Ich glaube es zu wissen», korrigierte sich Pillevuit.

«Und wo?»

Aber Kommissär Pillevuit konnte nicht mehr antworten. Denn es wurde energisch an die Türe geklopft, und auf das «Herein!» Herrn Martinets trat Staatsanwalt de Morsier ein.

«Ah, mein lieber Procureur!» Herr Martinet jauchzte schier. «Endlich sieht man Sie wieder. Nun, wie ist es? Nehmen Sie den Urlaub an, den ich Ihnen angeboten habe? Ja? Ausgezeichnet. Ich sehe in Ihrer Hand ein grünes Büchlein. Ihr Paß? Wie klug. Erneuert soll er werden? Aber selbstverständlich. Kommen Sie her! Wie gut begreife ich Sie, daß Sie ins Ausland wollen, und noch besser begreife ich, daß Sie sich nicht an das Paßbureau wenden wollen. Wir machen das ganz ‹en famille›. Ich will sogar Anweisung geben, daß man Ihnen Ihr Salär für die nächsten sechs Monate – denn so lange nehmen Sie doch sicher Urlaub – auszahlt. Nichts zu danken, mein lieber Procureur. Der große Baumeister wird Sie beschützen. Reisen Sie, reisen Sie. Und Ihre liebe Frau werde ich unter meine besondere Obhut nehmen.»

Herr de Morsier verbeugte sich viele Male. Sein Blick glitt über die Anwesenden, aber er schien niemanden zu erkennen. Er steckte den Paß in seine Brieftasche, brauchte dann eine ganze Minute, um seine Baskenmütze korrekt aufzusetzen, und dann fiel die Tür hinter ihm zu.

«Äpfuuhh», sagte Herr Martinet, polierte seine Glatze und ließ das Tüchlein wieder verschwinden. «Ich hasse Justizskandale ... Und Sie sagten, mein lieber Kommissär, daß Sie eine gläubige Ahnung hätten, wo sich das Generalquartier der Fliegenanbeter befinde? ...»

4. «Sie sind müde, Natascha, legen Sie sich ein wenig nieder. Ich kann mir auch angenehmere Dinge vorstellen als Leichentransporte ... So, liegen Sie gut? Noch ein Kissen? Man merkt es Ihnen an, daß Sie nie verwöhnt worden sind. Darf ich nicht ein wenig für Sie sorgen? Der Kaffee kommt gleich. Warten Sie, ich will nur noch den Vorhang zuziehen, die Sonne blendet Sie. So ... Und nun?»

«Wollen Sie wirklich zu dieser Einladung gehen?» fragte Natascha. Sie hatte die Hände hinter dem Kopf verschränkt und blinzelte. Aber ihre Stimme klang besorgt.

«Aber natürlich!» sagte George Whistler, dem niemand mehr den Maharaja angesehen hätte. Er trug einen dunkelgrauen Anzug, braune Schuhe und lehnte sich gemütlich an die Tischkante. «Soll ich vor einer alten Dame Angst haben, die mich zum Tee einladet?»

«Es ist nicht *eine* alte Dame, sondern drei», antwortete Natascha. «Und es sind sicher Giftmischerinnen. Sie müssen vorsichtig sein. Übrigens werde ich Sie begleiten.»

«Das wird mich freuen, das wird mich sehr freuen», sagte George Whistler, und dann herrschte ein langes Schweigen.

«Übrigens», sagte Natascha dann, «wenn Sie wieder in Ihr Land wollen, kann ich Ihnen wahrscheinlich helfen. Ich weiß allerlei ...»

«*Sie* wollen mir helfen? Aber dann verraten Sie doch Ihr Land?» – «Mein Land? Ich hab keine Heimat. Ich hab einmal an Ideen geglaubt. Aber davon bin ich kuriert worden. Warten Sie einmal. Ich glaube, ich muß mein Ausbleiben entschuldigen.» Natascha stand auf, ging zum Telephon.

«Wollen Sie Herrn Baranoff ans Telephon rufen?» fragte sie. «Wie? ... Was sagen Sie? ... Heute morgen? ... Danke, nein ... Danke.» Sie legte den Hörer ab. «Was sagen Sie nun! Baranoff ist verhaftet worden.»

«Ach? Das war der kommunistische Agent, mit dem Sie zusammengearbeitet haben? Nicht wahr? Ja, das ist traurig. Was wollen Sie jetzt machen? Hören Sie, ich habe einen Vorschlag. Wir fahren beide nach Indien. Sie scheinen besser in den Angelegenheiten meines Landes Bescheid zu wissen als ich. Sie können mir helfen. Und wenn dann dort unten alles in Ordnung ist, dann können wir ja weitersehen ... ich meine ... ja ... weiter sehen.»

«Gut, Camarade», sagte Natascha, senkte den Kopf und kehrte sich ein wenig ab. «Ich freu mich darauf, dem alten Bose eins auszuwischen. Aber warum wollen Sie zu diesen alten Damen gehen? Ist das nötig?»

«Jetzt muß ich beichten», sagte der Maharaja, «ich habe heute morgen mit einem guten Freunde telephoniert, einem Menschen, der mir so viel geholfen hat, daß er alles von mir verlangen kann. Ihm habe ich erzählt, was gestern abend geschehen ist, daß ich die Leiche eines Arztes aus einem Hause fortgeschafft und an einem Straßenbord niedergelegt habe. Auch von der Einladung habe ich ihm erzählt. ‹Sie müssen gehen, mein Freund›, hat er mir gesagt, ‹ich weiß, Sie sind tapfer. Und mir würden Sie damit den größten Dienst erweisen. Wir haben einen Tiger hier in der Stadt, und Sie verstehen sich ja auf Tigerjagd. Nur werden Sie diesmal nicht der Jäger sein, sondern das feiste Kitzlein, das man als Lockung benützt. Verstehen Sie? Für dürre Beuten interessiert sich unser Tiger nicht. Dürre Beuten überläßt er seinen Hyänen, um im Bild zu bleiben. Wollen Sie das für mich tun? Ich garantiere Ihnen, daß Ihnen nichts geschehen wird. Alle Vorsichtsmaßnahmen werde ich ergreifen lassen ...› Nun, und da konnte ich doch nicht ‹Nein› sagen, nicht wahr, Natascha?»

«Natürlich nicht», sagte die Agentin 83. «Aber ich werde in Ihrer Nähe bleiben, Camarade. Lassen Sie mich jetzt gehen. Um fünf Uhr sollen Sie bei den alten Damen sein? ... Jetzt ist es drei Uhr. Ich werde mich ins Hauptquartier begeben – vielleicht ist es auch gar nicht das Hauptquartier. Aber doch in jene Wohnung, wo Sie Tee trinken sollen. Ich wohne nämlich bei der Dame, die Sie eingeladen hat. Und dort werde ich in meinem Zimmer warten. Ich habe jetzt Zeit. Und wenn alles vorüber ist, gehen wir die Papiere holen, mit denen wir Ihr Land, Camarade, zurückerobern werden.»

«Natascha ...» sagte Herr George Whistler und nahm die Hand der Frau. Aber da die Frau ein böses, abweisendes Gesicht machte, fuhr er fort, so sachlich es ihm möglich war: «Natascha ist ein hübscher Name.»

«Blödsinn», sagte Natascha mit nicht ganz fester Stimme. «Das ist auch so ein bürgerliches Vorurteil. Ein Name! Das sind ein paar Buchstaben, weiter nichts.»

«Ja, da haben Sie recht.» Der Maharaja nickte ernst und überzeugt.

5. «Es sind Kinder», sagte Fräulein Dr. Madge Lemoyne, «Kinder, die mit dem Feuer spielen. Und sie wissen gar nicht, was sie tun. Einen Vorwurf mache ich mir ja, aber was nützt das? Ich hätte meinen armen Freund Thévenoz vielleicht retten können, vielleicht ... Aber ich bin in die ganze Sache so ahnungslos hineingeplatzt ...»

Madge lag in ihrem Zimmer auf dem Bett, O'Key hatte seine langen Glieder im Klubsessel untergebracht, Ronny schnarchte in einer Ecke. Madge sprach weiter.

«Heute abend wirst du ja die Sache auch sehen. Wenigstens haben wir es so abgemacht, dein dicker Staatsrat und ich. Es war eigentlich sehr klug von dir, daß du mir gestern noch von ihm erzählt hast. Ich war wenigstens nicht ganz hilflos, als der alte Professor, kaum warst du weggegangen, bei mir erschien. Es stimmte ganz genau, was der kleine Nydecker uns erzählt hatte. Weißt du, das mit dem Apostel Petrus, der in einer Ecke sitzt und in ein dickes Buch schreibt. Dominicé brachte wirklich solch ein dickes Buch mit. ‹Mein liebes Kind›, sagte er zu mir, ‹ich komme mit einer großen Bitte zu Ihnen, Sie müssen mich heute abend vertreten. Es wird interessant für Sie sein. Sie werden Einblicke erhalten, Einblicke, die wichtiger sind als alles, was Sie bisher hier in der Anstalt gesehen haben. Sie werden die Entstehung einer Geisteskrankheit verfolgen können und ihre Heilung. Lockt Sie das nicht? *Ein* Risiko ist natürlich dabei. Wenn nämlich der *Meister* an der Sitzung teilnimmt. Dann könnte es auch schiefgehen. Aber ich glaube, er ist anderweitig beschäftigt.› – Wer denn dieser Meister sei, wollte ich wissen. ‹Er war lange in Indien›, sagte der Professor. ‹Sein Gesicht habe ich nie gesehen. Er trägt immer eine Holzmaske, und er hat deren verschiedene. Nie trägt er die gleiche. Übrigens werden Sie Ihren Freund Thévenoz in der Versammlung treffen, ich denke es. Nehmen Sie nun das Buch, kommen Sie mit. Ich werde Sie gleich an Ort und Stelle führen. Heute fängt die Sitzung ziemlich früh an.› – ‹Gut›, sagte ich, ich wolle mich gerade zurechtmachen, er, der Professor, möge draußen auf mich warten. Er ging, und dann rief ich Herrn Martinet an. Du hast ja seine Visitenkarte hier vergessen. Herr Martinet war sehr erbaut über meine Mitteilung. Ich solle nur gehen, sagte er, und ihm dann Bericht erstatten. Nun, du wirst ja einer solchen Sitzung heute abend beiwohnen, ich habe den Leuten erklärt, ich brächte heute einen Freund mit. Die gestrige Sitzung war nur eine zahme Vorbereitung der heutigen, hat man mir mitgeteilt. Eines ist mir gestern aufgefallen. Ich fragte nach Thévenoz. Da verzogen die drei alten Damen, die als Vorsitzende die Versammlung leiteten, ängstlich die Gesichter. Sie sprachen so geheimnisvoll. Bruder Thévenoz habe gesündigt, aus Neugierde gesündigt. Er habe den Meister erkennen wollen. Nun sei er beim Meister, und der Meister werde ihn strafen. Schwer sei die Strafe. Zweie schon hätten die gleiche Sünde begangen, und beide hätten fliehen müssen aus ihrem Körper. Nun seien ihre Seelen ruhelos, manchmal erschienen sie und klagten und bereuten – aber nun sei es zu spät ...»

«Ja», wollte O'Key wissen, «hast du denn nicht gefragt, wohin der Meister den Dr. Thévenoz verschleppt hat?»

«Natürlich habe ich gefragt. Aber aus den alten Damen war kein Wort herauszubringen. ‹Wir kennen ihn nicht, wir wollen ihn nicht kennen. Wir haben ihm Gehorsam gelobt, und wenn wir den Gehorsam brechen, dann ...› Sie beendeten nicht einmal den Satz. Übrigens war es meistens die Dichterin, die sprach. Die alte Frau Pochon saß stumm in einer Ecke, manchmal fragte sie: ‹Wo ist mein Sohn?› Niemand antwortete ihr, und dann hockte sie wieder da, starrte auf eine Münze, die sie in der Hand hielt, murmelte. Übrigens sahen die alten Damen merkwürdig genug aus. Alle drei waren in lange gelbe Schleier gehüllt, die von einem breiten gelbseidenen Stirnband zusammengehalten wurden. Es wurde viel Tee getrunken, aber ich habe nur eine Tasse getrunken, ganz zum Schluß. Ich wollte die Wirkung selbst ausprobieren. Nun, sie war merkwürdig genug. Plötzlich konnte ich fliegen, ich flog durch die Luft ...»

«Obenauß und nirgent an ...», murmelte O'Key.

«Wie?»

«Nichts, nichts», sagte O'Key. «Erzähl nur weiter!»

«Ja, ich flog also, es war ein richtiger Flugtraum, und sicher hatte der Tee daran Schuld. Einmal wachte ich halb auf, weil ich einen schmerzhaften Stich fühlte. Die alte Pochon machte sich mit meinem Arm zu schaffen. Aber ich war zu müde, um mich zu wehren. Es roch stark nach Weihrauch. Dann hörte ich Ronny bellen, aber ich dachte, es sei nur ein Traum.»

«Nein, Ronny und ich, wir standen vor der Türe. Aber es war so still in dem Hause, alles war verschlossen. Wie hätte ich denken können, daß eine Versammlung darin tagte?»

«So, kennst du das Haus?»

«Du etwa nicht?»

«Nein. Denn der Wagen, der mich hinausführte, hatte Milchglasscheiben, ich konnte nichts sehen. Und bevor ich einstieg, mußte ich einen Kapuzenmantel anlegen, der mir das Gesicht verhüllte. Er war aus leichtem Stoff, so daß ich gut atmen konnte, obwohl die Kapuze um meinen Hals zugebunden wurde. – Ja, ich will weiter von der Sitzung erzählen. Zuerst war ich nur mit den drei alten Damen zusammen. Später, am Abend, kamen die andern Leute. Die waren auch in lange gelbe Schleier gehüllt, aber diese waren nicht geöffnet, wie bei den alten Damen, sondern bedeckten das ganze Gesicht. Auch ihnen wurde Tee gereicht. Aber es muß eine andere Sorte Tee gewesen sein. Denn einer nach dem andern begannen sie zu halluzinieren, die alte Pochon saß in einer Ecke und murmelte über ihrer Münze, das schien ihre einzige Beschäftigung zu sein ...»

«Wurde von Geld gesprochen?»

«Natürlich. Die eine der drei alten Damen ...»

«Wie sah sie aus?»

«Lang, sehr lang. Und unter ihrem Schleier trug sie ein violettes Kleid ...»

«Frau de Morsier ...», murmelte O'Key.

«Die Frau des Staatsanwalts?»

«Ja. War die Kollekte ergiebig?»

«Sehr. Wenn einer nicht zahlen wollte, sagte die dürre Frau: ‹Gedenkt Euerer Verfehlungen. Sollen wir deine Sünden verkünden? Wir haben viele Briefe. Sollen wir die Briefe verlesen?› – ‹Nein!› heulten sie dann. Sie tranken wieder Tee, die Leute, ein Salbenbüchslein wurde herumgereicht, damit salbten sie sich die Arme und die Achselhöhlen. Und dann sagte plötzlich die Dichterin zu mir: ‹Jetzt müssen Sie schreiben, alles schreiben, was Sie hören!› Mir brummte der Kopf. Der linke Arm tat mir weh, dort, wo ich gestochen worden war. Aber ich schrieb. Die Gelbgekleideten saßen an den Wänden; jetzt traten sie vor, einer nach dem andern, und erzählten, was sie sahen, was sie hörten, was sie fühlten. Es war schauerlich interessant. Ich notierte, notierte. Plötzlich schrillte eine Klingel. Alles verstummte. Da ertönte eine Stimme – weißt du, ich habe gleich gemerkt, was es war, einfach ein Lautsprecher, der an die Telephonleitung angeschlossen war –, und immer noch höre ich die Worte, die die Stimme sprach:

‹Ich habe strafen müssen›, sagte die Stimme, ‹ich habe die Neugier bestrafen müssen. Merkt es euch. Niemand darf den Meister erkennen. Ich bin der Urgrund und das Schweigen. Denkt an das Schicksal der Sophia, die verstoßen wurde aus der Fülle, weil sie den Urgrund erkennen wollte. So verstoße auch ich in die Leere den Unverständigen, der mein heiliges Geheimnis erkunden will. Weh ihm, weh ihm!› Dann schwieg die Stimme ...»

«Mein Gott!» O'Key lachte schallend, hielt plötzlich inne, wurde wieder ernst. «Ich sollte nicht lachen. Komisch ist ja einzig diese Wiederholung gnostischer Sagen. Nicht einmal etwas

Neues hat dieser ‹Meister› erfinden können. Natürlich ist diese ganze Mystik nur Vorwand. Dem Mann ist's um Geld zu tun. Weißt du übrigens, wo Thévenoz sterbend aufgefunden worden ist? In der Villa der Gebrüder Rosenstock. Merkwürdig, nicht? Und er ist sicher nicht weit gelaufen. Schade, daß ich mich gestern nicht der Fortschaffung der Leiche widersetzt habe. So muß ich die Lösung alleine finden. Ich komme heut abend nicht in die Sitzung, ich habe anderes zu tun. Leb wohl.»

Madge wollte aufspringen, aber O'Key stand schon unter der Tür, winkte mit der Hand …

Elftes Kapitel

1\. Jakob, der Gymnasiast, hatte sich von Maman Angèle trösten lassen. Dann war er aufgestanden, hatte sich nach der Zeit erkundigt. Es war elf Uhr. Er beschloß, mit dem Rad in die Stadt zu fahren und bei der Dichterin Agnès Sorel zu Mittag zu essen. Das Mittagessen war nur eine Ausrede. Vor allem hoffte er, dort Natascha zu treffen.

Fräulein Sorel, die Dichterin, sah häßlicher aus als sonst. Ihr Gesicht war zerfurcht, dunkle Ringe umgaben ihre Augen. Sie war nicht zum Scherzen aufgelegt und gab nur einsilbige Antworten. Natascha war die ganze Nacht fortgeblieben, erzählte sie endlich, nachdem Jakob sie lange gequält hatte. Nach dem Essen sprach sie etliche Male von der vielen Arbeit, die sie heute noch zu erledigen habe. Jakob verstand, daß sie ihn los sein wollte. So verabschiedete er sich, öffnete die Flurtür, ließ sie wieder zufallen (hoffentlich kam das Fräulein nicht nachsehen, ob er wirklich fortgegangen war), dann schlich er auf den Fußspitzen in Nataschas Zimmer (Gott sei Dank, die Türe öffnete sich lautlos!), setzte sich auf einen Stuhl. Dann begann das Warten.

Dies Warten war unerträglich. Jakob konnte keinen vernünftigen Gedanken fassen. Zwei Verse und ein Satz tauchten abwechselnd in seinem Kopf auf, manchmal murmelte er sie, dann quälten sie ihn, aber wenn er sie nicht murmelte, hörte er sie dennoch deutlich. Die beiden Verse waren:

Triste, triste était mon âme
A cause, à cause d'une femme …

Und der Satz lautete:

Wer hat hölzerne Masken?

Einmal war Jakob von seinem Bruder Wladimir in dessen Laboratorium mitgenommen worden. Ein weißer Raum. Auf dem langen Tisch in der Mitte des Zimmers standen gläserne

Retorten, Bunsenbrenner, Tiegel. Und was hing an den Wänden? Schnell murmelte Jakob wieder die Verse:

Triste, triste ...

Er wollte nicht daran denken, was an den Wänden hing. Aber es nützte nichts, die Verse zu murmeln. Immer wieder mußte er an seinen Bruder Wladimir denken. Was war in Wladimir gefahren? War es überhaupt möglich, daß ... Lieber nicht daran denken. Jakob stöhnte. Endlich hörte er es an der Flurtür läuten, dann Nataschas Stimme. Sie trat ins Zimmer, Jakob legte den Finger auf die Lippen, Natascha nickte, schloß die Türe, lauschte. Fräulein Sorels Schritte entfernten sich.

«Na, kleiner Junge», fragte Natascha, «was willst du hier?»

«Ach, Natascha», klagte Jakob, «ich habe solche Sehnsucht nach dir gehabt. Wo warst du so lange? Ich weiß nicht mehr, was ich tun soll. Denk dir, ich habe da etwas gefunden ...»

Natascha unterbrach ihn:

«Das interessiert mich alles nicht. Ich habe mit dir zu sprechen. Die Zeit, die wir zusammen verbracht, war ganz schön, vielleicht hast du etwas von mir gelernt, vielleicht auch nicht. Aber diese Zeit ist nun vorbei. Ich habe anderes zu tun. Du mußt mich verstehen. Ich mache Schluß mit allem, ich will reinen Tisch haben. Unser kleiner Flirt war rührend, aber du bildest dir doch nicht ein, daß er ewig währen wird? Also, Jakob, leb wohl, laß dir's gut gehen. Ich wünsche dir viel Glück. Aber du mußt verstehen, daß ich jetzt Wichtigeres zu tun habe.»

«Du gehst, du gehst mit dem Fürsten?» fragte Jakob. Er stand aufrecht vor seinem Stuhl, seine Stirne war stark gefurcht, was ein wenig komisch aussah, und seine Lippen hatten nicht viel Farbe.

«Ja, mein Junge. Ich weiß, es tut weh, aber das geht vorüber. Du mußt jetzt tapfer sein, verstehst du? Brav in die Schule gehen und mich vergessen. Leb wohl.»

«Leb wohl», sagte Jakob leise. «Und ich wünsche dir viel Glück. Leb wohl, Natascha. Ich hab dich sehr lieb gehabt.» Er ging zur Tür, ohne Natascha die Hand zu reichen, er schlich aus der Wohnung, gelangte auf die Straße. Seine Augen waren trokken. Ihn plagten immer noch die Verse Verlaines:

Traurig, traurig war mein Herz ...

Er überschritt die Straße, erinnerte sich plötzlich an sein Rad, kam zurück es holen, saß auf und fuhr los.

Lange fuhr er, und auch später erinnerte er sich nicht mehr, welche Straßen er durchfahren hatte. Sein Kopf war leer, er hätte gerne geweint, aber seine Augen blieben trocken. Manchmal tauchten quälende Bilder vor ihm auf. Er sah eine Waldlichtung, die braune Schulter einer Frau. Er hörte Nataschas Stimme doppelt, sie dröhnte so merkwürdig, tief innen in ihrer Brust, und mit dem andern Ohr vernahm er sie, sehr weit, als würde sie als Echo vom Himmel zurückgeworfen.

Als Jakob endlich erschöpft vom Rad stieg, war er erstaunt, daß er vor der ‹Villa des Mimosas› stand. Er ging die Auffahrt entlang, ums Haus herum, wollte sein Rad im Keller versorgen. Er blickte zu dem würfelförmigen, fensterlosen Bau hinüber, der seinem Bruder Wladimir als Laboratorium diente. Er lehnte sein Rad an die Hauswand, schlenderte über den Rasen, gedankenlos; erst als er vor der Türe stand, fielen ihm die Sätze wieder ein, die er auf dem Blatte gelesen hatte, das der sterbende Thévenoz verloren hatte.

Die Türe war nur angelehnt. Wie war das möglich? Leise drückte sie Jakob auf. Da hörte er deutlich die Stimme seines Bruders Wladimir. Aber sie klang merkwürdig hohl, wie aus einem Megaphon.

«Du wirst trinken!» sagte die Stimme befehlend. «Du wirst trinken. Ich, der Meister, befehle es dir!»

Jakob war eingetreten, er stand im kleinen Gang, der zum Labor führte, vorsichtig wollte er die Türe wieder hinter sich anlehnen, da hörte er ein Stöhnen, erschrak, sein Arm zuckte nach rückwärts. Hinter ihm schnappte das Türschloß ein.

Da ging er vorwärts, trat in den Raum, den er schon einmal gesehen hatte. Ja, da hingen an den Wänden die vielen Holzmasken. Hinter dem langen Tisch aber saß ein Mann, ganz in Grau gekleidet. Seine Gesichtsfarbe war durchscheinend weiß, die

Haare bläulich schwarz. Der Mann glotzte mit leeren Augen. Und hinter dem Manne stand eine merkwürdige Gestalt, klein schien sie, dicklich. Ein weißer Mantel hüllte sie ein. Diese Gestalt trug eine Holzmaske. Jakob blieb einen Augenblick stehen, besah sich die Szene. Da saß der Maharaja, und es schien ihm nicht gut zu gehen. Und der Mann mit der Holzmaske vor dem Gesicht?

«Aber, Bruder», sagte Jakob ruhig, «hör doch um Gottes willen mit dem Theater auf. Das paßt doch gar nicht zu dir. Was willst du denn vom Fürsten? ... Nu, sag's schon.»

Vor dem Maharaja stand ein Glas, das mit einer wasserklaren Flüssigkeit gefüllt war. Jakob sah, wie die Hand des Sitzenden das Glas ergriff, es langsam hob, nun erreichte es die Lippen. Da trat Jakob schnell vor, holte aus – das Glas flog in einem Bogen gegen die Wand. Die Flüssigkeit spritzte über die Fliesen. Ein merkwürdig beißender Geruch verbreitete sich im Zimmer.

«Dummkopf!» sagte der Mann mit der Maske. Er machte ein paar Schritte im Raum, blieb stehen, hob die Maske über seinen Kopf, stellte sie auf den Tisch ab. «Dummkopf», sagte Wladimir noch einmal, «warum mischst du dich in meine Angelegenheiten?» Er schritt auf und ab. «Weißt du denn nicht, daß dir der Kerl da deine Freundin gestohlen hat? Und du hilfst ihm noch? Wenn er das Glas getrunken hätte, wäre er verrückt geworden, dauernd verrückt, verstehst du? Und ich wäre reich. Petroleumquellen, verstehst du? Ich hätt dich auch nicht vergessen. Niemand hätt mir etwas nachweisen können. Der alte Bose hätte mich gedeckt. Mit dem habe ich doch zusammengearbeitet ...»

Es klopfte an der Tür, sacht zuerst, dann stärker.

«Aufmachen!» schrie es, Jakob erkannte O'Keys Stimme. «Aufmachen, sonst brechen wir auf.»

«Ach, Bruder», sagte der Gymnasiast Jakob, aber er sprach gar nicht wie ein Junge, sondern wie ein uralter, weiser Mann, «ach, Bruder, laß dich doch nicht fangen. Schau, ich hab dich heut den ganzen Tag gesucht, nein, eigentlich nicht gesucht, aber ich hab immer an dich gedacht. Schau, was ich gefunden hab.» Er zog den Zettel aus der Tasche, den Thévenoz geschrieben hatte. «Ich hab ja alles verstanden. Aber dann hab ich die Frau gesucht, weißt du, die Natascha. Das Leben ist so traurig, Bruder.»

Gegen die Türe draußen, immer stärker, das Klopfen. Dann Pause. Deutlich der Befehl: «Ein Brecheisen!»

Wladimir setzte sich auf den Tisch. Er faltete die Hände, nickte. Neben ihm auf dem Tisch grinste die Holzmaske.

«Du hast doch noch Glück gehabt», sagte Wladimir leise. «Du hast doch wenigstens einmal eine Frau gehabt. Ich war immer allein. Die Frauen haben mich ausgelacht, weil ich häßlich war, weil sie mich komisch fanden. Weißt du, es ist die alte Geschichte. Dann will man Macht haben. Macht! Zufällig hat mir Isaak einmal diese Erpressergeschichte erzählt. Sie ist ja nie ganz aufgeklärt worden. Da hab ich mich dahinter gemacht. So ganz im Versteckten. Ich hab die Frau de Morsier entdeckt, die dahinter stand. Ich hab dann die Sache ausgebaut, mit dem okkulten Zirkel. Und als ich noch die Mittel fand, die Gifte, da konnte ich mit den drei alten Damen machen, was ich wollte. Sie konnten mich nicht verraten, sonst wären sie ins Irrenhaus gekommen. Ich hab ordentlich Geld verdient bei der Sache.» Wladimir schwieg.

«Bruder», sagte Jakob leise, «die Tür wird nicht mehr lang halten. Willst du ins Gefängnis? Sag mir doch, wo die Sache ist. Ich will gern das Glas bringen, wenn du zu müde bist ...»

«Ich danke dir, Kleiner», sagte Wladimir, und seine Stimme klang weich. «Dort im Kästchen. Ja. Die kleine Flasche. So. Dann noch Wasser. Dank dir. Leb wohl, mein Kleiner. Du bist ein tapferer Bruder. Komm, nimm meine Hand, dann geht's wohl leichter.»

Als O'Key als erster durch die erbrochene Türe eindrang, hielt er einen Revolver in der Hand.

«Hände hoch!» schrie er. Da sagte eine ruhige Stimme:

«Wir sind doch in keinem Kriminalfilm, Herr O'Key, stekken Sie das Ding weg. Mein Bruder ist tot.»

Hinter O'Key betrat Natascha das Zimmer. Jakob trat auf sie zu und sagte:

«Ich kann dir doch noch etwas schenken, Natascha», immer noch klang seine Stimme tief und ruhig. «Ich hab ihn retten können, aber es war Zufall. Du brauchst nicht zu danken. Leb wohl.»

Auch die Polizisten, die vor der Türe standen, ließen Jakob ungehindert passieren. Er ging in die Villa. Im Speisezimmer saß sein Bruder Isaak, der Advokat.

«Wladimir ist tot», sagte Jakob. Dann setzte er sich neben den Advokaten. Beide schwiegen. Maman Angèle betrat das Zimmer.

«Packen Sie das Notwendigste für uns beide», sagte der Advokat. «Wir wollen verreisen.»

«Ja, ja», sagte Maman Angèle. «Der arme Herr Wladimir. Mit mir war er immer gut. Aber was ist da zu machen?»

«Nicht viel», sagte Isaak. Maman Angèle ging hinaus. Die beiden Brüder starrten vor sich hin.

2. «Äpfuuhh», sagte Herr Staatsrat Martinet. «Die Sache ist noch besser verlaufen, als ich zu hoffen gewagt habe. Manche Leute haben, auch wenn sie im Hauptberuf Mörder sind, doch noch Taktgefühl. Dr. Wladimir Rosenstock hat sich auf eine sehr feinfühlige Art aus dem Staube gemacht. Sir Avindranath Eric Bose hat sich ebenfalls empfohlen, auf weniger tragische Art, und hat diesen schrecklichen jungen Burschen mit sich genommen. Auch eine glänzende Lösung. Ich werde mich hüten, den beiden Telegramme nachzujagen. Das wäre ein Mißbrauch des elektrischen Stroms. Die drei alten Damen sind wohlversorgt, an einem Ort, wo sie auch Tee werden trinken können, aber harmloseren als bisher. So hat sich alles zum Besten gewendet, nicht wahr, Master O'Key?»

O'Key saß dem Herrn Staatsrat gegenüber, Madge Lemoyne neben sich. An Madges Seite saß der Maharaja von Jam-Nagar und neben ihm Natascha. Auf dem Ehrenplatz, neben dem Herrn Staatsrat, saß, mit wallendem, blondem Fahnenbart,

Kommissär Pillevuit. Und neben ihm, mit ein wenig glanzlosen Augen, Professor Dominicé.

«Mein lieber George», fuhr Herr Martinet fort, nachdem er ein Glas Wein geleert hatte, «ich nenne Sie auf keinen Fall Hoheit, denn ich bin ein Republikaner und darf mir solche Sachen erlauben, mein lieber George, wie hat es nur der ‹Meister der goldenen Himmel› (ihm wollen wir seinen Titel lassen) verstanden, Sie zu entführen? Ich hätte es mir nie verziehen, wenn Ihnen etwas passiert wäre.»

«Es war ganz einfach, Herr Staatsrat. Die drei alten Damen mußten ganz genaue Instruktionen haben. Ich wurde in der Rue Verdaine sehr freundlich empfangen. Eine der Damen reichte mir eine Tasse Tee, ich trank sie aus, plauderte weiter. Da wurde mir plötzlich ganz merkwürdig zumute. So schwach im Kopf. Es kam mir vor, als würde ich immer kleiner, ja, ich war ein Knabe. Und als die lange Frau de Morsier ...»

«Gott sei Dank», stöhnte Herr Martinet, «ihr Mann, der Sonettendichter, ist glücklich jenseits der Grenze. Ich habe ihm telegraphieren lassen: ‹Frau schwer erkrankt, bleiben Sie, wo Sie sind.› Das wird er verstehen. Obwohl ich ihn nicht für mitschuldig halte. Er war so unter dem Pantoffel ... Aber erzählen Sie weiter, George ...»

«Ich wollte rufen. Aber es ging nicht. Mir wurde ein langer Frauenrock angezogen, ein Frauenmantel über die Schultern geworfen, ein Hut mit Federn aufgesetzt, ein Schleier übers Gesicht gezogen ...»

«Darum habe ich dich im dunklen Gang nicht erkannt. Ich habe geglaubt, die Pochon geht mit der Frau de Morsier fort ...»

«Und ich hab das gleiche gedacht ...», mischte sich Kommissär Pillevuit ein.

«Äpfuuhh», seufzte Herr Martinet. «Der Rest ist leicht zu erklären. Unten wurde unser lieber George in ein Auto gestoßen, das gleich abfuhr. Die Pochon stieg ruhig wieder in die Wohnung hinauf, kam mit ihren beiden Freundinnen wieder herab, und alle drei fuhren gemütlich im Tram bis Presinge ...»

«Wladimir Rosenstock wird Angst bekommen haben»,

mischte sich Kommissär Pillevuit wieder ein. «Er hat gemerkt, heut morgen, daß ich Verdacht geschöpft habe. Darum ist er nicht mehr in das Haus gegangen, das er kaufen wollte ...»

«Hab ich nicht einen intelligenten Kommissär?» fragte Herr Staatsrat Martinet. «Vergessen Sie nicht, das zu erwähnen, O'Key, wenn Sie Ihren Artikel über die Genfer Polizei schreiben. Aber, O'Key, mein Kompliment, *Sie* haben uns ja eigentlich an den richtigen Ort geführt – ich sage *uns*, obwohl ich nicht dabei war, denn eigentlich war ich doch dabei, ich, der Geist der Genfer Polizei ..., ja, was ich sagen wollte, wie haben Sie gegen den Wladimir Rosenstock Verdacht geschöpft?»

«Ach Gott», sagte O'Key, «daran war Attalus III. Philometor, letzter König von Pergamo, schuld. Der hatte einen Giftgarten ...»

«Ja, ja, das wissen wir. Aber was hat der König mit dem Assistenzarzt zu tun?»

«Der Assistenzarzt hatte eben auch einen Giftgarten. Das sagte sein Bruder, der Advokat, so nebenbei, und der Arzt wurde wütend darüber. Dann ging Wladimir Rosenstock fort. Er rauchte. Das fiel mir auf, warum weiß ich nicht. Ich erfuhr, daß er nur rauche, wenn er sehr aufgeregt war. Dann kam die Geschichte mit Thévenoz. Woher kam Thévenoz? Er hatte so schwere Vergiftungssymptome, daß er sicher nicht von weit her gekommen war. Während Sie mit Ihrer Polizei das Haus in Presinge umstellen ließen, beobachtete ich das Labor bei der ‹Villa des Mimosas›. Ich dachte mir schon, daß Rosenstock es nicht wagen würde, auf der Hauptstraße vorzufahren. Er hat auch richtig einen Feldweg benutzt, ist durch eine kleine Türe in der Hecke gekommen. Die Frauenkleider des Maharaja hat er im Auto zurückgelassen. Ich bin den beiden bis zur Türe nachgegangen, und als ich sah, daß sie angelehnt blieb, dachte ich, ich hätte noch Zeit. Ich mußte doch Beweise haben, darum bin ich schnell den Colonel holen gegangen, der mit ein paar von unseren Freunden in der Nähe postiert war. Sehr erstaunt war ich, als ich plötzlich Natascha sah. Liebe ist eben nicht immer blind.»

«Schweigen Sie, Frechling!» fauchte Natascha. Aber der Maharaja streichelte ihr begütigend die Hand.

«Ja», sagte Herr Martinet, «ohne den kleinen Jakob ...»

«Ich habe immer behauptet, daß in diesem kleinen Bürger viel Gutes steckt», sagte Natascha angriffslustig.

«Na, Professor, Sie sind uns eigentlich auch noch Erklärungen schuldig», Staatsrat Martinet beugte sich zu Dominicé. «Wie war die Sache mit Crawley eigentlich?»

«Crawley?» Der Professor fuhr auf. «Ich weiß nicht mehr. Es geht alles durcheinander in meinem Kopf. Ich habe Schuld auf mich geladen. Crawley? Ja, Crawley war ein sehr begabter Schüler.»

«Sonst wissen Sie nichts über ihn?»

«Nein.»

«Und es sind keine Giftpfeile mehr auf Sie abgeschossen worden?»

«Giftpfeile? Aha, ja. Ja, ich erinnere mich. Ein kleiner Spaß, den ich mir mit meinem Freunde O'Key erlaubt habe. Er war immer so neugierig. Neugier muß bestraft werden. Ich habe ihm den Pfeil in die Tasche gesteckt. Wie wird er erschrocken sein, er mußte sich ja damit stechen.»

«Ja, ja, erschrocken ist er schon. Aber was wollen Sie jetzt machen, Professor?»

«Ich bin eingeladen», sagte Dominicé.

«So, von wem denn?»

«Wir nehmen den Professor mit ans Meer», sagte Madge Lemoyne. «Er muß dann viel in der Sonne liegen, viel baden, viel essen. Ich werde ihn ganz wie meinen Privatpatienten behandeln.»

«Happy-End auf der ganzen Linie», sagte Herr Martinet. «Das ist recht. Aber was ist das?» Er zog eine Silbermünze aus der Tasche und warf sie auf den Tisch. Das Tischtuch erstickte den Klang. «Nun», sagte er ungeduldig, «wo bleiben die Untertanen des Fliegengottes? Die Wespen, Hummeln, Bremen? Herbei, herbei!»

Aber es blieb still im Zimmer.

«Sie kennen die Worte nicht», sagte Professor Dominicé leise. «Man muß die Worte kennen.»

«Die Worte, die Worte!» knurrte Herr Martinet ärgerlich.

3. In der Heil- und Pflegeanstalt Bel-Air steht ein Pavillonbau, der für die nicht allzu Aufgeregten bestimmt ist. Die Fenster sind vergittert, ein hoher Zaun läuft um den Garten. Im Aufenthaltsraum sitzen um einen kleinen Tisch, in einer Ecke, immer drei alte Damen. Sie reden wenig. Nur manchmal sagt die eine: «Was wohl der Meister macht?» Worauf die andere antwortet: «Der Meister ist im goldenen Himmel.» Die dritte lispelt: «Er erwartet uns.» Pause. Dann alle zusammen, leise im Chor: «Unser Herr in den goldenen Himmeln.»

Um drei Uhr nachmittags erhalten die Kranken Tee. Die drei alten Damen haben sich von Anfang an dagegen gesträubt, ihn mit den andern Patientinnen zu trinken. Man hat sie gewähren lassen. Nun tragen sie immer ihre Blechtassen sachte zu ihrem Tischchen, sitzen nieder, schlürfen den Tee, murmeln dazu: «Der Tee des Meisters war doch besser ...» Sie nicken, verziehen die Lippen, der Tee scheint ihnen schlecht.

Die Wärterinnen lächeln, wenn sie an der Gruppe vorübergehen. Die ganze Anstalt weiß von den komischen alten Frauen. Alle lächeln, sobald sie die Worte hören:

Der Tee der drei alten Damen.

Anhang

Nachwort
Anmerkungen
Editorischer Bericht

Nachwort

«Auf der Durchreise in Genf habe ich mich zwei Tage lang bei Tante Amélie aufgehalten. Wir haben viel miteinander geplaudert. Aber ich war recht deprimiert», berichtet Glauser am 27. Mai 1931 beiläufig von Winterthur aus an seinen Vater in Mannheim. Auf der Durchreise woher? Glauser hatte Ende Februar den Jahreskurs an der Gartenbauschule Oeschberg erfolgreich mit dem Gärtnerdiplom abgeschlossen, den anstrengenden Semesterschluß und den Prüfungsstreß aber nur mehr mit Hilfe von ständig gesteigerten Opiumdosen bewältigt. Nach einem ziemlich rigorosen, letztlich aber erfolglosen Selbstentwöhnungsversuch, der schließlich eine Spitaleinweisung nötig gemacht hatte, war er Anfang April zu einem vielversprechenden Aufenthalt im südfranzösischen Fischerdorf Collioure eingetroffen, dort also, wo er ein Jahr zuvor mit seiner Freundin Beatrix Gutekunst schon einmal zwei Wochen lang Ferien gemacht hatte, von denen er vollauf begeistert war. Geplant waren diesmal vier Monate, in denen er einerseits eine Brustfellentzündung und Bronchitis restlos auskurieren und des Opiums ganz Herr werden, andererseits mit seinen literarischen Arbeiten so weit vorwärtskommen wollte, daß etwas zur Publikation reif würde, bevor er Ende Juli entweder in der Schweiz oder in der Nähe von Grenoble eine Gärtnerstelle anzunehmen beabsichtigte. Ende Juni sollte noch Trix nachkommen zu gemeinsamem Urlaub. Aber nichts gestaltete sich nach Wunsch, obschon er dasselbe Häuschen gemietet hatte wie im Jahr zuvor. Er konnte nicht schreiben, litt unter der Einsamkeit, das Leben kam teurer als budgetiert, das Wetter war scheußlich, und nicht zuletzt verschuldete ein erneuter Rückfall in die Sucht seine Depression. So verließ er Collioure am 8. Mai Hals über Kopf und reiste über Genf zur Freundin nach Winterthur zurück.

Die zweitägige Atempause bei Tante Amélie Cattin, die er übrigens schon auf der Hinreise kurz besucht hatte, scheint dem Decouragierten jenen Impuls vermittelt zu haben, der schließlich für die Entstehung des Romans *Der Tee der drei alten Damen* verantwortlich war. Nur drei Wochen später, am 30. Mai, spricht er nämlich bei einem Besuch in der Amtsstube seines Vormundes Dr. Schiller von einem neuen Roman, den er in Arbeit habe (vgl. *Saner 2*, 101), und am 20. Oktober schreibt er an Schiller: «... augenblicklich arbeite ich an einem Kriminalroman, denn ich brauche Geld.» (*Briefe 1*, 354)

Denkbar ist folgendes Szenario: Madame Amélie Cattin-Golaz empfängt in jenen Maitagen des Jahres 1931 ihren Neffen Fredy an der Route de Chêne 23. Erinnerungen werden aufgefrischt, schon bald kommt das Gespräch auf den verstorbenen Gatten der Gastgeberin, auf Onkel Léon, gewesenen Arzt in Jussy, und auf die Zeit, als Fredy seine Matura am Collège de Genève machen sollte und zu diesem Zweck ein Jahr lang im Hause von Cattins wohnte. Glauser erwähnt den augenscheinlichen Wandel, der mit Genf in den letzten Jahren vor sich gegangen ist. Aus dem ruhigen, ein bißchen verschlafenen und versponnenen Alt-Genf ist eine mondäne Stadt geworden, kaum mehr wiederzuerkennen. Dieser und jener von seinen einstigen Studienkollegen, zum Teil Nachkommen der Genfer Aristokratie, hat Karriere gemacht, ist eine stadtbekannte Persönlichkeit geworden oder jedenfalls auf gutem Weg, es zu werden, während er, Glauser, es vorerst bloß zum Gärtner gebracht hat. Bekannte Persönlichkeiten hingegen sind abgetreten, etwa Louis Bertrand, der Direktor des Collège de Genève, oder weilen nicht mehr unter den Lebenden wie der Ingenieur, Großrat und Publizist Auguste de Morsier oder Professor Théodore Flournoy, der Psychologe, der seinerzeit in aller Munde war. Auch Flournoys einstiges Medium, das spleenige Fräulein Müller alias Hélène Smith, hat vor knapp zwei Jahren das Zeitliche gesegnet. Jetzt könnte es Auskunft geben über das Au-delà, das Jenseits. Jetzt! Aber damals?

Möglich auch, daß Glauser in diesen zwei Tagen einige der altvertrauten Orte aufgesucht hat: das Collège Calvin, St-Pierre, den Molard-Platz, den englischen Garten, die Promenade de la Réformation, die einst vielbegangenen Straßenzüge (Corraterie, Rue Basses, Rue Verdaine, Rue du Rhône, Rue d'Italie, Grand Quai usw.), die mondänen Cafés und die gemütlichen Bistros, und daß er dabei festgestellt hat, daß der Kosmopolitismus Genfs für den einfachen Mann vor allem hier sichtbar wurde, beim Apéro oder Fünfuhrtee nämlich und in Gestalt des Personals des ständigen Völkerbundssekretariats und anderer Funktionäre dieser Staatenvereinigung, der zahlreichen Diplomaten, Minister, Emissäre, Sekretäre, Attachés und Angehörigen fremder Delegationen, Übersetzer, Stenographen, Stenotypistinnen, Korrespondenten – und ihrer zweifelhaften Nachahmer.

Und endlich ist nicht auszuschließen, daß sich Glauser zwei, drei Stunden lang Zeit genommen hat, um vom Rond Point de la Rive aus mit dem Tram aufs Land hinauszufahren in Richtung französischer Grenze, vorbei an der Pallanterie, «jenem Sumpf, der den Genfern im Winter als Schlittschuhbahn diente». Ziel wäre dann Jussy gewesen, das Dorf, wo Onkel Léon Cattin einst als Arzt praktiziert hatte und wo Glauser die Chance geboten worden war, nach den Turbulenzen im Landerziehungsheim Glarisegg und nach einem halbjährigen Landdienst bei einem Bauern wieder in geordnete Bahnen zu gelangen und Tritt zu fassen, um seinen Mittelschulabschluß doch noch zu schaffen. Ziel wären dann aber vielleicht auch die Wälder um Jussy gewesen, wo der Maturand seinerzeit mit sich und seinen pubertären Nöten und Liebeswirren ins reine zu kommen versucht hatte. Es müssen dies wichtige zweieinhalb Jahre gewesen sein für ihn!

Die Fakten von Glausers Genfer Zeit sind, soweit bekannt, rasch berichtet. Genau genommen handelt es sich dabei um zwei deutlich voneinander getrennte Phasen. Nach seinem Ausschluß aus dem Landerziehungsheim Glarisegg (Ostern 1913) – die ‹Verwirrungen des Zöglings Glauser› und die Gründe, die zum

Ausschluß führten, brauchen hier nicht wiederholt zu werden; sie sind in Gerhard Saners Glauser-Biographie ausführlich dargestellt – und nach einem halbjährigen Zwischenspiel auf einem Bauernhof in Choully sur Satigny tritt der Tunichtgut im September desselben Jahres ins Collège de Genève ein und findet Unterkunft bei Dr. med. Léon und Amélie Cattin-Golaz in Jussy. Tante Amélie ist die Schwester von Vater Glausers dritter Gattin Louisa. Ostern 1915 wird Glauser konfirmiert, leistet daraufhin vom 1. Mai bis 4. November seinen freiwillig vorgezogenen Wehrdienst als Gebirgsartillerist in Thun und Interlaken und wird sogar zum Korporal befördert, wegen Führungsunfähigkeit und unsoldatischer Haltung jedoch vorzeitig entlassen und zur Disposition gestellt. Nach Genf zurückgekehrt, hilft er seinem Freund Georges Haldenwang, einem älteren Collège-Mitschüler und nunmehrigen Jurastudenten, der das Feuilleton der Genfer Zeitung *L'Indépendence Helvétique* redigiert, gründet mit ihm zusammen die kurzlebige literarische Zeitschrift *Le Gong*, entdeckt dabei seine schriftstellerische Begabung, veröffentlicht erste eigene literarische Versuche und bereitet sich so nebenbei noch auf die Matura vor. Eine ätzende Kritik am Gedichtband eines Collège-Lehrers, die aus Glausers spitzer Feder stammt und im Januar/Februar 1916 unter dem Pseudonym ‹Pointe-Sèche› erscheint, führt nach der Aufdekkung der Identität des scharfzüngigen Kritikers schließlich zum Konflikt mit dem Collège, und Glauser, wieder einmal von einem Ausschluß bedroht, zieht es vor, nach Zürich zu wechseln und seine Matur am dortigen Minerva-Institut zu machen, notabene weil er, soeben volljährig geworden, sich damit ostentativ der elterlichen, insbesondere aber der väterlichen Gewalt entziehen kann. Der Tunichtgut ist zu einem Tunochschlechter geworden.

Die zweite Phase ist weit weniger gut belegt. Sie beginnt eigentlich mit Glausers Einweisung ins Kurhaus Nidelbad in Rüschlikon bei Zürich wegen beginnender Lungentuberkulose und mit seiner Entmündigung am 18. Januar 1918. In der Zwischenzeit hat er ein Chemiestudium angefangen und abgebrochen, hat sich mit dem Plan einer Auswanderung nach Amerika getragen, ist mit den maßgebenden Leuten der Dada-Bewegung und anderen künstlerischen Gruppierungen in Kontakt gekommen, hat mit Emmy Hennings und Hugo Ball einige Wochen in Magadino und auf der Alp Brusada im Maggia-Tal verbracht, war Milchausträger in einer Joghurtfabrik in Genf und Antiquariatsgehilfe in Zürich, wurde verbeiständet, holte sich eine schwere Bronchitis, die schließlich in ein tuberkulöses Stadium überging und einen Blutsturz bewirkte, und wurde mit Morphium dagegen behandelt. Am 2. Januar 1918 flieht er nach erfolglosem Einspruch gegen das eingeleitete Entmündigungsverfahren aus dem Kurhaus Nidelbad, und Anfang Juni wird er nach kleineren Diebstählen in Genf verhaftet und als Morphiumsüchtiger in die Psychiatrische Klinik Bel-Air eingewiesen, wo er zwei Monate lang bleibt, bis er schließlich am 3. August in die Psychiatrische Klinik Münsingen verlegt wird. Damit endet seine Genfer Zeit. Unbekannt bleibt, wo Glauser sich in den fünf Monaten nach seiner Flucht aufgehalten und was er getrieben hat. Seinem eigenen Bericht zufolge will er sich über Wasser gehalten haben, «indem er Ausländern Privatstunden in Französisch und Deutsch» erteilte (Stichwort-Anamnese für Dr. Georg Gross, 31.7.1937; *Briefe 2*, 659). Jedenfalls waren es folgenreiche fünf Monate für ihn!

Viele der erwähnten Elemente aus Glausers Leben sind im vorliegenden Roman wiederzufinden, literarisch verarbeitet und erweitert und teilweise verfremdet zwar, jedoch in ihrer ganzen Konfusion, Widersprüchlichkeit und Beunruhigung. Er verwebt eine Fülle von biographischen, historischen, kulturellen, lokal- und weltpolitischen Fakten, von selbst Erlebtem und Beobachtetem, Angelesenem und Aufgeschnapptem und erschafft sich so sein eigenes Genf, ein fiktives Genf, das er einerseits von seiner Collège-Zeit, andererseits von seinem Zwischenhalt bei Tante Amélie her sozusagen interpoliert und zeitlich ziemlich genau in die Mitte der beiden ungleich langen Aufenthalte legt.

Man mag die Frage, warum ein Autor ein bestimmtes Werk gerade an diesem und keinem andern Orte ansiedelt, als eine müßige empfinden. Manchmal ist sie es wirklich, aber gerade im vorliegenden Fall nicht, weil mit der so gestellten Frage implizit auch jene andere gestellt wird, auf die hier eine vorsichtige Antwort gegeben werden soll: Was bedeutete Genf für Glauser, und welches Bild der Stadt vermittelt er uns?

«Mir scheint immer, es werde immer erst dort interessant, wo die Grenzen ineinander übergehen», bekannte Glauser 1935 in einem Brief (*Briefe 2*, 96). Tatsächlich ist sein Krimi-Erstling in mancher Hinsicht ein Roman der Grenzüberschreitungen. Das wird bereits an der Wahl des Schauplatzes deutlich:

Genf.

Und zwar ist es unzweifelhaft das Genf der frühen zwanziger Jahre, das ihm hier vorschwebt, und nicht dasjenige der frühen dreißiger, wie seit langem in allen Kurzbeschrieben, Inhaltsangaben und Besprechungen des *Tees* hartnäckig behauptet wird. Baranoff zu Professor Dominicé: «Wir leben jetzt im dritten Jahrzehnt des zwanzigsten Jahrhunderts und nicht mehr am Ausgang des neunzehnten.» (S. 109) Man rechne!

Genf, das ist vorab die Stadt des Reformators Calvin und gleichzeitig die Capitale européenne, die durch die Ansiedelung verschiedener internationaler Organisationen im 19. und 20. Jahrhundert zu mondäner Großartigkeit gelangte. Die Bedeutung Genfs lag aber nie in seiner politischen oder militärischen Macht oder territorialen Größe. Die geheime Sympathie Glausers für Genf – nach der frühen Erzählung *Der Heide* (1917/20) und der Novelle *Die Hexe von Endor* (1928) ist Genf zum drittenmal explizit Handlungsort – rührt vielleicht gerade von einer Art Charakterverwandtschaft her, denn Genfs Größe ist letztlich nichts anderes als die Kompensation seiner Ohnmacht. Es besteht tatsächlich ein eklatanter Widerspruch zwischen der flächenmäßigen Geringfügigkeit und handgreiflichen Machtlosigkeit dieses wunderlichen Staatsgebildes einerseits und den weltweiten Wirkungen, die von ihm ausgingen. Auf die Herausforderung seiner Beengtheit fand es die Antwort der Universalität. Genfs Prestige wurzelt ja nicht in der ungewöhnlichen Gunst, sondern in der besonderen Ungunst von Verhältnissen, über die es hinauswachsen mußte, wenn es ihrem Druck nicht erliegen wollte. Von seinen Nachbarn von alters her und bis zu seinem Beitritt als 22. Kanton zum Bund der Eidgenossenschaft 1814 bald mißgünstig belauert, bald gewalttätig bedrängt, bestenfalls herablassend protegiert, verwandte der Miniaturstaat seine Energien darauf, die unübersteigbaren physischen Grenzen, in die er sich eingeschlossen sah, moralisch zu sprengen. So blieb sein politisches Geschick ebenso durch Exponiertheit und Enge gekennzeichnet wie sein geistiges Profil durch Weltrang und Weite. Von diesem besonderen Charakter Genfs hat Glauser seinerzeit einiges mitbekommen.

Gewiß hat Genf schon vor der Reformation weitreichende Beziehungen unterhalten: als keltischer, römischer, burgundischer Brückenkopf, als früh bezeugter Bischofssitz, als bedeutender Messeplatz im Mittelalter. Aber erst Jean Calvin wies dieser Miniaturrepublik am Ausfluß der Rhone aus dem Genfersee seine kosmopolitische Bestimmung zu. Mit der von ihm in Gang gesetzten Umwälzung, die aus dem winzigen, gebrechlichen, eben erst zu einer noch lange gefährdeten Unabhängigkeit aufgestiegenen Stadtstaat den reformierten Gottesstaat machte, begann die weltgeschichtliche Rolle und damit die Größe Genfs. Der aus Paris geflohene Theologe Calvin gestaltete ab 1536 das gesamte kirchliche und gesellschaftliche Leben neu, indem er ein theokratisches Regiment einführte, alle Bürger zur aktiven Mitarbeit an der Reformation aufforderte, eine strenge Lehr- und Kirchenzucht durchsetzte und damit als Quasi-Alleinherrscher das von mächtigeren Nachbarn bedrohte Gemeinwesen zur Bastion einer weltweiten geistig-geistlichen Bewegung umschuf. In der Folge suchten zahlreiche Glaubensflüchtlinge Zuflucht in diesem ‹protestantischen Rom›, im ‹Moskau der hugenottischen Internationale›, das mit seinem Vorbild das halbe Europa faszinierte. Spanier, Italiener, Schotten, Engländer, Franzosen und Deutsche – zum Teil aus ihrer Heimat um des Glaubens willen vertrieben, zum Teil einfach auf der Suche nach geistlichem Zuspruch und theologischer Belehrung – fanden in dem ‹neuen Jerusalem› unter dem gleichen Joch Christi brüderlich zusammen. Aus der Verschmelzung von Altbürgertum und protestantischem Refugiantentum, traditionellem Bürgerstolz und finanzkapitalistischer Beweglichkeit, stadtstaatlicher Enge und kontinentaler Weite ging schließlich die neue Genfer Oberschicht hervor, die bis gegen die Mitte des 19. politisch, bis in die zwanziger Jahre unseres Jahrhunderts gesellschaftlich maßgebend sein sollte.

Den Ruf der Ungewöhnlichkeit und zugleich der globalen Bedeutung trägt Genf also seit der Reformation. Später, zur Zeit der Aufklärung im 18. Jahrhundert, war es der gebürtige Genfer Jean-Jacques Rousseau, der für die Ideen eines neuen, nicht minder revolutionären Zeitalters den mitreißenden weltverändernden Ausdruck fand. Den Aufschwung zur eigentlichen Kosmopolis, wie sie Glauser in seinem Roman im Visier hat, schaffte Genf aber erst mit der Gründung dreier weltumspannender Institutionen, des Internationalen Komitees vom Roten Kreuz (1863), der Internationalen Arbeitsorganisation (1919) und des Völkerbunds (1920), die alle ihren Sitz schon in den zwanziger Jahren in Genf hatten (und zum Teil immer noch haben). Diese Einrichtungen machten Genf damals schon zum enormen Brennglas, das diffuse Strahlen auf einen Punkt konzentrierte, zur Spiegelung des Globus im Kleinen und zur Weltstadt, von der geistige Kräfte ausgingen, die die Welt veränderten.

Daß sich an dieser Stätte der Begegnung auch allerlei Zwielichtiges herumtrieb, das im Windschatten der organisierten Internationalität sein mehr oder minder unappetitliches und trübes Süppchen kochte und sich dabei in dieser pseudo-gastronomischen Tätigkeit ebenfalls nach Kräften zu organisieren suchte, liegt auf der Hand. Im gleichen Atemzug nämlich, wo man Genf als den ‹carrefour des nations›, als den Kreuzweg und Brennpunkt internationaler Strömungen preist, muß man es auch als einen ‹abri obscure des criminels›, als einen Unterschlupf der Kriminellen, Spekulanten, Schieber und Konjunkturritter jeglicher Couleur aus aller Herren Länder beanstanden. Denn neben der Genfer Oberschicht, der eingesessenen Aristokratie, schoß allgemach ein neues Bürgertum auf, das, in Übereinstimmung mit der allgemeinen Entwicklung Genfs hin zur Kosmopolis, zur Weltstadt, einem Trend ins Große und Ambitiöse folgte und sich nicht mehr ans Hergekommene gebunden fühlte, ein Milieu mehr oder minder skrupelloser Geschäftemacher oft reichlich spekulativen Zuschnitts, die das Gemeinwesen allzu gern als Mittel für ihre privaten Zwecke einspannten. Zudem ging nun eine Drachensaat auf, für die der Erste Weltkrieg einen allzu fruchtbaren Nährboden bereitet hatte. Der Kriegsausbruch hatte in wirtschaftlicher Hinsicht alle Staaten überrascht. Kriegswirtschaftliche Maßnahmen wurden erst gegen Kriegsende hin in improvisierter Weise ergriffen. In diese Marktlücke drängte sich, wie immer und überall in solchen Fällen, rasch eine Clique von Kriegsgewinnlern, Hasardeuren, Schleich- und Schwarzhändlern, die nach allen Richtungen Geschäfte tätigten und sich auf Schweizer Boden recht ungehindert bewegen konnten. Diese Zunft, die sich noch während des Krieges in Genf wie anderswo etabliert und davon profitiert hatte, daß die schweizerische Wirtschaft stärker als später im Zweiten Weltkrieg in die Herstellung von Kriegsmaterial für fremde Heere hineingezogen wurde, fand nun mit dem Einzug des Völkerbundes nahezu ideale Bedingungen vor, um ihre zweifelhaften Geschäfte weiterzuführen und sich von Genfer Boden aus mit verhältnismäßig geringem Aufwand neue Absatzmärkte zu eröffnen. Bis in die jüngste Zeit hinein fand in Genf robustes Spekulantentum auch dort freie Bahn, wo es in der Macht der Verwaltung gelegen hätte, ihm Zügel anzulegen – nicht zuletzt, weil die Repräsentanten dieser Verwaltung gelegentlich durch ihre privaten Interessen mit diesem Spekulantentum verfilzt waren. Kommt dazu, daß eine laxe Justiz und Polizei es allzuoft zuließ, daß die Stadt Calvins zeitweise zu einem Schlupfwinkel internationalen Verbrechertums wurde.

Diese Mischung zwischen urbaner Weltläufigkeit und provinziellem Kirchturmdenken, zwischen dem Geist von Humanismus, Liberalismus und Lebensfreude einerseits und demjenigen ängstlicher Abschließung und blinder Autoritätshörigkeit andererseits dürfte die Wahl von Genf als Schauplatz des Romans wesentlich mitbestimmt haben. Diesem Glauserschen Genf, diesem verwirrend-farbigen urbanen Kaleidoskop, auch ihm kommt grenzüberschreitende Bedeutung zu, denn hier bahnt sich an, was sich in den weiteren Romanen bestätigt: der Schritt aus der Fremde zurück in die Heimat. Das ist nicht mehr, wie im ersten Roman, der verlorene Legionsposten Gourrama mit den vom Wüstenstaub glattgeschmirgelten Wellblechdächern, nicht mehr das labyrinthische Ksar der Eingeborenen, das sind nicht mehr die sonnendurchglühten Ebenen mit den spärlichen Büscheln Alfagrases und nicht mehr die fernen Berge aus rotem Stein vor der weißblendenden Kulisse des Hohen Atlas' unter dunkelblauem Himmel. Und es ist noch nicht das Kaff Gerzenstein, «das Dorf der Läden und Lautsprecher», noch nicht der Weiler Pfründisberg, der seine Wichtigkeit einzig dem Umstand verdankt, daß das Nachbardorf seine Toten hier begräbt, und noch nicht Schwarzenstein mit den breiten, geraniengeschmückten Fensterfronten, hinter denen Not und Elend die Menschen grausam zermürben und moralisch zu korrumpieren drohen. Das alles ist dieses Genf nicht mehr oder noch nicht. Und doch hat es von beiden Sphären etwas. Es hat genug Exotik, die die alltäglich erlebte Realität räumlicher Enge und Isolierung gerade noch erträglich macht, und es hat genug helvetische Gemütlichkeit und Gemüthaftigkeit, um kruder Gewinnsucht und sektiererischem Eifer standhalten zu können.

Aber noch in anderer Hinsicht kommt dem *Tee* grenzüberschreitende Bedeutung zu. Faßt man die biographischen und werkgeschichtlichen Daten ins Auge, fällt auf, daß Glauser sich hier offenkundig in einer Phase der Neuorientierung befindet, insbesondere was die beruflichen Vorstellungen und Ansprüche betrifft. Erstmals in seinem Leben hat er sich mit dem erfolgreichen Abschluß des Jahreskurses an der Gartenbauschule Oeschberg eine berufliche Ausbildung und Qualifikation geholt. Noch schwankt er aber in seinem definitiven Berufsentscheid: Gärtner oder freier Schriftsteller und Journalist? Die Biographie zeigt es: Glauser wird in der Folge nie als Gärtner arbeiten, aber auch den Beruf des freien Schriftstellers wird er, trotz festem Willen und großen Anstrengungen, noch lange nicht so ausüben können, daß seine Existenz einigermaßen gesichert ist. Seit seiner Rückkehr in die Schweiz sind ein halbes Dutzend Erzählungen und der Legionsroman *Gourrama* entstanden. Mit Ausnahme der Novelle *Die Hexe von Endor* verarbeitet er in diesen Texten ausschließlich Stoff aus der Legion, aus Paris, aus Belgien. Veröffentlicht ist aber bisher kaum etwas, vor allem nicht der Legionsroman. Mit dem *Tee* wendet er sich nun erstmals jener literarischen Gattung zu, von der er sich, zu seinem Leidwesen, bis zu seinem Tode nicht mehr würde befreien können: dem Kriminalroman. Und zwar geschieht dies erklärtermaßen und in erster Linie aus pekuniären Gründen. Anfänglich hegt er noch die Hoffnung, dieser Roman könnte ihm so viel Geld einbringen, «daß ich mich irgendwo in Spanien, am Meer, als Einsiedler auftun kann» (*Briefe 1*, 412).

Als ‹Fingerübungen› wollte Glauser ein knappes Jahr vor seinem Tod sein bisheriges Oeuvre verstanden wissen, «ausgenommen den Legionsroman und *Im Dunkel*», wie er in einem Brief an eine flüchtige Bekannte schreibt (*Briefe 2*, 806). Wohl auf kein anderes Werk trifft dieser tiefstapelnde Ausdruck besser zu als auf den *Tee*. Der Roman mutet tatsächlich an wie eine enorme feuilletonistische Etüde, ein pfiffiger Entracte, ein Tummelfeld kriminalistischer Phantasie, auf dem Glauser seinen erzählerischen Möglichkeiten nach allen Richtungen hin Auslauf gewähren kann. Er will – auch hier wieder Grenzüberschreiter und Schrankenüberhüpfer – einen richtigen Kriminalroman und gleichzeitig eine Parodie auf dieses Genre schreiben, einen «Schundroman mit Hintergründen» (*Briefe 1*, 410), und erschafft sich zu diesem Zweck einen eigenen kleinen Kosmos, den er mit autobiographischen Elementen ausstattet. Die Absicht ist klar: Es geht Glauser darum, sich ein literarisches Operationsfeld zu eröffnen, auf dem er scheinbar ohne Ambitionen und unbehindert von hochgesteckten eigenen und fremden Erwartungen schreibenderweise manövrieren kann in der uneingestandenen Hoffnung, schließlich vielleicht doch einen literarischen Überraschungscoup zu landen, der ein Verkaufserfolg würde und gleichzeitig höheren Qualitätsansprüchen genügen könnte, als sie gemeinhin an das literarische Konsumgut der Massen gestellt werden. Er versucht sich daher in der Gestaltung von Figuren, in der Konstruktion einer Handlung mit Tat, Täter, Opfer und falschem Verdacht, ohne sich aber mit seinem Krimi an das simple Muster ‹Rätsel – Auflösung des Rätsels› zu halten. Er übt sich im Beschreiben von Schauplätzen, von Landschaften, ja sogar die später mehrfach verwendete Form des Rollenmonologs findet sich bereits ansatzweise, etwa da, wo Kommissär Pillevuit mit Thévenoz telefoniert und wir nur die eine Seite hören, aus den Gesprächsfetzen aber ungefähr schließen können, was der Gegenpart sagt (Kap. 1.3).

Weil der *Tee* erklärtermaßen ein Schundroman werden soll, dürfen natürlich auch nicht die trivialen Elemente, die Sentimentalitäten, die fast schon unerträglich kitschigen Stellen fehlen, gelten doch gerade diese Versatzstücke der Kolportageliteratur als die eigentlichen Köder, nach denen die Konsumentinnen und Konsumenten von Groschenromanen schnappen, hungrig nach anspruchsloser Entspannung und Unterhaltung. Allerdings muß man Glauser zugute halten, daß er wohl ursprünglich zurückhaltender mit solcher Zukost umgegangen war und erst auf die Anregung von Friedrich Witz hin, dem Redaktor der *Zürcher Illustrierten*, dem er den Romananfang zur Begutachtung zugesandt hatte, tiefer in die Vorratskiste der Massenliteratur griff. Witz hatte ihm am 2. Juni 1932 mitgeteilt: «Gewiß ist die Handlung interessant und verspricht, spannend zu werden, doch scheint uns die Arbeit etwas überlastet mit Detail-Schilderungen und dafür etwas arm an einem Gewürz, das die Leser, hauptsächlich die Leserinnen sehr ungern entbehren, nämlich an Liebe. Sie haben hier eine richtige Arbeit für Männer geschrieben, und wenn die Männer unsere Romane mit der gleichen Aufmerksamkeit verfolgten wie die Frauen, so könnten wir Ihnen einen günstigeren Bescheid geben. Mit dieser flüchtigen Kritik möchten wir Sie natürlich nicht bestimmen, Ihre Arbeit in unserem Sinne umzumodeln, denn es ist nicht gesagt, daß die Gesetze, nach denen sich ein Roman für eine illustrierte Zeitung von großer Auflage richten muß, durchaus künstlerisch seien.» (*Saner 2*, 101) Glauser ließ sich überzeugen, griff zum gewünschten Gewürz und machte seinen Roman pikanter und frauengerechter. An den Vormund meldete er Ende Januar 1933, er habe den Romananfang der *Zürcher Illustrierten* eingesandt, «und sie schien nicht abgeneigt, ihn anzunehmen, falls ich ihn noch mit ein wenig mehr Erotik verbrämen würde. Das kann man ja machen.» (*Briefe 1*, 419) Aber es nützte ihm nichts, das Produkt ließ sich einfach literarisch nicht noch weiter konfektionieren, obwohl er nach eigenem Bekunden sein möglichstes tat. Er machte sogar mit ihm die «Ullsteinprobe» und rapportierte im zweiten Anlauf, den er bei der *Zürcher Illustrierten* nahm, am 27. Mai 1935 an Witz: «Gelesen haben ihn [den *Tee*] also: ein Psychiater, seine Frau, das Dienstmädchen, zwei Krankenschwestern, eine Klavierlehrerin, ein Buchhalter, ein Reisender, ein Krankenpfleger, ein Industrieller.» (*Briefe 2*, 17) Aber Witz blieb unerbittlich: «Wie ich Ihnen schon sagte: Ich finde ihn motivisch gut, doch glaube ich, daß er zu sehr nur für eine intellektuell hochstehende, das heißt, gebildete Leserschaft geeignet ist und daß der große Haufe unserer Leser dastehen würde wie der Esel am Berg.» (*Briefe 2*, 69) Nun, der große Haufe der *Z.I.*-Leser machte in den folgenden vier Jahren offenbar ungeahnte intellektuelle Fortschritte. Der Roman lief dann ausgerechnet in dieser Zeitung als Vorabdruck vom 16.6. bis 6.10.1939.

Mit den gelegentlichen, unmißverständlichen Anspielungen auf den Serienroman und den Film und ihre trivialen Klischees schafft Glauser in dieser Agentenroman-Parodie augenzwinkernd immer wieder jene ironische Distanz zum unglaublichen Geschehen, die einen nie vergessen läßt, daß die turbulente Handlung nicht ernst genommen werden will. Ein Musterbeispiel dafür ist etwa jene groteske Szene mit dem Tod von «Walter Crawley, von Bombay (Indien), Sekretär Seiner Exzellenz Sir Avindranath Eric Bose» (S. 21). Allerdings wird der ironische Ton, in dem die Agentenjagd geschildert ist und in dem sich Glauser zuweilen in Kommentaren direkt an den Leser wendet, nicht konsequent durchgehalten, was beispielsweise in der Psychologisierung des Erpressers und Mörders Wladimir Rosenstock störend wirkt (vgl. Kap. 11.1).

Die strukturierende, die Geschehnisse ordnende und überdenkende Kommissar-Figur, der Fahnderwachtmeister Studer, ist freilich noch nicht geboren. Es ist also noch keine ausgeprägte Autorität vorhanden, die das Geschehen für den Leser reflektierend und kommentierend färbt, wertet, in die richtige Perspektive rückt und so das Erzählen erleichtert. Dauernd wechselt der Blickwinkel, der ‹allwissende› Erzähler geht bald mit dieser, bald mit jener Person durch die Handlung, und der Leser verliert schnell einmal die Übersicht über die verworrenen Handlungsstränge und über die Fülle an Personal. Glauser war sich dessen wohl bewußt. Er zog kaum zwei Jahre nach Beendigung des Werks seine Umarbeitung zu einem Studer-Roman in Erwägung (vgl. *Briefe 2*, 361).

Die Figurenvielfalt – das wurde schon mehrfach an diesem Roman bemängelt – ist zweifellos eine Schwäche dieses Krimi-Erstlings. Immerhin sind es gut dreißig Leute, die da durch das Buch lümmeln, von denen sich gleich mehrere gegenseitig den Rang der Hauptfigur streitig machen. Glauser wußte um diesen Makel. Am 28. April 1936 schlägt er Ella Picard, der Inhaberin der Literaturagentur «Epic», die das Manuskript bei irgendeiner Redaktion unterbringen soll, vor: «Soll ich Ihnen den *Tee* umarbeiten, damit Sie ihn doch an einer Zeitung anbringen können? Man müßte die Handlung etwas vereinfachen, vielleicht ein paar Leute usekeie ...» (*Briefe 2*, 282). Die Umarbeitung unterblieb. Übrigens unterlief ihm derselbe Fehler auch später noch. Über die *Fieberkurve* schreibt er beispielsweise einmal: «Ein oder zwei Kapitel sind lustig geworden, ein oder zwei Gestalten sind so halbwegs im Blei – aber ich fürchte sehr, ich hab wieder meinen alten Fehler begangen und zuviel Menschen aufmarschieren lassen.» (*Briefe 2*, 101)

Auch thematisch überfrachtet Glauser seinen Roman, obwohl die spielerische Absicht unverkennbar ist. Der Ingredienzien, aus denen dieser *Tee* zusammengemixt ist, gibt es derart viele, die mit ihrem eigenen starken Aroma nicht zu den andern passen wollen, daß das ganze Gebräu in Duft und Geschmack aller Harmonie verlustig geht und leicht penetrant nach Programm riecht: Psychoanalyse, Rauschgift, Okkultismus, Irrenanstalt, dunkle Machenschaften. Sie sind aber nur Kulisse für Spannung und Erfolg und haben sonst keinen Stellenwert. Glauser nimmt überdies taktisch geschickt potentiellen Kritikern zum vornherein den Wind aus den Segeln, wenn er O'Key leicht entnervt die Frage stellen läßt: «Aber Herr Staatsrat, ich bitte Sie, erklären Sie mir, wie Sie indische Petroleumquellen, amerikanische Missionare als Delegierte der Standard-Oil, Geheimagenten der Sowjets, basilidianische Gnosis, Giftpflanzen, Hexenrezepte, indische Maharajas, an lebendem Material experimentierende Psychologen, verschwundene Psychiaterinnen, als irrsinnig eingelieferte harmlose Menschen, den Meister der goldenen Himmel mit dem Holzgesicht, gestohlene und wieder auftauchende Mappen und zum Schluß noch teetrinkende alte Damen unter einen Hut bringen wollen!» (S. 200) Worauf ihm der Staatsrat lakonisch die Gegenfrage stellt: «Glauben Sie nicht, daß ein italienischer Salat zuerst aus Blumenkohl, Bohnen, Tomaten, Rettich, Eiern, Öl, Senf bestanden hat?» (ebd.) Bei seiner Aufzählung hat O'Key übrigens noch einen Bestandteil vergessen bzw. wohlweislich unterschlagen: die Freimaurerei. Staatsrat Martinet gehört nämlich selber einer Loge an, und die Vorsicht verbietet dem Agenten eine dahin gehende Anspielung.

In dem komplizierten Handlungsgefüge stößt man auch auf zwei blinde Motive. Die beiden Einbrüche bei Dominicé und beim Maharaja Jam-Nagar alias George Whistler finden keine Aufklärung, haben aber auch keine weiteren Folgen. Im unklaren bleiben wir auch über das merkwürdige Verhalten Dominicés während der Zusammenkunft in der Villa der Rosenstocks, kurz bevor Thévenoz auftaucht, um hier zu sterben. Der

Professor scheint gespannt auf etwas zu warten, ja er löscht aus unerfindlichen Gründen gar das Licht, ohne daß wir dafür eine einleuchtende Erklärung erhalten.

So bekundet denn Glauser erhebliche Mühe, das Ganze zu einem einigermaßen befriedigenden Ende zu führen und dem eigenen Figurengedränge wieder zu entkommen, ohne sich im Gewirr der Handlungs- und Beziehungsfäden hoffnungslos zu verheddern.

Natürlich ist die Geschichte viel zu kompliziert, um noch spannend zu sein, sofern man unter Spannung jene «Fuselspannung» versteht, jene «Ersatzspannung», die Glauser 1937 in seinem *Offenen Brief über die «Zehn Gebote für den Kriminalroman»* als unecht kritisiert, weil sie als Ziel nur die Auflösung, das Ende des Buches kenne und nicht gestatte, «jede Seite des Buches als Gegenwart zu betrachten, in welcher der Leser minuten- oder sekundenlang lebt.» (*Erzählungen 4*, 217) Gewiß sind die Zufälle unwahrscheinlich, strotzt der Roman vor Abstrusitäten und Unglaubwürdigkeiten und sind die Agentenphantastereien irreal. Verständlich auch, daß man, im Vergleich mit den später entstandenen Romanen, diesen als einen ‹Schmarren› bezeichnete (so geschehen 1971 bei Erscheinen des *Tees* im Rahmen der Werkausgabe). Nur übergeht man mit einem solch apodiktischen Urteil die Tatsache, daß sich auch schöpferisch Potentere zuweilen Phasen des Suchens und Erprobens leisteten, bis ihnen etwas Genial-Uranfängliches und Bleibendes gelang, das die Bezeichnung ‹Meisterwerk› verdient. Selbstredend erweist sich Glauser hier noch nicht als der große Menschenkenner und Menschengestalter mit dem seherischen Blick ins Abgründige und Hintergründige allen Erlebens, noch nicht als der kritische Schilderer helvetischer Durchschnittlichkeit, als der Verspotter und Karikaturist der dörflichen Macht- und Rechthaber, als der behutsame Biograph der kleinen Leute, der ‹Verschupften›. Um die Klischees, die in den 70er Jahren auf Glauser angewandt wurden, nochmals zu bemühen: Der ‹Schweizer Simenon›, der ‹Schweizer Dostojewski› ist hier, nach

Gourrama, vorübergehend in den Ausstand getreten. Aber es gibt in der helvetischen Bergwelt auch nicht nur lauter Matterhörner, Mont-Blancs, Säntisse und Eiger. Unter Umständen kann auch ein bescheidener ‹Hausberg›, wie es etwa der Mont Salève für Genf ist, überraschende Aus- und Einblicke eröffnen. Bereits hier zeichnet sich nämlich einiges davon ab, was Glauser später als besondere, unverwechselbare Qualität angerechnet wurde. So scheint es beispielsweise, als habe Glauser sein theoretisches Verständnis vom Kriminalroman und seinen Funktionen in der Hauptsache gerade in der Arbeit am *Tee* entwickelt. Seine pointierte gattungstheoretische Position, wie er sie in den nachfolgenden Studer-Romanen kompromißlos und mit aller Deutlichkeit einnimmt, wird etwa da erkennbar, wo die Irrenärztin Madge Lemoyne dem über Kriminalromane spottenden O'Key den – oft zitierten – strengen Verweis erteilt: «Spotten Sie nicht über Kriminalromane! [...] Sie sind heutzutage das einzige Mittel, vernünftige Ideen zu popularisieren.» (S. 127)

Daß Glauser nicht nur einen Schundroman schreiben wollte, sondern eben einen «mit Hintergründen», zeigt sich an der thematischen und formalen Vielschichtigkeit. Man kann unschwer zwei Handlungsebenen ausmachen, von denen die eine die in parodistischer Art und mit ironischer Distanziertheit dargestellte Agentenjagd um Erdölquellen ist. Hier verwendet Glauser spielerisch Elemente des trivialen Agenten- und Kriminalromans, etwa einen als Hausdiener getarnten Colonel des britischen Geheimdienstes oder den irischen Agenten O'Key, der die Hürden im Berufs- wie im Liebesleben mit der gleichen sportlichen Leichtigkeit und Brillanz nimmt.

Auf der anderen Handlungsebene aber werden ernstere Töne angeschlagen. Da erlaubt uns Glauser manchen Blick in die Abgründe der menschlichen Seele, da versucht er, die individuelle Problematik der Romanfiguren psychologisch auszuleuchten, beispielsweise im Morphinisten Dominicé oder im unglücklich verliebten Jakob Rosenstock, dessen Geschichte die schwierige Situation eines jungen Menschen auf der Schwelle zwischen Kindheit und Erwachsensein nachzeichnet. Auch das angespannte Verhältnis zwischen den Verlobten Madge und Thévenoz ist psychologisch behutsam und glaubhaft gestaltet. Allerdings bleibt es oft beim bloßen Wollen, denn es gelingt Glauser letztlich nicht, die Ebenen der Logik, der Psychologie und des Irrationalen zu einer Einheit zu verschmelzen.

Seine Stärken entfaltet Glauser da, wo er Genrebilder malt und mit kleinen Bild-Einsprengseln liebevoll ein Detail darstellt, wo er fein beobachtetes menschliches Verhalten psychologisch glaubhaft nachzeichnet, wo er ‹Atmosphäre› schafft und bei Dingen und Menschen verweilt um ihrer selbst willen und ohne daß sie für den ‹Fall› bedeutsam sind. Man denke etwa an die Stelle, wo Natascha bei Baranoff das Fenster öffnet: «Herein drang der Geruch von feuchtem Asphalt, ein Sprengautomobil zog die weißen Fächer seiner Wasserstrahlen an den Bordschwellen entlang. Ein kleiner Milchwagen, blau wie ein himmlisches Schaf, rasselte aufgeregt mit einer Glocke.» (S. 92/93) Und wenig später: «Die Schreibmaschine schien ihr wie der Mund eines Fabeltieres, aber alle Zähne dieses Mundes waren plombiert. Sie mußte selber lachen über die dummen Vergleiche, die ihr einfielen.» (S. 93) Erinnert sei auch an die über die ganze Länge des Romans verschiedentlich eingestreuten kleinen Charakterskizzen des Airedalehundes Ronny, die schließlich zusammengenommen ein bezauberndes Porträt ergeben. Solche Partien verleihen dem Roman sein eigentliches literarisches Gewicht. So dümmlich und arteriosklerotisch Staatsanwalt de Morsier sonst erscheint, in einem Punkt verficht der ambitiöse Freizeitliterat ganz klar Glausers eigene Überzeugung. Wenn er kurz und bündig erklärt: «Wer Atmosphäre sagt, sagt Psychologie» (S. 34), erweist er sich als entfernter Verwandter von Jakob Studer, dessen jeweils liebste Tätigkeit bei Übernahme eines neuen Falls das Kennenlernen der Atmosphäre ist.

Ein trivialer Kriminalroman, so wird etwa behauptet, eigne sich nur zur einmaligen Lektüre; beim zweiten Mal sei die Spannung dahin, weil sie nur daraufhin ausgerichtet sei, die Neugier auf den Täter bis zum Schluß wachzuhalten. Ganz anders bei Glauser. Um beispielsweise die subtilen Vorausdeutungen als solche verstehen zu können, braucht es mindestens eine zweite Lektüre. Man muß also bereits wissen, wer der Täter ist, um seine frühe Entlarvung zu bemerken. Am Krankenbett Crawleys wird Wladimir Rosenstock von Thévenoz aufgefordert, eine Diagnose über die Vergiftungserscheinungen des Patienten abzugeben, was dieser sofort und ohne Untersuchung tun will. Das könnte er natürlich, weil er ja Crawley selbst die tödliche Injektion gemacht hat. Was obenhin besehen wie der Übereifer eines Assistenzarztes erscheint, ist in Wirklichkeit ein verräterischer Fauxpas des Täters, auf den hin Thévenoz wohl auch Verdacht zu schöpfen beginnt, denn er weiß ja nun auch um die ausgezeichneten Giftkenntnisse seines Kollegen. Eine weitere unfreiwillige, versteckt-deutliche Selbstbezichtigung passiert ihm zu Hause in der Villa Mimosa. Isaak Rosenstock-Rosène äußert seinem Bruder Wladimir gegenüber seine Bestürzung über die beiden Todesfälle und vergewissert sich: «Zwei Mordsachen, nicht wahr, Wladimir? Und du warst bei beiden handelnder oder sagen wir lieber behandelnder Zuschauer.» (S. 173) Diese Feststellung kommt der Wahrheit schon gefährlich nahe, ist aber noch nicht die eigentliche Selbstentlarvung. Nach dem Verbleib von Thévenoz gefragt, antwortet Wladimir, er wisse es nicht, und schließt mit der Kains-Frage: «Soll ich meines Arztes Hüter sein?» Und gleich darauf kommt wiederum sein Steckenpferd, die Giftkunde, zur Sprache, und man erfährt von Wladimirs Laboratorium im einsamen Gartenhaus und von seinen ‹kleinen Versuchen›. Das ist nun schon überdeutlich.

Die «Hintergründe», die Glauser anstrebt und vor denen er seine Schundromanhandlung ablaufen lassen will, sind aber mit der Auflistung der biographischen Fakten, der Interpretation des Schauplatzes hinsichtlich seiner tieferen, doppelbödigen Bedeutung und der Untersuchung der Erzählabsicht und ihrer Umsetzung in die Wirklichkeit noch nicht vollständig ausgelotet. Ein wichtiges Element fehlt noch. Es ist verkörpert in zwei Figuren, die in ihrer eigentlichen und konnotativen Bedeutung bisher nicht oder nur ungenügend erkannt und eingeordnet worden sind.

Professor Dominicé: die von Anfang an unter allen Figuren hervorragendste und in der ganzen mehr oder minder zweifelhaften Gesellschaft gleichzeitig *die* moralische Autorität – soweit man von einer solchen überhaupt reden kann. Immerhin verleihen ihm drei der Beteiligten den Titel ‹Meister› (Thévenoz, Jakob Rosenstock und der Maharaja Jam-Nagar), und das ist in diesem Fall ein echter Ehrentitel, auch wenn «das Wort ‹maître› im Französischen gebräuchlicher ist als im Deutschen und nicht den unangenehm pathetischen Beigeschmack hat, der ihm im Deutschen anhaftet» (S. 25). Denn im Gegensatz zum ‹Meister der goldenen Himmel› ist er für die drei Genannten (und für uns) der ‹Meister› schlechthin und ohne Einschränkung, auch wenn er in einigen Situationen undurchsichtig und unsicher, ja ängstlich reagiert und überdies morphiumsüchtig ist. Schon allein der Umstand, daß ein Ganove wie Baranoff ihn derart rücksichtslos und abschätzig behandelt (vgl. Kap. 5.3), macht ihn in unseren Augen sympathisch. Nicht zufällig gleicht er wohl dem Apostel Petrus, dem göttlichen Felsen, von dem Jesus prophezeite: «Auf diesen Felsen will ich meine Gemeinde bauen! Kein Feind wird sie vernichten können, nicht einmal der Tod.» (*Matth. 16, 18–19*) Die tiefere, assoziativ-emotionale Bedeutung des Vergleichs Dominicé-Petrus ist nicht auf Anhieb ersichtlich und war wohl sogar Glauser selbst nicht ganz bewußt.

Zunächst ist festzuhalten, daß der Professor Sicherheit und Überlegenheit ausstrahlt und durch seine menschliche Erscheinung wie durch seine fachliche Kompetenz ein gewisses Vertrauen erweckt, jedenfalls wenn er nicht gerade unter Entzugserscheinungen leidet. Daß er daneben auch seine Schwächen hat, daß er zum Besten seiner Forschungen illegale Methoden anwendet, manchmal lügt und O'Key einmal gar ein freches Bubenstücklein spielt, macht ihn für uns nur um so menschlicher und dem Apostel noch ähnlicher, der ja bekanntlich im Garten Gethsemane seinerzeit auch ein Bubenstücklein vollführte, als er dem Häscher Malchus mit dem Schwert ein Ohr abhieb, und der schließlich auch schwach wurde und seinen Meister verriet im Hof des hohepriesterlichen Palastes und angesichts der Demütigung Jesu, und das gleich dreimal. So reiht sich Dominicé ein unter die verschiedenen anderen gebrochenen Vatergestalten Glausers, die wie Studer ihre Autorität aus ihrer Herzensgüte, ihrer Wärme, ihrem Verständnis für menschliche Unzulänglichkeiten ziehen, gerade weil sie selbst auch mit Schwächen behaftet sind, zu denen sie aber unumwunden stehen können. Damit unterscheiden sie sich aber scharf von den andern Vätern und Pädagogen, die ihr Amt nur kraft biologischer oder bürokratischer Zufälle und Vorrechte ausüben und in unerbittlicher Strenge und geradezu (kinder)seelenmörderischer Prinzipientreue an einem einmal gewählten Kurs festhalten. Dominicé distanziert sich denn auch unmißverständlich und coram publico, wenn er im Auditorium anläßlich seiner Abschiedsvorstellung gesteht, er könne «nicht einsehen, inwiefern es nicht statthaft sei, einmal seine Fehler vor seinen Schülern zu gestehen. Er habe das an seinen Kollegen immer wenig geschätzt, diese Überheblichkeit, diese manchmal fast päpstliche Unfehlbarkeit» (S. 160).

Mit Dominicé gewinnt die Thematik der Grenzüberschreitung eine zusätzliche, eine metaphysische Dimension. Nicht nur versucht er, die Grenzen der menschlichen Erfahrungen durch die Untersuchung der Wirkung von Drogen und Giften zu erweitern. Er befaßt sich überhaupt mit den Grenzen des Seins, indem er sich mit dem Irrationalen, Okkulten und mit dem Jenseits befaßt. Er ist ein typischer Vertreter jener Forschergeneration, die das Unfaßbare fassen und festhalten und den ewigen Antagonismus zwischen der wissenschaftlich-vernünftigen und der dilettantisch-intuitiven Sicht der Dinge, zwischen materialistischem Unglauben und naiver Leichtgläubigkeit aufheben möchte. Mit seinem Taschenspielertrick, den er sich O'Key gegenüber leistet, demonstriert er seine wissenschaftliche Methode: Glaube nur, was du siehst! Er ist geistig verwandt mit Staatsrat Martinet und Kommissär Pillevuit, die von Berufes wegen oder als eingefleischte Skeptiker und Nihilisten alles Mysteriöse negieren. «Wieso mysteriös? Es gibt nichts Mysteriöses!» bescheidet Pillevuit am Telefon seinen aufgeregten

Polizisten Malan schon früh im Roman (S. 14). Und Martinet stellt – übrigens zu Recht! – die Mystifizierung eines italienischen Salates in Frage: «Ist die Mischung dieser Ingredienzien ein Mysterium?» fragt er, nachdem er O'Key die Zutaten aufgezählt hat, aus denen ein solcher besteht (S. 200).

Bisher wurde angenommen, es handle sich bei diesem Dominicé um eine Hommage an Edouard Claparède, den Kinderpsychologen, in dessen Seminar, das er unerlaubterweise besuchte, der Gymnasiast Glauser einen mit seinen eigenen Vater-Erfahrungen aufs schärfste kontrastierenden Begriff von väterlich-verstehender Grundhaltung mitbekam. Ein anderer stand aber Pate zu dieser auch nicht ganz über alle Zweifel erhabenen Figur, nämlich Claparèdes Vetter und Vorgänger, der Psychologe Théodore Flournoy, der vor allem als Religionspsychologe geradezu Weltruf genoß.

Geboren 1854 in Genf, studierte der junge Flournoy in Freiburg i. Br. und Straßburg und promovierte 1878 in Medizin, worauf er sich dem Studium von Philosophie und Wissenschaftsgeschichte in Deutschland, Paris und Genf widmete. In Leipzig lernte er Wilhelm Wundt, den Schöpfer der experimentellen Psychologie, kennen und machte sich vertraut mit der deutschen Philosophie (Leibnitz, Kant). Den größten Einfluß auf Flournoy hatte allerdings der amerikanische Philosoph und Psychologe William James. Ihm, dem Freund und ehemaligen Genfer Zofinger (Mitglied der Studentenverbindung Zofingia), und seinem Werk widmete Flournoy nach dessen Tod 1910 eine einfühlsame und verständnisvolle Darstellung.

1885 wurde Flournoy Privatdozent in seiner Heimatstadt, und 1891 wurde für ihn ein außerordentlicher Lehrstuhl für physiologische Psychologie eingerichtet, womit die Psychologie erstmals als experimentelle Disziplin an einer naturwissenschaftlichen Fakultät anerkannt wurde. In seinem 1892 eingerichteten psychologischen Laboratorium untersuchte er pathologische, parapsychologische und okkulte Erscheinungen (Hypnotismus, Mondsüchtigkeit, Ekstasen, Spiritismus u.a.). Dazu bot sich ihm seit 1894 in Form eines seit Jahren in Genf wohnenden Mediums, das in den dortigen spiritistischen Kreisen eine große Rolle spielte, willkommene Gelegenheit. Flournoy lernte Hélène Smith (i.e. Catherine-Elise Müller, 1861–1929, aus Martigny, Kanton Wallis) seinem Bericht zufolge durch einen Collège-Lehrer kennen: «Im Dezember 1894 wurde ich von Herrn August [sic!] Lemaître, Professor am Gymnasium zu Genf, eingeladen, in seiner Wohnung einigen Sitzungen eines weder gewerbsmäßigen noch bezahlten Mediums beizuwohnen, dessen ausserordentliche, augenscheinlich übernormale Begabung man mir schon mehrfach gerühmt hatte. Wie man sich wohl denken kann, hütete ich mich, mir einen solchen Fund entgehen zu lassen, und fand mich am angesagten Tage bei meinem liebenswürdigen Kollegen ein. Das fragliche Medium, das ich Helene Smith [sic!] nennen will, war eine große, stattliche Person von etwa dreißig Jahren, mit frischem Teint, fast schwarzen Haaren und Augen, deren intelligentes, offenes Gesicht mit dem tiefen, aber keineswegs ekstatischen Blick sogleich meine Sympathie wachrief. [...] Sobald wir vollzählig versammelt waren, bildeten wir den Zirkel, legten die Hände auf den herkömmlichen runden Tisch der Spiritisten, und bald begann Helene, welche die dreifache Gabe eines Seh-, Hör- und Klopfmediums besitzt, die mannigfaltigen Erscheinungen aufs Natürlichste zu beschreiben, die im milden Dämmerlicht des Zimmers vor ihren Augen auftauchten.» (Flournoy, Théodore, *Die Seherin von Genf.* Leipzig: Meiner 1914, S. 1) In dem berühmt gewordenen kühnen Werk *Des Indes à la Planète Mars* (1900) – notabene im selben Jahr erschienen wie Freuds *Traumdeutung*! – wies Flournoy unter Anwendung einer streng empirischen, objektiven und skeptischen Methode nach, daß es sich bei den von Hélène Smith als Mitteilungen aus dem Geisterreich des Planeten Mars hingestellten Wahrnehmungen um Äußerungen des Unbewußten handelte. Die vermeintliche Sternensprache, der Roman vom Mars, waren nach ihm vergessene Erinnerungen aus der Kindheit, verborgene Kräfte der betreffenden Person. Flournoy wies nach, daß die zunächst unverständliche, dann mühsam entzifferte Marssprache eine unterbewußt erfundene Sprache mit einer durchgebildeten Syntax war, die bei genauerer Analyse erkennen ließ, daß sie aus dem Französischen abgeleitet war. Mit der Deutung von Hélène Smiths Schutz- oder Kontrollgeist Leopold als einer zweiten unbewußten Persönlichkeit von geringerer Konsistenz, als einer hypnoiden unbewußten Formation, als einer infantil-archaischen Abspaltung sexuellen Ursprungs nahm er geradezu gewisse Erkenntnisse der Psychoanalyse voraus. Gleichzeitig wurde er zum Bahnbrecher der Psychoanalyse Freuds in der Romandie.

Die Beschäftigung mit dem Unbewußten, einem Gebiet des seelischen Lebens, wo sich das Ich und ein Nicht-Ich berühren und wo die religiösen Erlebnisse geschaffen werden, führte den von früh auf vom christlichen Glauben durchdrungenen Psychologen zur Religionspsychologie, einem um die Jahrhundertwende aufgekommenen und damit sehr jungen Wissenschaftszweig, der die psychologischen Gesetzmäßigkeiten der Frömmigkeit und Religionsbildung erforscht und dem sich inzwischen auch sein früherer Lehrer Wundt zugewandt hatte. In mehreren Schriften vertrat Flournoy hier den Standpunkt des unabhängigen Denkers und unerschrockenen Zeugen eines auf den Gesetzen der Sittlichkeit aufgebauten Christentums.

1901 gründete er mit seinem Vetter E. Claparède die *Archives de Psychologie de la Suisse Romande*, die erste Psychologie-Zeitschrift der Schweiz, in der er einen großen Teil seiner Arbeiten veröffentlichte, so u. a. auch sein bedeutendstes Werk, die wichtige und tiefsinnige Arbeit *Une mystique moderne* (1915). 1905 trat er die Leitung des psychologischen Labors an Claparède ab, der 1915 auch sein Nachfolger auf dem Lehrstuhl wurde, während Flournoy, inzwischen zum Dozenten für Geschichte und Philosophie der Wissenschaften ernannt, an den Ausgangspunkt seines akademischen Wirkens zurückkehrte und von der naturwissenschaftlichen Fakultät wiederum zur philosophischen wechselte. Den Höhepunkt von Flournoys Tätigkeit bedeutete das Präsidium des wohl ihm zu Ehren in Genf versammelten 6. internationalen Psychologen-Kongresses im Jahre 1909, wobei ihm wiederum Claparède in der Funktion des Generalsekretärs zur Seite stand. 1919 demissionierte Flournoy als Hochschullehrer, und 1920 starb er in Genf.

Glaubt man den Nachrufen, muß Flournoy tatsächlich eine überragende moralische und wissenschaftliche Instanz im damaligen Genf gewesen sein, so sehr, daß er mit einem Teil seines Glanzes sogar in die Deutschschweiz hinüberstrahlte. So lobte etwa der Psychoanalytiker und Pfarrer an der Predigerkirche in Zürich Oskar Pfister: «Er war die Zierde, der Stolz und die Liebe der welschen Geisteskultur. Wer die hohen Vorzüge des genferischen Denkens in ein Wort zusammenfassen wollte, brauchte nur den Namen Flournoys zu nennen. [...] Sprach man mit Genfer, Lausanner, Neuchâteler Gelehrten über irgendeinen Gegenstand der Geisteswissenschaften, so dauerte es nie lange, bis der Name Flournoys auftauchte. Waren es Stoffe der Psychologie, oder der Religion, oder der Philosophie, immer berief man sich auf ihn. Mir war es ein Rätsel, wie ein Mensch eine derartige Großmacht darstellen konnte, und zwar eine wissenschaftliche und moralische Großmacht.» (*Neue Schweizer Zeitung*, 18.11.1920) Und sogar die altehrwürdige *NZZ* versäumte nicht, einen Nachruf aus der Feder des Theologen und St.-Peter-Pfarrers Adolf Keller abzudrucken, worin es unter anderem hieß: «Mit Théod. Flournoy ist wieder einer jener Genfer Bürger dahingegangen, welche die besten Traditionen der Stadt fortsetzen, indem sie zäh festhalten an dem alten kulturellen Erbgut der Polis und doch den Blick und das warme Interesse für die edeln und großen Angelegenheiten einer ganzen Welt sich offen halten.» (*Neue Zürcher Zeitung*, 16.11.1920)

Flournoy stieß mit seinen Arbeiten nicht nur bei Sigmund Freud auf großes Interesse, sondern erfreute sich auch der höchsten Wertschätzung von C. G. Jung, für den er «eine Art Gegengewicht zu Freud» bildete. Jung schreibt in seinen Erinnerungen über seinen «väterlichen Freund» Théodore Flournoy: «Durch den Einfluß von Freud habe ich Wissen erworben, wurde aber nicht geklärt. Flournoy hat mich die Distanz vom Objekt gelehrt und das Bestreben nach Einordnung in einen weiten Horizont in mir unterstützt und wachgehalten. [...]

Flournoy war eine kultivierte und distinguierte Persönlichkeit, sehr fein gebildet, geistig ausgleichend und mit einem differenzierten Gefühl für Proportionen. Das alles war mir sehr wohltuend. [...] Was ich an Flournoy besonders schätzte, war seine philosophische Betrachtungsweise und vor allem seine wohlüberlegte Kritik, die auf umfassender Bildung beruhte.» (*Erinnerungen, Träume, Gedanken*, hrsg. v. Aniela Jaffé. Zürich 1962, 379)

Höchstwahrscheinlich lernte Glauser diesen glänzenden Wissenschafter bereits zu seiner Collège-Zeit kennen, was allerdings nicht belegt werden kann. Bekannt ist nur, daß er ab und zu seine Griechisch-Lektionen bei Professor Dubois schwänzte, um das psychologische Seminar Claparèdes, des Flournoy-Nachfolgers, zu besuchen. Bekannt ist ferner, daß Flournoy Kontakte zu mindestens zwei Collège-Lehrern pflegte, nämlich zu Auguste Lemaître, in dessen Haus er sein späteres Medium kennenlernte, und zu Frank Grandjean, von dem am 10. Dezember 1920 in der *Revue Romande* ein Nachruf auf den Verstorbenen, den «Genfer Sokrates», erschien. Grandjean ist jener Dichter-Philosoph, dessen Buch *L'Epopée du Solitaire* Glauser 1916 in der Zeitschrift *L'Indépendence Helvétique* kritisch verriß. Bekannt ist schließlich, daß zwei andere Collège-Lehrer, Auguste Bonna und Isaac Reverchon, unmittelbare Nachbarn Flournoys an der Rue Florissant waren, an jener Straße, wo übrigens noch ein halbes Dutzend andere Dozenten des Collège und der Universität wohnten.

Einen letzten Beleg für die moralische Autorität, die Flournoy für Genf bedeutete, und für den Einfluß, den er auf die Ethik jener Gesellschaftsschicht ausübte, in der Glauser heimisch war, legt der bereits erwähnte Adolf Keller wiederum an prominenter Stelle vor: «In jenem verhältnismäßig kleinen Kreise alt-Genfs, der ebenso sehr die protestantischen wie die patriotischen und wissenschaftlichen Interessen pflegt, galt sein Wort viel, wenn er sich für eine Frage sozialer oder allgemein bürgerlicher Natur einsetzte.» (*Neue Zürcher Zeitung*, 16.11.1920)

Wenn also maßgebliche Persönlichkeiten aus Wissenschaft und Forschung, ja sogar aus der Politik eingeweiht waren in die spiritistischen und okkulten Geheimnisse, so ist schwer vorstellbar, daß Théodore Flournoy in der Familie des Arztes Léon Cattin kein Gesprächsthema gewesen sein sollte, er, der nach seinem Tode gerühmt wurde als machtvolle Persönlichkeit und dem gleichzeitig rührende Demut und Bescheidenheit, hinreißende Güte, Duldsamkeit gegen fremde Ansichten, Mut in der Erfassung neuer Stoffe und Methoden, die Kunst der Einfühlung in andere Denkweisen und insbesondere die Liebe zum Großen und Kleinen eine gewinnende Macht verliehen haben sollen.

Anzunehmen ist auch, daß der Professor und seine Forschungen unter Glausers Mitschülern und Studenten erörtert wurde, sei es am Collège, sei es an der Universität. Aus dieser Zeit mag denn auch Glausers Interesse an sogenannten übersinnlichen und magischen Phänomenen datieren, das er sich ein Leben lang bewahrte. Immer wieder einmal betritt er dieses Gebiet, etwa mit den Erzählungen *Die Hexe von Endor*, *Der Hellseherkorporal*, *Der alte Zauberer* oder *Gespenster im Irrenhaus*. Schon die «energische, gütig-friedsame» Genfer Großmutter mit den schneeweißen Haaren, Frau Elise Marianne Glauser-Pillevuit, soll ja über telepathische Fähigkeiten verfügt haben, will man dem autobiographischen Bericht *Damals in Wien* (*Erzählungen 4*, 170) Glauben schenken. Kein Wunder, daß der Enkel ihr nachschlägt.

Sicher aber wußte er 1932, als er die Novelle *Dämonen am Bodensee* schrieb und darin Flournoy und sein berühmtestes Werk erwähnt, um die Bedeutung dieses Mannes für die Psychologie im allgemeinen und im besonderen für die Religionspsychologie und die Erforschung des Unbewußten.

In einem zentralen Punkt zeigt sich übrigens eine frappante, nahezu buchstäbliche innere Übereinstimmung zwischen Glauser und Flournoy, nämlich in jener bereits erwähnten verzeihend-verstehenden Haltung gegenüber menschlichen Schwächen, zu der sich Glauser in späteren Lebensjahren häufig in

Briefen bekannte und die er nicht zuletzt in der Figur seines Wachtmeisters Studer bisher unübertroffen gestaltete. Über Flournoy bezeugt der Gewährsmann A. de Morsier in seinem Nachruf mit dem vielsagenden Titel ‹L'ami›: «In den häufigen und langen Gesprächen, die mit ihm zu führen mir vergönnt war, sagte er mir wiederholt: ‹Wir richten allzu oft andere, sogar Gestrauchelte; wir haben nicht das Recht zu richten, man muß lieben, um zu verstehen, aber man darf niemals richten.›» (*L'Essor*, 18.12.1920) Das tönt doch auffallend ähnlich wie jene wohltuende Belehrung, die dem fünfjährigen Fredy Glauser durch Tante Klara Apitsch, seine spätere zweite Mutter, zuteil wurde und die in seinen Jugenderinnerungen *Damals in Wien* folgendermaßen lautet: «Die Schlanke sprach zu mir wie zu einem Erwachsenen: ‹Weißt du, alte Menschen sind anders als wir. [...] Darum mußt du nicht richten. Man darf nicht richten, verstehst du?› Ich nickte. Richten ... Richten: das hieß den Stab brechen über den Nächsten, ihn verurteilen, verdammen. Es war schön zu erfahren, daß dies nicht gut war.» (*Erzählungen 4*, 182)

Auch die andere Figur steht mit den Anfängen der Psychoanalyse in Verbindung, wenn auch nur mittelbar: Célestine Honorine Benoît alias Agnès Sorel, die Dichterin antiker Tragödien und Kostgeberin von Jakob Rosenstock. Zunächst fällt auf, daß sie die am plastischsten und eigenwilligsten gestaltete der drei alten Damen ist: herausragend in ihrer «unförmigen Häßlichkeit», präzise charakterisiert durch ihre Lebensumstände, ihre literarischen Ambitionen und Vorlieben, ihre absonderliche Freundschaft zu einem Verstorbenen. Wie kommt das? Sie ist die einzige der drei Genfer Tee-Parzen, zu der der Jüngling Jakob Rosenstock einen persönlichen, wenn auch lockeren und gleichsam alimentären Kontakt pflegt.

Auch hier verbirgt sich hinter der Romanfigur eine authentische Persönlichkeit. Die Dichterin Agnès Sorel läßt sich einwandfrei identifizieren als Berthe Vadier, geboren 1836 in St. Laurent du Jura als Célestine Vitaline Benoit und gestorben 1921 in Genf. Berthe Vadier erhielt eine gute klassische Bildung und entwickelte schon bald eine Vorliebe für die alten Autoren. Eine Weile lang lebte sie in Wien, bevor sie nach Genf zog, wo sie von 1875 an bis zu ihrem Tod an die dreißig Werke veröffentlichte, darunter Novellen, Romane, Gedichte, Theaterstücke, Biographien und Übersetzungen aus der deutschen, englischen, griechischen und lateinischen Literatur. Sie war die Sekretärin, Freundin und erste Biographin des Philosophen Henri-Frédéric Amiel (1821–1881), den sie als Pensionär bei ihrer Mutter kennenlernte und den sie zeitlebens ‹Onkel› nannte, während sie für ihn ‹sa filleule› war, sein Patenkind. Sie leitete das *Journal des Dames*, wo sie allwöchentlich eine Plauderei über literarische Aktualitäten veröffentlichte. 1886 erschien in einem Pariser Verlag ihre biographische Studie über Amiel.

Henri-Frédéric Amiel wurde nach Studien in Genf, in Italien und Deutschland 1849 Professor für französische Literatur und Ästhetik, später für Philosophie an der Genfer Akademie (seit 1872 Universität). Er war lange Zeit Direktor des Konservatoriums und schrieb einige mittelmäßige Gedichtsammlungen, eine historische Ballade und, in einem Augenblick nationaler Begeisterung zur Zeit des Neuenburger Handels 1857, das bekannte Lied *Roulez Tambours*. Zu eigentlichem Weltruhm gelangte der ewige Junggeselle aber erst nach seinem Tod – er starb übrigens in der Pension von Berthe Vadiers Mutter –, als man nämlich in seinem Nachlaß ein gigantisches Werk entdeckte, von dessen Existenz auch die nächsten Angehörigen nichts gewußt hatten: ein ‹Journal intime›, ein Tagebuch von annähernd 16900 Seiten, vor dem Amiel seit 1847 Tag für Tag gesessen war, während sich ganz Genf über den hypochondrischen Philosophieprofessor und mittelmäßigen Verseschmied mokiert hatte. Die von seinem Freund, dem Pariser Literaturkritiker Edmond Schérer, gemeinsam mit Fanny Mercier, der Amielschen ‹Seriosa›, herausgegebene erste Blütenlese *Fragments d'un journal intime* (1882/84) hatte einen unerhörten Erfolg und machte seinen Verfasser, dem zu Lebzeiten kein Ruhm beschieden sein sollte, mit einem Schlag zum vieldiskutierten und -bewunderten Schriftsteller und berühmten Mann, der den feinsten Denkern seiner Zeit zugezählt wurde. Dem Tagebuch aber, das in Glausers Urteil «an selbstquälerischer Bespiegelung seines Innenlebens seinesgleichen sucht» (S. 75), wurde von Tolstoi und anderen Dichtern weltliterarischer Rang attestiert, weil es mit brillanter Sprache und scharfem Verstand eine Introspektion vorantreibt, der nichts von der Aktivität des Bewußtseins und des Unbewußten entgeht. Es zeigt das Selbstporträt eines Willens- und Entschlußschwachen, der ein hoffnungsloses Leben lang nur träumte von den Frauen, die er heiraten, und von den Büchern, die er schreiben wollte, und gleichzeitig zeigt es das Profil eines hellsichtigen Analytikers, der sich facettenreich mit Erscheinungen der Ekstase oder Unpersönlichkeit sowie bewußtseinspsychologischen und soziologischen Gesichtspunkten beschäftigte, der die Zerfaserung und Kritik des eigenen Ichs mit einer noch nie dagewesenen Unerbittlichkeit betrieb und mit seiner exemplarischen Selbstbefragung das Zeitalter der Psychoanalyse souverän vorwegnahm.

Und was hat das alles mit Glauser zu tun?

In seinem ‹Bericht in der Angelegenheit Friedrich Glauser› an die Polizeidirektion Zürich vom 25.2.1917 zitiert Vater Glauser aus dem angeblich ersten Brief seines Sohnes nach dessen Flucht aus Genf im Februar/März 1916: «Ich habe Dummheiten gemacht. Ich habe Schulden gemacht bei Burkhard (Buchhändler), bei Fräulein Vadier (Kostgeld), bei Herrn Dubois und Herrn Lenoir.» (*Briefe 1*, 513) Der Name ‹Vadier› taucht nur ein einziges Mal auf in der gesamten veröffentlichten Korrespondenz Glausers. Aber da, wo er auftaucht, bildet er das ‹missing link› zum *Tee* und paßt haargenau ins bunt-schillernde Glausersche Genfer Mosaik. Denn dieses bislang fehlende Glied belegt nun, daß Glauser höchstpersönlich an der Rue Verdaine 13 bei der nahezu achtzigjährigen Berthe Vadier seinen Mittagstisch hatte, ähnlich wie Jakob Rosenstock im Haus gegenüber, an der Rue Verdaine 12 bei Agnès Sorel. Glauser hat also möglicherweise die Umstände von H.-F. Amiels Leben und Wirken aus direkter Quelle erfahren. Damit dürfte die absolute Gleichsetzung von Professor Frank Grandjean mit jener bedauernswerten Professorenfigur Mathias Johannes Herzfeld in *Ein Denker*, wie sie bisher vorgenommen wurde, zumindest fragwürdig geworden sein. Ja es ist durchaus denkbar, daß sich Glauser erst durch die Kenntnis von Amiel zu seiner erbarmungslosen Grandjean-Kritik *Un poète philosophe* in *L'Indépendence Helvétique* anregen ließ, nachdem er die scheinbar verblüffenden Parallelen zwischen den beiden entdeckt hatte.

So ist nun doch zum Schluß noch einmal Glauser ins Zentrum der allgemeinen Aufmerksamkeit getreten, nachdem er im Gewimmel seiner Figuren und ihrer Vorbilder eine Weile lang verlorenzugehen drohte. Glauser, und mit ihm Jakob Rosenstock, dem sein Ziehvater viele Züge seiner selbst leiht, den er aber gleichzeitig auch ein Stück weit zu einem Wunschbild ausgestaltet. Jakob, der Gymnasiast, der mit etwa vier Jahren seine Eltern verlor. Beide Elternteile notabene! Jakob, der Gymnasiast, der die Griechischlektionen am Collège schwänzt und Professor Dominicé verehrt, auch als er vernimmt, daß dieser drogensüchtig und damit erpreßbar ist. Jakob, der Gymnasiast, der dem toten Crawley ähnelt, jenem Sekretär, den die Frauen nicht interessieren, weil er ‹anders› ist (S. 104), und dem der Professor so viel zu verdanken hat (S. 165). Jakob, der Gymnasiast, der gleichzeitig unglücklich verliebt ist in Natalja Kuligina und trotz seiner Liebesenttäuschung die moralische Größe aufbringt, ihrem Geliebten das Leben zu retten. Und schließlich Jakob, der Gymnasiast, der sich in dieser wunderbar verrückten Geschichte eher widerwillig als Kriminalist betätigt und denselben Vornamen trägt wie der Berner Fahnderwachtmeister Studer. Damit ist noch einmal angedeutet, inwiefern der *Tee* als eigenständige literarische Leistung bestehen kann und inwiefern er als Gesellenstück und als Vorstufe zu den künftigen Studer-Romanen gewertet werden muß. Studer tritt etwa 1932/33 als Kommissär (!) erstmals auf den Plan, also bereits zur Entstehungszeit des *Tees*, und muß sich in der Novelle *Der alte Zauberer* (*Erzählungen 2*, 203ff) gleich mit seinem ersten Fall ins

Reich des Okkulten und der Magie begeben, wenn er den alten Leuenberger zu verhaften hat, der sich mit den Leben von sieben Ehefrauen Unsterblichkeit und Flugbefähigung erkaufen wollte. Jakob Studer wird in allen künftigen Glauser-Krimis das Zepter führen, die Leserinnen und Leser mehr oder weniger umsichtig durchs jeweilige Geschehen geleiten und sie vor den Fußangeln des Bösen zu bewahren suchen.

«Der Roman wird glaub ich ganz amüsant. So ein Schundroman mit Hintergründen», schreibt Glauser über den im Entstehen begriffenen *Tee* im August 1932 an seine damalige Freundin Beatrix Gutekunst (*Briefe 1*, 410). Man hat sich bislang nicht die Mühe genommen zu fragen, was Glauser mit diesen «Hintergründen» meinte, obwohl offenbar gerade sie seinen Roman kennzeichnen und ein Stück weit über das Niveau des reinen Schundromans hinausheben sollten. Die folgenden Anmerkungen beabsichtigen, diese Hintergründe teilweise auszuleuchten und dadurch eine neue Sicht zu ermöglichen auf ein bisher sowohl durch Literaturwissenschaft wie Leserschaft eher stiefmütterlich behandeltes Werk Glausers.

5 *Um zwei Uhr nachts ist die Place du Molard leer*: Platz in der Genfer Altstadt am linken Rhoneufer, wenige hundert Meter vom Collège de Genève entfernt, wo Glauser von September 1913 bis Frühling 1916 zur Schule ging. Im Herzen der Altstadt, rund um den Stadthügel mit der Kathedrale Saint-Pierre, liegen auch die weiteren Schauplätze der Handlung, soweit Glauser sie nicht in die Landschaft im Osten der Stadt hinausverlegt, in die nähere Umgebung des Dorfes Jussy nahe der französischen Grenze, wo er während seiner Collègezeit für ein Jahr Logis bei Verwandten gefunden hatte (vgl. auch Anmerkung zu S. 24).

5 *Plötzlich steht vor dem Tramhäuschen ein junger Mensch*: Das markante Tramhäuschen verschwand erst 1953.

6 *denn der Völkerbund bringt nur Unannehmlichkeiten in die ruhige Stadt Genf*: Der Völkerbund wurde 1919 gegründet und hielt seine erste Versammlung am 15. November 1920 in Genf in der Salle de l'assemblée im Haus der Reformation ab. Die Begrüssungsansprache hielt Bundespräsident Motta vor den Delegierten von 42 Staaten.

Mit dem Einzug der internationalen Organisation wandelte sich Genf von der beschaulichen, vom strengen calvinistischen Geist ge-

Place du Molard, um 1920

prägten Stadt mit unverkennbarem Hang zum Okkultismus und zu allerlei Mystizismen langsam zur ‹Hauptstadt der Nationen›, zur ‹Capitale européenne›. Die Doppelgesichtigkeit der Stadt, wie sie Glauser hier darstellt, scheint also durchaus den Tatsachen zu entsprechen, wie etwa die folgende Charakterisierung aus der Feder eines Zeitgenossen Glausers bestätigt: «Die wißbegierige, für alle Neuerungen offene Stadt ist auch ein sehr eigenbrötlerisches und sehr mißtrauisches Städtchen. Unter dem Mantel einer kosmopolitischen Kultur lebt hier ein wacher, zurückhaltender Geist weiter. Es gibt den Genfer, der seine Türe öffnet, und den, der sie verschlossen hält.» (Robert de Traz, L'Esprit de Genève, 1929. In: 50 Jahre Vereinte Nationen, Sonderbeilage *Journal de Genève et Gazette de Lausanne/Neue Zürcher Zeitung*, 15.5.1995, S. B2).

6 *Louis Dominicé, Professeur de Psychologie à l'Université de Genève*: An der 1872 gegründeten Universität wurde 1891 ein außerordentlicher Lehrstuhl für physiologische, d. h. experimentelle Psychologie eingerichtet, und zwar eigens für den Psychologen Théodore Flournoy (1854–1920). Damit war die Psychologie erstmals als experimentelle Disziplin an einer naturwissenschaftlichen Fakultät anerkannt. Flournoy war es denn auch, der zur Figur von Professor Dominicé unverkennbar Modell gestanden haben muß, und nicht, wie bisher angenommen, sein Vetter und Nachfolger auf dem Lehrstuhl Edouard Claparède (1873–1940). Glauser erwähnt zwar in seinen autobiographischen Schriften nur diesen einmal: «Die letzte Griechisch-Stunde habe ich geschwänzt, weil ich das psychologische Seminar Professor Claparèdes an der Universität nicht habe verpassen wollen.» (*Erzählungen 4*, 79) Mit größter Wahrscheinlichkeit kannte er aber bereits damals auch Flournoy, las dieser doch in der fraglichen Zeit (1915) an der Universität Geschichte und Philosophie der Wissenschaften und galt als der «weltliche Beichtvater von Genf» (Adolf Keller, *Neue Zürcher Zeitung*, 16.11.1920). Flournoys Ruf als hervorragender Wissenschafter übertraf zudem denjenigen Claparèdes damals bei weitem.

Spätestens 1932 aber hatte Glauser nachweislich Bekanntschaft gemacht mit jenem Werk Flournoys, das seinen Namen international bekannt machte, mit *Des Indes à la Planète Mars* (1900), erwähnt er es doch ausdrücklich in seiner Novelle *Dämonen am Bodensee*: «Oberst Wilmott saß vor seinem Schreibtisch und las ein dickes Buch. Es war Flournoys ‹Von Indien zum Planeten Mars› und handelte von einem

Genfer Medium. Das Buch war alt, es war zu Beginn des Jahrhunderts geschrieben worden ...» (*Erzählungen 2*, 142). Offensichtlich hat Glauser das Werk im Original gekannt, denn die beiden deutschen Übersetzungen änderten jeweils den Titel: 1914 erschien es als *Die Seherin von Genf* und 1921 als *Spiritismus und Experimental-Psychologie*. Übersetzungen gab es vorher auch ins Englische (1900) und Italienische (1905).

Théodore Flournoy in seinem Arbeitszimmer

Das Patronym ‹Dominicé› ist in Genf bezeugt. Der mit Glauser fast gleichaltrige Max Dominicé (1901–1975) beispielsweise war lange Pfarrer in St-Gervais.

9 *um sich dieses furchterregende Gebaren zu verbitten:* Im Manuskript «zu verbieten».

10 *Doktor Wladimir Rosenstock*: Auf der Typoskriptseite 216 findet sich der folgende, aufschlußreiche Verschrieb (O'Key zu Madge Lemoyne): «Weißt du übrigens, wo Thévenoz sterbend aufgefunden worden ist? In der Villa der Gebrüder Rosenbaum.»

Eine handschriftliche Korrektur Glausers ändert den zweiten Teil des Namens von ‹-baum› zu ‹-stock›, allerdings nur im Typoskript 2. Die Stelle belegt, daß Glauser bei der Gestaltung der Figur des Isaak Rosenstock-Rosène an seinen Mitschüler im Landerziehungsheim Glarisegg und späteren Freund, den Advokaten Wladimir Rosenbaum (1894–1984), dachte. «Rösel» hatte Glauser verschiedentlich unterstützt, nicht nur finanziell, sondern auch juristisch, so letztmals vor der Entstehung des *Tees* Anfang 1929, als Glauser wieder einmal versucht hatte, die Vormundschaft loszuwerden. Von ihm leiht er sich für seinen Isaak den Beruf des erfolgreichen Advokaten, die Überlegenheit und Autorität und das weltmännische Gehaben. Rosenbaum hatte 1931 das Mandat für Antonia Guala im berühmten Giftmordprozeß Riedel-Guala im Kanton Bern übernommen (vgl. *Briefe 2*, 279, Anm. 2 und *Die Fieberkurve*, 243, Anm. zu S. 136). In seinem Schlußplädoyer, das im Saal sichtlich Eindruck machte und in der Presse große Beachtung fand, sprach er zwei Stunden lang über die berühmtesten Justizirrtümer und Giftmorde der Geschichte (vgl. Kamber, Peter, *Geschichte zweier Leben – Wladimir Rosenbaum & Aline Valangin*. Zürich: Limmat 1990, 96).

Für die Figur des Assistenzarztes Wladimir Rosenstock leiht er sich von seinem Freund den Vornamen, die wulstigen Lippen und das Hobby. Rosenbaum sammelte Lötschentaler Holzmasken, und sein

Kantonsspital Genf, um 1920

ganzes Haus an der Stadelhoferstraße hing voll davon (vgl. Kamber, Peter, a.a.O., 21).

Beim Familiennamen der drei Brüder hinwiederum scheint es sich um eine Anleihe beim Dadaisten und rumänischen Juden Tristan Tzara (1896–1963) zu handeln, der eigentlich Sami Rosenstock hieß und den Glauser 1916/17 in Zürich kennenlernte.

10 *weisheitsgepanzert, wie seinerzeit eine griechische Göttin dem Schädel ihres Vaters*: Zeus' Tochter Athene, die Göttin der Weisheit, soll bewaffnet der Stirn ihres Vaters entstiegen sein.

11 *die in der Irrenanstalt Bel-Air als Assistentin Dienst tat*: Die Psychiatrische Klinik Bel-Air kannte Glauser aus eigener Anschauung, wurde er doch nach seiner Verhaftung im Juni 1918 als Morphiumsüchtiger dorthin eingewiesen, bevor er am 3. August nach Münsingen verlegt wurde. Die Diagnose des Assistenzarztes in Genf, Dr. Ladame, lautete übrigens auf Hebephrenie bzw. Dementia praecox, auf Jugendirresein also (vgl. *Saner 1*, 363).

12 *Nun, die Alkaloide des Opiums, als da sind Heroin, Codein, Morphin [...] die Gruppe der Tropeïne [...] Atropin, Scopolamin [...] Hyoscyamin oder Hyoscin [...] Hyoscyamus niger [...] Bilsenkraut*: Noch bis in die Gegenwart hinein wird in einigen Gegenden Deutschlands mit Bilsenkraut gegen Verhexung geräuchert (vgl. Hauschild, Thomas u.a., *Hexen*. Ausstellungskatalog. Berlin: Zerling 1986, 36).

Was Rosenstock hier an Wissen über die entsprechenden Gifte zum besten gibt, findet sich allerdings in jedem guten Lexikon mindestens ebenso genau und ausführlich.

Glauser selbst bezog seine Giftkenntnisse aus der Fachbibliothek in Münsingen, wie einem Brief an Berthe Bendel, seine spätere Braut, entnommen werden kann. Ihr, die in der Klinik Münsingen Psychiatrieschwester war, ließ er im Herbst 1933 zwei Rezepte gegen Sommersprossen zukommen. Im Begleitbrief entschuldigt er sich: «Ich hab die Dosen [zu den Rezepten] nicht mehr genau gewußt und hab in der Ärzte-Bibliothek suchen müssen. Hab gesagt, ich brauch etwas für meinen Roman, der handelt sehr von Giften.» (*Briefe 1*, 446) Die Werke, auf die er sich hauptsächlich stützt, werden übrigens samt den Autorennamen im Lauf der Geschichte getreulich angegeben.

12 *es klingt wie ein Frauenname aus einem Maeterlinckschen Stück*: Maurice Maeterlinck (1862–1949), französisch-belgischer Schriftsteller und Autor symbolistischer Dramen. Gemeint sind möglicherweise das Mädchen Mytyl oder die Fee Bérylune aus dem Stück *L'oiseau bleu* (1908).

13 *Ich empfehle Ihnen, den Hexenhammer zu lesen*: Als erfolgreichstes ‹Handbuch der Hexenjäger› und als Leitfaden für Inquisitoren erlangte der *Malleus maleficarum* (1487), zu deutsch *Der Hexenhammer*, traurige Berühmtheit. Dieses Kompendium über und gegen das Hexenwesen wurde von den beiden dominikanischen Inquisitoren Heinrich Institoris (um 1430–1505) und Jakob Sprenger (um 1437–1495) herausgegeben und erlebte bis 1669 insgesamt 29 Auflagen. Der dritte Teil des *Hexenhammers* wurde zum Strafkodex der Gerichtspraxis in Mitteleuropa bis ins 17. Jahrhundert hinein. Er befürwortete den endlosen Gebrauch der Folter und schrieb das Zauberdelikt hauptsächlich dem weiblichen Geschlecht zu. Zweieinhalb Jahrhunderte loderten in Deutschland die Scheiterhaufen und war jede Kritik an den Hexenverfolgungen selbstmörderisch.

13 *Man merkt, daß Sie von Talmudisten abstammen*: Anspielung einerseits auf Rosenstocks jüdische Abstammung, andererseits auf seine weitschweifige und gelehrte Ausdrucksweise. Seine Geldgier und sein krankhafter Geltungsdrang, die ihn letztlich zu seinen Verbrechen treiben, mögen der Grund gewesen sein, daß der *Tee* in England, wo ihn Glausers Literaturagentin Ella Picard 1937 anzubringen versucht hatte, offenbar als antisemitisch aufgefaßt und demzufolge abgelehnt wurde (vgl. *Saner 2*, 105).

13 *Isomer und solche Geschichten*: Begriff aus der Chemie, der das Auftreten von zwei oder mehreren Verbindungen mit derselben Summenformel, aber mit verschiedenem Molekülbau bedeutet, womit auch die chemischen und physikalischen Eigenschaften unterschiedlich ausfallen.

Glauser greift hier offensichtlich auf seine Kenntnisse zurück, die er sich während eines halben Jahres, im Sommer 1916, als Chemiestudent an der Universität Zürich aneignete. Im Herbst des gleichen Jahres brach er aber das Studium ab.

14 *Kommissär Pillevuit ließ die Hand über seinen langen gelben Bart gleiten*: Glausers Großmutter väterlicherseits war eine geborene Pillevuit aus Genf (vgl. *Briefe 2*, 1019). Sie verfügte, will man dem autobiographischen Bericht *Damals in Wien* glauben, über telepathische Fähigkeiten (vgl. *Erzählungen 4*, 170).

Pillevuit hieß aber auch ein mit Glausers Vater befreundeter Genfer Friedensrichter (*Saner 1*, 373).

Übrigens scheint der Kommissär mit seinem blonden Fahnenbart ein reales Pendant gehabt zu haben, wie dem Bericht *Morphium* entnommen werden kann, wo Glauser über seinen frühen Kontakt mit der Genfer Polizei folgendes mitteilt: «Am Morgen wurden wir einem Kommissar vorgeführt, der einen blonden Fahnenbart trug. Ich wurde nach St. Antoine, dem Staatsgefängnis, gebracht und erhielt eine Einzelzelle.» (*Erzählungen 2*, 179)

15 *Seine Exzellenz Sir Avindranath Eric Bose*: Glauser kannte den Namen ‹Bose› von seiner Lehre in der Gartenbauschule Oeschberg her. Im Brief an seinen Vormund Walter Schiller vom 21.5.1930 schreibt er: «Vielleicht haben Sie schon von dem Buch eines indischen Botanikers, Bose, gehört, der mit ganz feinen Instrumenten die Wirkungen der verschiedensten Gifte (Alkohol, Coffein, Arsen etc.) auf die Pflanzenzirkulation studiert hat.» (*Briefe 1*, 306) Gemeint ist Sir Jagadis Chundar Bose (1858–1937), einer der Pioniere der modernen Wissenschaft in Indien, der möglicherweise mit seinem Namen Pate stand für die zwielichtige Figur des Landpflegers.

16 *Im Empfangssalon des Hôtel de Russie*: Das Hôtel de Russie, eröffnet 1896, empfing seinen Namen von den vielen russischen Familien, die ihre Urlaube in Genf verbrachten. Es war ein Hotel erster Klasse und stand an der Rue du Mont-Blanc 2, Ecke Quai du Mont-Blanc. Nach einem Brand schloß es 1968 seine Tore. An seiner Stelle steht heute ein moderner Büro- und Bankenkomplex.

Der hoffnungslose Luxus drückte sich beispielsweise in den beiden Marmorsphinxen aus, die im Entree standen.

Hôtel de Russie: Letztes Gebäude rechts an der Seepromenade

17 *Ronny war Madges Airedalehund*: Einen Airedalehund namens Nono hatte Glauser zusammen mit seiner Freundin Beatrix Gutekunst in Basel (vgl. *Saner 1*, 446 und *Briefe 2*, 171). Er wurde das Vorbild für Ronny, wie der Brief vom 20.3.1936 an Josef Halperin bezeugt: «Der Türk im Legionsroman hat existiert, der Airedale im ‹Tee› war genau, wie ich ihn geschildert habe, und ich habe beide sehr lieb gehabt. [...] Der Airedale gehörte ursprünglich jemand anderem, er hat sich dann an mich angeschlossen [...]» (*Briefe 2*, 206).

22 *Eine schottische Dusche*: In Glarisegg probierten Glauser und seine Klassenkameraden diese Therapie weidlich aus, wobei sie ihre jüngeren Mitschüler als ‹psychologische Studienobjekte› benutzten. Im Aufsatz *Im Landerziehungsheim* schreibt er: «Es war interessant zu beobachten, wie sie [die Kleinen] sich verhielten, wenn man an einem Tag ihnen mit Interesse begegnete, um sie am nächsten Tage fallenzulassen. Eine schottische Dusche, psychologisch gehandhabt, warm, gleich darauf eisig kalt.» (*Erzählungen 2*, 278)

23 *Ich hab dir doch sein Buch zum Lesen gegeben*: Gemeint ist Théodore Flournoys Buch *Des Indes à la planète Mars*, erschienen 1900 (vgl. Anmerkung zu S. 2). Die Tatsache, daß das Werk unlängst im gleichen Jahr in zwei verschiedenen Verlagen wiedererschienen ist, gibt Thévenoz recht. (Flournoy, Théodore, *Des Indes à la planète Mars*. Genève/Paris: Slatkine Reprints 1983 und Paris: Editions du Seuil 1983)

23 *Dessoir zitiert es, Schrenck-Notzing, Österreich. Sogar Flammarion*: Max Dessoir (1867–1947), Philosoph und Psychologe. Befaßte sich kritisch mit den okkulten Phänomenen und schlug den heute international gebräuchlichen Namen Parapsychologie vor. Er verfaßte 1914 das Geleitwort zur deutschen Ausgabe von Flournoys *Des Indes à la planète Mars*. – Albert Freiherr von Schrenck-Notzing (1862–1929), Nervenarzt. Als einer der ersten deutschen Erforscher des Hypnotismus wandte er sich schon 1886 parapsychologischen Problemen, vor allem der Telepathie zu. Seinem Namen begegnen wir noch einmal in der Novelle *Dämonen am Bodensee* (*Erzählungen 2*, 130). – Traugott Österreich (1880–1949), Philosoph. Trat besonders für die parapsychologische Forschung ein. – Camille Flammarion (1842–1925), französischer Astronom. Seine außerordentlich populären Schriften trugen wesentlich zur Verbreitung astronomischer Kenntnisse bei. In späteren Jahren veröffentlichte er auch parapsychologische Werke, beispielsweise *Les forces naturelles inconnues* (1907) oder *Que savons-nous de l'«au delà»?* (1924).

Ob Glauser Werke der vier erwähnten Wissenschafter gelesen hatte, ist nicht bekannt.

23 *Seit wann liest du Séancenprotokolle*: Flournoy protokolliert im erwähnten Buch z.T. ausführlich spiritistische Sitzungen.

23 *Ja, das ist ein ehemaliges Medium. Diese Jane spielt die Hauptrolle in seinem Buch*: Gemeint ist Flournoys Medium Catherine-Elise Müller (1861–1929) aus Martigny, Kanton Wallis, die unter dem Pseudonym Hélène Smith erscheint, gemäß Flournoy «eine große, stattliche Person von etwa dreißig Jahren, mit frischem Teint, fast schwarzen Haaren und Augen, deren intelligentes, offenes Gesicht mit dem tiefen, aber keineswegs ekstatischen Blick» sogleich seine Sympathie wachrief. Ihr Vater war ein aus Ungarn gebürtiger Kaufmann, ihre Mutter Genferin. 1892 wurde sie in den Spiritismus eingeweiht. Als Flournoy sie im Dezember 1894 im Haus von Auguste Lemaître, Professor am Collège de Genève, kennenlernte, arbeitete sie in bevorzugter Stellung in einem großen Genfer Handelshaus. Verheiratet war sie aber nie. (Flournoy, Théodore, *Die Seherin von Genf*. Leipzig: Meiner 1914)

Auguste Lemaître übrigens veröffentlichte 1907 in den *Archives de psychologie* seinerseits eine Studie über die religiösen Malereien der Smith.

Hélène Smith zu Füßen von Théodore Fournoy

24 *Corbaz meinst du*: Den Namen verwendet Glauser bereits 1928 in *Die Hexe von Endor*, wo er allerdings dem einen der beiden Polizisten gehört, die im Fall der Giftmischerin Amélie Nisiow ermitteln (vgl. *Erzählungen 1*, 210). Wie aus der Erzählung *Die Eule* hervorgeht, gab es in Jussy einen Dorflehrer dieses Namens (vgl. *Erzählungen 3*, 59), was sich effektiv belegen läßt (vgl. *Annuaire du commerce suisse*. Genève: Chapalay & Mottier 1907, 41). Und schließlich hieß so auch ein Mitzögling Glausers im Landerziehungsheim Glarisegg (vgl. *Erzählungen 2*, 272ff. und 413ff.).

24 *bis sie vor dem kleinen Dorfwirtshaus in Jussy hielten*: In Jussy wohnte Glauser 1913/14 bei einer Schwester seiner Stiefmutter, Tante Amélie Cattin, geb. Golaz, und deren Gatten, dem Arzt Léon Cattin. Den beiden hat er 1934 in der Erzählung *Die Eule* (*Erzählungen 1*, 30ff.) ein literarisches Denkmal gesetzt.

24 *Die Latham-Bar in der Rue du Rhône*: Bereits 1895 existierte die ‹Kraft's Anglo-American Bar› an der Rue du Rhône 42, die damals als das einzige Lokal dieser Art angepriesen wurde. Ob es sich dabei um Glausers Latham-Bar handelte, konnte nicht ermittelt werden.

An der Rue du Rhône befand sich übrigens auch jene Buchhandlung Kündig bzw. Kundig, bei der sich Glauser im August 1917 um eine Anstellung bemühte (vgl. *Briefe 1*, 23).

28 *«Baranoff» (auf der zweiten Silbe betont)*: So hieß ein Collège-Kamerad. Glauser berichtet 1937, Professor Dubois habe die Klasse spaßeshalber «nach parlamentarischem Muster in Parteien» eingeteilt: «Es gab eine ‹äußerste Rechte›, bestehend aus den Nachkommen der Genfer Aristokraten, ein Zentrum, Mittelstand und Majorität, und eine ‹äußerste Linke›: Baranoff, ein Russe, und ich ...» (*Erzählungen 4*, 81).

Der Name taucht bereits im Genfer Adreßverzeichnis von 1907 auf: Baranoff, A., bd. de St-Georges, 75 (vgl. *Annuaire du commerce suisse*. Genève: Chapalay & Mottier 1907, 278).

28 *Sie hat ihn heute morgen besucht, sie nannte ihn kleiner Junge*: Ein typischer Glauserscher Verschrieb. Eigentlich nannte sie ihn ‹armer Junge› (vgl. S. 13).

29 *Das ernste «Journal de Genève»*: Älteste, angesehenste und am stärksten der Tradition und der Wirtschaft verpflichtete Genfer Tageszeitung, gegründet 1787.

Die «Tribune de Genève»: 1879 gegründetes, politisch nicht festgelegtes Blatt, das als Forum für die lokale öffentliche Meinungsbildung gelten will.

«Travail»: Erschien in Genf ab 1.4.1922 als Fortsetzung von *Voix du Travail.*

«Globe»: Die einzige fiktive der vier erwähnten Zeitungen. Dieser Name war einer der drei hauptsächlichsten Kritikpunkte von Halperin am *Tee* (in seinem Brief vom 7.1.1936): «Eine Londoner Zeitung ‹Globe› gibt es heute nicht. Da Sie die Genfer Blätter beim Namen nennen, können Sie nicht gut, scheint mir, eine nicht bestehende Londoner Zeitung einführen. Ich würde also vorschlagen, eines der Rothermere- oder Beaverbrook-Blätter zu nehmen: ‹Daily Mail›, resp. ‹Evening News› oder ‹Daily Express›, resp. ‹Standard›. Oder dann das liberal-radikale Boulevardblatt ‹Daily News and Chronicle› (abgekürzt ‹News-Chronicle›).» (*Saner 2*, 104) Der «Globe» blieb aber stehen.

31 *Cyrill Simpson O'Key mit Namen*: engl. key, ‹Schlüssel›. Der Ire O'Key muß sich denn auch gegen Ende des Romans von Staatsrat Martinet vorhalten lassen, er suche, wie bei einem Schachproblem, ständig den alles entscheidenden Schlüsselzug in diesem Kriminalfall. Den gebe es aber in einer regelrechten Partie nicht (vgl. S. 200).

31 *mußte seine Ferien unterbrechen, die er in Collioure [...] verbrachte*: Glauser kannte das Dorf von zwei Aufenthalten her. Im Sommer 1930 verbrachte er seine Ferien zusammen mit Trix Gutekunst dort. An seinen Vormund Dr. Schiller schreibt er am 18.7. 1930: «Auf die Ferien freue ich mich sehr. Wir gehen zusammen nach Südfrankreich, in ein kleines Fischernest, Collioure heißt es, wo man sehr billig leben kann, so daß man mit dem Billigleben (die Pension wird etwa 4 frs. pro Tag kosten) die ein wenig teure Reise herausschlägt.» (*Briefe 1*, 315)

Der zweite Aufenthalt, ohne Trix, von Anfang April bis 8. Mai 1931, gestaltete sich aus verschiedenen Gründen wesentlich schwieriger und wurde vorzeitig abgebrochen. An Schiller (2.5.): «Lieber Herr Doktor, ich hab mir die Sache überlegt. Das Leben hier unten kommt mir zu teuer. […] Es geht auch nicht mehr hier, weil mich die Einsamkeit halb verrückt macht. […] Sie müssen nicht denken, daß ich irgend etwas verbrochen habe; aber auch das Wetter ist sehr scheußlich hier. Es regnet fast immer, u. das kann ich in der Schweiz auch haben.» (*Briefe 1*, 346)

33 *Zuerst hatte das ‹Parquet›*: i.e. die Mordkommission, bestehend «aus einem Untersuchungsrichter, aus einem Staatsanwalt (oder seinem Substitut), einem Kriminalkommissär oder einem Inspektor und der Hauptperson: dem Gerichtsschreiber, der das Protokoll aufzunehmen hat.» (*Erzählungen 4*, 377)

33 *Staatsanwalt Philippe de Morsier*: Ein Staatsanwalt gleichen Namens führt auch die Untersuchung im Mordfall Laennec in Port-Vendres in der 1932/33 entstandenen Erzählung *Die Botschaft* (*Erzählungen 2*, 312ff.).

Der Name de Morsier taucht auch bei Flournoy dreimal auf, und zwar im Zusammenhang mit den sog. Königinnen-Visionen des Mediums Hélène Smith, in denen diese wähnt, die Königin Marie Antoinette zu sein. Anläßlich einer Sitzung glaubt sie, in de Morsier den Marquis von Mirabeau vor sich zu haben: «Es ist dann Louis-Philippe von Orléans (Egalité) und der alte Marquis von Mirabeau, welche, besonders der erstere, in zahlreichen Szenen zu halluzinatorischen Unterredungen für Helene dienten – bis eines Tages infolge der Zulassung von Eug[ène] Demole in die Sitzungen, dann von Aug[uste] de Morsier, in denen Marie Antoinette unmittelbar die beiden obigen Personen wiedererkannte, zum größten Vergnügen der Teilnehmer der somnambule Monolog zum wirklichen, lebendigen Gespräch wurde. […] Am Ende einer Sitzung, der de Morsier beiwohnt (10. Okt. 1897) verfällt Frl. Smith in ihren Marie Antoinettetraum.» (Flournoy, *Die Seherin von Genf*, 419 und 422) Wahrscheinlich handelte es sich bei diesem Zeugen um denselben Auguste de Morsier, von dem am 18.12.1920 in der Zeitung *L'Essor* ein Nachruf mit dem Titel ‹L'ami› auf den kurz zuvor verstorbenen Flournoy erschien. Dieser Zusammenhang ist deshalb bedeutsam, weil er zeigt, daß die Arbeiten und Erkenntnisse Flournoys in Sachen Spiritismus von Mitgliedern der einflußreichsten Genfer Familien zur Kenntnis genommen wurden. In der ursprünglich aus Thonon stammenden Familie de Morsier finden sich seit dem 17. Jahrhundert hohe Offiziere, Bürgermeister, Großräte, Staatsräte und ein Schriftsteller. Georges Auguste de Morsier (1864–1923) war

Ingenieur in Paris, später in Genf, wo er sich sozialen Fragen widmete und als Großrat und Publizist Ansehen genoß.

36 *und vertiefte sich in den sechsten Band eines französischen Serienromans, genannt «Fantômas»*: Die Gestalt des Fantômas, des Königs der Verbrecher, wurde von Marcel Allain (1885–1969) und Pierre Souvestre (1874–1914) erfunden. Zwischen 1909 und 1914 schrieben die beiden Autoren 32 Fantômas-Romane. Nach Souvestres Tod setzte Allain die Serie von 1919 bis zu seinem Tod 1969 allein fort. Die Romane gehören ins Gebiet des Gruselkrimis; sie enthalten viel Handlung und wenig Psychologie.

37 *Eltern: N. Frédéric Pierre und Maria geb. Cattin*: Glausers Logisgeber hießen Cattin (vgl. Anmerkung zu S. 24).

39 *Mo. Scop. 1 ccm subcutan*: i.e. Morphium Scopolamin unter die Haut appliziert.

44 *Die Rue de Carouge ist sehr lang*: Glauser wohnte im Sommer 1917 für kurze Zeit in Carouge, und zwar im Hôtel du Mont Blanc an der Avenue St. Jullien 20. Er hatte eine Stellung als Milchausträger in einer Joghurtfabrik gefunden, wo er es allerdings nicht lange aushielt.

Im Haus Nr. 19 wohnte übrigens damals eine Madame Pillivuyt.

44 *Im Parterre einer dieser Mietskasernen ist eine primitive Apotheke, die von Herrn Eltester geführt wird*: Dr. Ernest Eltester führte seine Apotheke seit den 90er Jahren des vorigen Jahrhunderts bis 1921, und zwar am Boulevard des Philosophes 15, Ecke Rue St-Léger 1, unmittelbar hinter der Universität und vermutlich etwa gegenüber der Wohnung von Professor Frank Grandjean (Boulevard des Philosophes 18, Ecke Rue St-Léger), jenem Collège-Lehrer also, dessen Gedichtband Glauser im Winter 1915/16 satirisch verrissen hatte.

Die Figur Eltesters, so wie sie Glauser hier entwirft, kann vielleicht als späte Rache an jenem Mann gewertet werden, der aus der Sicht des Drogensüchtigen für all sein späteres Drogenelend wesentlich verantwortlich war. Denn es ist anscheinend ebendieser Dr. Eltester, auf den sich die folgende, vielsagende Passage aus dem Bericht *Morphium* bezieht: «Wieder begann ich Äther zu nehmen, wieder war der Geruch mir und meinen Wirtsleuten bald verleidet. Der Apotheker, bei dem ich Äther holte, ein kleines buckliges Männchen, gab mir auf mein Verlangen Morphium, ohne Rezept. [...] Und so begann das Unglück. [...] Essen war Nebensache, was ich verdiente, bekam der Apotheker. Dieser Mann mußte ein Sadist sein. Denn plötzlich weigerte er sich, mir weiter Morphium zu geben. Vielleicht bekam er es auch mit der Angst zu tun.» (*Erzählungen 2*, 177/178) Heute noch befindet sich am selben Ort eine Apotheke.

47 *der Schrank, in dem die Gifte aufbewahrt wurden (‹Venena› stand darauf zu lesen)*: Plural von ‹Venenum›, d.h. Gift. Ursprünglich schrieb Glauser hier ‹Separanda›, also gesondert aufzubewahrende Arzneimittel.

48 *Cyrill Simpson O'Key, Spezialreporter am Londoner «Globe», Angestellter des ‹Intelligence Service›*: ‹Mitarbeiter des S.S.›, schrieb Glauser hier ursprünglich und meinte damit den ‹Secret Service›, den (britischen) Geheimdienst. Einmal abgesehen davon, daß es sich hierbei um einen unkorrekten Terminus technicus handelt, dürfte auch das allmähliche Bekanntwerden der üblen Machenschaften der nationalsozialistischen SS, der ‹Schutz-Staffeln› Hitlers, mit ein Grund für die Änderung des Kürzels gewesen sein. Am 17.3.1933 wurde die ‹Leibstandarte Adolf Hitler› als SS-Sonderkommando geschaffen, am 20.3.1933 wurde das Konzentrationslager Dachau als erstes KZ der SS gegründet, und am 30.6.1934 war dieser paramilitärische Kampfverband entscheidend beteiligt an der Mordaktion gegen Röhm und andere hohe SA-Führer (‹Röhm-Putsch›).

50 *«Können Sie Griechisch, Herr Irokese?»:* Eigentlich ‹Angehöriger eines nordamerikanischen Indianerstammes›. Hier aber gemeint als Verballhornung von ‹Ire›.

50 *Kaulakau, saulasau*: Zu ergänzen wäre noch ‹Ziërsam›. Kaum zu übersetzende hebräische Worte aus *Jes. 28,10*. Luther übersetzt die Stelle: «Gebeut hin, gebeut her; gebeut hin, gebeut her; harre hier, harre da; harre hier, harre da; hier ein wenig, da ein wenig!» Zwingli dagegen: «Denn Satz auf Satz, Satz auf Satz, Spruch auf

Spruch, Spruch auf Spruch, da ein wenig, dort ein wenig.» Neuere Kommentare vermuten in dieser Stelle eine Nachäffung des Unterrichts in einer Kleinkinderschule.

50 *Basilidianische Gnosis*: Gnosis, gr., ‹Erkenntnis›, ‹Gotteserkenntnis›, bezeichnet im heutigen Sprachgebrauch eine esoterische Philosophie, Weltanschauung oder Religion. Ursprünglich aber hellenistische, jüdische und besonders christliche Versuche der Spätantike, die im Glauben verborgenen Geheimnisse durch philosophische Spekulation zu erkennen und so zur Erlösung vorzudringen. Grundlegend ist die Vorstellung von einer Gefallenheit der Seele in die niedere, materielle Welt, die nicht vom höchsten, sondern von einem niederen Gott geschaffen ist und als aktive, böse Macht vorgestellt wird: Die Materie ist gottfeindlich und zu überwinden (Dualismus). Originalschriften von Gnostikern haben sich nur wenige erhalten, so daß man bei der Erforschung des Gnostizismus auf die polemischen Referate der Kirchenväter angewiesen ist.

Einer der berühmtesten gnostischen Lehrer und Philosophen war der zur Zeit Kaiser Hadrians (117–138) in Alexandrien wirkende Basilides (gest. 140).

Gnostische Gedanken wurden auch in der philosophischen Literatur aufgenommen (J. Böhme, F. W. J. von Schelling); an sie erinnern theosophische und anthroposophische Spekulationen.

Sein Wissen über gnostische Sekten holte sich Glauser Anfang Januar 1928 anläßlich eines Besuches bei Trix in Basel. Statt nach Münsingen zurückzukehren, wo er als Notstandsarbeiter von der Gemeinde angestellt war, blieb er eine ganze Woche über ein paar Gnosis-Büchern sitzen, die er in der Bibliothek gefunden hatte. Und «diese gymnastique intellectuelle» tue ihm ganz gut, meldete er an seinen Psychoanalytiker Müller in Münsingen (vgl. *Briefe 1*, 209).

50 *Der Mann da mit den Fliegenflügeln wird wohl Abraxas sein*: ‹Abraxas› oder ‹Abrasax› ist ein magisches Zauberwort der griechisch-orientalischen Gnosis oder auch ein göttlicher Geheimname und wird oft auf den Gnostiker Basilides zurückgeführt. Die Zauberkraft des in Antike und Mittelalter als magische Formel verwendeten Wortes, das vermutlich aus den Anfangsbuchstaben hebräischer Gottesnamen zusammengestellt ist, wurde hergeleitet aus der Siebenzahl seiner Buchstaben.

52 *er hob eine weithalsige Flasche hoch, mit eingeschliffenem Glasstöpsel (‹Folia Hyoscyamii› stand darauf)*: i.e. Blätter von Hyoscyamus niger, des Bilsenkrautes.

52 *Wird Behemoth oder Abraxas oder sonstwie heißen*: ‹Behemoth› ist der hebräische Name des Nilpferds aus *Hiob* 40 und bedeutet etwa ‹Großtier›. Für manche Kirchenväter ist es Symbol des Satans. (Vgl. auch Anmerkung zu S. 50)

53 *Dann das Feinste vom Ganzen, ‹Assa fœtida›*: i.e. Stinkasant, Teufelsdreck, Gummiresina Asa-fœtida, ein Gummiharz von üblem, an Knoblauch erinnerndem Geruch. War im Altertum und Mittelalter Heilmittel und Gewürz. Diente auch zur Behandlung Geisteskranker (‹vom Teufel Besessener›).

53 *Übrigens hat der große Arzt Paracelsus*: Philippus Aureolus Theophrastus Bombastus von Hohenheim (1493–1541), Arzt und Naturforscher, geboren in Einsiedeln, 1527/28 Stadtarzt zu Basel. Er gilt in gewissem Sinne als Begründer der ‹Chemotherapie›, indem er Mineralien vermehrt in den Arzneischatz einführte. Er förderte auch das Wissen um die seelischen Krankheiten. Indem er den damals vorherrschenden Hexenaberglauben als Erklärung der Geisteskrankheiten ablehnte und statt dessen nach chemischen, astrologischen, genetischen und psychologischen Ursachen forschte, wurde er zu einem Vorläufer der modernen Psychiatrie.

58 *wie sie zu jeder Pravazspritze geliefert werden*: Hohlnadelspritze für Injektionen, benannt nach ihrem Erfinder, dem französischen Orthopäden und Urologen Charles Gabriel Pravaz (1791–1853).

60 *Ich kenne nur die Airedalesprache:* Im Manuskript «Airedaler Sprache».

73 *Dr. Jean Thévenoz, Arzt am Kantonsspital Genf*: Im Typoskript «Wladimir Rosenstock, Assistenzarzt am Kantonsspital Genf». Offensichtliche sachliche Unrichtigkeit, denn nicht Rosenstock sondern Thévenoz erkundigte sich ja nach der Russin (vgl. S. 13).

73 *Er hätte sich nur an den Bruder seines Assistenzarztes Rosenstock zu wenden brauchen:* Im Typoskript «Er hätte nur seinen Bruder fragen brauchen». Korrigiert nach der Erstausgabe.

73 *einen neunzehnjährigen Jungen, der eben daran war, sich auf die Matura vorzubereiten, indem er die meisten Stunden schwänzte, Professor Dominicés Vorlesungen besuchte*: Offensichtliches Spiegelbild Glausers, wie eine Stelle aus dem Text *Schreiben ...* belegt: «Ich gehe meine Sünden durch: Die letzte Griechisch-Stunde habe ich geschwänzt, weil ich das psychologische Seminar Professor Claparèdes an der Universität nicht habe verpassen wollen.» (*Erzählungen* 4, 79)

Hof des Collège de Genève

74 *da sie von einem jungen Manne angeführt wurden, dem es selber nur schwer gelang, seine Abstammung von Noahs Sohne Japhet glaubhaft zu machen*: Gemeint ist Georges Oltramare (1896–1960), gewissenloser Politiker, brillanter Literat und Skandaljournalist, Führer der Genfer Rechtsextremen und ab 1923 Herausgeber des satirischen und antisemitischen Blattes *Le Pilori* (Pranger, Schandpfahl). 1927 erhielt er den Schiller-Preis.

Noahs Sohn Japhet gilt als der Stammvater der kleinasiatischen oder indogermanischen Nordvölker, Sem dagegen als der Stammvater der semitischen Volksstämme. Oltramare sah also eher aus wie ein Jude als wie ein Arier oder Germane. Auf einem zeitgenössischen Bild zeigt er eine starke Ähnlichkeit mit Mussolini.

74 *Die drei Brüder bewohnten eine einsame Villa ganz in der Nähe der Palanterie*: Les marais de la Pallanterie, Genfs ‹Nordpol›, wie der Sumpf scherzhaft auch genannt wurde, erfreute sich mit seiner Fläche von 60000 Quadratmetern im Winter eines regen Zulaufs. Das Tram brachte die Schlittschuhläuferinnen und -läufer in einer dreißigminütigen Fahrt vom Cours de Rive (heute: Rond-Point de Rive) über Vésenaz an den winterlichen Tummelplatz von tout Genève. Eine launige Beschreibung eines Wintertags der Belle Epoque lieferte 1903 das Blatt *Genève Mondain*: «Das Eis war schön in diesen letzten Tagen in La Pallanterie, und zwischen einer Acht und einer Pirouette haben wir Frau und Fräulein L. erkannt, ganz unverkennbar und hochelegant in roter Korsage mit goldenen Knöpfen, Frau V. in Chinchillakorsage und schwarzem Samthut und Fräulein A., entzükkender grauer Hut mit Möwe und Veilchen ...» (de Sion, J. und M., *Genève à la Belle Epoque*. Genf: Tribune Editions 1979, 73).

74 *Die Erziehung der jüngeren Brüder übernahm Angèle*: Ursprünglich ‹Amélie›. Nur in Typoskript 1 geändert.

74/75 *die in der Rue Verdaine eine riesige Wohnung bewohnte*: Als Urbild zu dieser Figur diente Glauser unzweifelhaft die Schriftstellerin Berthe Vadier (1836–1921), mit bürgerlichem Namen Célestine Vitaline Benoit, die in der Rue Verdaine 13 wohnte und befreundet war mit dem Philosophen und Universitätsprofessor Henri-Frédéric Amiel (1821–1881). Dieser hinterließ nach seinem Tod ein voluminöses Tagebuch von annähernd 16900 Seiten, das ihn innert kurzem weltberühmt machte und bald einmal als Schlüsseldokument für den Zerfall des bürgerlichen Zeitalters im Zeichen des Fin de siècle galt. Das *Journal intime* erscheint seit 1976 in einer Gesamtedition (Verlag L'Age d'homme, Lausanne).

Die Vadier veröffentlichte ihrerseits ab 1875 Novellen, Romane, Gedichte, Theaterstücke, Biographien u.a.m. Glauser muß eine Weile lang bei ihr Kostgänger gewesen sein (vgl. *Briefe 1*, 513).

Die Rue Verdaine führt knappe 50 Meter neben dem Collège de Genève vorbei.

Berthe Vadier und Frédéric Amiel (Pastell von Berthe Vadier)

75 *Dieses ältliche Fräulein, Célestine Honorine Benoît mit Namen (als Schriftstellerin unter dem Pseudonym ‹Agnès Sorel› bekannt)*: Der Name begegnet uns bereits in dem kleinen Genfer Roman *Der Heide*, wo er allerdings einem jungen Mädchen gehört, das, ebenso intelligent wie hübsch, von Jünglingen umschwärmt wird und seine dichterische Ader entdeckt.

Der Umstand, daß die Vadier jahrzehntelang unter einem Pseudonym gelebt und veröffentlicht hatte (seit 1875), führte übrigens dazu, daß Sie in ihren letzten Lebensjahren offenbar selbst nicht mehr so ganz sicher war, wie sie eigentlich hieß. Zwei Dokumente bezeugen diese Unsicherheit. Im einen, vom 1. Februar 1911, versichert die Autorin, sie heiße richtig Céleste (nicht Célestine) Vitaline (nicht Valentine) Benoit. Gut fünf Jahre später, am 26. November 1916, behauptet sie demgegenüber, ihr bürgerlicher Name laute Célestine Benoit. (Autographe: Korrespondenzbände 1911 und 1916 der Schweizerischen Landesbibliothek Bern)

Agnès Sorel (um 1422–1450), Geliebte Karls VII. von Frankreich, auf den sie seit 1444 erheblichen Einfluß gewann und dem sie vier Töchter gebar. Sie war die erste ‹maîtresse en titre› der französischen Könige.

75 *Außerdem schwärmte sie für Voltaire und den Spiritismus:* Voltaire (1694–1778), auf der Suche nach einem vor politischen Verfolgungen sicheren Ort, ließ sich vorerst in St-Jean bei Genf auf dem Landsitz ‹Les Délices› nieder, wo er von 1755 bis 1760 lebte. Genf nahm ihn anfänglich sehr gut auf, und unter seinen Freunden und Tischgästen war mancher führende Kopf der Genfer Gesellschaft. Aufgrund wachsender Schwierigkeiten mit der streng calvinistischen Stadtregierung – Voltaire hatte sich auf seinem Landsitz ein Theater einrichten lassen und führte dort auch häufig Stücke auf – wählte er sich aber als Alterssitz Schloß Ferney unmittelbar nördlich von Genf, das er 1758 erworben hatte und von wo aus er bis wenige Monate vor seinem Tod gegen die Anmaßung der Zensur und des Klerus ankämpfte und anschrieb. Berthe Vadier verfaßte zwei biographische Essais über ihn.

Der Spiritismus, als Lehre, nach der die Geister Verstorbener in Verbindung mit Lebenden treten können, verträgt sich schlecht mit dem analytischen Denken, den kämpferischen Vernunftideen und der kritischen Klarheit der Aufklärung, als deren vollkommenste Verkörperung Voltaire gilt. Da der neuzeitliche Spiritismus experimentelle Beweise für ein Fortleben nach dem Tode anstrebt, steht er in krassem Widerspruch zum Wollen und Wirken des Atheisten Voltaire, der als Philosoph jeder Spekulation abhold war und dem für christliche Mysterien jeder Sinn fehlte. Wie in allen Städten der Welt wurde der Spiritismus um die Wende zum 20. Jahrhundert auch in Genf große Mode.

Übrigens war es der als Fabrikant von Präzisionsinstrumenten bekannte Genfer Naturforscher Marc Thury (1822–1905), der sich 1855 als erster bemüht hatte, das Tischrücken wissenschaftlich zu erklären. Thury war von 1854 bis 1900 Professor der Botanik an der Universität und mithin Flournoys Kollege.

Auch der mit einer Genferin verheiratete französische Emigrant Graf Agénor de Gasparin (1810–1871) beschäftigte sich mit derartigen Fragen.

76 *sah sie auch im jungen Jakob eine Art Cherubin:* Vgl. Anmerkung zu S. 158.

79 *hat mich gebeten, der Unterredung beiwohnen zu dürfen:* Im Manuskript «der Unterredung beizuwohnen».

81 *damals habe er auch das neue psychologische Laboratorium eingerichtet und zwei Assistenten eingestellt und Material gesammelt für ein großes Werk*: Flournoy eröffnete sein Laboratorium 1892 im Kellergeschoß der Universität. Hier untersuchte er mit seinen beiden Assistenten E. Claparède und R. Yowanowitch pathologische Phänomene wie Hypnotismus, Mondsüchtigkeit, Ekstasen u.a. und beschäftigte sich intensiv mit parapsychologischen Phänomenen (vgl. Anmerkung zu S. 159).

Mit dem großen Werk könnte die Studie *Des Phénomènes de Synopsie* (1893) gemeint sein, in dem Flournoy die Ergebnisse einer ersten Reihe von psychologischen Beobachtungen veröffentlichte, die sich mit dem Farbenhören, d.h. mit dem Mitempfinden von Farbeindrücken bei bestimmten Hörwahrnehmungen beschäftigten.

84 *Attalus III. Philometor*: Attalos (171–133 v. Chr.), regierte 138–133 v. Chr. und vermachte das pergamenische Reich den Römern. (Vgl. auch Anmerkung zu S. 198)

85 *die unter dem Namen basilidianische Gnosis im alexandrinischen Ägypten geblüht hatte:* Die ägyptische Stadt Alexandria, von Alexander d.Gr. um 331 v.Chr. gegründet, entwickelte sich schon bald nach ihrer Gründung zu einer Weltstadt des Altertums und zum Hauptsitz griechischer Geistesbildung. Die berühmte alexandrinische Bibliothek mit ihren 740000 Buchrollen war für die Ausbreitung des griechischen Geistes und die Entwicklung der antiken Wissenschaft entscheidend. Die von Alexandria aus wirkende Theologie (Alexandrinische Theologenschule) beeinflußte im 2. und 3. Jahrhundert die frühe Kirche in verschiedener Hinsicht maßgeblich. Unter anderen wirkte in Alexandrien auch Basilides (vgl. Anmerkung zu S. 50). Erst die arabische Eroberung Ägyptens (641 n.Chr.) zog den Schlußstrich unter die Entwicklung der ‹alexandrinischen› Kultur.

85 *man habe im ‹Palais› noch nie soviel Bremen […] bemerkt*: die Breme, süddeutsch und schweizerisch, mundartlich für Stechfliege, Bremse.

86 *«IAO», sagte er, «ist ein anderer Name für Abraxas …»:* Auf gnostischen Gemmen und Amuletten der Spätantike häufig vorkommende hebräische Gottesbezeichnung, entweder für

‹Jahwe› oder für ‹Jahwe = A und O›, Anfang und Ende der Welt, nach dem ersten und letzten Buchstaben des griechischen Alphabets (α und Ω).

Allerdings dürfte dieses Kürzel O'Keys beiden Genfer Gesprächspartnern aus einem anderen Zusammenhang besser bekannt gewesen sein: Die Internationale Arbeitsorganisation (IAO) wurde 1919 im Rahmen des Völkerbunds mit Sitz in Genf gegründet.

86 *Und im Louvre-Papyrus steht zu lesen*: Nicht eruiert. Möglicherweise der im Louvre aufbewahrte Papyrus Nr. 3229, der sich mit Magie befaßt.

87 *der andere hält sich an das Seeufer und kommt vom Port-Noir*: Kleiner Hafen an der alten Tramlinie Genf-La Pallanterie nahe der Gemeindegrenze von Cologny.

88 *von einem Missionar, der aussah, als käme er direkt aus dem ‹Regen› von Maugham*: Die wahrscheinlich bekannteste Erzählung Somerset Maughams (1874–1965) erschien 1921 und handelt vom seelischen Zusammenbruch eines religiösen Fanatikers und Selbstgerechten.

88 *der junge Fürst, sah aus wie Krishnamurti, der Heiland der Theosophen*: Jiddu Krishnamurti (1897–1986), indischer Brahmane, Verkünder einer pantheistischen Erkenntnis, zu der der Mensch auf dem Wege der Intuition gelangen soll. Die Theosophin Anne Besant begrüßte ihn 1910 als Erfüller der Erwartung des wiederkehrenden Christus.

Die Theosophie, eine religiös motivierte Weltanschauung mit dem Ziel, zu höchster Ethik und Vollendung im Sein zu gelangen, wurde 1875 in New York von der Russin Helena Petrovna Blavatsky (1831–1891) gegründet und ist seit 1910 auch in der Westschweiz vertreten, wobei Genf als Zentrum der Theosophischen Gesellschaft Adyar gilt.

90 *und heißen wird sie Delphinium hybridum ‹Colonel›. Oder soll ich ihr deinen Namen geben, mein Junge? [...] Nicht wahr, man denkt dann an einige ganz hübsche Stunden*: Der Rittersporn galt im Mittelalter als Symbol adliger Tugenden, der Treue und

Ritterschaft. Obwohl die Anspielung von Charles insgesamt unklar bleibt, darf angenommen werden, dass die Beziehung zwischen den beiden früher einmal intimer war.

91 *bewohnte in einem kleinen unscheinbaren Hotel an der Route de Chêne ein einfaches Zimmer*: An der Route de Chêne wohnte nach dem Tod ihres Gatten Glausers Tante Amélie Cattin (vgl. *Briefe 1*, 30 und 347). Beim erwähnten Etablissement handelt es sich wohl um das Hôtel du Simplon, Route de Chêne 5, das einzige Hotel an dieser Straße zwischen 1915 und 1931.

91 *aus einem Postfach an der Rue d'Italie*: Die Rue d'Italie liegt unweit des Collège.

93 *Nun, ich glaube, daß dies durch die Untersuchungen Marxens, Plechanoffs und Lenins*: Georgij Walentinowitsch Plechanow (1856–1918), wie Lenin und Marx einer der Gründer, führenden Theoretiker und Propagandisten der russischen Sozialdemokratie. Seit seiner Emigration 1880 lebte er meist in Genf, bis er 1917 wieder nach Rußland zurückkehrte.

Übrigens lebte auch Lenin während seiner Emigration eine Zeitlang in Genf, nämlich von April 1903 bis November 1905 und wiederum von Januar bis Mai 1908.

93 *Ich muß dann immer an eine Geschichte denken*: Diese Stelle mit der Anekdote von den beiden Juden, formal eine Erzählung in der Erzählung in der Erzählung im Roman, wurde bisher in allen Ausgaben weggelassen, obwohl in beiden nachgelassenen Typoskript-Durchschlägen nichts darauf hindeutet, daß Glauser sie gekürzt haben wollte. Eine entsprechende Kürzung von Glausers Hand müßte, wenn überhaupt, auf dem verschollenen Original geschehen sein. Möglicherweise gab aber – 1939! – schon allein die Tatsache, daß sich hier ein deutscher Offizier von einem jüdischen Rabbi belehren läßt, den Ausschlag zur Streichung.

96 *So möchte ich in Anlehnung an Pilatus fragen*: O'Keys Anspielung bezieht sich auf *Joh. 18,38*, wo Pilatus auf Jesu Christi Worte «Wer aus der Wahrheit ist, der höret meine Stimme» die berühmte Frage stellt: «Was ist Wahrheit?»

100 *In einer halben Stunde am Cours de Rive*: Gemeint ist der Rond Point de Rive, von wo aus auch heute noch die Busse in die Gegend östlich der Stadt fahren. (Vgl. Anmerkung zu S. 74)

104 *Er war bekannt als Lieferant von Rauschgiften:* Im Manuskript «von Rauschgiftschmugglern».

107 *Sie haben in Ihren Abhandlungen so viel schönes ethisches Zeug verzapft*: Als Religionspsychologe veröffentlichte Flournoy zahlreiche vielbeachtete Arbeiten und stellte damit die leitenden Grundsätze für die religionspsychologische Forschung auf. Damit erwarb er sich geradezu Weltruf, etwa mit den Schriften *Les principes de la psychologie religieuse* (1903), *Le génie religieux* (1904) oder zuletzt noch mit *Une mystique moderne* (1915).

109 *damit Sie aus Ihren ärgsten Schulden herauskommen*: Im Manuskript: «um aus Ihren ärgsten Schulden herauszukommen».

109 *Damals hat man noch Phrasen gemacht*: Vgl. Anmerkung zu S. 107.

109 *Dann erscheint morgen in der ‹Tribune› oder in der ‹Suisse›*: Gemeint sind *Tribune de Genève* und *La Suisse*, die beiden größten Zeitungen Genfs.

111 *die Genossen Uljanoff und Braunstein persönlich gekannt hatte*: ‹Lenin› war seit etwa 1901 der politische Deckname von Wladimir Iljitsch Uljanoff, ‹Leo Trotzki› derjenige von Leib Braunstein.

116 *Er hatte in Champel eine Wohnung gefunden*: Villenquartier im Süden der Stadt Genf, wo u.a. auch E. Claparède wohnte (Avenue de Champel 11).

117 *Und sonst geht es Ihnen gut, Herr Martini, will sagen, Herr Martinet?*: Vorsteher des kantonalen Justiz-, Polizei- und Militärdepartements war in Genf seit 1931 Staatsrat Frédéric Martin. Die Verkleinerungssilbe ‹-et› macht sozusagen aus dem echten Staatsrat

Martin ein Martinchen im Taschen- bzw. Paperbackformat, ein Modell in reduziertem Maßstab.

Die Wermutfabrik Martini & Rossi, heute in Meyrin, stand damals noch mitten in der Stadt, an der Rue de Montchoisy.

119 *Uns dicke Männer schätzen sogar die großen Dichter*: In Shakespeares *Julius Cäsar* 1,2 sagt Cäsar:

«Laßt wohlbeleibte Männer um mich sein,
Mit glatten Köpfen, und die nachts gut schlafen.»

Offensichtlich hat Glauser seinen Staatsrat Martinet nach dem Vorbild von Adolf Guggenbühl (1896–1971), Verleger des *Schweizer Spiegels*, gestaltet. In einem Brief an Trix vom 20.9.1934 berichtet er von einem Besuch Guggenbühls in der Psychiatrischen Klinik Waldau b. Bern folgendermaßen: «Heut hab ich sehr erfreulichen Besuch gehabt und war froh, daß du nicht gekommen bist. Guggenbühl war da, behäbig, trocken. Weißt du, mit dicken Männern, wenn sie gescheit sind, läßt sich gut reden. [...] Aber das Erfreulichste. Er will, soviel ich verstanden habe, ganz gern den Schundroman [i.e. den *Tee*] verlegen [...]». Und im selben Brief: «Den Roman will ich fertig machen; übrigens wird der dicke Staatsrat Martinet glaub ich sehr nett herauskommen. Ich soigniere ihn sehr.» (*Briefe 1*, 500/501)

120 *Er war ein großer Mann in der Genfer Politik, Freimaurer*: Genf gilt als die Wiege der schweizerischen Freimaurerei. Hier gründete 1736 der Engländer Lord G. Hamilton die erste Loge. Ebenfalls in Genf entstanden 1768 die älteste heute noch existierende Schweizer Loge, die ‹Union des Cœurs› und 1773 die erste Großloge auf Schweizer Boden, die ‹Grande Loge Nationale de Genève›, die bis zu 17 Logen zählte. Während der Annektion Genfs durch Frankreich ab 1798 kamen die Genfer Freimaurer unter die Kontrolle der Großloge ‹Grand Orient de France›. Anfang des 19. Jahrhunderts geriet das Logenwesen in der Schweiz in unheilvolle Verwirrung, aus der es endlich durch die 1844 gegründete Schweizer Großloge ‹Alpina› gerettet wurde. 1902 fand, wiederum in Genf, der Congrès Maçonnique International statt, und schließlich hatte die Association Maçonnique Internationale (A.M.I.) ihren Sitz in Genf, denn in den 20er Jahren versahen nacheinander zwei Genfer das Amt des Großkanzlers dieser Internationalen Logenvereinigung, nämlich von 1925 bis 1927 der frühere Großmeister der Schweizer Großloge ‹Alpina›

Isaac Reverchon (1862–1927) und nach dessen Tod John Mossaz, langjähriger Stuhlmeister der Genfer Loge ‹Cordialité›. Reverchon war übrigens Professor für Geschichte und französische Literatur am Collège de Genève, womit eine direkte Beziehung zu dieser Pflanzstätte der Genfer Führungsschicht nachgewiesen ist, denn gleichzeitig stand er auch an der Spitze der altkatholischen Glaubensbewegung in Genf.

Zwei weitere berühmte Genfer Freimaurer seien an dieser Stelle noch genannt: Henri Dunant und der Großmeister Elie Ducommun (1833–1906), Politiker, Publizist, Generalsekretär des Internationalen Friedensbüros und Friedensnobelpreisträger des Jahres 1902.

Nach der Gründung des Völkerbundes hielt sich in Genf hartnäkkig das Gerücht, wonach von der Rue Bovy-Lysberg 5, wo die Genfer Logen ihr Heim hatten, in alle Salons der leitenden Delegierten eigene Telefonleitungen führten. Die freimaurerische Hörigkeit des Völkerbundes, die unablässige Maulwurfsarbeit des Kanzlers der A.M.I. und die Beeinflussung der Minister und Delegierten, der Ratspräsidenten und Völkerbundssekretäre durch eigens zu diesem Zweck in der Stadt Calvins ansässig gewordene Emissäre der unbekannten Oberen galt daher mancherorts als ausgemachte Tatsache.

121 *Schöne Namen wie aus einem parnassischen Sonett*: Nach dem mittelgriechischen Gebirgszug Parnaß, dem Musenberg und Reich der Dichtkunst.

121 *die Villa des alten de la Rive*: Berühmtes Genfer Geschlecht, ursprünglich aus Piemont stammend, aber bereits in der Mitte des 15. Jahrhunderts eingebürgert. Ob Glauser hier an Charles Gaspard (1770–1834) denkt, den Arzt und Chemiker, der sich mit dem Studium der Geisteskrankheiten befaßte, oder ob er eher dessen Sohn Arthur Auguste (1801–1873) meint, den berühmten Physiker und Magistraten, ist ungewiß.

122 *Lieber der Erste in Genf als der Zweite in Bern*: Ursprünglich ‹in London› anstelle von ‹in Bern›. Nur in Typoskript 1 geändert.

124 *gleich nach dem Port-Noir die zweite Villa*: Der effektive Standort der ‹Villa Mimosa› bleibt unklar. Im 4. Kapitel befindet sie sich «ganz in der Nähe der Palanterie, jenes Sumpfes, der den Genfern im Winter als Schlittschuhlaufplatz dient» (vgl. S. 74).

126 *klönen:* Schweizerdeutsch für ‹jammern›, ‹klagen›, ‹quengeln› (‹chlööne›).

127 *«Die Abenteuer des Arsène Lupin» stand in großen Buchstaben in einer Ecke*: Sammlung von Kriminalromanen in zwölf Bänden von Maurice Leblanc (1864–1941), erschienen 1907–1935. Der Held ist ein Gentleman-Einbrecher, der mit unwiderstehlichem Charme die Rolle des Gendarmen ebensogut spielt wie die des Diebes. Den satirisch-zeitkritischen Charakter der Arsène-Lupin-Geschichten strebt Glauser sichtlich auch im *Tee* an. Er ist seine Reverenz an die französische Kriminalromanschule «von Arsène Lupin bis und mit Simenon», die mit «ein wenig Psychologie, viel Atmosphäre und, wie bei Simenon besonders, mit einem merkwürdigen menschlichen Hintergrund» ausgestattet ist (*Briefe 2*, 243).

127 *Niemand Geringerer als Professor Locard, die Leuchte der Kriminalistik:* Edmond Locard (1877–1966), Arzt und Kriminalist in Lyon, von 1910 bis 1951 Leiter des dortigen kriminaltechnischen Laboratoriums, findet später immer wieder Erwähnung in den Studer-Romanen und in verschiedenen Erzählungen (vgl. Kommentar zu *Kriminologie*, *Erzählungen 3*, 370).

128 *Was wollen Sie, eine Art katatonen Stupors*: i. e. krankhafter Stumpfsinn, völlige geistige und körperliche Regungslosigkeit.

131 *es ist das Jungsche Assoziationsexperiment*: Das vom Psychoanalytiker Carl Gustav Jung (1875–1961) entwickelte Verfahren, durch das Komplexe, welche seelische Störungen verursachen, experimentell nachgewiesen werden können, lernte Glauser schon 1920 in der Psychiatrischen Klinik Burghölzli kennen, wie seinem *Tagebuch Burghölzli* entnommen werden kann (vgl. *Erzählungen 1*, 360). Literarisch verwendet er es erstmals in der Novelle *Die Hexe von Endor* (vgl. *Erzählungen 1*, 205).

134 *es kann gar nichts anderes sein als das Panorama im Jardin Anglais*: Ein Anachronismus, denn zu der Zeit, zu welcher der Roman angeblich spielt, stand diese Sehenswürdigkeit bereits nicht mehr. Das Mont-Blanc-Panorama wurde 1855 errichtet und 1919 wieder abgebrochen. Ein illustrierter Führer von 1910 wirbt folgendermaßen für diese Attraktion: «In der Mitte [des Englischen Gartens] erhebt sich ein Monumental-Springbrunnen und ganz in dessen Nähe, in grünem Laubgebüsch, ein hochinteressantes *Relief der Montblanc-Kette*. Der Urheber desselben, ein Herr Sené, verwendete nicht weniger als zehn Jahre auf die Vollendung dieser recht sehenswerten Arbeit. Sonntags ist der Eintritt frei, sonst 50 Cts.»

Das Relief wurde später im Naturhistorischen Museum deponiert, ist aber dem Vernehmen nach inzwischen bis zum Gipfel von Ratten zernagt.

137 *Dominicé habe eigenartige Kuren versucht, die damals als verrückt galten, Dauerschlafkuren, acht- bis zehntägige*: Darüber mehr in *Matto regiert*, wo Dr. Laduner, der fortschrittliche Nervenarzt der Klinik Randlingen, ebensolche Kuren ausprobiert und deswegen beruflich Schwierigkeiten bekommt.

138 *Eine riesige, bleigraue Wolke stand über den Kugelakazien:* Der Widerspruch zu den Kugel*robinien* (S. 125 und 129) ist nur ein scheinbarer, da die Robinie umgangssprachlich oft auch Akazie genannt wird, so daß sich sogar die Bezeichnung ‹falsche Akazie› eingebürgert hat.

141 *(übrigens hieß er Jaunet und war als geizig bekannt)*: Frz. jaunet: familiärer Ausdruck für ‹Goldstück›.

143 *mich plagt die Ischias*: Ungewöhnliches grammatisches Geschlecht, fachsprachlich aber möglich.

144 *und wohnt in der Nähe von Presinge*: Kleines Dorf im Osten Genfs in der Nähe von Jussy.

146 *um ihm in St. Antoine ein Einzelzimmer anzuweisen*: Genfs Stadtgefängnis.

147 *einer Dichterin, die wie eine französische Bühnengröße heißt, Agnès Sorel*: Gemeint ist Céline Sorel (1873–1966), eigentlich Céline Emilie Seurre, seit 1901 Mitglied der Comédie-Française.

147 *Eine Frau aus dem Volke, eigentlich, frühere Verkäuferin*: Über die Herkunft seines Mediums Hélène Smith macht Flournoy folgende Angaben: «In bescheidenen Verhältnissen lebend und von unantastbarem Rufe, verdiente sie ihren Unterhalt rechtschaffen als Angestellte eines großen Geschäftshauses, wo sie durch ihren Arbeitseifer, ihre Strebsamkeit und Tüchtigkeit zu einem der wichtigsten Posten emporgestiegen war.» (*Die Seherin von Genf*, 1914, 2)

147 *Aber er war der leibliche Neffe unseres de Morsier:* Die Verwandtschaftsverhältnisse zwischen den Brüdern Rosenstock und Staatsanwalt de Morsier bleiben unklar. S. 73 heißt es nämlich, die Mutter der drei Brüder sei «weitläufig verwandt mit dem Sonette dichtenden Staatsanwalt» gewesen.

150 *Sie hat in der Rue du Marché, gerade vor der Place de la Fusterie, in einem alten Hause gewohnt*: In derselben Straße also wie Amélie Nisiow, die *Hexe von Endor* in der gleichnamigen Novelle, die in der Nummer 23 wohnt (vgl. *Erzählungen 1*, 198).

150 *daß das Haus des Professors zwischen Viertel nach acht und halb neun nicht bewacht wird:* Im Manuskript «zwischen Viertel nach sieben und halb acht», was nicht stimmen kann, denn S. 168 bestellt Jakob «pünktlich um acht Uhr» ein Taxi, und wenig später, als er mit Dominicé das Haus verläßt, heißt es: «Der Mann mit dem Schnurrbart unter einer stumpfen Nase war verschwunden. Kommissär Pillevuit hatte Wort gehalten [...].»

152 *Willst du Nurmi schlagen*: Paavo Nurmi (1897–1973), finnischer Mittel- und Langstreckenläufer, mit neun Gold- und drei Silbermedaillen zwischen 1920 und 1928 einer der erfolgreichsten Leichtathleten.

153 *Habe ich dir nicht von einem Missionar erzählt, der aussieht, als käme er direkt aus dem ‹Regen› von Somerset Maugham*: In einer von

Glauser später gestrichenen Stelle erhält Simp vom Colonel dazu noch folgende Inhaltsangabe: «Weißt du, das Stück handelt von einem Missionär auf der Südseeinsel, der eine unordentliche Frauensperson bekehren will und dann aber von ihr bekehrt wird, worauf er Selbstmord begeht. Du kennst doch die Geschichte?»

156 *Ich werde Viertel neun hier vor dem Hause warten, in einem Taxi:* Im Manuskript «Viertel vor neun». Da es sich um dasselbe Taxi handelt, das Jakob «pünktlich um acht Uhr» bestellt (S. 168) und mit dem er, zusammen mit Dominicé, zur ‹Villa des Mimosas› hinausfährt, wo um halb neun Uhr der ‹Kriegsrat› stattfinden soll (S. 154, 156 und 167), kann diese Zeitangabe nicht stimmen. Wahrscheinlicher ist deshalb ‹Viertel neun› (landschaftlich für ‹ein Viertel nach acht›).

158 *Ist es nicht wie in den ‹Nozze di Figaro›, Cherubin und die Herzogin*: In Wolfgang Amadeus Mozarts Oper *Le nozze di Figaro*, deutsch *Figaros Hochzeit* (1785/86), schwärmt der Page Cherubino, halb noch ein Bub, nicht nur für seine Herrin, die Gräfin Almaviva, sondern für alle Weiblichkeit im Schloß. In der angesprochenen, von Cherubino selbst gedichteten Kanzonette (2. Akt, Nr. 11, «Sagt, holde Frauen, die ihr sie kennt, die Liebe») findet die zarte und zugleich dämonische Gewalt des Eros über einen sehnsüchtig-schwärmerischen Jüngling, der mit fragenden Augen allen wissenden Frauen entgegenzittert, ihren wunderbaren Ausdruck. Jakob Rosenstock ist ihm insofern ähnlich, als auch ihm der Übergang vom ahnenden Knaben zum wissenden jungen Mann das Blut beunruhigt und ihn die seligen Schauer der ersten Liebe und ihr schmerzlich-süßes Geheimnis mächtig umtreiben.

158 *Professor Dominicé hielt seine Vorlesungen in dem nach der Aula nächstgrößten Saal der Universität*: Aus anderer Quelle ist zu vernehmen, «daß für die allgemeinen Vorlesungen Flournoys immer der größte Hörsaal zu klein war.» (Buess, H., Zum 100. Geburtstag des Genfers Théodore Flournoy. *Schweizerische Medizinische Wochenschrift*, 21.8.1954, 973–975).

159 *Er habe beschlossen, sein Amt niederzulegen, auch die Leitung des psychologischen Laboratoriums aufzugeben*: Tatsächlich trat Flournoy die Leitung des psychologischen Laboratoriums

1905, mit 51 Jahren also, an seinen 32jährigen Vetter Edouard Claparède ab. (Vgl. auch Anmerkung zu S. 81)

164 *Wahrscheinlich eine Mischung von Ouabaïn, Echujin, Erythrophläin*: Alle drei Gifte und ihre Wirkung sind im später ausdrücklich erwähnten Buch von Lewin (vgl. Anmerkung zu S. 198) im Kapitel ‹Die Pfeilgifte› kurz beschrieben. Allen drei gemeinsam ist, daß sie durch Herzlähmung töten.

165 *und beleuchtete die Gruppe der Reformatoren*: Das berühmte Reformationsdenkmal, die Reformatorenmauer, entstand zwischen 1909 und 1917 an der Promenade des Bastions. Nach einer Idee der Lausanner Architekten Laverrière und Monod wurde es ausgeführt durch die Pariser Bildhauer Paul Landowski und Henri Bouchard. Es zeigt unter anderen Jean Calvin, Guillaume Farel, Théodore de Bèze und John Knox.

165 *Das war ja Crawley! Tot, Jakob, er war tot*: Hier irrt sich Dominicé, oder er lügt bewußt. Er hat ja ganz am Anfang Crawley den Puls gemessen und dazu laut gezählt (vgl. S. 6).

169 *auf der Straße, die von Vandœuvres über Sionnet nach Jussy führt [...] kehrten über Presinge zurück [...] von Jussy aus über Juvigny gefahren*: Alle Ortschaften finden sich im Osten der Stadt in einer Gegend, die Glauser gut gekannt haben dürfte. Allerdings läßt sich O'Keys Routenwahl nicht genau nachverfolgen. Juvigny liegt übrigens bereits jenseits der Grenze auf französischem Boden.

180 *Man soll gut intentionierte Leute nicht vor den Kopf stoßen*: Glauser übersetzt wörtlich eine französ. Wendung: des gens bien intentionnés, d.h. wohlmeinende Leute.

184 *Ihr dunkles Haar ist wirr und feucht, Schweißtropfen glänzen auf ihrer Stirne, an ihren Schläfen*: Die an diesen Satz anschließende Typoskriptseite 176 ist nur noch im Typoskript 1 vorhanden. Im Typoskript 2 schließt Glauser die Seite 177 mit einem eigenhändig verfaßten Übergang an die Seite 175 an. Wann und warum die entsprechende Seite verlorengegangen ist oder eliminiert wurde, konnte nicht rekonstruiert werden. Der Vollständigkeit halber wird sie hier nachgetragen:

Sie hat keinen Blick für Jakob, der hinter dem Professor an der Wand lehnt und nicht weiß, was er mit sich beginnen soll. Er starrt ratlos auf die Ankommenden.

«Was ist geschehen?» fragt O'Key. Er ist scheinbar ruhig, versucht einen Scherz. «Wir werden hier bald ein Lazarett beisammen haben», und seine Bemerkung stimmt. Denn jetzt wankt, von Maman Angèle gestützt, der Chauffeur André ins Zimmer. Er sinkt stöhnend in einen Stuhl und betastet immer wieder seinen Kopf.

Inzwischen ist O'Key zu der liegenden Gestalt am Fenster getreten. Er hat Mühe, in dem mageren, abgehetzten Menschen den Dr. Thévenoz zu erkennen. Die Augen sind ausdruckslos, mit riesigen Pupillen, manchmal geht es wie ein Krampf durch den Körper, die Glieder zittern. Der Kragen ist aufgerissen, die Krawatte hängt wie ein Strick aus der Weste heraus. Der Mann ist kein Toter, wie Jakob vorhin behauptet hat. «Nein, er ist nicht tot», sagt O'Key leise und streift langsam, zerstreut, so, als wisse er gar nicht, was er tue, den rechten Jackenärmel in die Höhe. In der Ellbogenbeuge, deutlich sichtbar, ein roter Fleck, umgeben von einem Hof, der auf einen entzündlichen Vorgang im Hautgewebe deutet; das Ganze sieht aus wie eine von unkundiger Hand bewerkstelligte intravenöse Injektion.

Auch der Advokat ist zu dem Liegenden getreten.

«Mein Gott», sagt Isaak, «Dr. Thévenoz. Wie kommt der in diesem Zustand hierher?»

«Der dritte!» sagt O'Key verbittert. «Meinen Sie nicht, daß es Zeit wäre, den Leuten das Handwerk zu legen? Und dabei bin ich überzeugt, daß wenigstens ein Mensch hier in Genf eine Ahnung hat, wer hinter all diesen unmöglichen Scheußlichkeiten steckt. Aber dieser Mensch genießt seine Rolle als Zuschauer. Ich werde ihm schon Beine machen.»

Aber bevor O'Key die Nummer 33 9 33 (drei mal drei ist neun, und von hinten gelesen, ergibt sich dasselbe) anläutet, geschieht etwas Merkwürdiges. Der Professor ist aufgestanden. Er kommt mit schleppenden Schritten näher, er kniet neben dem leblosen Thévenoz nieder, ergreift dessen Hand, und dann sagt er leise:

«Jean.» Dringlicher wiederholt er: «Jean!» O'Key steht mit verlegenem Gesicht daneben und weiß nicht recht, was er mit sich anstellen soll.

184 *«Jean!» sagt er:* Im Manuskript steht mit Bezug auf die vorangegangene zweimalige Namensnennung: «... sagt er zum dritten Male».

184 *‹Vielleicht›, denkt Jakob, der Gymnasiast, ‹hat der Läufer von Marathon so ausgesehen›*: Der Überlieferung nach brachte aus Marathon, wo 490 v. Chr. das Hoplitenheer Athens unter Miltiades das an Zahl überlegene Perserheer geschlagen hatte, ein Läufer die Siegesnachricht nach Athen, worauf er tot zusammenbrach.

185 *Der Professor steht noch immer neben dem Toten:* Im Manuskript und in allen bisherigen Ausgaben «kniet», weil sich Dominicé ja in der später eliminierten Passage neben den Sterbenden hinkniet und ihn offensichtlich untersucht.

189 *auf dem Kuvert steht der Absender: A. Sorel, Rue Verdaine 12*: Die versteckte Ironie besteht darin, daß es sich hierbei um das Geburtshaus des Rotkreuzgründers Henry Dunant handelt. Berthe Vadier wohnte ja eigentlich in der Nummer 13.

Übrigens steht in den beiden Typoskript-Durchschlägen ‹C.› statt ‹A.› Sorel. Célestine Benoit läßt grüßen!

Rue Verdaine, um 1910

195 *Oh, und als Landsmann Edgar Wallaces denken Sie natürlich*: Edgar Wallace (1875–1932), englischer Schriftsteller und wohl erfolgreichster Thriller-Autor aller Zeiten. Ihm trachtete Glauser mit seinem zweiten Krimi *Schlumpf Erwin Mord* Leser abspenstig zu machen, wie er am 8.1.1936 an Friedrich Witz schreibt: «... ich möchte, daß es [das Buch] der Mann oder die Frau liest, die sonst zu Felicitas Rose, Wallace oder John Kling greift» (*Briefe 2*, 147).

197 *Als Achtzehnjähriger habe ich für die ‹Versuchung des heiligen Antonius› von Flaubert geschwärmt*: Gustave Flaubert (1821–1880) ist Glausers Lieblingsautor überhaupt und schlechthin durch alle Jahre hindurch, auch wenn für ihn das erwähnte Werk später nicht mehr im Vordergrund stand, wie eine Stelle aus einem Brief an Robert Binswanger vom Januar 1919 bezeugt: «Glauben Sie wirklich, daß der hl. Antonius ein so großes Interesse erregen wird? Ich weiß ja, die Mode ist sehr für Flaubert, und sein Individualismus steht gut an der geistigen Börse Deutschlands, grâce à H. Mann. Aber er hat doch interessantere Sachen geschrieben (Flaubert nämlich) als den bewußten Heiligen, den er übrigens selber am Ende seines Lebens desavouiert hat. Ich bin für eine Übersetzung des ‹Bouvard et Pécuchet›, sein Meisterwerk unbedingt, der beste Roman des neunzehnten Jahrhunderts, trotz Balzac, Zola etc. [...] Doch wenn der Antonius Sie interessiert, übersetze ich ihn auch.» (*Briefe 1*, 41) Tatsächlich findet sich in Glausers Nachlaß der Beginn einer Übersetzung des *Heiligen Antonius*.

198 *Und wenn Sie einmal in Lewins ‹Gifte in der Weltgeschichte› blättern*: Lewin, Louis, *Die Gifte in der Weltgeschichte. Toxikologische allgemeinverständliche Untersuchungen der historischen Quellen*. Berlin: Springer 1920. Lewin war zu Anfang des Jahrhunderts Professor für Pharmakologie und Toxikologie in Berlin und verfaßte dieses Spezialwerk für Laien. Tatsächlich stößt man darin auf Attalus und seinen Giftgarten, und zwar bereits auf Seite 6. Zwei Seiten vorher wird auch der Feldzug Kaiser Antonius' gegen die Parther in den Jahren 37 und 38 erwähnt, wobei Lewin neben dem «Kraut, das tötete, nachdem es geisteskrank gemacht hatte», auch einen römischen Führer namens Flavius Gallus erwähnt, der auf dem Rückzug getötet worden sein soll. Ein römischer Schriftsteller namens Flavius, der diese Geschichte erzählt haben soll, ist nicht nachzuweisen.

200 *daß ein sogenanntes kriminelles Problem mit einem Schachproblem vergleichbar sei:* Korrekt müßte hier eigentlich ‹kriminalistisches› oder ‹kriminologisches Problem› stehen (ähnlich S. 201). Da sich aber der Staatsrat ausdrücklich O'Keys Begriffsfähigkeit anpaßt, steht zu vermuten, daß ihm Glauser bewußt einen falschen Begriff in den Mund legte. Martinet spricht übrigens von einem ‹sogenannten› kriminellen Problem, womit er anzeigt, daß er sich auf eine andere Stilebene begibt, auf diejenige des Boulevardjournalisten nämlich, der um den Preis sprachlicher Korrektheit eine äußerste Vereinfachung komplizierter Sachverhalte zu erreichen trachtet. Dieses Bemühen Martinets kündigte sich schon vorher an mit seinen Ausführungen über den italienischen Salat.

200 *Er ist nicht nur Mitglied der Dritten Internationale*: Die Kommunistische Internationale (Komintern) war gedacht als Zusammenfassung aller kommunistischen Parteien, wurde im März 1919 auf Anregung Lenins gebildet und geriet zunehmend in die politische Abhängigkeit der KPdSU.

202 *Lassen Sie sich einmal von Fräulein Lemoyne etwas über die Meskalinversuche Beringers erzählen*: Beringer, Kurt, *Der Meskalinrausch. Seine Geschichte und Erscheinungsweise*. Berlin: Julius Springer 1927. Wiederum ein Anachronismus, denn zur angenommenen Zeit des Romangeschehens war dieses Werk noch gar nicht erschienen.

213 *Am vorangehenden Abend*: Glauser schreibt «Am folgenden Abend». Der ganze Abschnitt bis S. 215 stand ursprünglich im Präteritum bzw. Plusquamperfekt. Glauser ändert im Typoskript 1 ins Präsens bzw. Perfekt.

216 *es klang wie ‹Yoptoyoumatj›*: Von Glauser öfters gebrauchter russischer Fluch, manchmal, wie hier, als ‹Yoptoyoumatj›, manchmal als ‹Yoptoyoumajt›.

216 *Die Zelle im Stadtgefängnis St. Antoine […] bis die Kathedrale von St. Pierre die Stunde klimperte. Zuerst fühlte sich das öde Glockenspiel verpflichtet*: Vgl. dazu *Schreiben …*: «Ich warte, bis das Glockenspiel von St. Pierre ertönt: ‹Allons danser sous les *ormeaux ...›» (Erzählungen 4, 79)*. Ähnlich auch in der Novelle *Die Hexe von Endor* (*Erzählungen 1*, 198).

223 *Wer hat eine Sammlung hölzerner Masken? Wla.?*: Vgl. Anmerkung zu S. 10.

224 *der Salève lag dort, breit, rund, ruhig wie immer*: Der zehn Kilometer entfernte Mont Salève liegt zwar schon in Frankreich, aber die Genfer betrachten den Kalksteinrücken als ihren ‹Hausberg›.

228 *Es gehört einem Genfer Aristokraten, Herrn Micheli*: Ursprünglich aus Lucca stammendes, seit dem 16. Jahrhundert in Genf niedergelassenes Aristokratengeschlecht. Glauser denkt vielleicht an Michel Horace Micheli, den damaligen Direktor des *Journal de Genève* und Nationalrat.

239 *Denkt an das Schicksal der Sophia*: Die Gnostiker, deren Sprache das Griechische war, setzten den Heiligen Geist mit Sophia, Weisheit, gleich. Die Sophia oder Pistis Sophia erscheint in der Spekulation der Gnosis bald als weibliches Urprinzip, als Mutter des Weltschöpfers, bald neben Gott als Mutter des Gottessohnes, bald als Mittelwesen.

Mit der dunklen Drohung spielt die Stimme an auf eine der höchst komplizierten gnostischen Theorien, wonach die Pistis Sophia, von Verlangen nach der oberen Lichtwelt erfüllt, sich den Haß ihrer Genossen zuzieht, in das Chaos oder die Materie hinabgelockt und dort heimgesucht wird. Allerdings wird sie schließlich von Jesus, der durch die Äonenwelt aufsteigt, wieder aus dem Chaos befreit und so errettet, was der ‹Meister der goldenen Himmel› seinen Anhängern offenbar verschwiegen hat.

Der Tee der drei alten Damen liegt im Nachlaß Friedrich Glauser im Schweizerischen Literaturarchiv, Bern, in zwei identischen Maschinen-Durchschlägen von je 221 losen Blättern in Folio-Format vor, von denen der eine kaum (Kopie 1), der andere bis und mit Seite 11 sehr stark und ab Seite 12 nur mehr spärlich korrigiert ist (Kopie 2). Ab Seite 12 wechselt auch die Schrifttype der Maschine.

Die handschriftlichen Korrekturen in den beiden Typoskript-Kopien stammen zwar alle von der Hand Glausers, stimmen aber von Kopie 1 zu Kopie 2 oft nicht überein. Da das Typoskript-Original als verschollen gilt, stützt sich diese Edition auf die Kopie 2, die stärker korrigierte also, wobei aber Korrekturen aus der Kopie 1 in jenen Fällen übernommen wurden, wo sie eine sachliche Klärung oder eine eindeutige stilistische Verbesserung darstellen. Ob das Original einen höheren Autorisationsgrad aufwies, muß offen bleiben.

Bei beiden Durchschlägen, die bis 224 paginiert sind, bildet die Seite 13 gemäß Glausers Numerierung zugleich die Seiten 14–16 und wird die Seitenzahl 201 bei fortlaufendem Text doppelt verwendet. Bei Kopie 1 fehlt die Seite 93, bei Kopie 2 die Seite 176.

Der Text ist entstanden zwischen Mai 1931 und November 1934 in Winterthur, Paris, Mannheim und den Psychiatrischen Kliniken Münsingen und Waldau bei Bern bzw. in der offenen Waldau-Kolonie «Anna Müller» in Schönbrunn bei Münchenbuchsee. Glauser und Ella Picard von der Literaturagentur «Epic» versuchten in der Folge, den *Tee* bei einem Dutzend Redaktionen und Verlagen anzubringen, erhielten aber von überall her Absagen. Gedruckt wurde der *Tee* dann erstmals in der *Zürcher Illustrierten*; er erschien vom 16. Juni bis zum 6. Oktober 1939. Die Buch-Erstausgabe besorgte 1941 der Morgarten-Verlag, der zusammen mit der *Zürcher Illustrierten* zum Konzern des Verlegers Emil Huber gehörte.

Aufgrund eines sorgfältigen Textvergleichs muß angenommen werden, daß der Erstdruck weder auf Kopie 1 noch 2 basiert, sondern daß allenfalls das von Glauser vermutlich ebenfalls korrigierte verschollene Original als Druckvorlage gedient hat. Denn obwohl hauptsächlich Korrekturen aus Kopie 2 in den Druck übernommen wurden (mit

Ausnahme der sämtlichen Korrekturen von Seite 1 bis 11!), sind vereinzelt auch solche aus der Kopie 1 berücksichtigt, die in der Kopie 2 nicht vorkommen, etwa in Kapitel 8.2, wo die Rosenstock-Gouvernante ursprünglich «Amélie» hieß und nur in Kopie 1 zu «Angèle» korrigiert wurde, obwohl sie bereits in Kapitel 4.3 vorgestellt wird als «Angèle (Angelika, wenn es Ihnen lieber ist)». Und schließlich gibt es für einzelne Sätze noch eine dritte Version, die von den beiden Kopien abweicht. Das sei nachfolgend an zwei Beispielen dargelegt:

Kopie 1	*Kopie 2*	*Erstausgabe 1941*
S. 36: Und da die Seele eine ganz einfache, bürgerliche Seele, eine seßhafte Seele, diesen Klimawechsel nicht vertragen hat, ist sie krank geworden.	S. 36: Und da die Seele eine ganz einfache, bürgerliche Seele ist, eine seßhafte Seele, hat sie diesen Klimawechsel nicht vertragen und ist krank geworden.	S. 45: Und da ist die Seele krank geworden, weil sie eine ganz einfache, bürgerliche Seele ist, eine seßhafte Seele, sie hat diesen Klimawechsel nicht vertragen.
S. 113: Denn zu gleicher Zeit beherbergen wir ja den Verweser jenes indischen Landes [...]	S. 113: Denn zu gleicher Zeit beherbergen wir ja den Verweser dieses Landes [...]	S. 130: Denn zu gleicher Zeit beherbergen wir ja den Verweser jenes Randstaates [...]

In solchen Fällen wurde auf jene der beiden Kopien zurückgegriffen, die überhaupt eine handschriftliche Korrektur aufwies, in der Regel aber auf Kopie 2.

Bei den Abweichungen gegenüber den bisherigen Ausgaben handelt es sich in den meisten Fällen um solche syntaktischer oder stilistischer Art. Zwei längere Passagen, die bisher nie gedruckt worden sind, wurden mit entsprechenden Annotationen neu in diese Ausgabe aufgenommen, die eine in den Fließtext (Anekdote um den blinden und den lahmen Juden), die andere in den Anmerkungsteil (Thévenoz' Sterbeszene im Haus Rosenstock). Da letztere Passage genau die Länge der in Kopie 2 fehlenden Seite 176 umfaßt und Glauser zudem dort eigenhändig einen Übergang von Seite 175 zu Seite 177 geschrieben hat, darf ihre Eliminierung als autorisiert gelten.

Heute ist nicht mehr auszumachen, von wem die Änderungen für den Erstdruck stammen, ob von Glauser selbst oder von Friedrich Witz, dem Redaktor der *Zürcher Illustrierten*, oder allenfalls von einem Dritten. Aus diesem Grund wurde darauf verzichtet, alle Textvarianten im einzelnen zu dokumentieren.

Kleinere Fehler oder Flüchtigkeiten in den Textvorlagen wurden stillschweigend berichtigt, Zusätze durch eckige Klammern kenntlich gemacht.

Die von Glauser hier wie überall nachlässig gehandhabte Zeichensetzung wurde unter Berücksichtigung eines gewissen Ermessensspielraumes der Duden-Norm angeglichen. Glauser trennt beispielsweise zwei nebengeordnete selbständige Sätze oft nicht mit Komma, was hier standardisiert wurde. Beibehalten wurde dagegen Glausers Eigenheit, gelegentlich zwischen zwei attributiv gebrauchten Adjektiven kein Komma zu setzen.

Nicht angetastet wurden ferner die vereinzelten Helvetismen: ans Spital telefonieren, ihn anläuten, sie hat mir angeläutet, ihn antelephonieren und die lustige mundartliche Form ‹Bremen› für ‹Bremsen›. Das schwankende grammatische Geschlecht bei ‹Tram› (die Tram/das Tram) wurde hinwiederum zugunsten des schweizerischen Neutrums vereinheitlicht. Geregelt wurde ebenfalls die inkonsequente Schreibung des Namens Jonny/Johnny, und zwar ohne ‹h› mit Blick auf die Namenschreibung seines ewigen Rivalen, des Airedalehundes Ronny. Die Agentin 83, die im Typoskript notorisch als ‹Kuligin› auftritt, wurde russischer Gepflogenheit entsprechend mit angehängtem ‹-a› korrekt feminisiert. Pillevuit ist Kommissär und nicht mehr Kommissar wie in den bisherigen Ausgaben. Glauser bietet vier verschiedene Schreibweisen an: Kommissär, Kommissar, Commissär und Commissar. Die umgelautete Form ist die deutlich häufigere.

Und schließlich wurde bei einigen in den bisherigen Editionen germanisierten Wörtern wieder die ursprüngliche, französische Schreibweise gewählt, weil dadurch die ambiance romande besser zur Geltung kommt: Bureau, Cognac, Couvert, Piquet (Pikett), Pique (Pik), Caro (Karo), Hôtel (Hotel), letzteres aber nur in Verbindung mit einem Namen (Hôtel de Russie).

Für die Porträts von Genf, von Th. Flournoy, H.-F. Amiel und B. Vadier und für die Ausleuchtung der Hintergründe dieses Romans waren z.T. aufwendige Recherchen nötig. Dabei dienten, neben dem *Historisch-Biographischen Lexikon der Schweiz* und den bereits im

Anmerkungsteil aufgeführten Werken, hauptsächlich die nachfolgend genannten Arbeiten als Grundlage.

Zu Genf:
Allemann, Fritz René, *Genf – Kanton Kosmopolis*. In: *25 mal die Schweiz. Panorama einer Konföderation*. München: Piper 1968², S. 436–474.

Guillot, Renée-Paul, *Histoire secrète de Genève*. Lausanne: L'Age d'Homme 1982.

Zu Th. Flournoy:
Berchtold, Alfred, *La Suisse au cap du XXe siècle*. Lausanne: Payot 1966, S. 156–165.

Flournoy, Olivier, *Théodore et Léopold: de Théodore Flournoy à la psychoanalyse: suivi d'une correspondance entre Théodore Flournoy et Hélène Smith et de lettres de trois linguistes concernant le sanscrit d'Hélène*. Boudry: Baconnière 1986.

Zu H.-F. Amiel:
Altwegg, Jürg, *Leben und Schreiben im Welschland. Porträts, Gespräche und Essays aus der französischen Schweiz*. Zürich: Ammann 1983, S. 7.

Linsmayer, Charles, *Literaturszene Schweiz. 157 Kurzporträts von Rousseau bis Gertrud Leutenegger*. Zürich: Unionsverlag 1989, S. 24/25.

Nicollier, Alain; Dahlem, Henri-Charles, *Dictionnaire des écrivains suisses d'expression française*. Genève: GVA SA 1994, S. 35–42.

Zu B. Vadier:
Doret, Michel L., *Panorama de la Poésie féminine suisse romande (des origines à nos jours)*. Ornex-Maconnex: Amon Râ 1987.

Zur Freimaurerei:
Lennhoff, Eugen, *Die Freimaurer*. Zürich–Leipzig–Wien: Amalthea 1929².

Lennhoff, Eugen; Posner, Oskar, *Internationales Freimaurerlexikon*. Zürich–Leipzig–Wien: Amalthea 1932.

Die Verweise *Briefe*, *Erzählungen*, *Schlumpf Erwin Mord*, *Die Fieberkurve*, *Matto regiert* und *Saner* beziehen sich auf folgende Ausgaben:

- Friedrich Glauser, *Briefe*, 2 Bde., hg. v. Bernhard Echte (Zürich: Arche 1988 + 1991)
- Friedrich Glauser, *Das erzählerische Werk*, 4 Bde., hg. v. Bernhard Echte u. Manfred Papst (Zürich: Limmat 1992 + 1993)
- Friedrich Glauser, *Schlumpf Erwin Mord*. Hg. v. Walter Obschlager (Zürich: Limmat 1995)
- Friedrich Glauser, *Die Fieberkurve*. Hg. v. Julian Schütt (Zürich: Limmat 1995)
- Friedrich Glauser, *Matto regiert*. Hg. v. Bernhard Echte (Zürich: Limmat 1995)
- Gerhard Saner, *Friedrich Glauser. Eine Biographie*, 2 Bde. (Zürich: Suhrkamp 1981)

Bildnachweis:

Genève. Cité des nations. Genf: Kundig 1920 (S. 286, S. 303, S. 317). Joëlle et Michel de Syon, *Genève à la Belle Epoque.* Genf: Tribune Editions 1979 (S. 289, S. 320). *Historisch-Biographisches Lexikon der Schweiz, Band VII.* Neuenburg: Attinger 1934 (S. 305). Oliver Flournoy, *Théodore et Léopold.* Neuenburg: A la Baconnière 1986 (S. 288, S. 295). Bernard Lescaze et Barbara Lochner, *Genève 1842–1942*. Editions Payot 1976 (S. 293).